秋露白

田积 著

国文出版社
·北京·

图书在版编目（CIP）数据

秋露白 / 田积著 . -- 北京 ：国文出版社，2025.

ISBN 978-7-5125-1781-3

Ⅰ . Ⅰ247.5

中国国家版本馆 CIP 数据核字第 2024KA3885 号

秋露白

作　者	田　积	
策　划	潘　萌　唐朝晖	
责任编辑	于慧晶	
装帧设计	马　佳	
责任校对	李　煊	
出版发行	国文出版社	
经　销	全国新华书店	
印　刷	三河市龙大印装有限公司	
开　本	710 毫米 ×1000 毫米	16 开
	23.25 印张	328 千字
版　次	2025 年 5 月第 1 版	
	2025 年 5 月第 1 次印刷	
书　号	ISBN 978-7-5125-1781-3	
定　价	78.00 元	

国文出版社

北京市朝阳区东土城路乙 9 号　　　邮编：100013

总编室： （010）64270995　　　传真： （010）64270995

销售热线： （010）64271187

传真： （010）64271187-800

E-mail：icpc@95777.sina.net

人生是由无数偶然组成的必然

目录
Contents

第一章

三十而立

　　我至今仍在怀疑，过去发生在我身上的某些事情，究竟是偶然的巧合，还是冥冥之中的安排。每当我这样想的时候，我就不由自主起来，仿佛受到了某种神秘的指引，让我必须为那些隐隐约约的过去做些什么。于是，我的思绪便长久地停留在那些悠闲又寂寞的午后。那时，江水似乎不急不缓，天气似乎不冷不暖，柔软的江风追随着逆流而上的船只缓缓拂来，拂过柳条，拂过藤蔓，拂过女孩轻扬的发梢，拂过我浓郁的睡意。

　　那时的午后，无疑是我一天中最惬意的时光。因还有好几个小时才能见到落日余晖，我便对下午的生意满怀期待，这种期待令人神往，能让我短暂地逃离现实生活，虽不至于逃得太远，但足以让身心放松，让我产生睡意，让我成为一个"间歇性失忆患者"，不知不觉地忘记一些事情。比如，我有没有可能改善自己窘迫的生活条件，母亲的病症什么时候才能痊愈，我将来会遇见一位什么样的女子……此时，我只是期待着有人会向我走来，从菜篮子或塑料袋里拿出几瓶布满灰尘的老酒，和我讨价还价一番，或者只是询问一下行情，再留下联系方式。

　　那曾是我引以为豪的生意，我一手开创了它，虽然并没有几个人知道此事，或许即便知道，也不会在公开场合提及。但它对于我的意义，就好比哥伦布发现了新大陆。因此，我意识到自己并非像有些人说的那样一无是处，甚至有时候我会觉得自己眼光独到，充满了商业天赋。

　　我清晰地记得，当京城夜光杯酒楼的经理指着酒柜里那些颜色泛黄、包装破损的老酒对我说"有多少要多少"的时候，我就认定幸运在向我招手了，我幻想出无数长出小胳膊、小腿的"酒瓶人"，嘻嘻哈哈地欢笑着向我奔来。我无法预估这个新生市场的前景，便暂且用电视上那些大人物演讲时的话来形容：一个上百亿的市场蛋糕已经浮现在我眼前。于是，我迫不及待又略带愧疚地向主管提出辞职。这个主管曾在我迷茫无助时，带我走向酒城以外的世界，跑遍全国的酒业市场，我对他总是心怀感激的。

那要从我的第二份工作说起了。那年，母亲苦心经营的集体漕运公司破产，我也跟着失业了。她甚至还托了些关系，把我送进她认为大有前途的国营酒厂当工人。那时我内心无比纠结，但还是安慰自己，并非我不能自立，而是不想让母亲难过，处处迁就着她。

那年头的国营酒厂就像一块即将解冻的牛奶，咬又咬不动，舔还粘舌头。但是为了生存，咬不动也要咬。而咬这第一口的就是酿酒工人。酒城里的人暗地里都说："有儿莫进酒作坊，有女别嫁烤酒郎。"那时的我对这话将信将疑，因为好多人排着队想进酒厂当工人，而烤酒匠大多娶了媳妇儿。

酒厂为了节省开支，在连种田都已经用电动设备的时代，却依然让自家的工人们肩挑背扛。要知道酒厂有十几个车间，一个车间有近百口窖池，一口窖池有十几吨酒糟，而工人们一天就要完成一口窖池的活计。厂里实行三班倒，早班是傻活累活，全凭力气把窖池里的酒糟挖出来堆放好；中班是烤酒的技术活，一般是老师傅带着徒弟干；晚班是把加入曲药的酒糟和粮食放回窖池，这活儿也是主要凭力气。我觉得自己好歹是大专毕业，怎么也该到中班学习烤酒技术才对。

可那个飞扬跋扈的班组长胡大胖子见我白面书生一个，又听说是关系户，二话没说就安排我去上早班。他挺着蛤蟆肚指着我的鼻子嚷道："不要给老子讲条件，先练出一身力气再说。"

怎么还有这种长得恶心、说话也难听的人呢！"娘的！指我鼻子干吗？要指也别用刚抠完脚趾的手指啊！"这句话我每天出工前都会骂上三遍，这反倒成了我坚持下去的动力。

早班是凌晨四点到十二点，中途有半小时的早餐时间。大概在日出时分，我们就能去完一口窖的"皮"——"去皮"就是把覆盖在酒糟表面的一层泥去掉，然后大家上街吃早餐。虽然漕院和酒厂在同一条街上，但母亲却坚持让我在外面吃早餐。

我一般会买两个馒头，然后趁人不注意时，顺着墙梯爬上作坊屋顶的窗洞，那里正好能容下一个人。从窗洞远眺，看到的是一层层重叠在一起的瓦片屋顶。屋顶大多黑中泛青，长满了苔藓一类的植物，时不时地还有几只仙鹤停在几处飞檐翘角之上。更远处是流动的江面，再后面则是山丘。太阳每天都从山丘的后面冒出头来。大多数时候，天边起初都会呈现出一片淡青色，随后逐渐转黄、变红，直到一线金灿灿的光芒直直地射向天空，又慢慢地扫向大地，使地面由远及近地披上一层金甲，最后那光芒会洒在波光粼粼的江面上。有那么一两回，我甚至看见金黄色的鱼群跃出水面，在光线中游走，在空气中吐出一串串五光十色的泡沫。

酿酒的日子里，时光变得很慢，夏天和冬天之间，仿佛隔着一个世纪。要我说，人在极度疲乏的状态下最有创造力。我实在不想把大好的青春和一身的力气浪费在肩挑背扛之上。一个周末，我从漕院的旧仓库里找到一架老式的手推车，恰好想起诸葛亮发明"木牛流马"的故事，于是把它修好后推着去开工。同班的老金和黑娃儿都夸我会想办法。这样一来，我们轻轻松松就能干完原本累死累活才能干完的活儿。工人们纷纷来偷师学艺。

"要是领导知道了，会不会嘉奖我呢？"我正想找胡大胖子评一评，没想到他却自己找来了，并且当着众人的面，用手指着我的鼻子，把我狠狠地批评了一番，大概意思是说我自作聪明，无组织无纪律，不遵守酒厂规定，造成不良影响，等等。

批评我没关系，这厮却不该用刚抠过脚趾的手指着我。是可忍孰不可忍，我决定给他点颜色看看。我先是撇开他指着我鼻子的臭手，然后鬼使神差地在原地转了几圈。转圈的时候，我看见蒸汽腾腾的甑子上反扣着一把木质的酒瓢，于是快步走过去，拿过酒瓢翻来覆去地掂量，然后转身看了看胡大胖子。

胡大胖子退到门口，紧张地喊道："你要干啥？信不信老子让你滚蛋。"

有几个工友连忙喊着："算了算了，不要干傻事！"

事后有人告诉我，当时我一边诡笑地盯着胡大胖子，一边在出酒口接了满满一瓢热乎乎的原酒，阔步走到他跟前。还没等大家反应过来，我就把瓢送到自己嘴边，"咕咚咕咚"喝了个底朝天。

我只记得，一瞬间自己仿佛变成了一坨巨石，快速地滚落山崖，耳边先是响起了呼呼的风声，随后"嗡"的一声闷响，重重地坠入水中。周围突然就安静了下来，我似乎看见胡大胖子变成了一只被吹胀肚皮的蛤蟆飘在空中，待他要落下来时，又被人拍了回去，那场景仿佛是孩子们在一起拍气球。大家都在为我鼓掌，为我呐喊。

我突然觉得自己变成了一条口渴的巨龙，不由自主地猛烈吸水，江河中的水很快就被我吸干了，我贪婪地躺在剩下的小水洼里，正想美美地睡上一觉，朦胧中，我看见工友老金笑眯眯地朝我走来，他先是朝我伸出大拇指，然后忽地用扁担在我胀鼓鼓的肚皮上猛地一捅。

我的身体不由自主地颤动起来，胃里一阵翻江倒海，随后"哇"的一声呕吐起来。先是吐出几条蓝色的大鱼、一群长着巨钳的螃蟹、一只活了千年的乌龟、一张破渔网、几条折了的桅杆、一艘古老的沉船、几个骷髅脑袋，然后，一只破鞋卡住了我的喉咙，老金又在我的背上使劲地拍打，破鞋终于被吐在地上。接着，我吐出源源不断的江水。不久，江河中又重新装满了水，沉船和骷髅脑袋浮在水面上。我感到腹部传来一阵阵剧痛，嘈杂的声音又在耳边响起。最后，一切画面和声音都消失了。

醒来时，我的眼前是一面白色的墙，墙面上挂着一根纯白色的灯管。我想站起来，却没有一点力气。我感觉到一只手开始抚摸我的胸口，那是母亲的手。我斜着眼看她，她的双眼肿得像灯泡一般。我想问她怎么了，才发现鼻子里插着管子，嗓子发不出声音。

我就这样成了酒厂的名人，就连老师傅们见了我，都要竖起大拇指。他们纷纷夸赞说："敢把七八斤七十几度的原酒往肚里灌的，全酒城也找不出第二个。"

没过多久，我的好运来了。酒厂要选拔有史以来第一批人才去外地跑销售，销售主管老汪把我选上了，而且逢人就夸奖我胆量大、酒量好。我想，这就叫"此处不留爷，自有留爷处"。

胡大胖子虽然表面上看起来对我心服口服，但暗地里却说：我的母亲又找厂长开后门，说我们不要赔偿，只要工作。我怎么会信他的鬼话，我这不好好的吗？有什么好赔偿的。

更有意思的是，几个月以后，厂里居然搞起了机械化改革，车间不仅要大量使用手推车，还要配备大型行车①。工友们都说这是我的功劳，不知道那时的胡大胖子有没有感到些许惭愧。

相比之下，老汪就不一样了，他不仅时常对我嘘寒问暖，还经常表扬我在车间里的创新行动。在那之后，我第一次坐长途火车，第一次离开酒城，第一次看到歌里唱的"外面的世界"，第一次进歌舞厅，第一次牵女孩的手……这些都要感谢老汪。

我们背着酒品，坐上长途火车，火车上人山人海，连厕所里都挤得满满当当的。人多味道就杂，但味道杂也挡不住酒香。

"谁在喝酒，还让不让人活啊，真香！"

我们当然没有喝酒，只是那时的酒实在是太香了，即便隔着玻璃瓶，香味也能飘出好几节车厢。人们不会知道，我们的牛仔包里塞满了酒城的名酒——秋露白。

第一站我们去了海城，到那里才知道当地已经取消了供销科，过去国营的糖酒公司已经完成了改革，那些身着中山装的国家干部们，一夜之间变成了西装革履的企业家们。

得知我们来自酒城，企业家们瞬间热情起来，不仅招待我们吃香的喝辣的，还带我们进舞厅、泡酒吧。舞厅里满是漂亮女郎，她们并没有因为我看起来有些土气就溜到一边去，而是主动地将圆润的身体往我身上靠，一个女郎甚至拉起我的手，要我和她跳一支舞。我哪里会跳舞，顿时羞得满脸通红，身体更是僵硬得像一块石头。我还看见有人将一张张十元的钞票，塞进女郎大腿根部的包裙里。

---

① 大型行车：酿酒车间专用设备，车间里运送酒糟的机械行车，下面挂一个抓斗。

老汪在我耳边念叨："年轻人千万别犯错误，我带你去看稀奇。"

原来老汪要带我去看黄浦江，我心想，江有什么好看的，酒城的大江大河还没有看够吗？

初春的夜晚，黄浦江畔还略带几分寒意，但江畔的"风景"却显得十分温暖。谁能想到，狭长的黄浦江畔，尽是着装时髦的男男女女，他们有的三五成群，但更多的是两两相依。那场景实在是令人大开眼界，人们竟然在众目睽睽之下毫无遮掩地接吻。

我感到脸上一阵发热，可能脸红得厉害，但在路灯惨白的光照下看不出来。老汪兴奋得手舞足蹈，仿佛自己的科学研究得到了验证一般。

走了一小段，老汪扑哧一声，蹲在地上笑了起来。我问他笑啥，他却只顾着笑。我问他怎么知道这地方的，他说让我以后多读报，这事报纸上早登过了。因为海城人多房少，一两间小房子里住着一家老小，两口子甚至连亲热的地方都没有，而住招待所又实在太贵，所以忍不住的时候就到江畔来。

老汪说的时候还一脸得意地炫耀，我真是服了他了。我问他，这事难道没人管？他说管当然要管，只是人之常情，上面还不是睁一只眼闭一只眼，人总需要干那事的嘛。

这时，前方走来一个打着手电筒的老大爷，他的肩上别着一个红袖标，上面写着"文明"二字。

后来的几年里，我跟着老汪跑遍了京城、锦城、江城、云城、贵城等地大大小小的酒水公司，那时的经销商和烟酒店像雨后春笋般遍地开花，酒出奇地好卖，几乎是生产多少卖多少。

按老汪的话说，跑业务就是认识人，认识人就是吃吃喝喝，吃好喝好了，生意就成了。说来也奇怪，自从那一瓢酒下肚以后，我就成了传说中的"千杯不醉"，常把客户喝得钻了桌底。

然而，外面的世界虽然多姿多彩，但我的内心却少有安定感。我甚至觉得，那样的生活有些虚幻。只有回到酒城，回到漕院，见到母亲和阿婆，睡在自己的单人床上，我才感到踏实。我把这种感觉告诉老汪，没想到他也和我一样，并说年纪越大，这种感觉越强烈，越想每天都和老婆孩子在一起。

当京城夜光杯酒楼的经理指着酒柜里那些颜色泛黄、包装破损的老酒，对我说"有多少要多少"的时候，我才得知母亲患了严重的贫血症，于是打定了回酒城的主意。

想到要告别老汪，我有些过意不去。所以我向他分享了我的"商业发现"，并真诚地邀他入伙。老汪惊讶得半天说不出话来。随后，他郑重地询问我打算怎么干。我耸耸肩，两手向外摊开，当然这并不是无所谓的意思，而是我早已经想好了。我会做一个广告牌，每天背着它去江码头蹲点。江码头过去是酒城最大的江运码头，现在改成了公园。

可惜，老汪骨子里是个保守的人，他不愿意放弃稳定的收入，并说想家也没有办法，以及人在江湖身不由己之类的话。

唉，我当时天真地认为，老汪将来一定会后悔的。

街坊邻里都认为，我的日子有些难熬。母亲几乎不能出门，她面色苍白，常常手脚冰凉、头晕目眩，有时候彻夜难眠，偶尔白天眯一会儿，好不容易睡着了，又会突然喊我："我的傻儿子，船要翻了，快拿救生圈……"

我知道那是她在梦中眩晕发作。只是，可爱的阿婆听见母亲的喊声后，常常会抽动着嘴角，叽里咕噜地吐出几个字来："让……我……来，我……来……"

川剧馆里唱老旦的孙大娘常说："你们都没有那个眼福，江婆婆年轻的时候，是江里的水蛇，一口气可以潜过江去。"

邻居们称我的外婆为江婆婆，我从小管她叫阿婆。阿婆前些年患了病，最初还能四处走动，不久后就只能坐在家里的那把老圈椅上，静静地发呆。只是偶尔，当我突然出现在她身前的时候，她眼神里才会闪现出片刻的神采。我总觉得她在等什么人。

有一段时间，我常常想象阿婆年轻时撑船、游泳的画面。好几次我问起母亲关于阿婆的事，母亲只说阿婆苦了一辈子。然后我问起阿公，母亲则闭口不谈。

我故意问:"难道你是阿婆捡来的?"

母亲只是瞪我一眼。于是我又问起父亲,母亲却坚定地说我是捡来的。

凡是认识阿婆的人,都对我们母子非常和气。后院那间偏房里住着的独臂老渔头,逢年过节都会为我们送来礼物,有时是一条红尾的大鱼,有时是一网兜黄壳的螃蟹,有时则是一盆透明的小鱼。

我常听见老渔头唱一首船歌:"人活世间嘛……心自宽哟……能过一天嘛……就算一天咯……"

"为什么总唱过一天算一天,过一天就不能算两天?"有一次我忍不住问他。

他笑呵呵地说:"孩子,人怎么知道明天会怎样?等你到我这年纪就知道咯!"

我每周都为母亲煎药,药味飘满了整个漕院。时间一长,即使不煎药的日子里,四处也都弥漫着中草药味。

过去,漕院是一个偌大的院子,就建在酒江边的台地上,是漕运公司和家属房所在地。左右两排三层的楼房一直延伸到江边的码头,中间正对江面的,是漕运公司的办公楼。办公楼只有三层,但比两排楼房高出几米,据说那是一栋清代的阁楼,后来经过多次修整加固,去掉了繁复的飞檐翘角,却依然未能粉饰掉它的沧桑。两个掉了金粉的大字——漕院,就挂在阁楼的二层门楼上。

"那时候多气派啊!"街坊里很多老人都曾这样叹息过。

如今的漕院,只剩下中间的阁楼和一左一右两栋三层的房子,其他的房屋和土地都已卖掉,还了公司的外债。据说政府规划中,要把这里建成商业文化街区。过去退了休的老人们,纷纷跟着儿女搬走了。公司破产时,年轻的工人们都各奔了前程。如今住在这里的只有几户漕院的老员工。

母亲既没有退休,又不再年轻,所以没地方可去。当然,即便有地方可去,她也会守在这里一辈子的。因为她不止一次地对我说:"不能让阿婆建起来的基业毁在她手里。"

我大专毕业那年,漕运公司还在母亲的经营下艰难地维系着。我本想和同学一起出去闯一闯，但母亲执意要留我在漕运公司做会计。

那是我的第一份工作。我目睹了母亲对公司的热情和付出。公司只剩下几艘短途铁皮船，那些被陆续淘汰的帆船堆放在漕院外的空地上，垒得像一座小山。酒江中万吨级的货船随处可见，而实力强大的酒城港运公司成立后，水上货运几乎被垄断了，我们常常没活儿开工。母亲领着公司的总务老叶和工会主席老杨，找遍了过去的合作伙伴，但回来时总是铁青着脸。

老泪纵横的老叶痛心地骂道："忘恩负义，忘恩负义啊！也不想想，当初他们是怎么求咱们的。"

"怎么求的？"我问。

没有人回答，只听得一阵阵叹息："唉，时代变了……"

接下来的日子，我几乎无所事事。有一次跟着老渔头出江收网，我觉得这世上只有老渔头是个无忧无虑的人。他的生活像古诗词里的"孤舟蓑笠翁"那样，身披蓑笠，头戴斗篷，撑着长篙，唱着渔歌，自给自足，清闲自在。

他手把着舵，反复唱着"能过一天嘛……就算一天咯……"

船行了十来里水路，才到他的下网点。

"为啥不在余甘渡附近下网？"我记得小时候那一带都是打鱼船。

老渔头却说："我老了，恐怕打不了两年鱼了。"

我奇怪，大家为何都这样说？船工们说漕运公司开不久了，老渔头说鱼打不成了。

"余甘渡鱼多，但水母也多，水母你知道吗？夜里在江中发光的就是它们。现在这东西可了不得了，珍稀物种，国宝呢！为了保护它，沿线都禁止捕鱼了。"老渔头拽着渔网的线头，做好收网的准备后，吧嗒了几口嘴里叼着的烟，"以前这江里哪有这个。呵呵，一定是江伯，你阿婆她爹，有一次出海后带回来的。说来也怪，海里的东西在咱们这安了家……"老渔头说着手脚并用，收起网来。

我当然知道水母，只是不知道它和阿婆她爹有什么关系。

每年夏天，水母都会聚集在一起产卵。小时候，我常和小伙伴们爬到阁楼顶上，去观看闪烁着蓝红色光芒的水面。那情景真像童话故事里一般。

"早知道这样，当初我太公就不应该把水母带回来。"

老渔头没有搭话，只是呵呵地笑了起来，我也跟着笑了。

老渔头把那天唯一的一条鱼送给了我，他用谷草从鱼嘴穿进，又从鱼鳃穿出，打上结，做成个提手。

我提着鱼走进漕院，漕院里站满了人。母亲、老叶、老杨站在主席台上，他们前面站着一个穿白衬衣、梳偏分头的中年人，他正在讲话，内容好像是政府会考虑员工们的安置问题。

在一阵阵叹息和质疑声中，漕运公司宣告破产。在变卖了土地和房屋后，公司基本抵清了债务。最后只剩下一百多名船工，大家从此再不用为船运业务而发愁，只愁如何得到安置。刚开始大家还选出代表一起商议，但时间一长，大家就都沉默了，之后便各寻出路，走的走，散的散。只有母亲每隔一段时间就去政府询问，得到的答案都一样：等！

现在想来，我以往的工作，还都和酒有些关系。在漕运公司的三年，公司几乎只剩下一些运酒业务。在国营酒厂那四五年就更不用说了。开始回收老酒那年，我已到了三十而立的年龄。

唉，酒城、酒城，不做酒怎么成？

老酒生意

我叼着一根狗尾巴草，悠然地躺在江码头的石栏杆上，等待着"鱼儿"上钩。我常幻想着，人群仿佛是水里成群结队的鱼儿，在饵料边徘徊，尝试着吃掉美味的食物，然后又像啃鸡脚的人那样吐出鱼钩。我的生意就隐藏在这人流之中，显然人们还不了解这样的新生事物。

起初，一些好奇之人走到我跟前，瞧瞧我，又瞧瞧广告牌，逗留几秒后就走开了，并向同行的人挥挥手，说是个收破烂的。但总还是会有人上前来询问，从他们的只言片语中，我得知凡是酒城人，家里必定多多少少存放着一些老酒。

做任何事都得讲门道。我之所以选择午后来蹲点，是因为午后比清晨好。

清晨时分，从江码头经过的人大都有事在身，他们要么忙着锻炼身体，要么忙着买新鲜果蔬，要么忙着上班，要么忙着送孩子上学……

可午后就不同了，人们在江边散步，在凉亭里下棋，在江里游泳，在石凳或台阶上闲坐。那些退休职工，特别是退休干部，正是我的目标人群。

我也算是个走南闯北的人，做生意拉得下脸皮。只要有人停下来看，我就非得和他聊上几句不可。

"王大爷，'工农兵牌'的秋露白，'酒江牌'的荔枝春，家里都还有吧？"

我猜那王大爷定是个退休干部，因为他每天都背着手在江边闲逛。他总爱看别人下棋，自己却从来不下。他也从不钓鱼，但见到钓鱼的人，就会上前去拉起渔网，看看都钓了些什么鱼。我想，这准是过去视察工作时养成的习惯。

王大爷朝我略一点头，指着我的招牌，问那是什么意思。

"王大爷，您没看明白吗？我问您，您血压高不高？"

他背着手摇了摇头。

"那您血脂高吗？"

他的上半身往后扬了扬，答道："血脂也不高啊，怎的？"

"那您血糖高吗？"

"你问这干吗？你又不是卖狗皮膏药的，"他有些不耐烦，"问这问那的。我问你啥，你就回答啥，说那么多没用的干吗？"

想是问到大爷的痛处了，我连忙答道："我这不是为了告诉您嘛，您要是身体不好，比如血压高、血脂高、血糖高、肝不好、肾不好、心脏不好的话，酒可就别喝了。您家里要是有老酒啊，干脆都卖给我好了……"

我还说着，王大爷就发起火来，指着我的鼻子道："我什么都不高，心肝脾肺肾，样样都好着呢。告诉你小子，老酒我有的是，但就是不卖给你。"

说完，他鼻腔里哼哼几声，转身走了。从此他每次见到我，都要损我几句。

"发这么大火干什么？"我嘴里念叨着，觉得有些扫兴，但至少证明我的判断是对的。

无心插柳柳成荫。王大爷走后，一旁的老太太凑过来问我愿意出什么价钱，见我出价大方，她立刻回家拎来几瓶。虽然其中一瓶渗漏得厉害，但总算开了张。万事开头难嘛。

这一开张，我对老太太们的好感倍增。最初我觉得喝酒的都是老大爷，收老酒得和大爷们做生意。直到那时才恍然大悟，家里的酒一般都掌握在老太太们手里。老大爷能不能喝酒，都得听老太太的。出了家门，老大爷大多比较小气，而老太太反而比较大方。和老大爷、老太太打交道，策略也不一样。老大爷喜欢讲道理，什么事都要辩论一番，最后你要说到他心服口服才行。而跟老太太交流你就得耐住性子，听她慢慢讲，有时候一瓶酒的故事能串联起她的一生。只是生意谈成了还好，有时候故事听了一下午，酒却没收到，那可就亏大了。

"知道这酒怎么来的吗？想想都快 20 年了。那年为了把我的户口从农村转到城市，我家老头子找了好几个同事才借到两张酒票，又花了半个月工资才买到的。本来是拿去送公安局局长的，但人家说只要符合政策就可以转，死活不肯收，我家老头子就又把酒拎了回来，一直舍不得喝。现在一看到这酒啊，我就会想起那时候的人和事。"屈老太太讲着酒的故事，一会儿带着笑，一会儿又抹起泪来。

她老伴前两年得中风去世了。睹物思人，这道理我懂。

我恍然觉得自己开创了一份崇高的事业。那些故事及情感让我意识到，每一瓶老酒都是沉甸甸的。

我回收老酒的本钱，是前几年跑销售存下来的。当然，钱不是我存的，那时母亲要求我把工资交给她。本来我准备把这些钱留给母亲治病，可母亲却说她得的是慢性病，不用治，吃着药就可以了。

好在我这是小本生意，用不着多少本钱。每当我床板下的箱子都装满的时候，我就坐着火车去京城夜光杯酒楼，那里的经理和我已经很熟了，我的老酒他总是照单全收。

只是让我感到不甘的是，据说老酒在酒楼里卖出的价格，要比我卖给他的价格高出好几倍。

我逐渐习惯了这样不紧不慢的生活。不知从何时开始，我竟然对老酒产生了一种特殊的识别能力。人们说老酒泛黄，可是在我眼里，老酒是绿色的，而且时间越长，酒色越绿。再后来我甚至可以凭借酒色，准确地判断出老酒的年份。这不仅让卖酒的人对我刮目相看，就连同行们也都得敬我几分，因为他们拿不准真假的时候，都要来请我帮他们过过眼。

此时我才发觉，我一直忽略了一个问题——这生意我能做，别人为什么不能做？不开门面，不交租金，不交税，不打广告，投入小，成本低，可以说毫无门槛。所以当我略微做上了路子，同行们就陆续出现了。

更气人的是，就连一些高档的烟酒商店，也开始回收起老酒来。瞧这世道，不仅穷人抢穷人的饭碗，就连富人也抢穷人的饭碗。老酒生意开始火热起来，我的"蛋糕"很快就被别人分走了。

那年大约是谷雨过后的几天，母亲要我送她去区政府开会，我不同意，因为医生嘱咐她不能出门。但她说这个会议是关于漕运公司员工的安置问题的，她必须去。

那位曾经宣布漕运公司破产的刘主任告诉母亲一个好消息，但并不是员工的安置问题，而是市里决定，要开通余甘渡口到桂圆林的摆渡交通，并指定交给漕运公司的下岗员工运营，算是政府解决漕运公司员工安置问题的措施之一。

余甘渡口到桂圆林，可是一个很好的旅游观光路线。母亲对区政府感恩戴德，轻声细语地说了好多感谢的话。

回到家，母亲躺在床上，挨个给船工们打电话，但他们不是已经离开了酒城，就是找到了新工作，最后还是老叶找来了三个老船员。

母亲初步估算："渡口每天可以发两班船，按 20 元 / 人 / 次定价，每班次 15 位乘客就能保本。"

老叶说："一个班次哪里才 15 人，40 人也没什么问题嘛！"

老船员们也跟着附和。

"只是游船从哪里来？现在那堆旧船都成了废铜烂铁了。"一个老船员问道。

老杨说："修一修，改一改嘛！"

"不行呢，"一个老船员点燃一根旱烟后说，"这年头不比当初，过去能过江就行，现在是为了怀旧和看风景。"

旧船再加几个补丁，确实有些不伦不类。

"船的事你们就不用操心了，我来想办法。现在主要是，你们得给我个准话，干还是不干。"母亲郑重地说。

"只要有船当然干啊，老厂长让我们干那是瞧得起我们。"

我只知道，母亲铁了心要做成这事，但没想到，她要求我也加入。

"孩子，娘的心愿你知道，就是想把这厂……"母亲说着就流下泪来，"你无论如何要答应我，就算娘求求你了……娘不能对不起你阿婆，对不起祖宗……"

我也跟着哭了，虽然我并不知道，摆渡船与阿婆、祖宗之间有什么联系。我只是见不得母亲流泪。

但是我实在不想做这件看不到希望的事情。将来就算每班船坐满人，也只够大伙儿维持生计，况且现在还没有船。

我万万没想到，母亲要用我的那点存款，加上她抵押住房的贷款，来购买旅游船。

我又开始陷入迷茫。

老酒生意虽然有些惨淡，并且我也隐隐约约地觉得，这门生意或许不能长久，但它是我 10 余年来做过的最有成就感，也最满意的一份工作。我有好多理由可以拒绝母亲，可我并没有这样做。

漕院里最后的几户人家都为此感到欣慰，老渔头还专门送来一尾大红鲤鱼，以示好的开端。母亲虽然病重，但那几日，面色也显得红润起来。

母亲把一张银行卡、两张存折，以及银行贷款的委托资料一起交给老叶，并告诉我，叶家和我们有几代人的交情，最靠得住。

我像一条死狗一样，瘫在自己的单人床上。

我想，人生的意义究竟是什么呢？三十几年来，除了苟且活着，我几乎没有做出一点像样的事情来，甚至没有谈过一次恋爱。我走的每一步，仿佛都是早就安排好的。母亲为了漕运公司可以不顾一切，而我，似乎也要继承她的衣钵，继续和船运打交道了。

又到了出门收酒的时间。

迷迷糊糊中，我起身拿了广告牌，出了门。我准备最后一次去蹲点，从此便告别这个行当。

和往常一样，我躺在码头的石栏杆上，嘴里嚼着一根狗尾巴草，呆呆地仰望天空。蓝天仿佛是一张巨大的画布，移动的云朵在画布中变幻出各种造型，有时是某种动物，有时是某种植物，有时是一张面孔……

在不经意间，我突然发现，不远处有一张陌生的面孔，面孔上的两只小眼睛像聚光灯一样，正死死地盯着我。她眼窝深陷，但不失神采；皮肤松弛，但满面红光。她的脸很小，下巴很尖，嘴歪在一边，嘴角上扬着……有那么一瞬间，我甚至觉得，那是一张狐狸的脸，直看得我心里发毛。

我赶紧把目光移开。远处的河边，有人正向我这里走来，于是我内心稍稍平复。

我再转眼看她。

"啊！"我大叫着弹坐起来，那张脸就出现在我面前。

"你害怕我！"她开口说道。声音小而清脆，带着浓重的鼻音。

我一时愣住，不知说什么好。

"我认识你，不仅认识你，还认识你的外祖父，并且 60 年前就认识了。"她自言自语道，"那时还是豆蔻年华呢！"

她的话让我不寒而栗。

我不是为了保持沉默，而是不知道该说什么好。她怎么会认识我？还认识我的阿公？她看起来虽然年老，但最多也就 60 岁。况且，在我的印象中，阿公的形象十分模糊，并且母亲几乎从未提起过他。但我从别人口中得知，我的阿公是一个普通得不能再普通的船工，不仅没什么特别的，而且沉默寡言。我想，这世上可能没有几个人还记得他了吧。

　　我确信，自己根本不认识她，并且也从未在这一带见过她。再看她的穿着打扮，和本地人完全不同，看起来倒像是电视剧里的外国老太太。

　　然而她说道："从来没有一个人长久地停留在我心里，除了你的外祖父。"

　　她轻轻地坐在我的身旁，歪着头，看着我笑。

　　这时我才注意到，她身上散发着一股奇特的酒香。我似乎刚才就已经闻到了，只是没有发现这香味竟然是从她身上散发出来的。

　　我从未闻过这种香味，像一壶鬼魅的老酒，充满了诱惑力。

　　"真遗憾，你居然不记得自己的外祖父。"她好像知道我在想什么，"不，你甚至不知道自己的外祖父是谁！也难怪，很多人连自己是谁都不知道。"

　　我依然不知道说什么好，只能愣愣地看着她。

　　她闭着嘴唇，发出"哼哼"的笑声，两只眼睛直勾勾地盯着我看，又自言自语道："真像，真像！"

　　我分不清，她说的是真像，还是真香。

　　"您有老酒吗？"我实在是有些窘迫，绞尽脑汁，才想出这么句话来。

　　"一切都变了，除了这江，这老城墙……还有多少人记得？"她把目光移开，看着斜对面的老城门，"按理说，你应该管我叫一声阿婆，我和你的外祖母，曾经吃过同一个碗里的饭。"

　　我十分惊讶。那年阿婆已经 74 岁了，而她看起来要年轻很多。我想她一定是认错人了。

　　"我今年也 73 岁了，我没有认错人，你和你的外祖父，长得真是太像了。"她似乎又猜到了我心中的疑惑。

　　"我想您一定是认错人了，我的阿公只是一个船夫，我……我确定！"我有什么不能确定的。

"不，不是！我有一个故事，比老酒还值钱的故事，你想不想听？"她似乎很轻视我的职业。

"对不起，我想起来还有好多事要做呢！"我突然觉得，母亲的决定是对的。

"听完我的故事，我和你做一笔大买卖，如何？"她在我转身的时候说道。

我回头问道："大买卖？"

"是的，整个地窖的老酒，真正的老酒。"

那些年来，我一直以我开创的老酒生意为荣。但是直到那天，我还只做成过一些零零星星的小买卖，我做梦都在想，何时才能做成两桩大生意。

整个地窖的老酒对我来说，诱惑实在太大了。但是当时，我已经拿不出多少钱来做成一笔大的买卖了。

"钱不是问题，你可以先卖后买。"她微笑着说。

我怀疑，她真的知道我在想什么！我扭着头，不知该回头还是该转身，再度陷入尴尬之中。

我的尴尬，绝不是因为面临选择时无法抉择，也不是因为面对一笔大买卖时囊中羞涩，而是因为被人洞察内心以后，不知所措。

"你既然同意了，那就跟我走吧。"

那时，我还没有同意，至少嘴上并没有同意。

但我还是不由自主地问："去哪儿？"

"一个适合说话的地方，"她轻声答道，"你总不能让一个老太婆，陪你吹一下午的江风吧。"

我跟着她走过广场，一辆豪华轿车停在路边等候。我顿时发现，手上提着的喷绘招牌，实在是有些刺眼。

车上除了穿着西装的司机，还有一位衣着更为得体的中年男人。我所说的衣着得体，并不是和我相比，而是无论在什么高级场所，他都能称得上得体。

这位先生管她叫吴姨。

轿车径直驶入酒城最豪华的酒江宾馆，但并未驶向大厅，而是绕道驶进了宾馆后的一条小巷。巷子的尽头，有一座隐藏在高大林木中的小洋楼。之所以说是洋楼，是因为我曾经在海城见过这样的房子，汪主管告诉我，那叫洋楼。

　　虽然我曾无数次经过酒江宾馆，但从不知道，宾馆的后面竟然还隐藏着一座洋楼。

　　我记得曾听谁说过，老房子里住着老灵魂。但我此时并不关心老灵魂，只是觉得，这位姓吴的老太太或许并没有骗我。老房子里，真的有可能堆满了老酒。

　　衣着得体的中年男人，很绅士地领着老人和我，进入二楼的一间会客室。我注意到，楼梯和走廊都是木质结构的，木板被漆成了朱红色。在上面每走一步，都会发出清脆的脚步声，并伴随着地板摩擦时发出的吱呀声。

　　有人为我们沏了茶。老人坐在中间的圈椅上，中年男人让我坐在老人旁边，他自己则坐在斜对面。这时，我才仔细地打量起这位中年男人。他身材高大，体形健硕，浓眉大眼，目光炯炯有神，在老人面前表现得十分恭敬。

　　"你可以叫我吴阿婆，"老人抿了一口茶，扬了扬手说，"叫他白叔好了。"

　　我本想先问一问老酒的事，但又觉得应该让对方先开口。毕竟先开口被动，后开口主动嘛。但吴阿婆并没有要谈论这笔买卖的意思。她开始讲起一个故事，或者说是一段历史。不知道是她记忆模糊，还是我听得混沌，故事里的很多情节和片段，我至今都还觉得不可思议。

　　唉，既来之，则安之。

　　我也喝了一口茶。真香！茶香，以及更浓烈的老酒的香气。

第二章

月亮观

　　无名道士能活下来，实在是一个奇迹。

　　他究竟是 23 岁，还是 24 岁呢？他自己不知道，别人更不知道。所以一直以来，他都在想，如果能找到自己的亲人，那该多好。作为一个道士，这样的想法是极不安分的。当然，这也怪不得他，要怪得怪这个世道。

　　其实，月亮观里的日子也快要过不下去了。最近这几年，每到秋收之前，观里都会过上一段青黄不接的日子，今年这样的日子又延长了。

　　云游归来的云闲道长，亲历了夏季的蝗虫灾害。遮天蔽日的飞虫吃掉了所有的庄稼，所到之处只剩下枯枝烂叶。急了眼的农人们纷纷在地里结网，把拦下来的蝗虫成筐成兜地晒干，留作全家人续命的口粮。糟糕的是，心有余悸的云闲道长，因此患上了一种奇怪的心病，只要他见到密密麻麻的东西，就会头晕目眩，甚至连碗里的米粒也会让他感到难受。所以好长一段时间，他都只能喝面糊充饥，这反倒治好了多年来困扰着他的胃病。他和吃上"虫儿肉"的农人们一样，因祸得福。

　　如果时间回到七八年前——民国政府刚成立那会儿，赈灾粮早就发放到老百姓手里了。但时下政局动荡，军阀混战，土匪横行，官、兵、匪又何尝不是那过境的蝗虫，所到之处大肆搜刮，搞得民不聊生，人人自危，一些地方甚至尸横遍野。

　　前几年光景好的时候，月亮观从未断过香火。每月初一、十五，香客络绎不绝，人们从十里八乡赶来。富贵人家若是遇到红白喜事，都要请道长们前去摆道场、做法事。如今，人道都自身难保，哪里还有闲心去管那其他五道众生。眼看着道观的香火就要断了，道人们缺米下锅，日子开始难过起来。好在修道之人本就超凡脱俗，饱也饱得，饿也饿得，实在不行时，还可以施展辟谷之术。

无名道士不修仙，也不修道。他觉得，就算人真的可以修炼成仙，那也和他没有关系，因为他深知，自己内心的贪念太多，太过于看重世间的善恶美丑。三毒不除，六欲横生，业障临身，自然难以成仙成神。所以，每当道长传授新法时，他首先想的是，那法术有什么妙用，否则不学也罢。可见他在这观中，是个烂泥扶不上墙的角色。这样一来，修仙一类的方术，他自然是不屑一顾的，救人治病的方法，他也懒得去了解。听说禅定之术的最高境界是未卜先知，他便动心想学。眼睛一闭上，就能看见未来的世界，这用处可太大了。只可惜，他修习了三年，才刚入"定门"，仅能在禅定后回到过去的一些场景。但是真人告诉他，现在能看见多远的过去，往后就能看见多远的未来。于是，他勤加修习，如今竟然也可以整夜禅定，第二日还毫无倦意。

没有人会相信，此后余生，无名道士再也无需睡眠。

无名道士的入定早修，就在后山那块月亮石上。已过寒露，清晨已有几分凉意。无名喝了半缸茶水，披了斗篷，爬上后山，和往常一样，在月亮石上打起坐来。当他闭上眼睛，时光就开始倒流，去到他该去的地方。

这日雾气升腾。朦胧中，他回到十七八年前的一个午后。眼前风雪交加，大地苍茫，人们在一尺来厚的雪地里艰难地前行。行人们衣衫褴褛，眼神里充满了哀伤和麻木。

一个六七岁的男孩，一手拉着他的父亲，一手牵着三四岁的弟弟，身旁是他的母亲，母亲怀里还抱着一个婴儿。无名不知道那婴儿是男是女，但他知道，那六七岁的男孩就是他自己。他觉得，寒冷已经将他们的手凝结在一起，他们陷在雪地里，无法再向前迈动，哪怕只是半步。

无名不知道自己来自哪里，要去向何方。这是他入定以后，能到达的极限。

突然，不远处传来像放鞭炮一样的密密麻麻的枪声，一颗子弹"嗖"的一声从无名耳旁飞过，本来静如死灰的空气，突然就沸腾了起来。他吓得赶紧闭上眼睛，脑中尽是嘈杂的回声。

直到周围再次安静下来，他才睁开眼。

这次，他出现在热闹的街头，身边没有家人，也没有荒民，只有叫卖的商贩和讨价还价的顾客。他是个十四五岁的少年，蓬头垢面，打着赤脚，蹲在一处墙角里，眼睛直勾勾地盯着一个牵着孩子的中年妇女。那妇人手上挽着一个菜篮，篮子里有刚买的包子和装零钱的布袋。他鼓足了勇气，准备一个猛冲，夺走那个菜篮，然后一边跑，一边抓起包子大口地咀嚼。

就在他要起身的一刹那间，不知从哪个角落里钻出另一个流浪青年，冲在无名前面。那人更加单薄、迅捷。眼看着煮熟的鸭子飞走了，他愤怒、懊悔。只见那青年熟练地抢过妇人的菜篮子，妇人被吓得不轻，赶紧用手护着她的孩子，嘴里骂道："砍脑壳的，不得好死……"

果然被她骂中了。那青年太倒霉了，在他抢过篮子的同时，岔路口走出几个宪兵，他们三下两下就把他按倒在地。一个军官模样的人当即掏出手枪，一枪、两枪——他果然不得好死。军官把冒着烟的枪口放在嘴边吹了一下，斜眼看着被抢的妇女，轻声说道："光天化日之下，竟敢在我的地盘上欺负良家妇女。"

妇女看到宪兵似乎比被抢还要恐惧，她拉着孩子，战战兢兢地走了过去。军官把钱袋和篮子交还给她，顺势在她手上摸了一把。她赶紧缩回手，拉着孩子快步走了。看着她胆战心惊的样子，军官嘴角露出了怪笑。

刚刚还懊悔不已的无名，转眼又庆幸起来。突然，他发现军官正盯着他看。他汗毛倒竖，赶快紧闭双眼。

再睁开眼时，他身处在一个灯火通明的山洞里。周围有一圈交椅，桌面上摆满了大鱼大肉，哄闹的人群一拥而入，有的人身上还染着鲜血。人们抬着大大小小的箱子，里面装着各种金银首饰。几个被绑住手脚、身体扭动的女人，被人群举过头顶。等人们都找好了地方坐下，一个站在高处的山大王开始讲话，讲的全是一些粗话俗语，逗得人们哄堂大笑。

人们开始狂欢，喝酒吃肉，唱歌跳舞。无名拿起肉来，不断地往嘴里塞。那肉很鲜、很嫩，好像是羊肉，又好像是马肉。

这时，月亮石上的无名道士感觉身体变得很轻，他想象自己离开了地面，并且缓缓上升，直至升到半空，仿佛身体靠在了软绵绵的云朵上。从表面上看，他似乎睡着了，但实际上却十分清醒，甚至可以听见绣花针掉在地上的声音。

老百姓已经很久没有好日子过了。童年的无名在逃荒的途中，被父母瞒着，过继给一户善良的农家，等他明白过来时，父母早已不见了——他们不忍心看着自己的孩子一个个惨死在路上。可是，无名并没有吃上几天饱饭，农民起义就像山洪一般暴发了。挨饿受冻的饥民们一波接着一波加入了义军，他们一边和军队对抗，一边靠掠夺老百姓度日。养父母家的日子也过不下去了。他开始流浪，没有方向，没有目标。只为了能吃上一口饱饭，他当过乞丐，捡过垃圾，吃过野草，啃过树皮，实在饿急了，就偷，甚至是抢。当然，他也做过苦力，当过零工，但是少有零工可做，况且他身体单薄，干活比饿肚子还吃不消。一次偶然的机会，他遇到土匪下山抢官粮，匪徒们把一袋袋散落的粮食往马车上搬，久违的粮香让他忘记了害怕，他鬼使神差地加入了搬运队伍，莫名其妙地落了草。

无名曾听人说，匪徒都是烧杀抢掠、图财害命的坏人。然而事实却并非如此，他们中的大多数，也都和他一样，是被迫落草的可怜人。但是，俗话说得好："可怜之人必有可恨之处。"他们时而热情，时而冷漠，时而善良，时而凶恶……无名做了探子，很快就把那些江湖上的事情摸得一清二楚。

轻言细语声穿透云霄。无名突然从云端急速下落，坠落到山洞的一处耳室之中。几位大王正在洞中议事。

其中一人指着地图，比画着说："江河交汇，'石敢当'在对面的山坡上，宝藏肯定在那儿！"

无名望向地图，图像很清晰。两条河流的交汇处，形成了一处三角形的半岛，半岛上是一座城市。

一人念道："一河一河长，鸟嘴石敢当。谁解其中意，开门可称王。"

忽然有人厉声喝道："谁！"

他随即掏出手枪，朝无名方向的一条墙缝连开了数枪，墙后那人快速逃走了。

无名道士知道逃跑的就是他自己。大王们谈话时，他正在耳室里追逐一只硕鼠。他无意间听到了机密，一口气跑出了好几里，见没人追来，他才停下。紧接着，山洞方向传出枪声，之后还有炮声，并且越来越密集，火光四起。

几天后，无名在县城的大街上见到几位被关在刑车里的大王，才知道山寨被一举歼灭，藏宝图也不知去向。

无名不知该投奔何处，他准备去附近的城市碰碰运气，可偏偏在路上遇到两派军阀混战。这次他没那么幸运，三颗流弹分别打穿了他的左肩、右臀、右小腿。他快要咽气时，被月亮观的道士发现了。

月亮观的老住持五斗真人，师从清末的方术大家十斗天师，道行十分了得。他见无名面有异象、头有祥骨，是个大富大贵之人，只可惜生逢乱世，如果放任自流，今后可能祸害无穷，但如果走上正道，定能造福一方，于是下定决心，将他留在观中。

无名正愁没有容身之所。此时哪管是道观还是寺庙，只要有饭吃、有衣穿就行。

在道人的悉心照料下，无名的枪伤逐渐痊愈。只是每到入冬季节，臀部的旧伤就会发作，疼得要命。

转眼间，无名在月亮观中已经生活了三年。这三年来，人世间几乎成了炼狱。一会儿姓蔡的要打姓袁的，一会儿南方的要打北方的，一会儿这省的要打那省的……好在观中的生活倒是宁静祥和，除了一日三餐逐渐改成了每日一餐外，倒没有受那流离奔波之苦。

白天，无名道士大多数时间都在打坐。到了晚上，他闲来无事，又无倦意，就不得不找些事做。有一次，他无意中在观里找到几筐旧书，竟是什么《西厢记》《金瓶梅》《三国志》《孙子兵法》之类的。他曾在养父母那里读过两年私塾，识得些字，于是常常以读书来消磨时光。

当然，五斗真人的学问，他也并非全都看不上眼。至少相术、卜术一类，他还是要学的。

无名道士曾想：如果有一天，观里的日子也过不下去了，至少可以去城里做个算命先生。

功德圆满

太阳升至当空，又斜到身后，光芒驱散云雾。无名道士睁开眼，感觉一身轻松，只是肚子里空空荡荡的，是时候回观里，等着火头道长敲钟开饭了。

午后的微风从山下迎面吹来，无名隐隐约约地听见风中有人交谈，仔细一听，是火头道长和一人在说话。无名认识那人，是镇上的生意人马达，听说他早年在城里的杂货铺当过学徒，后来不知什么原因又回到镇上，开了间杂货铺。观里的米面粮油，就是他店里供应的。然而平时都是脚夫来送货，怎么今天他亲自来了？无名觉得奇怪。

火头道长也觉得奇怪，他预感不妙，连忙接过马达肩上的担子，掂量一下，担子比往常轻了不少。

"对不住了道爷，只弄到这么些，今后请多多珍重。"马达的声音里带着歉意。

"那怎么成，就不能再想想办法？咱们多出钱还不行吗？"火头道长着急了。

"道爷，这不是钱的事，现在有钱也买不到东西，种粮人背井离乡，都逃荒要饭去了。"

"官府怎么就不管管呢？"

"我的神仙爷爷，现在已经不是官府说了算咯。这世道谁有枪谁说了算！”

“民不聊生啊！”火头道长感叹道，“人都往哪儿逃呢？”

“有钱人远渡重洋，穷人要么逃往山里开荒拓土，要么逃往附近的县城。总之，哪里能吃上饭就往哪儿逃。”

火头道长听得有些发愣，又看了看担子里的口粮，说道：“这点东西能管几天呢？要不再劳烦马居士，多走几个乡镇看看。”

“道爷，您就自求多福吧！眼下我一家老小也得逃了。今天，我就是来道别的。”马达说完朝着观里拜了三拜，转身往山下走去。

火头道长呆呆地立在那里，隔了好一会儿才喊道：“你往哪儿去啊？”

“去酒城投靠亲戚。”

马达的小姨子嫁到酒城，两口子在自家的船上开了个私房鱼馆。另外，马达有一个师兄也在酒城做买卖，听说生意做得很不错。

火头道长从小在观里长大，五斗真人见他生性愚钝，经常守在灶房里要吃的，干脆就让他做了帮厨。再后来，五斗真人为他取了“火头”的道号。火头道长最大的愿望，就是能够像过去那样，自己一日三餐都有饭可做。他挑起担子，喃喃自语道：“看来酒城是个好地方呢！当真呢，酒是什么味道……”

自古，巴蜀一带能酿酒的地方很多，但有资格称作酒城的却不多。听人们说，酒城不仅酒好，而且家家酿酒，满城飘香，就连江河从那里流过，都会染上酒香。加之酒江和沱河在那里交汇，航道贯通，周边又紧连着山城、锦城、云城、贵城，久而久之，便成了贯穿东西南北的物资枢纽。曾经很长一段时期，那里还是西南地区的商贸要会。虽然是兵家必争之地，但酒城从未受到过大肆的破坏。历代兵家都明白一个道理：谁要是把大家都想得到的宝贝给弄坏了，谁就犯了众怒，成了千古罪人，其他人就会群起而攻之。

月亮观位于酒城东北方向200余里的笔架山的中峰上，因那块会发光的月亮石而得名。

民间传说，明朝的开国功臣刘伯温本是文曲星下凡，因辅佐朱元璋斩断了龙脉，死后功德不能圆满，真身无法归位，只得在人间云游。一日他路经此地，见山中云雾缭绕，仙气升腾，是个修炼的好地方，便打算在此停留一段时间。一夜，他发现山峰之上，有个地方发着微光。第二日找去，见一山石长二丈有余，形如月牙，到了夜里，便会发出淡蓝色的微光。他心中大喜，在月亮石上合眼坐定，九九八十一日后修成正果，羽化成仙。后人因此修建了月亮观。几百年来，不少修道之人都曾慕名而来。到了清朝，雍正皇帝为笼络汉人，提倡道教文化，地方上又扩建此观。最盛时期，观中道人多达三四百人。

而如今，外有列强入侵，内有军阀割据，山野土匪横行，道观的光景一落千丈，大片房屋都已倒塌，观中也只剩下这四五个道士。

四个就是四个，五个就是五个，为什么是四五个？原来，五斗真人已经闭门修炼了很长时间，平时观中只有四人出入。

看着马达的背影消失在山间，无名道士和火头道长的心里，都掠过一丝凄凉。不过，稍等片刻，火头道长又会乐呵起来，只要点燃灶火，他就能看见希望。

黄昏时分，道士们围坐在一起，喝着一钵稀粥。火头道长自然吃得十分满足，几大口就喝了个精光，然后舔着自己的粗碗。云闲道长也是满意的，他这几日又掉了两颗牙。小老道才十来岁，无忧无虑，有啥就吃啥。

无名道士看着眼前的三人，心中有些寂寞。

"连一个可以说话的人都没有，"他想，"眼看就要无米下锅了，他们也不着急。"

天黑后，一轮明月挂上树梢。云闲道长又给小老道讲起了嫦娥奔月和吴刚砍树的故事。他告诉小老道，吴刚也是个修道之人。火头道长也在一旁听得入迷。

无名道士回到房中，翻看了一会儿书，觉得头有些昏沉，便又合上眼，打起坐来。迷迷糊糊中，他听见"吱呀"一声，自己的房门开了。他睁眼一看，竟然是五斗真人，他的上身飘在空中，腹部之下冒着烟雾。

这一幕，吓得无名道士直往墙角里退。他一边退一边问："真人，您这是怎么了？"

近年来，五斗真人觉得自己的修习已经到了火候，终于在处理好观中事务之后，开始闭门修炼。起初，修炼的效果很好，他很快就进入了无我的状态。虽然时间过去了一年有余，但他觉得只过了一天而已。

突然，他听见有仙人指点："尘世中的事还未了结，怎么就忙着四处云游呢？赶快回去吧！"

五斗真人心想，自己从小师从十斗天师，勤于修习，除妖降魔数以万万计，功德不能说不圆满，难不成有何疏漏？于是赶忙寻路而回。在途中，他看到这一年来的世间百态，又见观中四人已无法度日，便明白了那仙人所指。

"无名啊无名，为师为你卜得一卦，你道是何卦？"

五斗真人已经看到了无名的未来，但不能道破天机，只好用卦象来提示他。

他并没有让无名回答的意思，而是继续说道："在讼卦和比卦之间，去西南方向，你有 30 年运势。但是，你若留在观中苦修，70 年后我们还能在上面相见。"

他说着，用拂尘往上指了指，认为已经提醒得够清楚了。

无名觉得，五斗真人的样子又可怕又可笑。

"讼挂和比挂之间，不就是师挂吗？难道真人的意思是，自己可以出师了？真是的，真人怎么不说清楚呢？"无名想不明白。

他正欲问时，只见真人从怀里取出一封信来。他想要递给无名道士，可是身体不稳，递了几次都递不到他手里，干脆就甩在他床上。

"我有个师弟，姓郝名欢伯，道号玄酉子，是酒城风香观的住持，我这里有一封书信，你带上去投靠他吧！"真人说。

"真人怎么赶我走？"

五斗真人笑道："心中有道，天下为家；世间之事，皆有定数；积德行善，方有后福。去吧！红尘中一样可以修行。"

真人说完，起身就要离开，可是门框太矮，他的身体没办法降下来，便回头向无名使了个眼神，让他拉自己一把。无名上前把他拽了下来。出门时，真人又回过头来，看着无名呵呵一笑，那神情既和蔼又神秘。

无名道士突然回过神来，原来刚刚是在禅定之中。桌上的煤油灯还亮着，窗外的明月已升至当空，院子里没有人。无名摇摇头，知是做了一个梦。

"哪有这种事，什么成仙成佛的，呵呵！"

他起身，准备出门观月，忽地看见床沿上放着一封信。他拿起信来一看，上面写着"玄酉子亲启"，落款"五斗真人"。他用力在自己脸上打了一巴掌。

"竟是真的！"他痴痴地愣在那里。

云闲道长讲完吴刚修仙的故事，小老道已经倚在他身上睡着了。火头道长把他抱进屋去。

云闲道长回到房中，刚坐下来，就看见五斗真人飘浮在墙角，且只剩下头和胸部。云闲道长隐约知道，五斗真人即将功德圆满。所以他并不惊讶，而是立刻行礼道贺。

云闲道长是五斗真人的大徒弟，他们已经一起生活了近50年。五斗真人慢慢地向他讲述近来的修行体会，鼓励他继续勤加修习，并向他指明了一条修行的道路。

他告诉云闲："乱世当前，修道之人不应置身事外。"他建议他带着小老道去北方，一路上多做法事，普度众生，广积阴德。

云闲道长默默地听着真人的嘱咐。不知不觉间，真人已从窗户上飘了出去。云闲追出，却不见真人身影。寻思片刻后，他跪在地上长拜不起。

火头道长虽然入观很早，但并无修行的天分，如今30岁了，仍不会禅定。回房后，他一觉睡去，已至下半夜。

忽然，他只觉眼前出现了一团亮光，恍惚之中，他眯着眼看去，却是一个光芒四射的脑袋。朦胧中，他伸了个懒腰，问道："真人怎么出关了。"

过了片刻，他才像是从梦中惊醒一般，从床板上弹坐起来。只见，光芒从五斗真人的五官和脖子下投射出来。他赶忙跪在床板上，一个劲儿地磕头。

"火头啊，如今观里维持不下去了，你有什么打算没有？"真人问道。

"真人，明天我就上山采野菜。"

"你这人心宽体胖，是个有福之人，你就好好留在观里吧！一年以后，有一支队伍会来这里接你。今晨卯时，我的大限将至，你们将我的真身埋在后山即可。"

火头道长哭着说："是不是您就要死了？"

两行眼泪挂在火头道长脸上，他用衣袖抹着泪。再抬头看时，只见光芒快要消失了，眼前只剩下一个发着金光的嘴唇。嘴唇还在说着什么，火头道长仔细听着，好像是："傻人有傻福。"

从此，"傻人有傻福"五个字，成了火头道长的五字真言。

金色的光芒消失了，屋子里一片漆黑。

火头道长睁开眼，原来是个梦！他觉得脸有点发痒，用手一摸，竟然湿漉漉的，好像刚才自己真的哭过，虽心里感到奇怪，但又觉只是个梦而已，遂又睡去。

快到天明时分，火头被人叫醒，一看，是云闲道长。

两人打着马灯，推开真人的房门，屋子里雾气弥漫，只见已经干瘪如柴的真人盘腿而坐。云闲道长往真人的脉上探去，脉搏已经停了，但余温还未消去。

"真人云游去了！"云闲道长轻声说道。

火头一听，不禁又流下泪来，立即跪下磕头，并慢慢回忆起刚才的梦境，想起真人的嘱托，心里既难过又温暖。

火头道长把消息告诉无名和小老道。小老道哇哇大哭。

无名道士愈加觉得玄妙，似乎突然对这个世界有了一些新的认识。

这年冬天的第一场雪过后，月亮观中的存粮已经所剩无几。

云闲道长知道，往北走，只要翻越了秦岭，就能进入富庶的中原地带。他想起10多年前，也是一个冬天，他跟随五斗真人进山采药，发现大山中有一条古栈道连接着南北。

冬季虽然寒冷，但豺狼虎豹不易伤人。而山区多野菜，葛根随处可见。冬季的葛根好比土豆，不仅能充饥，而且口感细腻。

云闲道长把真人的嘱咐告诉小老道，两人告别了火头道长和无名道士，背上御寒的棉被和物品，提着锄头走了。

在之后的岁月里，云闲道长和小老道目睹了战争的惨状，以及殖民统治下百姓的疾苦生活。他们一路上悬壶济世、积德行善。20多年后，两人用多年来募集的善款，在长白山一带建起了多座道观，收留了很多无家可归的孤儿。

无名道士本无更好的打算，既得真人临终指点，只好走一步看一步。他见观中生活困难，便决心去酒城投靠风香观。

就这样，观中只剩下火头道长一人，光景甚为凄凉，但他却浑然不觉。

第三章

牢狱之灾

几场运动过后，本就动荡不安的民国国势迅速衰败。

天下分分合合，皆不得长久。政府内部斗争不断，军阀派系如野草般应运而生。派系之间你争我夺，派系内部明争暗斗。各路人马你来我往，旧的约定还未解除，新的联盟又已形成。

时局变化莫测，有权有势者也人人自危，人们越来越看不懂这形势了。

表面上看，西南地区多方势力互为犄角，特别是以川滇黔为代表的三派军阀鼎足而立，各省独立自治。但实际上，三派军阀内部却四分五裂，大大小小几十支部队跑马圈地，占地为王。相互倒戈或联合，都是常有的事。总之，情况远比想象中复杂得多。

川滇黔交界一带，云城、贵城、山城、酒城等地摩擦不断。

其中，云城军实力最弱，但城内有云城军事学堂坐镇，不仅培养军事人才，也训练新军，其毕业军官遍布全国，号召力极强。

贵城军实力较强，但强的原因是穷。贵城地偏人稀，资源匮乏，穷则思变，想变通就会不择手段。由于贵城控制着云城和中原之间的交通大动脉，近一两年来，凡是两地之间的物资来往，十有八九会被贵城军揩油。揩油还好，至少还能剩下一些，但自从老牌军阀史尧乾控制贵城以后，无论是军用物资还是商贸货物，只要被他看上的，皆有被没收的风险。更险恶的是，史尧乾依附中原，暗自布局，打起了吞并周边地区的算盘。

云城军首领薛德挺与军事学堂校长蔡文森秘密商议，要效仿前人，用合纵连横之术，通过"远交近攻"的策略来对抗贵城军。他们持续在云城周边招募新军，扩充军队实力，同时秘密派出两队人马前往西南地区，要与山城和酒城两地的军阀联合起来，对抗贵城。

然而，史尧乾很快就得到了卧底的情报。他派出人马，将前去连纵的队伍打得七零八落。

军事学堂的陆军教官吴森，是执行这次计划的负责人之一。他的队伍被贵城军伏击冲散，他自己臀部中弹，逃进了山林。

暮色降临，阴冷的山风将干枯的丝茅草吹出一阵阵波浪。吴森从草丛中探出头来，他刚刚侥幸躲过了一场搜山行动。身处贵城，他随时都有可能被抓，只能忍痛前行。

走了十几公里夜路后，他在树林中发现一处生基①，干脆钻进去过夜。进入之后，点燃火星一看，生基里有石床、桌凳。革命者不信鬼神，筋疲力尽的吴森爬上石床，很快就睡着了。

等他醒来时，臀部发出一阵阵剧烈的疼痛。在前天的战斗中，他的右臀中枪，好在子弹从旁边穿了出去。他得尽快找个地方处理伤口才行。此处既然有生基，周围就一定有人居住，乡镇上一般都能找到大夫。于是，他把身上的物品一件件取出，藏在石床的缝隙里，又脱去军装，带了两个"袁大头"和一些零钱下山。

果然，吴森很快就来到了一个集镇。他找了几户人家，买到一件旧棉衣，弄到几个红薯，并在镇外找到一个老医生。老医生是个好人，他用颤颤巍巍的手为吴森消毒敷药。然而，他的儿媳见到桌上的两枚"袁大头"时，竟然悄悄地出了后门。

老话讲得好："财不外漏。"那妇人见吴森中了枪伤，想必是个绿林中人。又见桌上摆着两块大洋，她已经很久没见过大洋了，两块大洋够她们一家人熬过这个冬天，那诱惑实在是太大了。再一想，老公公是个迂腐之人，必定不会收下这么多钱。于是，她选择铤而走险，上报消息。

来的不是正规军，而是民团。他们很快就抓住了吴森，一个民兵头子

---

① 生基：指没有埋葬棺椁的空坟。

顺走了那两块大洋。愚蠢的妇人大喊大叫，说那是她家的钱，却被那人一脚踹在肚子上，痛得她半天也爬不起来。更荒唐的是，老医生也被带走了，民团的人要妇人拿钱去保。妇人呆呆地坐在地上，眼里尽是绝望。

吴森没想到自己躲过了正规军，却被民团抓住。他只能一口咬定自己是个过路的商人，屁股被恶狗咬了个窟窿。民团的人在他身上只搜出一点零钱，又审讯不出个所以然来，就决定先把他关起来再说。

民团团长是镇上大地主的儿子。儿子当团长光宗耀祖，老子当然要全力支持，因此办公地点就设在自家的庄园里。一百多号民团的队伍在庄园旁扎营，每天有几十上百号人在庄园里进进出出，这让大地主觉得，儿子就像当了天大的官一般，愈加神气起来。只是时间一长他才发现，干民团竟然是个赔本买卖，经常还得贴补一些粮食。思来想去，他觉得是自己的方法不对，哪有当官的刮不出油水的道理？于是常给儿子支招，变着法子让老百姓交钱。

近日，民团接到指令，要抓云城的残兵。这对大地主来说，是一个大好消息。他安排下去，凡是经过集镇的陌生人，统统都要抓起来，有钱的交钱走人，没钱的就送到上面去领赏。

审讯了吴森，团兵们又装模作样地审讯老医生。虽然都是知根知底的人，可大地主连老乡也不放过。他支使团兵叫来老医生的儿子，要他拿一斗米来赎人。

老医生是淳朴忠厚之人，遭遇这种事内心本已自责，回家后又被儿媳责怪，一时想不开，当天夜里竟上吊自杀了。

半年后，那大地主突然害了痢疾，吃什么药都不管用。巧的是，镇上的人都知道，那自杀的老医生最擅长治疗痢疾，再严重的病情，他都能治好。临终前，大地主终于大彻大悟，告诫儿子要多做善事。

多年以后，民团团长牺牲在抗日战争的前线。

而此时，吴森被套了头套，由几个团兵押着进了庄园的地下室。他闻到空气中弥漫着血腥和腐坏的气息，感觉地上湿漉漉的。停下来时，他已经在一间黑暗的牢房里了。

突然，一人大喊道："我只是个过路的，快放我走。"然而没有人理他。团兵扯下吴森的头套，锁上门走了。

光线从两个方孔中射进来，显得格外刺眼。吴森闭上眼睛，过了好一会儿才睁眼，看见刚才叫喊那人正看着他。吴森没有理他，而是查看起牢房内的情况来。墙是石头砌的，石头有半米来厚。他抓住方孔的边缘，踮起脚往外看，外面是杂草丛生的地面。看来牢房建在地下，要想破墙而出是绝不可能的。

吴森这才打量起刚才那人，他竟然和自己长得一模一样，不由得心头一惊，问道："敢问你是何人？"

原来，那人正是要去酒城投奔风香观的无名道士。

那天无名经过集镇时，本想在街上要碗水喝，却无缘无故地被几个团兵抓了起来，并说他是伪装的军官，原因是从无名的包裹里搜出一本《三国志》、一本《孙子兵法》。无名被剪去长发，脱掉道袍，关进了牢房。他无论如何也不会想到，自己会被人当成士兵。

因长相极为相似，两人倒觉得有些亲切，便你来我往地交谈起来。

经过几天的相处，无名道士觉得吴森绝非等闲之辈，他虽然身陷牢狱，但依旧气宇轩昂，不卑不亢，胸中一腔热血，为人坦诚率真。相较之下，无名道士沉默寡言，颇有些城府，表面言语不多，内心却细腻圆滑。

作为一个革命人士，吴森自然不相信鬼神，因而也看不起和尚、道士一类人。但此时身处牢笼，他哪里还有闲心去批评这些封建迷信。只是他心中烦闷，有意无意间便会说出一些慷慨激昂的话来。

吴森见无名整日打坐，骂道："臭老道，信鬼神能救国救民乎？"

这时一只小鸟从方孔中钻了进来，无名道士一把将其抓住，就要吸它的血。吴森立即大声呵斥，让无名将其放掉。

吴森臀部的枪伤未得到治疗，大片血肉都已腐烂，到了夜里痛得钻心。而狱中潮湿，无名臀部的旧伤复发，也痛得厉害。两人到了半夜，此起彼伏地呻吟起来。

吴森骂道："你个臭老道，是不是活腻了，学我作甚？"

"官爷，我不是学你，而是近日阴冷，我旧伤发作，实在痛得厉害。"

"臭道士不要胡说八道，谁是官爷？"吴森又道，"你能有什么伤？"

无名只好忍住疼痛，不再发出声音。

吴森趴在床板上，一整天没有动弹。无名见他奄奄一息，伸手去探，发现他身上滚烫，揭开棉裤，一股恶臭袭来，吓得他连声大喊："来人……"却没人回应。

到了半夜，吴森醒了，对无名轻声说道："实不相瞒，我这确实是枪伤。我可能活不了了，要是有人来，你就让他们把我扔出去好了，老子死也不要死在牢房里。"

无名近日神游时，常回到月亮观。当年道长们救他的场景，还历历在目。他甚至可以在神游时，看见道长们为他敷草药的场景。他心想，要是有那几味草药，说不定还能救吴森一命。

不久团兵来送饭时，无名大喊道："这人快要死了。"

团兵才懒得管："死了就死了。"

无名道士又喊："要是人死了，你们就换不到钱了。"

团兵觉得是这个道理，于是报告给上级，不久果然有人来看。

无名道士说道："告诉你们，这人就是你们要抓的军官，你们要是想赚这笔奖赏，就找这几味药来，我可以救他。"

来人将信将疑地打量着无名道士，骂道："娘的！什么药？只要你能把他救活，老子立马放你走。"

"想要他活过来，就给我们找一个干净的房间，他需要一张床，需要热水和热食……"无名道士说了些条件。

那人暂时做不了主，又跑去向上边报告。过了一会儿那人才回来，并拿来纸笔，记下那几味治伤的药物，又叫团兵抬上吴森，押着无名，住进地面上的一间屋子，屋外派团兵把守。可见吴森的命值一大笔钱。

无名道士入定后，回到那段疗伤的时期，把道长们为他治伤的过程详细地记录下来。按照这些方法，他忍住恶臭，先用刀剔除吴森臀部的腐肉，再将草药捣碎，制成药膏，一日三敷，加上每天有新鲜的食物供应，吴森竟然真的起死回生了。

得知无名道士为他做的一切，吴森大为感动，可惜无力报答，只能默默叹息。但无名却没有放弃逃出去的想法，他悄悄告诉吴森："你的伤已经好了大半，但你必须装作十分虚弱的样子，以拖延时间……"听了无名道士的计划，吴森立马来了精神。他大为感动，没想到无名道士居然为了救他而放弃活命的机会。

其实，无名也并非全是为了救吴森，而是他根本就不相信团兵会放他走。

团兵见吴森臀部的伤口已经愈合，并不相信他们的说辞。无名却说子弹打断了他的坐骨神经，虽然表面愈合了，但内里还没有恢复。

无名在药方中偷偷加了几味药物，这些药物搭配起来，可以制成迷药。

这天夜里，无名道士入定后，竟发现自己坐在一座坟墓的石床上，他觉得奇怪，正要起身去查看，突然感到有人在摇他。回过神一看，是吴森蹲在他身旁。吴森在他耳边说道："刚才外面团兵说，明天就要送我们上路。你听见了吗？"

无名入定后，虽然进入了另一个世界，但身边发生的事情他都知道。

经过这些时日的相处，两人已经有了些默契。前几日，他们从竹笈上取下竹篾，用指甲将其分成细签，再在石头上磨尖，浸泡在迷药中。又将包药的牛皮纸卷成细长的管筒。无名把一根竹签放进纸筒中，将一端送到嘴边，用力一吹，竹签像子弹一样飞了出去。为了提高竹签的命中率，无名还在竹签的一端夹上一丝垫床的谷草。调试多次后，竹签竟能精确地命中桌腿儿。

当晚三更过后，两个把门的团兵正昏昏欲睡。无名把纸筒瞄准一个团兵的脖子，使劲一吹，那团兵跳起来骂道："什么虫子，蜇得老子好痛。"

"冬天哪来的虫子？"另一个说。

两人一番骂骂咧咧后，那个中签的团兵渐渐昏睡了过去，另一个也打起瞌睡来。

突然，无名道士压低声音喊道："不好了军爷，你们来看，他好像已经死了。"

那人本就半梦半醒，听说俘虏死了，这责任他们怎么负得起，赶紧摇了摇另一个团兵。另一个团兵只是动了动，并没有起身。但那人以为他已经醒了，便转身打开房门，上前去查看情况。他刚走到床边，就被吴森抓住了脖子，只听"咔嚓"一声，那团兵哼都没有哼一声，就栽倒在地上。

这时无名已经把另一个团兵也拖了进来，吴森二话不说，上前捧住团兵的脖子，又是一拧。无名大为不解，连鸟都不忍伤害的吴森，为何杀起人来眼睛都不眨一下。

两人换上团兵的衣服，把其中一个团兵抬到床上，又让另一个盘腿坐在墙边，然后把门锁起来。夜深人静，庄园围墙很高，门岗上都有哨兵，根本没办法出去。他们便学着团兵的样子，在屋外坐下装睡，以免被查岗的哨兵发现问题。

四更过后，后院的厨房里逐渐有了动静。又过了片刻，庄园的大门打开了，要押送俘虏的团兵逐渐赶来，在院子里等着开餐。

吴森和无名趁人不注意，悄悄混到刚进来的团兵中间。之后，两人勾肩搭背走出了大门。大门口的哨兵可能是遇到了熟人，正在说笑，并没有注意他们。他们走到墙角，转了个弯，朝远处去了。路上还遇到几个团兵，因为天黑，互相还打了声招呼。

天亮时分，两人已经走出了镇子。

死里逃生

吴森是个军人，早将生死置之度外。对一个军人来说，死在牢房里是最大的耻辱，而无名让他免受了这样的耻辱。人一旦放下负担，思想就会放松警惕。

放松警惕的吴森，很快就犯了军人的大忌。无名本要独自离开，吴森却坚持与他同行。而且在接下来的两天里，他竟然将自己此次行动的使命向无名和盘托出。救命恩人与道士的身份，让吴森完全打消了对无名的戒心。无名本不想知道这些事，而吴森的感情用事让他有些进退两难，他莫名其妙地加入了吴森的战线，并且必须为他保守这些秘密。

无名问吴森为什么要杀掉那个昏迷的团兵，他并不会立即醒来。吴森却说，战场不同于生活。生活中，飞禽走兽皆是生灵，皆有生存的权利。而战场上没有生死，只有胜败。作为陆军教官的吴森借此机会，为无名好好地上了一课，讲述了自己对战争的认识，以及如何当好一名军官，如何带兵作战，等等。

无名道士觉得这世上之事，都能自成一派体系，可叹也可笑。

两人找到了之前无名藏身的那口生基。摸黑进去后，吴森点燃了火星，并逐一从缝隙中摸出他的东西来。无名找了个地方坐下，突然感觉自己好像来过这里。仔细一想，在逃走之前，他神游时去的地方就是这里。他内心一阵欢喜。

吴森将自己的物品逐一摆放在石床上，又一件件地藏进衣裤里，手里只剩下一个装满钱的荷包。他掂了掂那荷包，呵呵一笑，拉着无名钻出了生基。

两人走了一夜，又困又乏。第二天中午时分，来到一个小餐馆，餐馆老板见吴森有现钱，便拿出一块干肉、一罐烈酒。吴森和无名吃饱喝足后，又继续上路。

再走半日，两人就能抵达酒江。如果运气好，搭上乘船，几日后就能到达酒城。

但此时两人都已筋疲力尽了，再加上中午喝了两碗品质不好的烈酒，没走出多远，他们就头昏脑涨，怎么也走不动了。吴森趴在一块青石上，立马就睡着了，无名也坐下来休息。

刚坐下不久，无名就发现，山下有一队人马正向垭口跑来。他立即警觉起来，赶紧摇醒吴森。

如果吴森不那么意气用事，不要求无名道士与他同行，或者不喝那两碗烈酒，而是一鼓作气走到酒江边，搭上乘船，那么在这样的群山之中，自己又怎么会暴露行踪呢？

但命运没有如果。

小餐馆老板见钱眼开，把为几个士兵准备的酒肉卖给了吴森。等那几个大兵来吃饭时，见没了酒肉，便和老板较起真来。听了餐馆老板的描述，几人连忙追了出来。

他们有两支步枪，吴森从生基中取回一把"大肚匣子"，但一共仅有三十来发子弹，两人只好往山上逃。但很快就被追兵发现了，有人向他们射击。两人爬上山顶，山后是一片荒地，没有藏身之处。吴森只好反身还击，他打中了一个追兵，其他人立即躲避起来。

追击的士兵都是丛林作战的好手，他们各自散开，迂回到两边的灌木丛里，继续往上爬，试图对两人形成包抄。

吴森瞄准了一个目标，还没有扣动扳机，耳边就响起了枪声，那个目标应声倒下。他侧身一看，是无名开的枪。无名并未讲过做土匪的经历，吴森虽然吃惊，也没有时间多问。在对方猛烈的攻击之下，两人并没有太多还手的机会，眼看敌人近在咫尺了。

看来，目前的战况就是打又打不过，跑又跑不掉。正如吴森所说，战场没有生死，只有胜败。如果两人再次被俘，或被击毙，那么这次逃跑计划就完全失败了，但如果两人中有一人成功逃脱，那两人同样是胜利的！

吴森深知，对方的目标是他，并且无名已经救过他一次了，于是在脑海中快速做了一个决定。他让无名掩护自己，并快速掏出几件东西来，一把塞进无名的大衣口袋里，又拉起他往山坡下使劲一推。这一推，让毫无准备的无名连滚带爬，跌出了很远一段距离。

吴森一边还击，一边大喊："兄弟，大哥托你个事，信件一定帮我带给酒城的胡司令。"

无名想回去拉他一起跑，他却大喊着站起来射击。子弹打穿了吴森的胸口、肩膀……无名心中一震，含着泪转身逃跑。

山野里本就没有路，带刺的荆棘不断扎在无名身上，他用手臂挡住脸，不一会儿，衣服就被撕出无数条口子。士兵在他身后追赶，不时开枪射击。

人在危急的情况下，往往能爆发出前所未有的潜能。无名感到，奔跑中的自己好像变成了一只黄羊，在一片根本无法下脚的荒野荆棘中横冲直撞，求生的本能让他忘记了疼痛。然而，前方迎接他的却是一处绝境。围猎的"狼群"将他赶到一处悬崖边缘，眼前是几十米高的山崖，山崖下是一条河流。追兵已经围成了一个半圆形，向他靠拢过来。

无名觉得，与其让他们抓住，不如自行了断。想到这里，他举起手做出投降的姿势，并向前走了十几步。大兵们见他投降，都端着枪向他靠拢，却不想一转眼间，他一个转身，向悬崖边猛冲过去。

几个大兵在他纵身跳下的瞬间，几乎同时扣动了扳机。

忽然间，无名道士感觉自己变身为一只飞燕，疾风吹得他睁不开眼睛，眼前白茫茫的一片。随后，他又像石头一般落入水中，脑袋"嗡"的一声，就不省人事了。

追兵们纷纷围拢过来，趴在悬崖边向下张望，只见水中泛起几圈白色的泡沫，就恢复了平静。他们相互示意后，转身走了。

入冬后，江河湖泊进入枯水期。过去这一带砂石堆积，河滩较高。民国时期，洋人与政府签订通航协议，专门疏通了航运沿线的河道，但也导致洋人的几十艘铁皮船几乎垄断了酒江的运输业务。本土的木帆船在铁皮船面前，仿佛成了侏儒一般，又矮又小，只能承接一些短途货运工作。双方的摩擦从未停止过。

有一次，洋人的铁皮船撞沉了本地的木船。本地船商也不是吃素的，他们联合袍哥会扣了洋人的船，抓了两个洋人管事。外国使馆找民国政府交涉，民国政府只好通电本地军阀妥善处理，要求务必释放人质，惩办主谋。本地军阀虽然惹不起洋人，但也不怕被惹。几经迁回，他们终于让洋人赔偿了沉船的损失，本地船商也释放了人质。至于惩办主谋，他们随便找了个罪犯顶替了事。

然而垄断虽然形成，但奇怪的是，本土的船运不仅没有减少，反而不断增加。洋人虽然带来了垄断，但也带来了繁荣的商业。每一艘铁皮船抵达目的地后，都需要若干艘木船，将货物分运至各个县或乡镇。所以即使是枯水季，过往的船只仍然络绎不绝。

无名道士感觉自己已经死了。

然而，如果一个人真的死了，他就不会感觉自己死了，因为他连感觉都没有了。

无名几乎是直立着落入水中，强烈的冲击让他立即晕了过去。但片刻后，冰冷的河水将他惊醒。他不会游泳，本能促使他使劲挣扎，有好几次，他刚浮上水面大口吸气，身体马上又往下沉，很快就精疲力竭了。他心中无比慌乱，肚子里装满了凉水，不一会儿，又失去了知觉。

他还能醒过来吗？答案是肯定的。

等他再次醒来，发现自己躺在一艘木船的甲板上，肺部难受极了。他把手从毯子里伸出来，松开紧握的拳头，一颗子弹叮叮当当地掉落在甲板上。

无名眼前出现了一个彪形大汉，他身材高大得出奇，肩膀很宽，络腮胡子，这么冷的天，却只穿着一件单衣。

那人见他醒了，低下头来，笑嘻嘻地说："醒了就好！"

那分明是一个女人的声音，清脆而细长。

这时，又有好些人过来看他。无名突然想起吴森塞给他的东西，以及自己的投靠信，他赶紧坐起来，但头还晕得厉害，于是用手撑着头，四下看那些东西在哪儿。

那大汉说道："官爷，你的东西都在这里。只是湿了，不知道晒干还能不能看清。"

说着，他便在炉火旁一件件地摆开。无名想让他还给自己，却没有力气说话，身体不由自主地倒了下去。

"官爷，你不是正招兵吗？干脆把我招了，我跟你干。"有人问道。

随即又有人迎合。

无名道士无力问询，也无力回答。他只能躺着，感受着炉火的温度。

这位身形奇特、肩宽臀窄、身高一米九的彪形大汉名叫江里浪，是酒城小市的船老板。他从小在江边长大，在码头上当过工人，做过苦力，十二三岁时，身高就长到成人一般。他肌肉发达，身体强健，同样是扛粮食，别人扛两袋，他要扛五袋，码头上的船家没有不喜欢他的。再年长两三岁，他的身高冒到了一米九。西南地区的人个子普遍矮小，所以他走在人群中时，就犹如一个巨人。因身材过于强壮，干活又都是光着膀子，手臂上青筋暴露，生人第一次见他，都会有些害怕。但他一开口讲话，又会给人带来强烈的反差。他声音尖细，语速缓慢，尾音绵长，活像个委婉的女子。这种反差常常引人发笑。这只能怪他自己，因为在变声期偷偷学拉纤人唱"号子"，把嗓子给唱坏了，所以只能用假声说话。然而，稍稍了解他的人都知道，这样的特点倒也适合他。他骨子里是个坚毅、顽强的人，正如他的身材和体形一般，强壮有力。而他的性格又十分温和，心地善良，常常怜悯穷苦之人，这又犹如他说话的声音和语气。街坊邻居大都是匠人和工人，他条件宽裕一些后，常常帮助生活困难的邻里。酒城小市一带的人都认识这个怪兽长相、菩萨心肠的船长。十六七岁时，江里浪决心要当船长。船商叶舟十分欣赏他，主动邀请他当船员。后来，叶舟皮货生意做大了，就把船交给江里浪打理，他也就成了半个船老板。

　　江里浪去外地送货返回时，见一些难民要去酒城揽活儿，就主动让他们上了船。

　　当枪声响起时，江里浪警觉起来。看见远处有人坠江，他二话没说，就跳入江水之中。他犹如一只巨型的青蛙，双手划水，双腿蹬水，速度奇快，一个猛子就扎到了落水者跟前，船上的人无不称赞。他从背后把那人揽住，待两人的头露出水面，再用侧方游泳的姿势往回游。到了船边，江里浪一使劲，把那人甩上船，自己一手拉住船边，一个纵身也上了船。

　　无名道士见众人都叫他"官爷"，想必是看了那些物件，误把他当成了吴森。这时他才慢慢回想起刚才死里逃生的经历，不禁心中惋惜。想到"得其志，虽死犹生"的古话，他觉得吴森不算枉死。

　　"如果能够提前预见吴森的死，那结果可以改变吗？"他在心里问自己道。

他突然想到，自己如果拥有了预知未来的能力，是不是可以避开一些祸事。但又一想，天机不可泄露，命运是上天的安排，就算能提前看到，也不可能去干预和改变。

木船在江中航行了一夜，因是顺水行舟，所以只需一个船员掌舵就行了。天明时，船员换班，江里浪煮好了一锅粥，并拿出干馍来分给大家。

休息了一晚，无名道士逐渐恢复了。他肚子饿了，吃了两碗粥后，在船头上踱步。江里浪把东西还给他，他想既然大家都看到了，就干脆清点一下。

首先是一张军官证。翻开证件，映入眼帘的是一张盖了钢印的黑白照片，照片上的青年身着军装，头戴军帽，和他长得一模一样。证件上有部队编号，吴森的职务是陆军教官。另一页印有"三民主义"。然后是一封未拆开的信，他听吴森说过，这是要交给酒城胡司令的。还有一张布告，摊开一看，是征兵的告示。怪不得船上的人要跟他去当兵。另外还有一个装了银圆的钱袋。他在自己的衣服里摸了摸，信缝在衣服夹层里。他放下心来，把东西一一收起。

江里浪走过去，俯下身，在无名耳边说："官爷，你既然征兵，就把这些难民都征去吧。"

无名道士没有回答，而是问起酒城风香观的具体位置。江里浪只知道酒城有仙人观、洞宾观、临江观，却没有听说过风香观。心想："这人怎么这么不爽直。"

"官爷放心，不会给你惹麻烦的。到了酒城，他们就跟你走。"江里浪仍这样说道。

无名觉得没办法讲清楚，干脆不再言语。但他不得不先去找那胡司令，把吴森的东西转交给他，彻底了结这件事。

船进入酒城境内，两岸高耸入云的山崖逐渐变成了平缓的丘陵，河道由窄变宽，来往船只增多，江面上有靠人力划动的木舟，也有带帆的货船，还不时有一两艘汽船。

回到自己的地盘，江里浪总算安心了。熟人们似乎很喜欢和他打招呼，或许是为了听他那秀气细长的声音。无名以为已经到了酒城，一打听才知道，还有一天才能进城。

大大小小的乡镇码头上，总有些提着扁担、木棍的人，在那里等活儿。站立的人用扁担撑着双臂，蹲着的人嘴里叼着烟卷，他们像木偶般看着经过的船只，只希望有船能停靠下来，让他们有活儿可干。可见不管在哪里，普通人的生活都好不到哪儿去。

船到了一处溪流汇入口，有人向船上的人挥手，船员把船慢慢停靠过去。

江里浪喊道："要上些黄泥，劳烦各位挪出几人的位置来。"

船一停稳，就有几人挑着黄泥上船，将装满黄泥的竹筐垒在船头上。

岸上那人上了船，他穿着带纹饰的黑色棉衣，戴个圆帽，是个商人模样。一上船，他就和人们热情地打起招呼来。

上船的人是司马邕，南城酒坊的老板。近年来，他的经营有些惨淡。先是因为蝗虫灾害，周边粮食减产，秋天时收不到高粱原料；后又因为作坊年久失修，几口窖池垮塌；半年前新挖了几口窖池，又因为位置没选好，一到夏天就成了"水坑"，酿不出酒。更要命的是，因为他联合其他酒坊主一起抵制政府重复征税，得罪了别动队的屈老二，不仅被抓了典型，关了班房，交了更多保钱不说，还被人威胁，要抓他的独子去充军。这事让他心力交瘁，一夜间头发白了一半。好在他暗地里把儿子司马醇送走了，这才抽出身来，买黄泥回去修补窖池。

尽管如此，司马邕依然是个体面的商人。俗话说，瘦死的骆驼比马大，虽然时运不济，但一家上下还算齐心，大家不赌不嫖，多少还有些积蓄，就算一两年不酿酒，也不至于饿肚子。

所以司马邕焦虑的不是生意，而是他那个不争气的"独苗苗"。司马醇读过几年私塾，私塾先生教唐诗宋词，他放着好好的律诗绝句不学，偏偏偷着看些外国闲书，后来还喜欢上了什么莎士比亚、雨果。他不研究学问，偏研究什么《悲惨世界》《飞鸟集》等文学书籍，常常像着了魔一般，说什么"世界上最遥远的距离，不是生与死的距离，而是我就站在你面前，你却不知道我爱你"一类神神道道的话。后来司马邕听了别人的建议，干脆送司马醇去读新学，老师倒觉得他是个可以好好培养的苗子。只可惜，后来军阀混战开始了，新学无法再办下去，司马醇无所事事，整天闷闷不乐，唉声叹气。酒坊的瓦片们见他毫无男子气概，都说他是个"失了魂儿的人"。

对了，"瓦片"是人们对酿酒师傅的俗称。酿酒虽然是技术活，但过去的酿酒师没什么文化。因为作坊里比较潮湿，师傅们就把出酒、下料等数据用石块写在瓦片上。手艺越好的师傅，记录的数据就越多，用的瓦片就越大。后来，人们就把酿酒师称作"瓦片"，把手艺好的老师傅称为"大瓦片"。

这次偷偷送走司马醇，也征求了他本人的意见，他说："要逃就往海的方向逃。"

司马邕和江里浪是长辈与晚辈的关系，也是雇主与船家的关系。司马邕是个热心肠的人，总是闲不下来，坐下来后总要找人说话，否则心思又会回到焦虑和担心的事情上去。他见船上众人相貌平平，倒是角落里的无名有些超凡脱俗，气宇间流露出不凡之象，便起身走到他跟前，双手抱拳，作了一揖。

无名眉目低垂，头靠在船上，眼睛看着甲板，想着心事。见有人上来作揖，有些吃惊，也站起来作了一揖。

司马邕问起无名的身世、到酒城的目的，以及今后的打算，等等。无名自然不会照实回答，并借机打听起风香观来。

"要说酒城的道观，那都和酒有关系，"司马邕说道，"比如洞宾观的由来，和吕洞宾在酒城找酒喝有关；又比如临江观，明代大才子杨慎曾在那里创作《临江仙》……"

"后一个好像和酒没有关系。"

"哪能没关系呢！杨升庵的表哥是酒城的第一名士，他们在酒城把酒当歌，那一句'一壶浊酒喜相逢'，不就与酒有关？"司马邕说道，"只是你要找的风香观，本人从没听说过，不过名字倒是和酒有关，风过留香嘛！"

一旁的江里浪也说："官爷，你是不是记错了？"

无名听后，心里打起鼓来。他想："司马鄠和江里浪都是土生土长的酒城人，他们都说没有风香观，那还假得了。那为什么五斗真人又要自己来投奔风香观呢？"

想到这里，他赶忙去翻衣服夹层里的那封信。事到如今，他只能把五斗真人交给他的信打开来看看了。

他借故来到船尾，扯开衣服夹层，拿出信来，因为泡过水，"玄酉子亲启"几个字已经模糊了。无名撕开信封，里面是一张宣纸，扯出来一看，上面写着"顺其自然"四个字。

"这根本就不是信，不是信……"无名大感意外。

无名细细想来："'玄'是天，'酉'指酒，'玄酉'二字代表天上的酒。天上哪有酒呢？"

无名道士陷入沉思，合眼打起坐来。

旗开得胜

船在夜幕中航行，远方的灯塔发出微弱的黄光，光芒投射在水面上，形成一缕摇曳的波光。两岸丘陵中，猿声四起，声音在江面间回荡，显得格外空灵。

船上有一个名叫鳞蛟的人，性格孤僻，不善言谈，从小跟随一个渔翁，以钓鱼、捕鱼为生，渔翁去世后，他开始四处流浪。由于船上食物有限，到了夜里，人们的肚子不争气，"咕咕咕"地叫个不停。鳞蛟想去当兵，第一步就是要在官爷面前有所表现。于是，他从裤兜里摸出一根丝线来，把耳垂上一根弯曲的铁钉取下，麻利地套在丝线上，又掏出一块自制的鱼饵挂在上面，再把线从船边放进水里。不到三分钟，他就接连扯上五六条十来斤的青鱼，引得大家都来围观。

"来、来……都煮了……煮了……"他嚷道。

青鱼在甲板上跳跃，大伙儿欢呼声四起。有人喊："再钓些。"

"吃多少……钓多少……"他说。

司马邕夸赞他真有本事，他却仰着头说："这算……什么，鱼都听……我的话。"声音有点结巴。

说罢，他把两根手指伸进嘴里，吹出一串奇妙的哨声，然后指着水面让大家看。司马邕站在最前面，见水面并没有什么反应，刚要笑话鳞蛟时，只见水花翻滚，鱼群从水中一跃而出，一波接着一波，鱼鳞上闪着光，木船随着水波荡漾起来，大家都目瞪口呆。

"兄弟，收了吧，一会儿浪子要上船了！"江里浪说道。他见过不少奇人异事，所以不以为怪。

鳞蛟又吹响了口哨，鱼群逐渐没入水中不见了。

船员拿来锅灶，架起火煮鱼。一个中年人站出来，要借船上的刀。船员里有下厨的好手，正要自己动手，那人抢过刀去，只见一道道白光上下翻飞，几条鱼在他手上翻来覆去，似耍杂技一般，三下五下就全部杀完了。大家再看时，大小均匀的肉片装了满满两盆，几条鱼骨完整无缺，摆在另一个盆子里。

大家都惊叹他的刀法了得。问他时，他只说自己名叫游刃，却不肯透露来历。

船员们仅用咸菜、豆豉等几样简单的拌料，就做出了无比美味的水煮鱼，大家美美地饱餐了一顿。

无名道士一旦入定后，雷也吵不醒他，但刚才发生的事情他一清二楚。等他回过神来，见船上杯盘狼藉，自己身前摆着一碗鱼肉、一碗鱼骨汤。无名不管三七二十一，端起来就吃，只觉得味道可口，一口气吃个精光。他转头见大家都在看他，便对鳞蛟和游刃竖起了大拇指。

无名道士一改愁容，他已经准备好顺其自然了。他心想，反正天下道观是一家，没有风香观，就去其他观。他伸手掂了掂吴森给他的一袋子银圆，顿时神清气爽。

见司马邕在一边打盹，他就起身到他面前，学着他的样子，作了个揖。司马邕见他过来，也站起来作揖。无名打听起胡司令的情况，主要是想知道，在哪里可以找到他。

"胡里图的公馆倒是在城里，只是前些时日，他亲自带着队伍上前线去了，正和锦城的刘家军在交界处打得厉害呢！"司马邕说。

这个胡里图也曾是云城军事学堂出身，曾经在周边一带建起一支队伍，后来投靠了酒城。酒城军司令汪海藻到锦城授勋时，被胡里图鸠占鹊巢，从此酒城就成了锦城的敌人，二者打了四五年，依然不分胜负。汪海藻没了归宿，只能在刘家军军中做个门客。他自然想打回自己的大本营，可惜手上无兵，只得干着急。

然而他在外作战，司马邕也不知道在哪里可以找到他。

这一夜，无名道士没有再打坐，他的眼睛逐渐适应了夜色。瞭望星空，他忽然觉得人在这天地之间，竟如那水中的浮萍一般，如此渺小而飘摇。

船终于驶入酒城。无名远远地望去，江岸的房屋楼阁修建得紧密有致。房屋背后，似乎有一圈石砌的城墙，城中有白塔，从层层叠叠的灰瓦屋顶中冒出头来，显得格外抢眼。城外的山坡上，是青幽幽的麦田。城下的码头上，停泊着大大小小的船只，码头工人们正忙碌着。

江里浪的船，停泊到南城外的酒码头上。司马邕在这里把泥土转到一条小船上，小船沿着溪流，划入南城酒坊后的水井旁。乘客们都要在这里下船，因为再往里进，就要按人数收"人头税"了。

无名掏出一个银圆递给江里浪，江里浪嘻嘻一笑，轻轻推了回去，无名感到他的胳膊粗壮有力。下船后，众人中果真有十几个人要跟着他走。无名回头看了看，见鳞蛟和游刃也在里面，他既没有赞同，也没有反对。

不一会儿，司马邕领着管家追了上来，告诉无名胡里图正在瓮城，又给了他一张本地地图。此去瓮城五六十里，要走上一整天。无名作了一揖，转身走了。

路上，众人主动分起工来，有人在前开路，有人扫尾断后。夜里，大家来到一个小渔村，渔村有饭馆。无名请大家饱餐了一顿，然后找了个挡雨的房檐，勉强休息了一夜。

第二天清晨，一行人又走了两个时辰，听到远处传来密集的炮火声。沿着山路走去，见有百姓从城里逃出。人们讲述着城里的情况，瓮城快要守不住了。人们站在山坡上远远地眺望，说那是城，其实只是个如庄园一般的集镇。集镇前临小溪，后靠山体，敌军要进入瓮城，只能从正面攻击。眼下兵临城下，城门已被炸开，只等胡里图弹尽粮绝，对方便可以长驱直入。

无名道士在山顶观察了一阵，不知如何是好。忽又想起前不久入定后，竟能预知后事，于是找了块平整的大石头，在上面盘腿而坐，合上了眼睛。

众人奇怪，以为他只是走累了，要休息片刻，也都跟着坐下休息。

一个时辰后，无名道士回过神来，大家向他围拢。他指着远处的溪流，大家顺眼望去，一排竹筏正在渡河。无名道士与鳞蛟耳语了几句，鳞蛟哈哈一笑，挑选了几人下山去了。随后，无名亲自领着游刃和另外几人，绕到了瓮城的后山上。

游刃精通刀法，在无名道士的指挥下，他很快在后山的荆棘丛中砍出一条条小径来，如果能从空中往下看，就会发现那是一个迷宫。

几人躲在丛林中，中途吃了些干粮。直到天色渐晚，才看见从后山的城墙洞中钻出一队人来。

听逃出的百姓说，胡里图本以为此战必胜，所以想以守城之名，狠狠地敲诈城里的富商王财主。但没想到的是，这次锦城军做足了准备，势必要攻陷瓮城。

不知无名如何知道，胡里图会从后山逃走。胡里图和手下的人不知不觉进入迷宫，在林中慌慌张张地兜着圈子，迂回中锐气减了大半。绕了一阵后，他们又回到城墙边。

"爷的，怎么又回来了。"为首那人气急败坏地骂道。

无名道士见那人是个光头胖子，八字胡像挂在嘴角的两根钢针，便知那就是胡里图。他从林子里钻出来，喊着向胡里图跑去："胡司令莫急，我的人已经围了锦城军的大营，胜利在望，冲出去一决雌雄的时候到了。"随即递上吴森的军官证。

那人果然是胡里图，他疑惑地看了看无名，又看了看证件上的信息。证上盖了云城军事学堂的钢印。"爷的，是真的？！"

无名想，只有把吴森的军官证给他看，才能证明是自己人。

胡里图心里打鼓，到底信不信这个人呢？他觉得这种感觉就像赌博。自己只剩下一点吃饭的本钱，不走怕是要输得精光，但是万一赢了呢？并且现在来了援兵。

"要赌就赌大的！"他想。

胡里图转身对后面的人说："爷的，都跟老子回去，赢了领赏钱！"

说完抓起无名的手臂，又从城门洞里钻了回去。

话说鳞蛟带着人下了山，见来往的竹筏正在运送物资渡河，小溪两岸都堆放着麻袋，两岸有士兵端着枪守候。又见小溪对岸堆放货物的地方是块平地，地势较低。他按无名道士的交代，先在山林中找了个地方隐藏起来。

等物资大多运送到对岸后，鳞蛟带着人来到溪边的小路上，在溪水与酒江的交汇处放声吹响了哨子，哨声悠长不绝。片刻，只见江中鱼群成群结队地涌向小溪，在小溪中翻滚起来，使溪水形成一层层的波浪。鳞蛟小跑起来，鱼群也跟着他向上游涌来，逆流而上。不多时，鱼群蹿出水面一两丈高，腾起了巨大的水浪。

有守卫的士兵发现了涌来的巨浪，惊叫着往山上爬，一些士兵被冲入水中。溪中的竹筏来不及躲避，被浪头全部打翻。而溪边堆放的货物，也全被冲入了溪流。

鳞蛟见事已办成，吹出另一种哨声，鱼群逐渐退去。

原来，麻袋里装的是锦城军的面粉和大米。粮食没了，持久战只能变为攻守战，这大大动摇了锦城军的军心。

"没有粮草还打什么仗。"这话很快在锦城军中变成了"瘟疫"，传到前线，就变为"赏钱都没了还打什么仗"，甚至是"锦城都被围了还打什么仗"。本来气势如虹的士兵们，突然像染了病，变成泄了气的皮球。

胡里图带着人折返，在夜色中发起了冲锋。士兵们本灰心丧气，见胡里图回来了，又燃起了求生的希望，便鼓足了气势出城迎战。锦城军果真无力抵抗，往后逃跑，抢船渡溪，结果大多掉进水里。最后，锦城军连夜撤走了。

胡里图大笑着说："去去去，把王财主给我找来……还是算了，先上他家去。"

王财主富甲一方，锦城军的队伍之所以如此卖命，也是想要瓜分他的金银财宝。否则，谁会为了一个小小的瓮城，打得两败俱伤呢！

不料王财主也是一个明白人，与其让阎王登门拜访，还不如自己主动送佛上西天。王财主自己来了，身后的壮丁们抬着数担沉甸甸的银圆。

无名见仗已经打完了，而胡里图就在眼前，便准备把事情讲清楚，了结了吴森的临终嘱托。他走上前去，向胡司令作了一揖。胡里图看着他，笑呵呵地问周围的人："哎，这人是谁，怎么这么眼熟？"

无名吃了一惊，这人怎么如此健忘？犹豫间，胡里图上前一步将他拦腰抱起，并快速地在他脸上啄了一口，大家都愣愣地看着。无名身上长满了鸡皮疙瘩。

"哈哈哈，当然是我的功臣吴森啦！"胡里图大笑着说。

胡里图的行为简直颠覆了无名的认知。他从口袋里拿出那封信，递到胡里图面前。胡里图接过信，左右看了看，当众拆开，看完后对无名道士说："好好好，支援可以，但是你必须留下。"

无名立马说："我不……"

却被胡里图打断："留也要留，不留也要留，我胡里图从来都是论功行赏，不会亏待你的。"

"不是这个意思，我是说我不是……"

他还没说完又被胡里图打断："是也是，不是也是，还有你的人，全给我召集起来，通通留下。"

说完，他命令众人准备吃喝庆祝，便要回住处。走出几步后，又回身拉过无名，要他与自己同行，生怕他乘机溜走。

　　"这人怎么糊里糊涂？"无名心想，"难怪取名为胡里图。"

　　他本想把事情的前因后果说清楚，胡里图却没有给他说下去的机会。照片上的吴森和他几乎一模一样，但是现在不说，以后就更难说清楚了。现在棘手的是，他带来的十几个人也都认为他就是吴森。他想起五斗真人为他卜得的"师"卦，现在看来，那绝不是指"学成出师"，而应该是"出师打仗"的意思。再加上那并不存在的风香观，以及那句"顺其自然"。他越来越觉得，顺其自然好了。

　　真别说，时间不仅可以改变一个人，还可以改变一个人对自己的认识。

　　时间一长，无名道士似乎就真的成了吴森。军官们叫他吴森，手下人叫他吴队，他自己也开始分不清楚，自己究竟是谁。

第四章

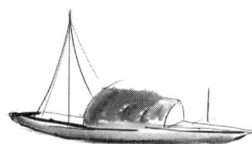

志 向

夜幕降临，雾气从江水中剥离出来，笼罩着整个江面，远远望去，船只仿佛在云雾中穿行。

蜿蜒盘旋的沱河，缓缓流淌了数百公里，终于在此汇入了奔腾的酒江。通常，河的上游水流湍急，到了中下游便趋于平缓。当沱河的下游遇到酒江的上游，便印证了这一现象。与其说是沱河流入了酒江，不如说是沱河融入了酒江，因为此处的酒江，仿佛是一个热情奔放的青年，朝着北方滚滚而来，与委婉恬静的沱河深情地相拥。然后，它们迅速掉头，向东方翻滚而去。

老人们常说，历史上著名的大词人杨慎，曾经就是在这里与朋友共饮浊酒，笑谈古今之事的。他们在夕阳的余晖中，眺望着滚滚长江东逝水，那江中垂钓之人已是白头老翁。江里浪觉得，白发渔翁定是在沱河中垂钓，因为此地酒江水急，船只无法停靠，就算是江中的鱼，恐怕也无法停下来觅食。

因此，沱河便成了天然的港湾，大小船只停靠在它的两岸，酒城的居民自然也就生活在两岸。南岸是主城，被称为"大市"；北岸是副城，被称作"小市"。"大"和"小"之间，自然有所区别，这区别不仅是面积大小和人口多少。大市主要以本地人为主，他们大多以城里人自居，保留着城里人的优越感。而小市原本不能算作市的，因历朝历代不断有人迁来，在此开荒种地、打猎捕鱼，闲时进城务工，做苦力、卖力气、修房建灶、吹拉弹唱，时间一长，竟成了一方特色。后来，政府将其设为小市，作为大市的劳务市场，哪家需要男丁、丫鬟、唱戏的、挑粪的、船工、水手、木匠、瓦匠……甚至是阴阳先生，都会到小市来请。小市就这样逐渐壮大起来，各项商业活动也日益繁荣。

但是，人的观念似乎是根深蒂固的。在小市，街坊邻里之间直来直去，直呼其名。而小市的人进了大市，见了男人要称呼"先生"，见了妇人要称呼"女士"，见了年轻女子要称其为"小姐"。

江里浪的船从酒江顺流而下。从南城外的澄溪口往下，经过沿江的王爷庙、水神庙、东门口、会津门……在进入江河交汇口之前，船要向江边靠拢，然后顺着水势做几次"甩舵"操作，将船驶入沱河。

司马老板的黄泥在午后就卸了船，江里浪没有直接回小市，而是让船员把船停靠在澄溪中，自己去了叶舟的皮货铺。

虽说是皮货铺，但铺子里主要经营布匹，毕竟绝大多数的老百姓只穿得起布料衣裤。皮货铺的牛皮、羊皮，以及少量的狐狸皮、貂皮，价格不是一般的富人阶层可以奢望的。

这几年，城里有钱人家的女人们时兴穿皮衣，这样到了冬天，就不用裹在厚重的棉衣里，看起来又土又肥。而那些名利场中的男人们，通常都要做双像样的皮鞋或皮靴，扎两根牛皮的皮带。

眼下虽遇荒年，又战争不断，但酒城作为交通枢纽，远近客商络绎不绝。所以叶舟的皮货生意不仅没受影响，反而更加兴旺了。过去做生意都要加入商行，比如卖米的要加入米行，卖皮货的要加入皮货行，卖酒的要加入酒行……没有加入商行就不能做这行生意。而如今，各地又流行起商会来，各行各业都要创办商会，船运有航会，酿酒有酒会，做皮货有贸易会。相比较而言，商会比商行可凶险多了。商会由政府出面成立，每个商会的会长由政府人员担任，其最主要的目的就是收会费和税费。这样一来，叶舟的皮货生意虽好，但随时都有人在背后等着拿"份子钱"，搞得他顾了这头顾不了那头，所以才把船运生意全权委托给江里浪经营。

江里浪去皮货铺，还真是为了给秋娥买件皮衣。他怎会舍得给老婆买皮衣呢？江里浪当了船老板，大家虽然都觉得不可思议，但也都为他高兴。

街对面川剧馆的孙老板最擅长编小曲，江里浪请街坊们吃饭时，喝了酒的孙老板一边用筷子敲着碗，一边唱了起来："江里个浪，海里个荡，大海里来了个江船长……船长夫人嘛莫谦虚，抹上口红呀穿皮衣……"

　　至于后面还唱了些什么，江里浪就记不得了，但是"皮衣"二字却印在他心里，便一直惦记着。过去他还是个船员时，有人说秋娥太吃亏，嫁了个"怪物"不说，还是个"光屁股蛋"，啥都没有。这两年眼看日子好点，他想让当初那些说闲话的人看看他扬眉吐气的样子。江里浪认为时下穿皮衣就是最扬眉吐气的事情，所以前些日子，他请叶舟店里的韩师傅为秋娥定做了一件牛皮大衣。想来也该做好了，他正好来取。

　　叶舟正好在店里看账本，听见有女声喊"叶老板在呢！"便知道是江里浪。回头看时，他从门框里只能看见江里浪的身体，颈部以上都被门框挡住了。

　　叶舟一直把江里浪当兄弟，可江里浪习惯了叫他老板。江里浪俯身进来，叶舟合上账本，并顺手放进抽屉里。叶舟迎上去，一只手取下嘴里的烟斗，另一只手拍了拍江里浪的手臂，拉他坐下。在江里浪面前，叶舟显得十分瘦小，他头发稀疏，两鬓间已经有了些白发，年纪大概比江里浪大十五六岁。

　　叶舟回身喊道："六哥儿，给江老板沏茶。"

　　六哥儿是店里的伙计，他似笑非笑地答应了一声，到后屋沏茶去了，边走边扭头打量江里浪，差点笑出声来。

　　"这趟出去都好？"

　　"都好着呢。只是到处都在打仗，逃荒的人不少。"

　　"兵荒马乱，兄弟出门还是小心为妙，不三不四的人别去搭理。"停顿片刻，叶舟又说，"向善总是好的，但也要自保啊！"

　　"是！是！"江里浪答道。

　　六哥儿端着一杯盖碗儿茶出来，眼睛瞅着江里浪，差点把茶洒了。他赶紧看看叶舟，把茶杯放在桌上。叶舟并没有看他，只是微笑着吸着烟斗。

　　江里浪本打算把近期的账本带给叶舟看的，下船时又有些犹豫，怕他不在店里，就没有带来，现在又有些后悔。见六哥儿在笑他，他便说："六哥儿笑啥呢？信不信大娘端你的豆腐。"

有人为江里浪起了个绰号，叫"大娘"。时间一长，街坊邻里便叫秋娥为"二娘"。江里浪倒不觉得有什么，还经常以此自嘲。

"你才端不了我的豆腐呢，在屋里你腰都伸不直。"六哥儿跑开后说道。

大人捧着孩童的腮帮，并把他提起来，就称为"端豆腐"。的确，屋里因为有一层阁楼，江里浪站立时必须含胸弯腰。

"你韩爷今天没在？"

六哥儿说："上门量身段了。"

"什么人家，还需要他老人家亲自去？"

"还能有谁，胡胖子的姨太太……"

六哥儿刚说出口，叶舟便咳嗽一声，他这才知道自己说错了话。

叶舟对六哥儿说："给江老板拿过来。"

六哥儿"哦"了一声。他才反应过来，江里浪是来拿衣服的。

叶舟接过布袋，掏出衣服，亲手展示给江里浪看："怎么样，算大哥送弟妹的。"

江里浪忙说："那不行，亲兄弟也要明算账。"

"就这样，听我的。"

江里浪急了："不了，不了，这衣服我一定要自己花钱买……"

叶舟呵呵笑着，用手指了指江里浪，说道："你啊你，就是这个性。"他又对六哥儿说，"好吧，把单子给江老板。"

江里浪接过单子，看了看价格，明显已经减了不少，便也哈哈一笑。他心想，要说做生意，还属叶老板精明。为了不伤他面子，单子还填得仔细。单子上老韩的手工费照收，而材料费却减了半。叶舟知道，如果直接送给江里浪，他非得去别处做不可。

两人又聊了些出门的见闻。叶舟没有留江里浪吃饭，而是让他先回家去报个平安。晚上他自己也约了人。

暮色中，江里浪的船驶入沱河。万家灯火照亮了江面。他站在船头，手上夹着一支旱烟，沿岸停满了船只，不断有人向他打招呼。

"大娘，这么晚才回来，有活儿记得叫一声啊！"

"江老板，还有十件蓑衣，要不要？"

"哎呀，江大老板，还抽什么旱烟，换纸烟吧！"

江里浪和他们调侃起来，从衣兜里摸出纸烟，分给其他船上的人。船头儿双手接过烟，连连道谢："沾光，沾光！"

看得出来，江里浪人缘不错。并且，船工们似乎都很乐意听"巨人"发出秀气的话语声。

船停靠在小市码头上，江里浪和几个船员下了船，只有阿中留在船上。

阿中是个老实本分的外地人，无亲无故，也无居所，最初是在码头上做苦工，晚上睡桥洞。江里浪可怜他，让他当了水手，晚上就住在船上。眼下时局动荡，船家们为了自保，船上本就要留人看守。

几个船员约着去吊脚楼喝烧酒去了。江里浪独自穿过街道，又穿过一个胡同，进了一个小院，院中有一口天井，屋里的油灯亮着，发出橘红色的光。听到脚步声，房门"吱嘎"一声打开，秋娥站了出来。

江里浪走上前去，把手里的布袋递给秋娥，又往屋里看了看。

"海儿睡着了？"他问。

"刚睡着，一直问爹爹怎么还不回来。"秋娥轻声说，"锅里留着饭菜呢，你先吃。"

两人进屋。江里浪在两岁的儿子江到海头上摸了摸，就到后屋里端出饭菜。

"还有红烧肉啊，你也吃点。"

两人坐在木桌边，秋娥只是看着江里浪吃饭。江里浪指了指那个布袋，示意她打开来看。她一边问是什么东西，一边转身去拉开布袋，见是一件皮衣。

"给我买的？"

"嗯！"江里浪嘴里嚼着一块红烧肉。

"拿回去退了。"秋娥不高兴起来。

"买了就穿呗，退回去多扫兴。"

"你只知道扫兴，衣服只是一张皮，穿在身上干净整洁就好。难道穿上这皮衣就高贵了？"

江里浪忙把食指放到唇边，意思是让她小声些，以免被隔壁听到。

可是秋娥此时不说不快，只能压低了声音继续道："你我这样贫寒出身的人，不求大富大贵，只求日子安稳，有个长长久久的盼头。至于穿多贵的衣服，吃多贵的酒席，都只是光鲜一时。他人见你好了，似乎表面上道贺，背地里还不知道怎么说，要让人瞧得起，就做出点事业来。不然，这衣服我没脸穿。"

秋娥平时话少，但心里想的事情多，常常比江里浪想得长远。

"自己买的衣服，怎么没脸穿……"江里浪一脸无辜。

"今天是一件衣服，明天就是别的。衣服堵不住别人的嘴，咱们自己的日子自己过，得有自己的打算，哪管他人说道。"

江里浪放下碗筷，说道："那你说，要咋打算，现在不是很好吗？"

秋娥哼了一声，回道："好？我是个妇道人家，尚且知道'人无远虑，必有近忧'的道理，你是一家之主，却不知道眼下咱们是寄人篱下，还说已经很好……"

秋娥说完，用手绢擦拭眼角的泪水。

秋娥声音虽小，却震撼着江里浪的心，他愣在那里，为自己的虚荣心感到羞愧。是的，秋娥的话，说在了江里浪的心坎上，现在只是叶老板赏饭而已，自己只有个"船老板"的虚名。

"必须买自己的船！"江里浪突然热血沸腾起来。他既是安慰秋娥，也是给自己鼓劲儿，"我们会有自己的船的。"

见秋娥低着头不说话，江里浪把凳子挪到她身边，轻轻地将她揽入怀中。

叶舟出了店门，径直去了东门的云水阁。瓮城王财主的小舅子龚德彪，约了他谈一件事。龚德彪过去开过镖局，可惜战乱中土匪横行，不仅押镖不顺利，还险些把命赔进去。不久前，他找自己的姐夫要了些钱财，想在酒城做点买卖。

云水阁新换了酒旗，叶舟在门口望了一眼，便进了店门。他和掌柜都是熟人，互相作揖后，便上三楼去了。

龚德彪见叶舟到了，忙从凳子上跳起来，活像个瘦猴。他穿着一套极不合身的西装，一根黑色布带系在腰上，显得有些不洋不土。他招呼叶舟坐在靠窗的位置上。叶舟从窗户上看出去，酒江中倒映着波光，东门的城墙上亮着灯，有两个执勤的士兵在那里抽烟。龚德彪先是一阵寒暄，讲了好些江湖上的套话。等上了菜，龚德彪赶紧打开酒壶，帮叶舟倒酒，叶舟礼节性地喝了一杯。

龚德彪直截了当地说出自己的想法，他想在城里办一家典当行，凭借自己姐夫在军阀中的关系，单是军备物资报废和采购，就足以让他发大财。就算这事做不成，眼下日子难过，正是典当业兴旺的时候，逃荒的、逃难的、日子过不下去的，都会把值钱物件拿出来低价典当，将来境况转好后高价赎回。听起来，这是个一本万利的好生意。

可叶舟并不表态，他一直沉默着。这让龚德彪说起话来没有底气，他连问了几遍："您觉得呢？"

"龚老板，好说，好说。"叶舟只是客套，并没有直接回答。

叶舟十分清楚，做典当生意，首先得讲信誉。龚德彪自己也很清楚，他这样的人做典当，只怕是没有人愿意把贵重物品拿来的，所以他需要找一个名声好的人来撑头，而自己无疑是个好人选。但叶舟对典当行毫无兴趣，他觉得这是发国难财的勾当。并且，靠攀军阀的高枝做生意，不可靠也不长久。他自己想做的是银行生意。目前城里只有几家钱庄，而大城市里早已有了银行，两者的概念和经营范围有天壤之别。

叶舟隐隐约约地感到，新思想、新事物如大树的根，正在逐渐从大城市往周边蔓延开来。如果不能以新的眼光来看问题，像龚德彪这样的人，未来是抓不住大机遇的。

两人饮了几杯酒，谈了些笑话，便各自去了。

叶舟的家住在白塔寺旁，几年前，他从一个老财主手上买下房子。行至后院，见有两青年在房檐下吸烟，他心下警觉起来。进门后让管家注意仓库，仓库里堆着他花重金囤积的皮货，他预估这几年国内皮货产量不足，国外皮货不能流通，皮货市场很可能会涨价，所以几乎把全部身家都押进了皮货里。虽然做好了预估，但他心里还是有些忐忑，一有风吹草动就会提心吊胆。

好在几天过去，并无什么事情发生。

几天后，江里浪来找叶舟，带来了船运账本，并且果真把皮衣退了回来。叶舟没有多问，想必也猜到了原因，内心更加看重这个兄弟了。

道士从军

听说酒城军打了胜仗，人们都松了口气。

照大家的话说，虽然胡里图不是什么好鸟，但只要局势稳定，就比什么都好。事实的确如此，如果再来一支新队伍，城里又要乱上一阵，老百姓的腰包又会被搜刮一次。所以，老百姓和政府机构，对胜利归来的队伍是持欢迎态度的。他们还组织了人员出城迎接。凑人数的重任又落到督学身上，政府要他组织一百个学生出城迎接，又说学生不能空手去，最好手持鲜花、绸缎。可眼下正值隆冬时节，哪来的鲜花？督学又哪有余钱买绸缎？

情急之下，有人建议，干脆让学生们去江边的芦苇坡上，各自折一把芦苇花拿在手上。最后，学生们果然个个都捧着芦苇花，来到南城城外。

胡里图骑着马，率领着各级军官到了南门，守候在这里的学生们一齐摇动芦苇花，高喊欢迎口号。芦苇花掉落下来，被风一吹，漫天飞舞。人们先是觉得新奇好看，但没过多久，花絮飘得到处都是，被学生们吸入喉咙，部队还没有进城，学生们就咳成了一片。

部队驻扎在城外的营沟里，那里自古就是驻军的好地方，两侧有山，山下有溪，溪边有树，易于隐藏和生活。胡里图亲自点了各队队长和有功之人跟着他进城，他要犒赏军士。

队伍进了城，一条大路直通胡里图的公馆——过去的县衙。胡里图的管家叫公孙师爷，他领着胡里图的太太们站在门口迎接。原配夫人是胡里图家的童养媳，活像胡司令的奶妈，是个三寸金莲。二姨太是个唱戏的花旦。三姨太是夫人从老家农村找来的。四姨太据说是个青楼女子。

公孙师爷没想到胡里图会带着一大帮子人回来，几位太太躲之不及，赶快往回退，扭动着身子进屋去了。夫人是小脚走不快，她一边走一边骂公孙师爷："为什么不打听清楚。"

瘦得像竹竿一样的公孙师爷一脸尴尬，迎着众人进了院子。军士们排好了队，无名和他的人站在一旁。

胡里图像一颗肉丸子般，坐在一张太师椅上，指了指队伍问道："三队人呢？"

二队队长王羊说道："三队见情势不好，投了敌了。"

"爷的，还有这种事，真是丢人丢到家了。"胡里图大骂。

"三队本来就是汪海藻的旧部。"又有人补充道。

胡里图惊讶地说："哦，爷的，早知道该给他撤了。"

他竟然连这么重要的事情都不知道。

胡里图忽然站起来，爬上太师椅，在人群中看了看，用手指着无名道士，喊道："你，那谁，吴森，你过来。"

无名道士指了指自己，还没来得及反应，就被他的人簇拥着来到前面。

胡里图指着三队的位置说："来，让你的人站成一排。从今天起，你就是三队队长，自己去招募百十来人吧。"

这话对大兵们来说，一点也不奇怪，既然给了职务，要人要钱还不都是自己去找。但是无名却一头雾水，不知何意。

胡里图又坐下，想了好一会儿，问旁边的人："是不是还有什么事？"

"打……打赏！"有人答道。

胡里图跳起来说道："对对，来来，这里几箱银圆，分成八份，每队一份。"

他也不宣布散会，而是转身进屋去了，剩下众军士在院子里欢呼着分钱。

无名无法推脱，也不必再推脱。"不管吴森还是无名，就是一个代号而已，让我当我就当，人海茫茫，谁又知道我是谁呢？吴森都已经死了，难道自己还会遇到云城军事学堂的人不成？"他又想，"天底下就只许一个人叫吴森吗？反正自己也没有名字，叫吴森又何妨。"

王羊成了分配银圆的主角，他倒是很有经验，让八个队都腾出几条麻袋来，按重量来称。先是十公斤十公斤地称，直到不够再称一轮时，就直接分成八份。

虽然三队只有十几个人，但是王羊并没有因为他们人少，就少分给他们钱。分完钱，各队都扛着自己的麻袋离开了。

三队的营房挨着二队，王羊便招呼吴森同行。游刃、鳞蛟带着几个人扛起一百多公斤银圆，跟在队伍后面。公孙师爷也拎着一袋银圆进了偏房。

胡里图把酒城军分成八个队。一队是哨兵队，负责把守进城的各处关隘，以及各方情报的收集；二队是突击队，打仗冲在前面；三、四、五、六队都是步兵队；七队是城防队，负责城市防务；八队是后勤队，负责物资保障。总兵力不过三四千人。

锦城的刘家军号称十万大军，却为何打不过这几千人？这里面的门道可不是一时半会儿能说清楚的。总的说来，一是因为目前巴蜀地区的小股势力有二三十支，刘家军得把自己的兵力分成多个队伍，以便总体布防，所以分兵乏力；二是部队需要休整，更需要保存实力，不能处处决战；三是与汪海藻相比，胡里图还"老实"一些，如果帮汪海藻夺回酒城，相当于放虎归山；四是各股势力已结成几个联盟，实力比较均匀。所以虽然摩擦不断，但一直没有大战。

无名跟着队伍进了营沟的树林。这里可真是个屯兵的好地方，这沟里有水有树，帐篷扎在树丛里。只可惜旁边山上光秃秃的，都种成了庄稼。

王羊抓了一把银圆，交给几个大兵，他们拿了钱，往小溪对面的吊脚楼去了。那里是大片的民房，南城的十几处酒坊就隐藏在那些民房间，他们要去打几坛好酒。

到一处转角，两处坡地间有十几个破旧的帐篷，王羊指给吴森看，那就是三队的营房。这时，一间营房里钻出十几个士兵，为首那人是王羊的本家，不知叫王兀还是王五，没有人深究过。看得出来，他们都是老兵，见了王队长都先行礼。

"这位爷是你们新来的吴大队长。"王羊说完带着人走了，走出几米后又回头喊道，"晚上请吴大队长过来喝酒啊！"

无名有些不知所措，不知该说些什么，索性就不说话。这样一来，反倒显得有几分深沉，让人望而生畏，心里没底。

王兀跑前跑后，把最好的营房让出来，收拾一番之后，才请新队长入住。无名走进营房，见墨绿色帆布围成的房间里，铺着一张门板，门板上垫了一条破了洞的棉被作为褥子——这就是床了。床上还有一条被子，旁边叠着一件军大衣。

因为打了胜仗，又分了钱财，驻扎在营沟里的兵士们吃过晚饭后，纷纷搞起了庆祝活动，熟人老乡们聚在一起"打平伙"。无名臀部的旧伤隐隐作痛，在王羊那里喝了几口酒后，反倒缓解了不少。喝了酒的汉子们围在一起讲荤段子，无名觉得无趣，早早地回了自己的营房。

无名突然成了军官，这转变实在是太大了，他一时半会儿还没有适应过来，心想，只得少说话为妙。他在床板上坐了下来，又感觉床板不平整，便拉过军大衣垫在屁股下。他开始回想起这几个月来的经历，不由得感慨起来。如果没有这些经历，他会直接来到酒城，因为并不存在的风香观，他很有可能去四处云游，说不定还能打听到自己家人的下落……

想着想着，无名似乎又入定了，他看似闭目养神，实则十分清醒。他眼前出现了一座城市的地形图，仿佛在什么地方看到过一般。那是一个完整的酒城，四周被残缺的城墙包围。城市背靠一山，胡里图就住在那山脚下。有人告诉过他，那叫龙盘山，而营沟背后的山叫凤凰山，看来是龙凤呈祥的意思。江河在城市边缘交汇，形成了一个狭长的三角地带，那形状看起来像鸽子的头。江河交汇处是鸽子的嘴，而营沟正好位于鸽子的眼睛部位。

他突然觉得，似乎在哪里见过这样的地形，但一时又想不起来。忽然间，他眼前浮现出一张张面孔。这些面孔，有些他认识，有些不认识，但他并不惊慌，这种情况对他来说一点也不陌生。

他想："或许有一天，这些人和自己的经历将完完全全地串联起来。"

这时，他仿佛又见到了吴森，他穿着一身崭新的军装，那样式他从未见过，只感觉吴森比活着时看起来还要英武，还要神气。无名想和他说话，又不知从何说起。

无名突然想起他曾告诉自己怎么当一个好军官，如何组建和带领一支队伍之类的话，正想请教，吴森竟不见了，只剩下无名。

无名自言自语道："我就叫吴森了！"

清晨，当三队的士兵们走出营房时，无名才从凤凰山山坡上走下来，他像变了个人似的，评论起营沟的地形，又说在山上能闻到对面的酒香。随后他站在一处高地上，命令士兵们集合，并向他们宣布：任命游刃为作战组长，平时带领士兵操练，战时带兵冲锋；任命鳞蛟为内务组长，负责管钱粮和内务；任命王兀为后勤组长，管物资配送和营房建设。

王兀提了一个疑问："咱们一小撮人怕不需要搞建设吧？"

"这问题提得很好，稍等片刻我会说。"

他继续宣布，其他人均为上等兵，以后有新来者则为下等兵。

他安排道："现在交代三件事：第一，本队人见了我都不必客气，称呼吴森或吴队均可；第二，三队需要招兵买马，立刻开始行动，由游刃和鳞蛟二位组长负责，所有上等兵都参与；第三，咱们需要赚钱，所以要搞建设，第一个工程就是修整城墙，由王兀负责。"

无名终于开始正式使用吴森的名字，他的排兵布阵出乎所有人的意料。士兵们唏嘘起来："这动作未免也太大了吧？"

没有人知道，他是怎么想到这些的，然而的的确确又是从他口里讲出来的。

吴森不露声色，安排鳞蛟为大家发钱。组长发大洋 20 块，上等兵发大洋 10 块。这样一来，就连先前没有投敌的那些人，也都感到满意，因为其他队的人，每人只分到四五块大洋而已。这10块大洋寄回家，够家里老小吃上一两年的。

从此，他便心安理得地用上了吴森这个名字，而稀稀拉拉的几十个兵，似乎也都心甘情愿地跟着他干。

跟着吴森来的那十几个人，大多无亲无故，一个人吃饱全家不饿。而先前留下来的十几个人，多多少少都上过几次战场，有人甚至是从死人堆里爬出来的。这样的一群人，又遇到这样的一个时期，将来都是要一起过命的兄弟。不多久，大家就互换了姓名。那年头人命不值钱，从起名就能看得出来，有以动物起名的：瞎猫、花狗、鸡头、鸭舌、鹅脖、麻雀、飞猪；有用数字命名的：四子儿、五毛、赵三儿、钱八、孙六；有以身体特征命名的：眯眯眼、巧舌、大嘴、金牙枪、三只耳；还有以植物命名的：柳叶儿、黄牙、黄荆条、小蘑菇、紫葡萄……真是千奇百怪，但容易记住，比赵钱孙李周吴郑王简单直接。

士兵们发了饷银，酒馆的生意自然就好了，到酒坊里打酒的散客络绎不绝。从南城外沿着小溪往里走，七八家酒铺都立着酒幌，有两家量小的铺子酒卖完了，正四处找瓦片来烤酒。

司马邕听说士兵们得胜而归，早就吩咐管家把前店的大酒坛灌满，又从库房搬出大大小小的空坛。一斤两斤的，五斤十斤的，几天下来，大坛小坛都卖了出去。照理说生意好，司马邕该高兴才对，可是烦心事还在一件一件地等着他。照他自己的话说："卖这点酒只不过是蝇头小利。"

的确，当兵的喝不起好酒。普通的"烧刀子"价格便宜、酒劲大，酒坊也就赚个小钱。只有大户人家才买得起司马邕这里最好的秋露白，那价格要比普通烧酒贵上十倍，甚至几十倍。

但这天却奇怪，店里来了两个兵，先是装了二十斤烧酒，后又要了一斤秋露白。

司马邕正好在店里和毛管家说事，听见他们与伙计的对话，都觉得好奇。他随口问道："都说当兵的嘴粗，原来也有懂好酒的。"

司马邕说这话并没有贬低大兵的意思，而是掩饰不住，要称赞自己的秋露白。

那两个兵是瞎猫和花狗。瞎猫有个坏习惯，总是不断地使劲眨巴眼睛，做事情又总是轻手轻脚，所以大家这样叫他。"这是孝敬我们新队长的，当然要好酒。改天老子要是发达了，也要喝两口这酒。"

司马邕笑着递上两根纸烟："什么两口，那得天天喝。我这是胜利酒、庆功酒！呵呵，麻烦问候新队长好啊！"

花狗嘴里叼着烟，手在脸上的花斑上摸了摸，喉咙里哼哼了几声，两人就抱着酒走了。

司马邕看了看毛管家，自言自语道："对这些大兵还是客气一些的好，和气生财啊！"

城里也有警察队，但是兵在城里，警察就没了实权。一是因为兵手上有枪，而巡警队只有队长有枪，对比起来，难免底气不足；二是保卫城市的是兵，警察无非是维持城里的秩序，功劳没人家大。大兵们不打仗，又拿了赏钱，各种"瘾"就都来了。他们走进那些场子时，倒也都像个大人物似的，轰轰烈烈地过上三五日，等那点钱花光后，依然像大爷般叫黄包车、下馆子，这下不仅不给钱，有时还大打出手。这个时候，警察就只剩下赔笑的份儿。他们笑着把大兵给哄走了，也只有拿黄包车师傅出气。

像司马邕这样的资本家，打心眼里看不起警察，更看不起大兵。但是他也说："识时务者为俊杰。"

吴森布置完任务，便不再言语。俗话说，"闹山的麻雀没有二两肉"。士兵们摸不清吴森的心思，反觉得他高深莫测，只要他吐出半个字来，都要竖起耳朵听。

他和别的队长也不一样。队长们都和士兵打成一团，而他却和士兵们保持着距离。瞎猫和花狗为吴森打了秋露白，吴森并没有推辞，独自一人喝了那壶酒，觉得差不多了，就自己进营房去了。滑头滑脑的四子儿掀开门帘往里看了看，见吴森一动不动地坐在那儿，赶紧放下门帘，心里发虚，随口说道："队长在练……练功呢！"

吴森离席，士兵们的氛围就更加活跃，有唱歌的、跳舞的、划拳的，喊声此起彼伏，馋得附近的其他大兵们直骂娘。

说来也奇怪，吴森喝了些秋露白，臀部的旧伤竟然不痛了。

后来他才明白，陈年老酒可以缓解他的旧伤疼痛。

女　人

开春后，酒城迎来了多雨的季节。大河涨水小河满，澄溪的水位也跟着升了起来。

游刃和鳞蛟带着大兵，在城外的难民区贴上征兵的布告。报名当兵的人很多，他们干脆把招兵的场地搬到了难民区。吴森让王兀在营沟外的江边上新建了一排简易营房，供新兵居住和训练。征兵异常顺利，很快就招到了三四百人，游刃兴奋地向吴森报告了这一成果，没想到，吴森却说人数太少了。于是征兵的告示又贴到了周边的村镇。

胡里图像一只过冬的硕鼠，回到酒城后就藏在公馆里，再也不出门。里里外外的事情一概不过问，若是有事找上门来，他也只是大大咧咧地处理了事。营沟里有传言，说胡里图离不得几个媳妇儿。但只有他那几个媳妇儿知道，他是舍不得藏在家里的宝贝。胡里图的公馆下面有一个地窖，他把从各处搜刮来的金银财宝藏在地窖里，每天夜里都要拿出几件来慢慢把玩。

接连一个星期，吴森都来公馆找胡里图，终于在一天黄昏时见到他，他已经胖得像个皮球。他似乎有些糊涂，半天才想起吴森的名字。

"您住在公馆里，公馆建在城墙里，城墙就是您家的围墙，围墙塌了当然要修补。"吴森对胡里图说。

胡里图觉得是这个道理，家里的围墙倒了怎能不修呢！再看图纸上写着总费用 15 万元，便爽快地答道："修、修，这哪叫钱呢！"

胡里图立刻签字，给吴森开了张支票。

王兀是个大兵，让他带兵训练尚且可以，但要他负责城墙修缮，他则一窍不通。所以他只得贴出招工的告示，凡是石匠、木工、瓦匠等行家，均可报名参加修缮工程。

这天来了个中年人，穿件短衫，戴个圆帽，见了王兀连叫"官爷"。

"官爷，小的啥也不会，但是有事要见你们头儿。"

王兀骂道："不会就滚，别耽误老子做事。"

那人欠着腰，连连说："官爷，官爷，实不相瞒，小的是专业做包工的，就这城墙的工程，可不能单独找手艺人，得找我们这类人，找一个就够了。"

"哼，找你一个就够了，"王兀皱着眉头，"自己走还是我叫人架你走？"说完站起来挽了挽袖子。

"真是秀才遇到兵有理说不清，"那人心想，"反正来也来了，大不了被他架出门去。"

于是说道："官爷，修城墙可是系统工程，修建之前要先勘察，画出图纸，计算出工时材料，在周边找到取材地点，出料加工，再根据计算好的工时，聘请不同行业的手艺人，照图施工。这手艺人里的讲究可就大了，工期不同、施工先后不同、手艺人数量不同，正所谓'物有本末，事有终始，知所先后，则近道矣'……"

他弓着腰、低着头，手在空气中比画着，一个人侃侃而谈，本以为说着话就要被架起来拖走，却发现周围异常安静，抬眼看时，却见另一人站在他面前，这人个子不高，身材小巧，三角眉，小眼睛，嘴上留着八字胡，面部显出似笑非笑的神情来。几个字从他的牙缝里吐出来："就请你了。"

这人正是吴森，他一眼就认出这个中年人是笔架山下开杂货铺的马达。而马达对吴森却没有丝毫印象，见官爷要用他，连连点头作揖。

"鄙人吴森，敢问先生如何称呼？"吴森试探性地问。

"吴大官爷好！小人马步达，专业做包工，擅长各类营造实务。"

吴森心想："马达多好，出马即达，反改成'马不达'。"

他本担心马步达会认出自己来，却没想到，他对自己连一丝熟悉的感觉也没有。也难怪，吴森剪去头发，留上胡子，脱下道袍，穿上一身军装，就是亲娘舅见了，也不见得能认出他。"你的名字很有意思，马都不能到达。"

马步达赔笑道："哦，不是，以前叫马达，有人说太直接了，容易撞南墙，才加了个步伐的'步'字，意思是做事要一步步来，路也要一步步走，不能像马那样飞奔。"

吴森和马步达把事情说好，便各自散去。

没过几天，马步达拿着一卷图纸来到吴森的营房。图纸展开，酒城的全貌一览无余。城墙完全是按现在的破损情况绘制的，每个破损处都详细标注了用料类型、用料数量等信息，其准确程度让吴森暗暗称奇。

他听着马步达的介绍，忽然觉得这张图在哪里见过，仔细想时又想不起来。再看马步达的总预算，68420块大洋，有零有整，比先前的预算少了一半还多。吴森当场和马步达签了份协议，又从胡里图给的赏钱里拿出5000大洋，让马步达做开工的准备。随后自己掐指算了算，择了个开工日期，准备请胡里图来为开工剪彩。

但是，当沮丧的鳞蛟从山城回来后，事情就变得迷茫起来。胡里图给的是一张空头支票，根本取不到钱。

"难怪这么容易就拿到支票了，原来只是打发我用的。"吴森这才知道，胡里图是不会轻易拿出钱来的。但是开弓没有回头箭，硬着头皮也要继续下去。

吴森告诉鳞蛟，是胡司令拿错了支票，回头就去换，并嘱咐他不要把此事传出去。

部队里对吴森修城墙的事情褒贬不一，不少人在背地里取笑吴森。王羊并没有取笑吴森的意思，但没有人比他更了解胡里图，他早知道这事情干不成。但他却佩服吴森能想出这些事情来，再加上在瓮城的一战，他觉得吴森的本事不简单，毕竟是云城军事学堂陆军教官出身。

王羊比较隐晦地提醒过吴森："要是钱不够，或需要人手，二队可以全体参加义务劳动。"

当时吴森认为钱已到手，志得意满，所以没有把这话当回事。现在想起来，也觉得王羊这人还算仗义。虽然火烧了眉毛，但吴森城府很深，他不会让别人看出他遇到了大麻烦。但只要他遇到了大麻烦，就会整天坐在自己的营房里，不知到哪里神游去了。

一天夜里，吴森突然从入定状态中回过神来，此刻外面漆黑一片。正值午夜，兵士们的鼾声如雷，甚至盖过了青蛙的鸣叫声。吴森瞪大了眼睛，显得极为兴奋。他入定后，又回到那个熟悉的地方，地图上的图景清晰地浮现在他眼前，那位置就是酒城。千真万确，酒城的江河交汇处，隐藏着一个巨大的宝藏。

吴森坐不住了，他焦急地在房间里踱着步，等待着黎明的到来。

开工剪彩这天，吴森照旧邀请胡里图参加仪式。剪刀将一块红绸布剪断，"噼里啪啦"的鞭炮声在酒城上空炸响。吴森以胡里图的名义，邀请了一些工商界的名流。剪彩仪式完成后，吴森向名流们介绍了修缮城墙的诸多好处，还说城墙修好以后，酒城军会成立新的别动队，来保障大家的生命财产安全。

吴森没有给胡里图留面子。他现场表示，因修缮城墙的资金比较紧张，所以要搞募资活动。胡里图又糊里糊涂起来，一点也不在意。

司马邕也在受邀之列，他见组织修缮工程的人竟然是吴森，顿感幸运。最起码，他们算是"百年修来同船渡"。但一听"别动队"三字，他又有些胆战心惊。以前的别动队差点要了他的老命。看起来，吴森和胡里图的风格完全不同。

商人们慷慨解囊。第一位上台的人，是一家商行的老板，他摸出一张10元钱的钞票递上去，吴森没有接，很客气地推回，说道："想必阁下也很困难，就不必破费了吧！"

后面的人立马会意，赶紧更换手中的钞票。现场更有几位愿意巴结吴森的富商，命人取来一千块现大洋。

叶舟一向低调，捐了两百大洋，悄悄走了。他一直认为，做生意要远离官场，和官府、军队做生意，有地方赚，没地方花，早晚要如数奉还。

在吴森的运作下，一场开工仪式竟募集到一万多元的善款。他大感意外，可见酒城不缺富商。

修缮城墙的工程准备了两个多月。这段时间，吴森没事就带着人到城外去查看地形。站在小市外的临江山顶，他对游刃和鳞蛟说："山下有块石碑，你们把它找到。"

之后的十多天，士兵们在山上山下来来回回地寻找，确实找到不少石碑，不过大多是墓碑。吴森挨个看过后，只是摇头。他又回到山顶反复观察，两只手在空中不断地比画，不时还眯着眼睛远眺，最后让人去看看山下那块巨石。回人禀报，说石头底部刻着"石敢当个屁"五字，被长出来的杂草覆盖了。游刃三下两下就除去了杂草。

吴森认定，藏宝图上画的就是酒城。他想起那句谜语："一河一河长，鸟嘴石敢当。谁解其中意，开门可称王。"第一句指两河交汇，交汇处是"鸽子"的"鸟嘴"，"石敢当"代表刻有文字的石碑，"鸟嘴"对着石碑的地方，则是宝藏的所在。但巨石上多了"个屁"二字，又是怎么回事呢？

吴森到巨石前一看，"石敢当"三字字迹清晰，力道雄浑，入木三分，而"个屁"两字笔画歪斜，刻画较浅，想必是后来的无聊之人加上去的。现在地形、暗语都能对上，巨石的背后一定埋着宝藏。如果能挖出宝藏，吴森就不用愁修城墙的花费，招兵买马也就容易了。

那是什么宝藏呢？是谁，又是什么时候埋下的呢？吴森又激动又好奇。

大家觉得吴森的举动有些奇怪，私下猜测他的用意。巧舌悄悄问钱八："该不会是咱们队长选了个风水宝地，要给自己修生基了吧？"

几天后，马步达带着新招募的石匠，在临江山南面开采石料，把进山的路阻断了。这当然是吴森有意安排的，他问马步达这里的石料如何，马步达说挺好，于是就将这里变成了采石场。吴森为掩人耳目，还贴出告示，说近期山中正在采石，闲杂人等不得进入。同时，他又命士兵在巨石周边挖掘。

没过多久，有人在巨石后挖到了大量木炭，再往下，木炭变成了石灰，石灰又变成了河沙，而河沙就再也挖不完了，挖一担，又冒出一担来，有两个士兵还差点被流沙吞没，所以挖掘工作只好停工。

宝藏没找到，钱也用得差不多了。吴森甚至考虑，要不要把招募的新兵安排到工地上干活，但随后就放弃了这种不切实际的想法。因为这一举动会让所有人都知道他手上的钱不够用，对招募新兵不利。当时新兵已招募到一千多人。

马步达的确是个善于经营的人。到酒城才半年，他就已经摸清了酒城的基本情况。这次，全凭着他胆大心细，才拿下了这个大工程，除去所有的工钱，他还能赚上三五千大洋。不得不说，这是一笔大买卖，开张就能吃三年。这次成功让马步达找到了自信，他思量着要维护好吴队长这个关系，自己也要尽点地主之谊。犹豫了好多天，他才告诉吴森，想请他吃酒席。

他没想到吴森欣然答应。吴森有他的想法，他觉得目前唯有马步达是自己的旧相识，想看看这个旧相识是不是真的认不出自己了。如果连他都认不出来，那也就没人能认出他是谁了。

渔船老板就是马步达的小姨父，姓酉，的确有半手好厨艺。之所以说是半手好厨艺，那是因为他只会做鱼，其他菜做得很一般。他曾经也想过要把其他菜做好，可怎么学都是老样子，后来干脆和媳妇儿在江里开了个鱼馆，专门做鱼。鱼馆设在船上，渔船不大，只能摆一桌。但别小看这一桌，想吃上可得提前预约。并且不是想吃什么有什么，而是有什么吃什么。想吃到好鱼，只能凭运气。

酒江上游的好鱼，第一要数岩鲤，第二是江团，第三是水米子，第四数甲鱼，其他如鲢鱼、鲫鱼、青鱼、草鱼等，都很常见，也很普通。吴森不懂鱼，所以特意带着鳞蛟。鳞蛟虽是个鱼头儿，但不懂吃鱼，对他来说，什么鱼都是一个味儿。马步达不懂做鱼，却知道什么鱼好，他特意叮嘱酉鱼厨，要留几条好鱼。

马步达还邀请了师兄叶舟。马步达年少时，曾在山城一家钱庄里当跑堂，叶舟比他大两岁，后来两人都跟着掌柜学手艺。那年钱庄和军阀做了一笔生意，借出去一笔巨资。最后军阀打仗失败，全军覆没，那笔巨资也打了水漂，钱庄只得倒闭。叶舟留在城里做起了杂货生意，而马步达则回老家娶妻生子，在周边做些小买卖，包些小工程。转眼20年过去了，因为马步达住址没变，所以两人一直保持着联系，一年半载就会写上一封书信。

叶舟在开工剪彩的募捐活动上见过吴森，他本不愿意接触军官，但为了给马步达撑台面，还是来了。

酒是陈年秋露白，这合了吴森的胃口。不过片刻，干烧岩鲤、清蒸江团、酸辣水米子便陆续上桌。马步达连忙招呼吴森和鳞蛟吃鱼，在他们面前摆上大盘，把最好的鱼肉夹给他们。这顿全鱼宴果真鲜美，就连鳞蛟都吃出了不同的味道。

吴森一改往日沉默的性子，竟主动和马步达、叶舟划起拳来。四人渐渐都有了些醉意，一看五斤的酒坛已经见底了，马步达又抱来一坛。

突然，吴森借着酒劲，一把抓住马步达的衣领，使劲一提，把他拉起，然后厉声问道："你知道我是何人？"

马步达以为吴森在开玩笑，又一看时，却见他一脸阴沉，声色俱厉，不禁打了个寒战。叶舟和鳞蛟也都大吃一惊。

"吴……吴队长，不，吴……"马步达颤颤巍巍地说。

三个人心中都在打鼓时，吴森却大笑起来，说道："话可别这么说。"

大家都赔起笑来。事后叶舟专为此事又找过一次马步达，说吴森这人阴邪，可不敢深交。然而马步达是逃荒逃到酒城来的，吃过荒民的苦，所以不想再当荒民。眼前一棵大树结满了果子，自己若不往上爬，别人就往上爬了，所以并没把师兄的话听进去。

那晚过后，吴森终于放下心来，而且对当晚的全鱼宴十分满意。一来，他确定马步达绝不知道他是无名道士；二来，秋露白的确是好酒，只要喝了它，他臀部的旧伤就不痛了；三来，在吃饭间，突然有个年轻女子进来传菜，那女子还有几分俊俏……吴森本来在和马步达划拳，突然看见一个穿花衣服的年轻女子，心中一惊，竟然划出拳，却没喊出声，只目不转睛地看着女子进来，又出去。

那女子是西鱼厨的姑娘西美禄，年方18岁，尚未许配人家。

过去子女的婚姻由父母做主，现在实行民主，连婚姻这种事竟然都可以自由了。西鱼厨搞不清楚，自己的闺女该自由恋爱呢，还是该找人说媒？眼看着到了出嫁的年龄，自己心里却没有个准数。

让西美禄进来送菜，是马步达给西鱼厨出的主意。他见吴森年纪轻轻，也就二十几岁，还未娶妻妾，又稳重老成，面向颇为狭义，想必将来必有作为，所以想要为他做媒，但又不敢主动提说，就安排了这一出。马步达见吴森似乎有些意思，就借着酒劲，提说了那么一两句，有意把自己这个侄女许配给他。

吴森只是说"再说"，就没有下文了。

女人，哎哟！女人这事，吴森从来没有想过，他甚至忘记了，男人是需要女人的。问题不冒出来就不是个问题，一旦冒出来又得不到解决，就成了问题。

可是，他还没有想清楚女人这事，大事就来了。

叛　乱

吴森来到酒城已有半年，胡里图从未召开过会议，如果没事，他甚至可以整月把自己关在公馆里，就像过去那些不理朝政的皇帝一样。

可这天胡里图突然要开紧急会议，把八个队都召集了起来。

胡里图戴着白手套，把一个信封拍到桌面上，手里打开一张信笺。吴森看见，信封上的落款写着"兄文森""云城军事学堂"几个字，心中不免一紧，心想是不是自己的身份暴露了。他正在发愣时，听见"啪"的一声，胡里图把信笺拍在吴森面前，指着信扬了扬手说："读。"

吴森感觉脊背发凉，颤抖着手拿起信笺，读道："……云城被围一月有余，望念昔日共赴黄泉之誓，派兵解围……"

知道不是说自己的事，他心中暗喜，便说道："竟不知司令和校长是故交。"

他从真的吴森那里听说过蔡文森的名字。

"能见死不救吗？你们说。"胡里图鼓着眼睛。

吴森心想："当然不能去，去了就露馅了。蔡文森认不出他是无名，但认得出他不是吴森。"

话题一抛出来，现场就分成了两派。不怕打的一派表示，今天若是不救别人，改天就会成为孤家寡人，没人来救。另一派说，自己兵力有限，去救也等于杯水车薪，远水救不了近火。不怕打的一派又说，救不等于打，打那是冤家死对头，不打不行，而救就不一样，别人本和你无冤无仇，现在你为了救他的敌人而打他，他就容易犹豫，最后不打而散。另一派又说，何必打？等他们分出个输赢，我们再和赢的一边联盟，现在去救，不也就是为了未来的盟友关系吗？

胡里图并没有要求每个人都发言，所以吴森一直保持沉默。

最后，胡里图让公孙师爷讲一讲。公孙师爷过去是清朝衙门里的师爷，清朝灭亡后，当了胡里图家的管家。再后来胡里图成了司令，他在家便是管家，在公务场所便是师爷。公孙师爷虽不会带兵打仗，但很有些计谋。他讲话摇头晃脑，慢吞吞的，像过去私塾里的教书先生。

"各位都说得对，这次咱们该救，也不该救。为什么该救？如果我们不救，回头若是云城胜了，必然会和我们结下仇怨，冤家宜解不宜结啊。这不该救嘛，确实咱们实力有限，真正上了战场，恐怕杯水车薪，队伍说没就没了。对，那么该怎么办呢？依我看，出兵不出力，围魏救赵，去但是不要打。将来云城若是胜了，继续和我们结盟；贵城若是胜了，他们见我们出兵，觉得我们愿意为盟友牺牲，才会与我们结盟。"公孙师爷讲话虽然啰唆，但一席人都认为很有道理。

"那该如何安排呢？"胡里图问。

公孙师爷摇晃着脑袋说道："吴队长是云城来的，对地形环境都熟悉，应该带一队人马去云城，到后以观望为主，必要时，小打小闹一番就可作罢，不可做无谓的牺牲。另外，王队长带着人直奔贵城，目的是吓唬，而不是攻打。对外呢，给省城和外省的几份报纸发电报，告诉他们酒城派出两支队伍，一支队伍直接到云城为盟友解围，另一支突击队直击贵城，打史尧乾一个措手不及。"

胡里图哈哈大笑起来，用左手指了指吴森，右手指了指王羊，说道："为他们俩壮行！"

吴森总算看清了胡里图这人，表面上糊里糊涂，实际上老奸巨猾。打仗回来后，他看似把战利品分给大家，但殊不知，那只是蝇头小利，酒城每月的各种苛捐杂税，他除了拿出少数来共用外，剩下的都进了自己的腰包。修城墙本是他分内之事，但他拿了纳税人的钱，却不为纳税人做事，开出一张空头支票给自己，还装腔作势。现在来个突然袭击，目的就是要将自己送走，他好坐享其成。

"如果去云城，身份不就暴露了吗？"吴森一夜打坐。

第二天一早，部队集结好了，吴森骑上马，看了看队列，又看了会儿天空，感觉云朵软绵绵的。看见王兀也在，就让他带两百新兵回去，修补城墙的工程不能停，让他做好守卫和监督。

胡里图带着其他队的队长前来送行。吴森看见他额头上有一片黑云越来越明显，又看见七八队的龚番和范卿两人正隐隐作笑。那是一种不怀好意的笑。

两支队伍一前一后地出了城。"三队怎么这么多人？"胡里图问。

没有人回答。

重走来时路，吴森内心感慨良多，走一路停一路。

往事在吴森头脑里上映。到了和真吴森诀别的山头，吴森让部队安营过夜。他找到他们反击时的那块石头，把自己的营房扎在那里，又让人拿来祭品，满上酒，在石头旁拜了又拜，把酒一杯一杯地洒在石头上。吴森是一个善于隐藏秘密的人，因为不能与人说，也无从说起，所以他夜夜打坐，夜夜四处游荡。曾有几次，他快要到达这里时，都会被传来的枪声惊醒。

又过了两天，部队到了笔架山下，吴森说要去月亮观烧香，叫了几人和他一起上山。等爬上山后，他发现院里杂草丛生。

"这道观好像三五年不曾住人。"随行的人说。

吴森纳闷，自己分明才离开一年而已，观里怎会荒凉至此？火头道长到哪里去了？

几天过后，部队在夜里到达云城附近。只见城里火光冲天，前去探路的人回来说，贵军已经破城了，他们烧了城里的军事防御，云城军事学堂已被炸平，云城的部队逃的逃、散的散。吴森连续派出几波人马，让他们探听城里的消息。最后证实：云城兵败，贵城军得了云城，如虎添翼。

还是来晚了一步！但是正因为晚来一步，才让他的身份永久性地成了一个谜。

已经成为定局的战役，毫无救援的意义，但是既然来了，还是要佯装夺城，不能让贵城知道，酒城军只是出工不出力。

一日扰敌后，队伍在城外休息，一人从远处骑马飞奔过来，等走近了才看清，原来是王兀。王兀刚从马背上下来，马就累瘫在地上，他也是一身大汗，扶住树向吴森报告："龚番和范卿两个狗日的……与汪海藻里应外合，叛……叛变了！"

听到的人都大吃一惊，现在进不能进，退不能退，一时不知如何是好。各种声音飘进吴森的耳朵里：有人说应该趁汪海藻立足未稳，立马打回去；有人说应该去投靠山城，再做计较；还有人说不如另立山头，找个村镇先落脚。

吴森首先想到的是回月亮观另立山头，但是这样一来，和曾经上山当土匪有什么区别呢？又想起王羊还不知道消息，应该立马和他取得联系，以免他也加入叛军，于是派鳞蛟带着人去向王羊报信。

吴森仰望天空，天空中有两朵云，它们逐渐合为一体，随即吞噬了另一处更大的云朵——暴风雨来了。与此同时，酒城中正发生着一场天翻地覆的政变。

龚番包围了胡里图的公馆，范卿占领了正在维修的城墙，修墙的工人们望风而逃，汪海藻的人马就像洪水一样漫进了城。龚番和范卿以请喝酒的名义，把其他队的四位队长，以及公孙师爷都软禁了起来。所以现在，就只剩下胡里图和他的几个姨太太，以及几个卫兵，还藏在公馆里。

汪海藻已经带着人到了公馆外，他拿来一个扩音喇叭，朝着屋里喊："胡斑鸠，你个狗日的，鸠占鹊巢啊，没想到吧，你汪爷爷又回来了。"

屋里没有回应，汪海藻又喊了几嗓子，依然静悄悄的。他仿佛使出了全身的劲儿，却打在了棉花上。如果室内大声叫骂，甚至甩出两颗手榴弹，他倒还有些底气。但是里面毫无声响，他心里反倒没底。他想："胡里图该不会在室内填满了炸药，要与他同归于尽吧？"

于是，他命令炮兵列队。士兵们撤到一边，十几门迫击炮一齐向公馆里发射炮弹。炮兵们习惯了远距离射击，近了反而打不中，多数炮弹都打偏了，但公馆依然在炮声中轰然倒塌。

龚番和范卿都觉得可惜，好好的公馆，就这样被汪海藻夷为平地了。

可是，士兵们却找不到胡里图一家老小的尸体，只发现一处地下暗门，往里走，是一个地道。可是沿着地道走到底，却是一个封闭的水池。

"难道胡里图一家老小都被炸成灰烬了？"所有人都开始猜想。

好在胡里图的财宝还在。汪海藻命令，立即把财宝封存起来，等事后再做处理。

城外的暴雨转到了城内。接连三天，酒城的街巷装满了水，屋里的人出不了门。汪海藻好不容易把人都聚到一处会馆，可人们无论如何防护，还是成了落汤鸡。又因为下雨的声响实在太大，会馆的窗户又是破的，以至于大家听不见彼此说话的声音，只能通过表情和手势来判断对方在说什么，所以会议还开着，人们就各自散了。

因为有人问："是不是散会了？"

对方并没有听清他说的什么，却仍自以为意地点了点头，那人便起身走了，然后其他人也跟着走了。最后只剩下汪海藻在座位上气得拍桌子。

龚番和范卿派出探子，报告说周边50里内没有发现二三队的人马，想必他们都还在贵城和云城。

雨停后，龚番和范卿，以及汪海藻三人，开始商议权力的分配问题。汪海藻认为，他本来就是酒城司令，只是暂时离开，现在他回来了，依然应该是司令。而龚番和范卿却不这样认为，他们觉得过去是过去，现在是现在。说到最后，双方都有些激动，但又都克制着。

虽然没有商量出结果，但三天后的庆功会还是照期举行。他们本邀请了酒城工商界的代表一同来参加庆祝，但最后却没有一个人来。龚番和范卿干脆让手下扮成工商界人士，身上藏着武器进入会场。而汪海藻更是直接带着队伍赴会。庆功会变得暗藏杀机。就在双方即将爆发内讧时，另一队人马包围了会场。那正是吴森和王羊的队伍。

原来，王羊在接到消息后，在震惊的同时，赶紧调转马头，与吴森会合。最后，大家还是决定返回，去营救胡里图。如果叛乱成功，以他们这点兵力，是不可能与汪海藻抗衡的，所以趁他们立足未稳，还有偷袭的机会。但是如何回去呢，万一路上中了埋伏，回去就成了自投罗网。正犹豫间，人们透过满山的荆棘，看到酒江江面上出现了众多船只。

吴森让游刃带着人，在荆棘丛中砍出一条路来。到了江边，他远远地看见一个身材高大魁梧的男子立在一艘船的船头，正向他们张望着。

吴森忙喊："江老板，还认识我吗？吴森啊……"

江里浪长期在江中行船，听惯了江风中夹杂的声音，于是把船撑到江边，问道："吴大官爷，你们是要回去开战吗？"

官兵们本来一脸严肃，一听江里浪的声音，全都哄然大笑。江里浪虽然习惯了，但脸还是红了。

"城里现在什么情况？"吴森问。

江里浪两手摊开，意思是不知道。"开了炮，但不知道现在情况怎么样了。"

"城里来了叛军，如果不打回去，恐怕酒城要遭殃。"吴森问江里浪愿不愿意送他们回城。

城里响了炮，船商们以为大战在即，纷纷出城避险，以免两军交战毁坏船只。江里浪只顾着保住船了，妻儿还在城里，他也有些担心。于是号召那些没有带家眷的船老板们，一起把吴森和王羊的队伍拉回去。

叛军们没有想到，吴森和王羊会乘坐船只，走水路返回。士兵们从余甘渡码头登陆。一小撮假扮成老百姓的士兵先进了城，然后里应外合，干掉了城门附近的守军，并很快包围了大礼堂。

枪声从礼堂里面传了出来，也不知是哪一方先开的枪，但是里里外外都听到了第一声枪响，紧接着是第二声、第三声……密密麻麻的枪声响了起来。吴森和王羊趁乱冲进了会场，两边都以为是对方的人来了，吓得忙往角落里钻。几个人簇拥着汪海藻要从窗户上跳出去，当他被托举到窗户上时，反倒成了最显眼的靶子，所有人都朝他开枪，汪海藻和那几人瞬间被打成了窗花。

龚番和范卿不敢相信，闯入会场的竟然是吴森和王羊。他们想上去告诉吴森和王羊：胡里图不配当司令，现在他们已经把酒城打下来了，他们可以把城交出来，大家有福同享，有难同当……

只可惜语言快不过子弹，叛军们纷纷倒下。

硝烟散去，吴森和王羊商量着做了三件事：第一件是四处散发告示，请居民返城；第二件是查收胡里图的金银财宝；第三件是完成城墙的修缮工程，并在原来的基础上，多付给马步达一万元，用以在各段城墙上修建 20 座炮台。

这三件事交办完后，王羊几乎成了配角。他是个冲锋在前的战士，他的天职和天赋都是打仗。也正因为他的勇猛与无畏，才能成为二队队长。但是除了打仗，其他事他一概不懂。听着吴森道出一件件事项，他心中不由得佩服起来。

紧接着，吴森又提出两件更重要的事情来。

一是重新整编部队。原来的八个队参差不齐，有些队伍只有百十号人，而自己的队有近两千人，酒城军总人数不过四五千，有些队实在没有存在的必要。如今，应该按照正规军编制，将部队进行混编，部队改名为酒城护城师，总人数应该扩大到八千人以上。其中包括三个步兵团、一个炮兵营、一个工兵营、一个后勤营、一个税务营、一个警卫营、一个通信排，将来还会建一个骑兵营。

二是师长改由公推。公推的结果不用说，自然是吴森当选。他又认命王羊为副师长，游刃和鳞蛟为他的副官，游刃管警卫营，鳞蛟管通信排，王兀任税务营营长，再将军中有能力者选为各团、营首长。

公孙师爷本以为自己要收拾包袱走人了，没想到被吴森重用，任命为参谋长。

酒城又一次从喧嚣回归宁静。但宁静从来都只是短暂的，而喧嚣是永恒的。紧接着，大大小小的事务，就如轰炸机上扔下的炸弹一般，陆续炸开了花。

军官们急着要为吴师长建一处府邸。而马步达做媒的事，也变得越来越勤，好在话说在前面，否则巴结之意就愈加明显。对于此事，吴森没说同意，也没说不同意。但最后，他还是在一次酒后点了一下头，事情就这样定了下来。

司马乮听说，秋露白可以缓解吴森的旧伤痛，于是亲自送去两大坛陈年秋露白。不久，他听说护城师解散了城里的别动队。那个要收拾司马乮，并抓司马醇去当壮丁的别动队队长屈老二，被编入军中当了士兵。

再后来，司马乮听说，屈老二偷偷逃走了。

第五章

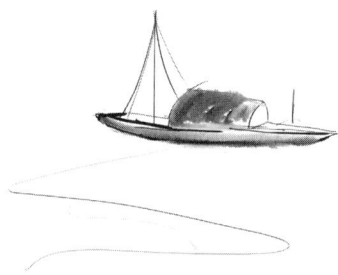

宝　藏

　　酒城原不叫酒城，而叫泸城，之所以后来成了酒城，那必然有叫酒城的道理，否则天下城池千千万，为何偏偏这里就成了酒城。

　　要说酒城为什么叫酒城，故事要从一千多年前的大唐王朝讲起。不过那时的大唐王朝几乎气数已尽，江山传到昭宗李晔时，国家已经分崩离析，藩镇林立，军阀握权，目无天子。昭宗起初也是雄心勃勃，想要扭转这种内有权臣、外有强藩的境况，遂制定出一套适宜时局的治国方略，亲自平定了巴蜀的藩镇势力。只可惜朝野上下无人可用，几场战争损失了自己大半军队，让朱温坐收渔利，成为中原一霸，从此竟受制于他。郁闷痛苦之中，昭宗愤然写下"安得有英雄，迎归大内中"的句子，期望还有英雄能够拯救大唐王朝。但世事不由人，大唐的祸端已经积累得太久了，单凭一两个好皇帝，已然无力回天。

　　郁郁寡欢之中的昭宗，只能以诗书来平息内心的忧愤。身边的太监见皇帝写下"思梦时时睡，不语常如醉。早晚是归期，苍穹知不知"这样的句子，也是无比伤怀。但在伤怀之余，他们也想方设法安慰皇帝。为了让昭宗能够有所释怀，他们找来当时一些著名诗人的作品，供他阅览。

　　一天，昭宗突然读到郑谷的一首诗，诗中写道："乱离未定身俱老，骚雅全休道甚孤。我拜师门更南去，荔枝春熟向渝泸。"郑谷是当时的著名诗人，昭宗因为征讨巴蜀，收集过大量关于巴蜀地区的诗词，所以曾读过他的作品。但这一句却从未见过，想着自己受制于人，虚度时光，便如同诗中所说的"乱离未定身俱老"。

"杨贵妃所好之荔枝，是否产自渝泸？"昭宗问道，"荔枝是春天熟的吗？"

太监笑嘻嘻地答道："荔枝是夏季端午后熟。"

昭宗笑道："看来鸥鹁先生真是身心俱老，老糊涂了，竟写成荔枝春熟。"

太监弓着身，用手挡住嘴笑嘻嘻地说："皇上，他不是说荔枝在春天成熟，这'荔枝春'是一种酒。荔枝夏季采摘酿酒，新酿之酒燥烈酸涩，但是经过一个冬天的储藏，来年春天味美而醇洌，是世间难有的好酒。所以，地方上的一些文人为它取了个文绉绉的名字——'荔枝春'。"

昭宗心中惊讶，思忖良久。他觉得，自己目前的境地，也和那荔枝春酒一般，需要经过严寒酷暑，才能酝酿出醇美的品质，干出一番惊天伟业。此时，自己应该学那卧薪尝胆的勾践。

感动之余，昭宗问道："可否尝过，是何等醇美之酒？"

太监摇头，见昭宗遗憾，太监便想着要派人去蜀中找荔枝春。

这年冬季过后，几个小太监来到渝泸一带。小太监只听过渝州，却不知"泸"是何地，便先是步行，后又乘船，去了渝州。

渝州是个好地方，虽多山地，但水运贸易发达，来往客商频繁，城中酒店随处可见。找了几日，米酒、黄酒、郫酒、葡萄酒倒是应有尽有，但就是没有荔枝春酒。

这天，几人正准备乘船离开渝州，小太监顺便向船家打听，船家说不曾听过荔枝春酒，但是出产荔枝的地方倒是知道，就在两百里外的泸城。几人便又换乘了客船去泸城。

果然，泸城城中酒楼林立，酒肆随处可见。进入城中，只见酒旗迎风招展，店中吃酒的人进进出出，来往不断。城中还有茶马互市，两条江中船只不断，码头上堆满了粮食、盐等货物。听酒家的小二说，城里几乎家家都能酿酒。得知几位客人要喝荔枝春，小二笑呵呵地道歉："其他酒都有，就这荔枝春挑人，不是挑客人，是挑主人，一般的人家都酿不出好的来，只有城外荔枝林下的赊员外家能酿。"

几人听后都兴奋起来，当即就要去那荔枝林，却被小二叫住，告诉他们，这个赊员外已在一年前举家搬迁了。至于去了哪里，无人知晓。现在城中已找不到荔枝春酒了。

小太监们失望地回到长安，把事情原原本本地告诉了大太监。

只是，几人对泸城处处是酒家的场景记忆深刻，竟把泸城说成酒城。昭宗偶尔提到此事，也口称"酒城"。毕竟是皇帝开了金口，当时宫中的户部尚书问及此事，遂将疆域图上的泸城改为酒城。宋朝开国后，沿用前朝旧制，新的户部尚书发现，在不同的疆域图上，此处的名称对应不上。经过新编后，重新分发的地图上，泸城统一改为了酒城。

要问这故事出自哪里，出自小市川剧馆的孙老板。

孙老板过去走街串巷，跟着人卖货，特别喜欢听人说书唱戏，每当听得入迷时，竟然忘了卖货。时间一长，货郎师傅就不要他这个徒弟了，但他还是要去听戏。听着听着，他竟然把自己听成了小叫花子。再后来，他听得中了魔，癫狂起来，别人在台上唱，他就在台下学着唱。时间长了，唱戏的、听戏的都讨厌他。

戏班的老板是个有心人，他细听这孩子的声音，再慢慢打量他的身段，判定他是个学戏的好材料，便收他做了徒弟，他也就走了大运，进了戏班。戏班里的人走南闯北，都是江湖中人，戏里戏外，嘴里的故事从来不停。这些故事逐渐都装进了他的脑袋。等他当了领班，再当上了戏班的老板，这些故事又像洪水一样泛滥起来。他不吐不快，见人便要讲一讲。若是某天没有讲故事的机会，他便浑身不自在，若是多日不能讲故事，他便要犯癫狂的老毛病。

有人问他："为什么不编写一本书呢？编出来后，酒城一人发一本，就不用天天讲了嘛！"

他嘴上虽说"尽是些'屁不能疼'的故事，有什么资格编书"，一边却真的开始编写起来。

一晃三年过去了，孙老板果真编出一本《酒城食货演绎》来。书出版后引起了不小的反响。一时间，当权者也不管内容写了什么，写得好与不好，纷纷邀请他做客讲学。等他真正去讲时，他们才发现，他讲的果然尽是些屁不能疼的事情，之后才慢慢平静下来。

这本书只印刷过一版，数量1000册。书局见该书量少，也没有当回事，分发出去，没多久就卖完了。又因为时局动荡，这类闲书本不入流，便无人再去问津。但孙老板完全释然了。从此，他不再因为不能讲故事而癫狂，生活优哉游哉，倒也是百般滋味。

如今的酒城，和故事里的酒城又不一样。虽然城里城外都有酿酒作坊，但顶多是出得好酒而已，其酿酒规模并不比周边城市大出多少。而城中虽然也有酒楼酒肆，但未到遍地酒家的程度。然而紧接着发生的事，让人们再次看到了真正的酒城该有的样子。

雨季来临，一个雷雨交加的晚上，临江山上的采石场垮塌了，山腰上露出一面石门。吴森得知消息，立即派兵封锁了现场。他没想到，找了几个月也没有找到的藏宝洞入口，却在为了掩人耳目的采石场里找到了。

吴森一如既往地沉稳，他亲自在门前勘察了一整天，到了傍晚时分，才命人开门。石门打开，浓雾沿着地面流淌出来，随之而来的是清幽的香味，香味慢慢变得浓烈，并逐渐扩散开来。过了片刻，大家才意识到，这是酒香，是很沉很重的酒香。此香无法用语言形容，只感觉它比醇酒更醇，比蜂蜜更甜，比熏肉更香，比泉水更冽，比六月飞雪更爽快。

最先反应过来的是王羊，他立即命令熄灭现场所有的火把，打开手电筒，以防爆炸。不多时，现场的守卫人员竟然开始手舞足蹈、翩翩起舞起来，有人身体瘫软，互相依靠，所有人都仿佛酒醉了一般。

吴森也觉得有些头晕，想带人进去看个究竟，但身体已经不听使唤。一种从未有过的舒适感，使他全身都无比放松，身体瘫软，坐在地上，不久便入定了。现场的官兵和守卫都没有坚持多久，就全部睡着了。

很快，酒香蔓延至小市城中，并在城中弥漫开来。城中酒香之浓，如人人将老酒置于鼻下吸闻，很多酒量不佳者纷纷醉酒，倒头就睡。这一夜全城的人都睡得无比安稳，全城的猫猫狗狗也都睡得很沉，直到天明时分，都没有一只公鸡啼鸣。

第二天，全城的人都带着醉意，他们大多到了下午才陆陆续续起床。在接下来的几天里，还时常有人闻酒香而醉，醺睡街头，不少半醉者在街边起舞，猜拳饮水，犹如在酒桌上吃酒一般。酒香除了醉人以外，还给人们带来了久违的喜悦。这世道先是多灾多难，后是战事不断，人们疲于奔波，为生计发愁，不管城里还是城外，毕竟穷人占多数。酒香让人无法躲避，让人发热，让人兴奋。这样一来，人们觉得，就连酒城上空长期飘浮的乌云，也都渐渐化开，化成一朵朵莲花。

吴森和官兵们逐渐醒来，他们找来布条蒙住口鼻，以防止再次醉倒。要不是洞口有重兵把守，逐渐从野外聚集起来的动物们，都有可能占领山洞。

酒香还为人们带来了实质性的收获。数日之内，天空中飞鸟盘旋，周边的荒山里，各种野生动物聚集。这一段时间，猎人数量开始增加，人们把床头的猎枪重新擦洗干净，打上黄油，晚出早归，驮着大量的山货回家。更难以想象的是，酒江竟然成了鱼塘，江里的鱼捞也捞不完，几乎是全城总动员，家家户户都编制网兜，去江边捞鱼。最后，还是鳞蛟到江边驱散了一些大鱼。

当然，坏的影响也是有的。比如，老鼠的数量增加了很多倍，并且比平时活跃，白天也在街上跑。也有人见到了一些不应该见到的东西，受到了惊吓。有外出打猎的人回来说，在山中发现了蓝火。更有甚者，说见了鬼。虽然流言四起，但人们并没有抱怨，因为他们都忙着串门，忙着逛街，忙着寻找一些欢乐的事情。更令人惊喜的是，城中白塔寺前那棵病死的老槐树，竟然起死回生，发出了嫩芽，没几天时间就由青变绿。大家发现，男人们看起来越来越精神了，女人们突然漂亮了，生病的老人也能下地走动了。

吴森对官兵们说："这才是酒城该有的样子！"

官兵们进入洞内。洞中阴冷，犹如冬天，人们不禁打起寒战。虽然蒙住了口鼻，但大家依然能闻到浓烈的、甜滋滋的酒香。往里走一百来米，山洞逐渐变宽，分出几个支洞，支洞的岩壁下长满了灰绿色的苔藓。

吴森抓起一把苔藓，苔藓下竟然是空的。游刃赶紧叫来人，清除掉表面的苔藓和霉菌，下面露出一排陶坛。原来，这些苔藓和霉菌是从陶坛表面长出来的。游刃揭开一个坛盖，坛口还蒙着一层什么，有士兵认得，说那是"猪尿包"。用刀划开后，吴森借着手电筒光往里看，下面果然清幽幽的，泛着蓝光。有人从坛里瓢出酒来，大家纷纷品尝。只觉得这酒闻起来又陈又香，但喝起来却陈而不香，甚至味道有些怪，让人难以下咽。

一行人在洞里盘查了两天，除了摆满的酒坛外，其他一无所获。士兵们有些失望，他们本以为发现了宝藏，没想到只是一些闻得喝不得的坏酒。

吴森准备离开时，有人在几只酒坛下面发现了一口石制的棺材，大家又激动起来。打开棺材，里面只有一摊湿土，在棺材一端，有个长方体的东西，黑乎乎的，想必是个石枕。游刃伸手去取，又感觉比石头重。

有识货的人小声说了句："哎哟，是个金枕头！"

吴森赶紧抢过去看，然后又失望地叹道："娘的，是个黄铜枕头，不值钱的玩意。"

很显然，这是个藏酒洞，不是藏宝洞。

一时间，吴森也不知这些老酒和酒坛该如何处置，于是命人把酒坛的数量数清楚。最后得到的数据是不下一万坛。吴森取出十来坛，又命人把洞口封了起来。

吴森将黄铜枕头带回营房，并在灯光下仔细观察，突然发现枕头上有一条明显的锈迹。他用短刀刮开，出现了一条缝隙。原来这不是枕头，而是盒子。他用了一个晚上的时间，才把它撬开。里面竟然是一本书，确切地说，是一本牛皮书，上面刻着文字。

他在马灯下细细翻看，开篇大意是：南宋末年，北方蒙古军队大肆入侵。大军打到酒城城外，宋人顽强抵抗，战争已持续了10年有余。南宋濒临亡国之际，酒城的百姓花了一年零三个月的时间，将各家各户所酿之酒，装入一万二千个大坛之中，藏于城外的山洞中。等以后赶走了蒙军，再开启洞门，将各家的酒取回。

宋人当然知道，蒙古人好酒。所以，为了避免蒙军攻入酒城后缴获这些战利品，人们才想出了这个主意。

吴森往后翻看，发现书上详细记录了每家的藏酒数量。到最后几页，书上还记录着很多种酒的酿造配方及工序。

吴森觉得，这本书只有酿酒的人才用得上，所以几天后，他把书送给了司马邕。

人们在酒香中沉浸了一月有余。对于大多数人而言，这成了他们一生中最值得回忆的时光。美好的时光过后，藏酒洞中蕴藏了几百年的酒香逐渐散去。

司马邕闻惯了酒香，对酒香早已麻木。南城一带离藏酒洞最远，但司马邕依然闻到了无与伦比的老酒香味。他想起小时候，曾听过藏酒洞的传说。一打听，才得知果然发现了藏酒洞，也觉得十分传奇。又听说洞中藏着很多陈年老酒，他猜测，那些酒已经不能喝了，外行人拿来没用，只有酒坊里的老瓦片可以用它来做"酒引子"。通常，老瓦片会按老酒的口感，将其加入新酿的烧酒中，新酿的烧酒融入了老酒的醇厚，口感会变得陈香，同时还能消除燥辣。

司马邕没有想到，吴森会将牛皮书送给他，顿时觉得受宠若惊。得到藏书后，他连夜翻看，虽然文字粗糙，但书中记录了大量与酒有关的内容，特别是各种酒的酿造方法和配制秘方。他意识到，这些内容将来一定用得着，又忽然觉得，说不定哪天吴森会要回去，便用了几天时间，一字不差地抄了一本。

然而，书中并未提到秋露白的酿造方法，但有几种酒的酿造方法与之类似，只是在酿酒原料和具体的工艺上有些区别。如今酒城之中，以南城酒坊的秋露白最为有名，但因为原料的关系，产量十分有限。南城一带，另有几家酒坊也酿秋露白，但品质不及南城酒坊。小市的几家作坊以酿烧酒为主，因为工艺简单、产量大，反而很有些规模。城北的曲家庄园过去是大户人家，光田地就有上千亩，家中自酿花果酒，而花果酒中以荔枝春最为有名。另外，周边还有些不大不小的酒坊，名气都不及这几家。

司马邕也是继承了父亲的衣钵。这些年来，他也有新开酒坊、扩大规模的想法。可是，要扩大秋露白的产量，不单单是扩建厂房就能实现的。秋露白的酿造需要一种特殊原料，这种原料就是"秋露"。顾名思义，秋露就是秋天的露水。这是司马家酿造纯正秋露白的秘密所在，除了司马邕和酒坊的老瓦片以外，没有人知道它的具体使用方法。这也是其他酒坊酿不出正宗秋露白的原因之一。

所以，面对目前的困境，司马邕束手无策，因为秋露难求！

只如初见

城里的别动队解散后，司马邕终于放下了悬着的心。他写了家书寄给司马醇，可一直没有收到回信。司马邕心中担忧，儿子大半年没有消息，不知道是否出了什么意外。但他也可能只是换了个地方，没有收到信而已。

司马醇14岁那年，因为读了一本游记，一时兴起，留下一张便条，背了个包袱，就开始外出旅行。他沿着酒江，到过十几个城市。为了凑够继续旅行的路费，他曾做过店小二，在码头上当过苦力，在赌场里跑过堂，甚至还服侍过抽大烟的老爷们。他并不觉得卑微，反倒感到新鲜，也从中体会到了劳动的快乐。

那次旅行持续了一年有余，家里人要么吓得半死，要么气得半死。等司马邕不再抱希望，打算放弃这个儿子的时候，他却结束旅行回来了。回来时，他不仅没有变成大家想象的叫花子模样，反而带回了沿途的有趣玩意儿，作为送给家人的礼物。过了一段时间，邮局还送来一箱子书，都是他沿途买的。

也正是因为有这次旅行的经历，司马邕才放心让儿子一个人逃走。

他乘船到了海城，这是他上次没有到达，而又想去的地方，因为那里能见到大海。第一次见到大海，他由衷地感叹："海洋啊，流入了我的世界！"

他早已从书中知道，陆地不会在这里结束，海的另一端还有另一个世界。他被眼前巨大的轮船，以及震耳欲聋的汽笛声惊呆了。巨大的码头和高高垒起的货物，是沿江的其他城市不能相提并论的。

他在一首诗中写道："巨轮驶向何方，是黑暗还是光明？是地狱还是天堂？"

他混入劳动的人群，加入码头的搬运大军，登上了万吨巨轮。

这样的日子没能维持多久，码头上劳工和船员的罢工开始了，气得洋人直跺脚，只得由警察来维持秩序。他们很快就和罢工人群发生了冲突，有人抢了警察的枪，于是一场混战爆发了。

司马醇想不明白，为什么会有罢工？这没能阻止他对新鲜事物的好奇。他进了城，见到了书中描绘的巨大城堡，不是一座，而是满大街的城堡。高大的建筑物和酒城的低矮房屋形成了鲜明对比。他坐在一座城堡门口歇脚，一位绅士提着大箱子出门，问他可不可以帮他提。从此，他就总为这位银行家跑腿。他第一次知道"银行"一词。人们提着钱票进进出出，他们穿着古怪而时髦的服装，说着他没有听过的话。他学着他们的样子，逐渐也能和他们进行交流。他发现总有一些人，他们平时什么也不干，专门在银行门口排队。后来他知道，他们在买入卖出一种债券，价格便宜时买，高时卖。他也想去买，可是别人告诉他，他的钱连一份也买不了。他便帮人排队，赚取小费。

谁知道他经历了多少有趣的事情呢！总之半年后，他用自己攒下的所有积蓄，买了一套和海城人一样的奇装异服，这一身奇装异服为他带来了好运气。当然，也可以说是坏运气。

有一天，他无意间看到一位穿着长裙的女孩，只一眼就让他产生了爱慕之心。那仿佛是一个活在诗意中的女子，好似是从油画中走出来的一般。她踱着轻盈的步子，略带着一些羞涩。当她从他面前走过时，他着迷了。

那位好心的银行家告诉他："爱上一个人可能需要一辈子，也可能只需要一瞬间。"

他飘飘然起来，跟着女孩上了一艘并不太大的帆船，上面挂着写有"山城酒家"四个字的旗子。原来女孩是跟着父亲到海城来送酒的，她家的酒装在一种古朴的玻璃瓶里，包装上印着女孩的背影。那背影显得十分迷人，也十分新潮。他忘乎所以，几乎是被船头儿揪下船的。

可以想象，像司马醇这样因为一本游记就能离家出走的人，如果遇到了心仪的女子，一定会毫无保留地随她而去的。

烈火在燃烧着他的青春。

司马醇告别了海城，又去了山城，终于找到了山城酒家。他见到带有女孩背影的广告画时，突然喜极而泣。在那一刻，他似乎找到了旅行和出逃的意义。

这位美丽的女孩名叫上官陈。因为她太美丽，所以有人向她的父亲上官爵提议，应该把她的肖像印在广告画上，这样人们就会像喜欢他的女儿那样，喜欢他的酒了。上官爵的酒源品质一般，他觉得这个建议很好，便将女儿的背影印在商标上，果然生意有所好转。

司马醇每天都来到山城酒家，每次见到上官陈时，他都默默地凝视她，那渴望的眼神似乎可以将上官陈吸入他的眼睛。上官陈也注意到他的目光，虽然喜欢她的人很多，但她从未遇到过如此强烈而炙热的目光，那目光里的能量在慢慢融化她。终于，上官陈邀请司马醇进店品尝酒品，上官陈将全副心思都用在调酒上。她最不愿听到，别人说她调的酒像牛眼泪一样难喝。虽然她并不知道牛眼泪是什么味道。

司马醇从小在酒坊中长大，对酒形成了天生的免疫力。这并不是说他不会醉酒，而是他对酒毫不关心。

他穿着自己买的奇装异服，凭借海城银行家的一封推荐信，在山城的一家银行里找了份差事。这份差事除了能养活他自己外，还能剩下一些钱。这让他每次去见心爱的姑娘时，不至于空着手去。

起初，上官爵并不欢迎这位不速之客。传统思想在他的脑海中根深蒂固。他多次礼貌地请司马醇离开。见司马醇穷追不舍，上官爵甚至骂他是"厚脸皮""赖皮虫""臭不要脸的"，生怕他夺走自己的女儿。可是，这并没能阻止两位青年的交往，两人找到了不少共同话题，他们甚至相约去品洋酒，看外国电影，司马醇能将电影里的诗句倒背如流。他们在江边的山顶上谈起理想，司马醇谈起商业和银行，上官陈不感兴趣，她只关心调酒。司马醇告诉上官陈，说自己出生在一个酿酒世家，但从小对酒不感兴趣。上官陈不信，但也不反驳。

世上难道还有比坠入爱河更让人神魂颠倒的事吗？如果你能找得出来，那说明你一定还没有遇到过真正的爱情。

然而美好的背后，却藏着隐痛。上官陈从小体弱多病，常常心口疼痛，各地的名医都看过了，就是治不好。有人向上官爵推荐新来的西洋医生，说他们可以治疗疑难杂症。上官爵本不相信，但一次邻居摔断了腿，白骨都露了出来，在西洋医生的治疗下，半年后居然神奇般地恢复了。于是他抱着"死马当活马医"的心态，找了个洋大夫为上官陈治病。那老外居然会说中国话。他说上官陈患有先天性心脏病，如果在 10 岁前动手术，会很容易治疗。但现在错过了治疗的最佳时间，只能进行保守治疗。

随着年龄的增长，每年入夏后，上官陈都会犯病。因为每次发病前都毫无征兆，所以夏季成了她的"鬼门关"。司马醇在海城遇到上官陈时，她就是跟随父亲去洋大夫推荐的医院做检查的。

往年发病一般刚刚入夏，但这年眼看夏季过了一半，她却还未发病。当全家人都以为她不会犯病的时候，她偏偏又犯病了。

她心脏剧烈疼痛，呼吸困难，甚至昏迷。司马醇推去一切事务，一直守候在她的身旁。洋大夫来家里看了几次，药也吃了，针也打了，但还是不见她醒来。直到第七天夜里，上官陈的心脏停止了跳动，那天是她 18 岁的生日。

人们很难想象上官爵一家的悲伤，但更难理解司马醇内心的悲痛。上官爵一家对上官陈的离开，已有多年的心理准备，但司马醇却毫无准备，他像疯了一般哭笑无常，在和上官陈约过会的地方不停地走动，嘴里不断地说着什么。最后，他在上官陈坐过的石头上坐下来，一坐就是三天三夜。

三天后，他径直上了一艘从山城到酒城的轮船。

司马醇的突然归来，只为全家人带来了短暂的惊喜，确切地说，是刹那间的惊喜。他身上的奇装异服，黑色的地方已经变成了灰白色，白色的地方变成了黑色。他目光呆滞,如行尸走肉一般。他走进酒坊大门的那一刻,毛掌柜竟然没有认出他来,再仔细看时,才惊呼起来,上去一把搂住他。见司马醇毫无反应,他赶紧去报告司马邕。

司马家的酒坊和住房在一处,大门两边是四间门面,后面是一个三进的院落,后院就是酒坊,酒坊后面有后门,瓦片们从后门进出。

司马醇进了院子,司马邕首先迎了上去。见他人不人鬼不鬼、面青眼黑、全无神采,不知是中了哪门子邪,他吓得只差没有晕倒。他没有晕倒,司马醇却倒了。在酒坊里干活的小瓦片帮忙把司马醇抬到床上。家里人请来大夫,但大夫来了三四个,就是检查不出问题,有的甚至话也不说就溜走了。

最后来的那位也和他们一样,检查了半天,只是不断地摇头,沉默了好一会儿才说:"从脉象上看,应该是受了刺激,或是过度悲痛造成的心神不宁,他现在身体非常虚弱,恐怕是长时间没有进食了。"

司马邕老泪纵横,连忙问:"什么是心神不宁啊?"

那大夫说:"简单地说就是丢了魂。"

大夫说完就要走,司马邕赶紧拉住他,求他想想办法。但他还是摇头,司马邕几乎要绝望了。

大夫说道:"哎,司马老板,不是咱不救,是根本救不了,如果有西洋医生,给他插管子,可能还有救。但我是中医,实在无能为力。"

司马邕大声喊道:"那哪里有西洋医生?"

"最近也要山城才有。"大夫甩开膀子走了。

司马邕是个传统的人,他本来和老婆商量,是不是请个道士来驱邪。现在听大夫这样说,心下一横,想着不救是死,救可能还有希望。于是立即起身出门,忽又觉得身体站立不稳,回屋里取了根拐杖,拉起长衫,迈开步子往城里走去。

他先进了南门,马步达正在南门城楼上监督工程。他向司马邕打招呼,司马邕没有回应。司马邕经过奎星阁,一个老头在门口向他招手,好像是私塾里没事可做的老先生,他没去理会。经过县衙时,他看见几个警察在门口抽烟打牌。再经过白塔，塔上的草长得茂盛，一棵黄桷树从塔尖的一侧伸了出来。他向右转，去了东门，东门的城墙已经修补好了，一个石匠正在那里刻一块碑。他犹豫了一下，想了想是从东门出城，还是从会津门出城，东门出去要经过一段河滩，他还是选择走会津门。继续往前，出了会津门，几个妇人在水神像前跪拜，眼前就是余甘渡码头，大船小船停了一排。认识他的船夫们向他打招呼。他奇怪道："怎么人们只做动作不出声音？"他继续往前走，看见一个熟悉的渔夫，走过去要问话，发现喉咙里干哑得厉害。渔夫见他步履蹒跚，赶忙上去扶住他。

他慢慢清了清嗓子，等了好久才说出话来："今天有没有见到江里浪？"

渔夫说见着了，但司马邕听不见。于是又在他耳边大声说见到了，又指了一个方向，让他上船。

司马邕坐在渔船船头，小船摇摇晃晃地沿着江边向沱河里划去。这时他才使劲揉了揉脸，感觉抹掉了脑袋上套着的一层膜。他听见水流声，以及船桨碰撞的声音。渔夫把他送到一艘汽船旁，他已经看见了那个高大的身影。他下船道了声谢，就朝那人走去了。

江里浪正和一群人讨论这艘汽船，汽船上的船员告诉他，这船在一般的水域里航行还行，但是到了激流区就不中用了，还必须升帆，再找二三十个纤夫拉。江里浪觉得那船还不如帆船，帆船还能省下些烧煤的本钱。

司马邕是江里浪的主顾，无论买粮卖酒，拉石运泥，都要找江里浪。江里浪见他走来，赶紧迎了上去。

司马邕连忙说："江兄弟，快……快救我儿一命……"

江里浪一着急，声音更尖细了，问："啥？"

司马邕三言两语说不清楚，只好说："江兄弟……说来话长……无论如何你要帮我这个忙……马上……马上送我儿去山城找洋大夫。"

江里浪见司马邕着急的样子，想必是出了大事，便让他先回去，自己马上回家里告知一声，再去找阿中和另外几个船员。

阿中已经有一段时间不在船上住了，这当然不是江里浪不让他住船上，而是因为他在那年冬天交了好运。

起初，小市来了一拨外地的荒民，他们在小市外停留了几日后，又离开了，只剩下一个疯女人没有走。那女人穿着一身破烂的棉袄，蓬头垢面，脸上似乎抹了锅灰，黑漆漆的。她看起来三十五六岁，或许真实年龄没这么大。她整天在小市街头游荡，时而笑时而哭，时而骂骂咧咧，时而跑跑跳跳，常常做出要打人的凶恶样子来，但真的到了人前，又全身哆嗦。她一会儿吓得小孩儿们乱跑，一会儿又逗得人们大笑。她并不主动要吃的，有人给她就吃，没人给就在地上捡。

阿中本在江边守船，傍晚时，他常坐在船头吸叶子烟。这天，离他十来米远处有人落水，他想也没想，赶紧跳进水中把人拖了起来。定睛一看，正是那疯女人。

前些时日，阿中还给那女人送过吃的。有在店里吃酒的汉子见了，取笑他道："阿中啊，干脆你领回去过日子算了。"

阿中只是憨厚地笑，露出两排乱翻翻的黑牙。阿中只见过正常人自杀，没想到疯子也会想不开。

阿中把她救醒，两人身上都湿透了。正值冬天最冷的时候，好人也会被冻坏。阿中自己倒没什么，生一堆火烤干就行了，但这女人体弱，再一挨冻，不死也会得重病。他只得去找自己的东家江里浪，要借秋娥的衣服。秋娥听了这事，先找出几件旧衣服给疯女人换上，又给她做了些吃的。

从那天起，疯女人不再去街上游荡，也不再寻死。她常常守在江边，在一块石头旁蜷缩成一团。每当江里浪的船靠岸时，她就嬉笑着上前去找阿中。要是船一天不回来，她就一直等在那里，看起来很着急的样子，直到见到阿中，她就又嬉笑起来。一段时间后，阿中也有了牵挂，每天都为她留些吃的。

人啊，最怕的不是苦，不是累，不是穷，而是孤单。阿中在长久的孤单中，突然有了一丝牵挂，虽然那女人和他并无关系，而且她还是个疯子。

一个没有受过冻的人，永远也不会明白，冰天雪地中的人对温暖的渴望。而没有发过疯的人，也不能完全理解，一个疯子为什么会有情感，为什么会因为另一个人的关心，而突然康复了。

未到开春，那疯女人竟然奇迹般地好了。她自己洗干净脸，又搓了根草绳，把头发扎起来。见到阿中时，她依然会笑，但那是正常的微笑，而不是那种邪乎的笑。

阿中反倒不好意思起来，只知道用手挠头。

爱，或许是一种灵药，它可以让一个疯子好起来，也可以让一个孤独的人温暖起来。

起初，大家会开阿中的玩笑。但见那女人渐渐康复后，他们就不再觉得是个玩笑。有人甚至羡慕阿中的好福气。虽然那女人面容瘦削，但相貌并不差，甚至可以和秋娥相媲美。

江里浪悄悄问阿中："你是怎么打算的？"

阿中不好意思，黝黑的脸上泛着红光，用手挠着头，说不出话来。有船员给他出主意，让阿中把她领上船。

这种事情，男人们能有什么好主意呢？江里浪和秋娥说起这事，秋娥心中立即就有了个想法。她请那女人到家里来，慢慢打听她的底细，了解她姓啥名谁，哪年生人，家在哪里，家里都有什么人，为啥逃荒到这里……

原来，这女人叫银凤，是个北方人，因军阀战争，家里人全死了，自己跟着别人逃荒，来到这里。因为长相稍好，路上被当兵的玷污……秋娥当然知道，她只透露了部分不幸经历。但秋娥怕她受到刺激后再次犯病，也不便再往下问。

安抚一番后，秋娥问她："愿不愿意和阿中组建家庭？"

她犹豫了片刻，说自己恐怕没有那福分。她这样说秋娥便有底了。

在江里浪和秋娥的主持下，阿中娶了银凤。他们为两人摆了一桌酒席，又把一间放工具的小房子收拾出来，让给他们住。

白天，银凤帮着秋娥带孩子，两人一起做些手工活。慢慢地，银凤脸上丰满起来，有了光泽，倒还真有几分美貌。这不是阿中走了好运吗？

又过了两个月，银凤悄悄告诉秋娥，说肚子里有了。秋娥真心为她高兴，每天都多买些鱼肉。然而喜事是会传染的，又过了一个月，秋娥也怀上了第二个孩子，两人就像姐妹一般。

江里浪匆忙回到家，阿中正在院外劈柴，秋娥和银凤在屋里做针线活。给两位妇人交代了几句，他和阿中就收拾了衣物出门去了。

　　阿中过去没有像样的衣服，总是拣别人的旧衣服穿。如今有了老婆，境况就完全变了样。银凤为他置办了新衣服，常常为他换洗。另外还为他织了个布包，他每次出航时，都背着银凤为他准备的衣物和食物，虽然大多时候只是几个烧饼或几块烤薯干，但对阿中而言，那胜过一切山珍海味。同时，阿中更加感激自己的东家，虽然没有言语，但他心里已经想好了，这辈子做牛做马，也要报答江老板一家对自己的恩情。

　　阿中小跑着，叫上另外几名船员。上船后，他快速挂上帆，船逆流而上，不一会儿就停在了澄溪边上。江里浪和阿中上了岸，向南城酒坊走去，对面部队的营房外，一些士兵正在操练。到司马邕家时，司马邕已经背着个包袱，身后跟着丫鬟小琴，两个挑夫用担架抬着一人。走近看时，差点没认出来，此人是司马醇。江里浪还是一年半前见过他。看这情形，他便明白了事情的严重性。江里浪让船员们轮流值班，他们连夜赶路，以最快的速度向山城驶去。

　　一路上，司马邕不断地自言自语，尽说些懊悔的话。他先说不应该得罪权贵，后又说怕权贵干什么，大不了和他拼了，还说是自己害了司马醇……

　　船上的水箱里有两条鲤鱼，正值饭点，江里浪取出，让司马老板家的丫鬟小琴拿来熬汤，看能不能给司马醇喂点鱼汤。司马邕一听，也想起应该让他吃点东西，就和小琴一起生火熬汤。

　　人在绝望之中，哪怕是一小点火光，都能给他带来温暖。司马邕慢慢冷静下来，他毕竟是个生意人，见过不少大世面。他和江里浪商量，到山城后暂时留下来等他几天，等找到了洋大夫，看他怎么说，再作打算。

　　船在酒江中航行，白天江面上船只来来往往，到了晚上，多数船已经靠岸休息，偶尔遇到一两艘外国人的铁皮船。它们时常横冲直撞，其中一艘铁皮船差点和江里浪的船相撞。江里浪骂了几句。

　　从丘陵地区驶向高山地区，两岸的山崖在夜间显得更加巍峨。山林中不时传来一两声猿猴的叫声，声音在山谷中回荡，让没有出过远门的小琴胆战心惊。她觉得，船正在驶入一只巨大怪兽张开的嘴里。她还在为刚才给司马醇喂鱼汤的事情委屈，汤喂进嘴里，又从嘴角流了出来。司马圈本是着急，便骂了她两句。她没有见过死人，怕司马醇断气死掉，更怕他在自己喂食时死掉。所以她在心里盘算着，回头再让她喂吃的，她便推脱不喂，万一他被食物噎死了，司马圈一定会拉她陪葬不可。

两天后，船到了山城。两个挑夫抬着司马醇，沿着长长的石阶往上爬。山城果然名不虚传，房屋建在江边的山崖上。两个挑夫累得不行，但放又没地放，抬又抬不起。江里浪跟在后面，见两个挑夫抬不动了，上去一把端起担架。他本就身材高大，再抱着个躺了人的担架，臂膀上青筋突出，两旁的居民和过往行人都像看怪物一样，停下来看他。司马圈一边走一边打听，问哪里有洋人开的医馆，人们连连摇头。有个过路人回了句："你要找穿西装的问，他们才和洋人打交道。"

司马圈便找穿西装的人问，果然打听到洋人的医馆所在。

等到了洋人的医馆，却出来一个穿白大褂的中国人。他说是医生的助理，洋人医生参加一个仪式去了。中国助理让把司马醇放在一张床上，并拿来各种仪器在他身上试探。小琴又害怕起来，她只在葬礼上见过穿白色大褂的人，心想怎么会有人穿这么一身衣服。她见那助理一会儿把司马醇的眼睛翻开看，一会儿又拿银圆那么大个东西贴在司马醇胸口上。那"银圆"连着管子，管子再插进助理的耳朵。过了一会儿，助理又把一个瓶子挂在杆上，瓶子接着一根管子，管子上的针头直接插进司马醇的手腕……

"哎呀妈呀，喂水该从嘴里喂才是，怎么从手腕往里灌？"

她使劲拉着司马圈的手臂，司马圈骂她神神道道。她又转身拉着江里浪，她觉得江里浪是个半男半女的怪人，起码有一半是女的，所以拉着他也没什么。

午饭过后，洋医生回来了，看样子是喝了酒，还喝得不少。他洗了把脸，歪歪扭扭地走进来。走到司马醇面前时，他突然愣住了，默默地站着不动，突然用一种很奇怪的中国话说道："这到底是怎么回事？"

他就是那位为上官陈治疗的洋大夫，他认识司马醇，且正是从上官陈的葬礼上回来。在葬礼上，他还很奇怪，怎么没见到司马醇，没想到他正躺在自己的医馆里。不过他立即就明白了——司马醇因悲伤过度，也得了病。洋大夫把他知道的事情告诉了司马邕一行人。司马邕这才知道，儿子早就来了山城，更想不到，他爱上了一个山城姑娘，而这个姑娘已经不在人世了。

洋大夫又把司马醇悲伤过度的事情告诉了上官爵。上官爵虽然也十分悲痛，但一来他有心理准备，二来他还有四个子女，所以伤心归伤心，还不至于悲伤过度。原先他并不喜欢司马醇，觉得这孩子就是个浪荡子，后来见他对上官陈一片痴情，又见自己的女儿很开心，就慢慢接受了，同意他们来往。如今，他又听说他悲痛欲绝，甚至大病不起，也产生了怜悯之心。他在整理上官陈的遗物时，曾翻到一本日记，上面记录了很多她和司马醇在一起的美好时光，便带着日记上医馆去看望司马醇。

上官爵不知道司马醇的家事，听完介绍后，才知道他来自酿酒世家。而酒城最好的秋露白，就出自眼前的司马邕之手，他的心中更为遗憾。

他对司马邕说："司马兄，早知道这样，我就该成全这两个苦命的孩子。"

司马邕没想到，儿子虽然对酒一点不感兴趣，却认识了山城酒家的小姐。他和上官爵不缺少共同语言，但此时儿子躺在病床上，也不想多言。上官爵把女儿的日记留给司马醇做纪念。

上官爵走后，江里浪说："听说人昏迷时能听见声音，不如让小琴读给他听。"

小琴在一旁低着头——她不识字。司马邕便请江里浪读，因为江里浪也是女声。江里浪心想还是救命要紧，也管不了那么多了，便翻开本子读了起来。只见书页上写着漂亮的文字，江里浪便模仿少女的声音轻轻读起来。日记的内容情感很真切，有对司马醇的思念，也有对未来的憧憬……言语间，不时有些情情爱爱的词句，读得江里浪耳根发烧，听得司马邕直掉鸡皮疙瘩，只有小琴听得津津有味。

江里浪从头读到尾，这期间洋大夫来换了两次吊瓶。他本来想表扬小琴读得好听，却看见是彪形大汉江里浪在读，顿时傻了眼。要是平时，江里浪这样读书，司马邑一定会乐上好几天。但此时，他却不愿再听，起身到门外去了。

突然，小琴尖叫了一声，不断跺着脚，一只手捂住嘴，一只手指着病床上的司马醇。

司马邑听到叫声，转身进来。大家看见司马醇正睁着眼睛，望着天花板，他眼神黯淡，眼窝深陷，眼珠干涩，眼眶发酸却又流不出泪来。

司马醇终于醒了，虽然他身体还十分虚弱，但人家悬着的心总算是放下了。因为有了上官陈的那本日记，司马醇便有了事情可做。司马邑吩咐小琴，每天把书一页一页地翻给司马醇看。司马醇见字如见人，面色逐渐由白变红。

最初，司马醇只是沉浸在上官陈的文字之中。不久，他就渐渐回忆起两人在一起的时光。再后来，他才认真地解读那些文字描写的内容。

"原来上官小姐竟如此在意我！"他想，"原来她有如此美好的向往！为什么我从来没有了解过她的内心？……"

最后，司马醇陷入深深的自责之中。

十多天后，司马醇可以站起来了。但洋大夫却认为，他的病还没有好。他对司马邑说："你们中国有句老话，心病还须心药医。"

司马邑见儿子渐渐好起来，心里大为宽慰，没事时也上城里转一转。山城虽然坡多，但商家不比酒城少，城市也不比酒城小。从码头到城里，路上随处可见商贩和劳工，并且越往城里就越繁华。

司马邑在城中心的楼阁上请上官爵吃饭，两位差一点成为亲家的生意人，在那里喝了一夜的酒。司马邑是为了打听儿子和上官小姐的事，上官爵将自己知道的情况如实相告，并承认自己最初并不同意两人在一起，但后来发现司马醇确实一片痴心，而自己的女儿也变得神采奕奕，他才做出让步。他也坦言，如果早知道司马醇来自酿酒世家，可能早就定下了这门亲事。

一个是酿酒世家，一个是卖酒商家，又因为两个孩子的缘分，司马邑和上官爵都认为，未来两家可以长期走动，也可以合作往来。司马家有最好的秋露白，不愁不好卖，而上官家有酒江流域多地的经销渠道。如果合作，司马家的酒在上官家可以卖上双倍的价钱，所以这是一件双赢的大好事。

司马邕带着些醉意，满怀惆怅地说："哎，老哥啊，要不是……哎！"

上官爵当然知道，他为自己女儿的死感到遗憾。

眼看来山城已有半月，江里浪没什么事可做，就让阿中和船员们都进城去玩，但阿中哪里也不愿意去，每天都守在船上，只等着早日返回。船员中有好热闹的，去街上逛了两天，也都觉得没什么意思。江里浪无聊时，就在码头上看船。山城来往的船只比较多，很多汽船到了山城，就不再往酒城去了。所以，有些新式船他还没有见过。

听说山城最近成立了船业公司，江里浪觉得时髦，想去了解些情况。

码头上有个调度站，调度站有一个大胡子，是炮哥出身。大胡子听见有女人叫门，以为是妓院的鸨妈来拉生意，便装着娇滴滴的声音叫她进来。但一转身，却看见个彪形大汉，吓得跳了起来，然后又觉得好笑。

他指着江里浪说："是你在说话？"

江里浪被这样问习惯了，笑嘻嘻地点头，大胡子更乐了。人一乐就好说话。江里浪坐下来打听船业公司的情况，大胡子说他只是个调度，不知道公司的情况。但他一说起话来又滔滔不绝，好像自己就是公司总经理一般，什么都知道。

"山城过去也没有船运公司，一千多艘船都是人们自主经营，偶尔有那么两三家船老板组成一个联合社，以便接一些大活儿。你想啊，有时候雇主要求一天就要运完，或是一趟就要拉完，没有联合社，他要同时找好几个船老板。这种情况一多，几艘大船的老板们就想成立一个公司。这时，有个人站出来，说这样成立公司不行，应该多找一些船老板入伙。于是他们陆陆续续召集了一百多艘船。船多了该怎么管？这又成了一个问题。又是那人站出来，说应该把所有的船换成一种票据。好像是什么来着，对了，他说的是股票。于是，大家又一起对船只做了评估，折算成股份。他告诉船老板们，要是想享清福，就拿着股份回家去，以后等着分红利就行了，愿意干的就留下来当工人，还可以拿一份工资。你想啊，有几个船老板愿意当工人呢？他们都回去享清福了，原来的船员就成了工人。然后有人又问他，那船老板都回去等着分钱了，这么多船谁来管呢，谁去找活儿呢？那人就说，你们可以选一个人当总经理啊，这个总经理呢，就是大家的管家，他来负责管理，然后再抽调些脑筋灵活的人出来跑生意，把大贸易公司的货运垄断，不就可以不用愁了吗？最后有人问，那我们选谁来当管家呢？你说这还用问吗？那人就成了我们公司的总经理。但是，等他当了总经理以后，大家才知道，人家总经理才是大爷，每年分不分钱，分多少钱，都由他来领头商议，到最后还不是他说了算。"这大胡子口才着实了得，他继续说道，"大个儿你看，这不又建了公司大楼，又建了这么多调度站，不都他说了算嘛。我们这些人原本都是船上的工人，为啥能到调度站呢，那都是因为做人又实诚又灵活。哎！要我说，还是成立公司好……"

这人话虽然多，但的确实诚。江里浪要请他喝酒去，他却说自己脱不了身。

"调度这活儿不看时间，随时都可能来事情，事情一来就要安排船，船一回码头，又要来办交接。"

江里浪见状，嬉笑了一阵，出门去了。过了半晌，他提着两只烤鸭、两瓶烧酒，回到调度室来。大胡子啃着烤鸭，喝着烧酒，讲得更加起劲儿。果然，到了晚上七八点钟，陆陆续续有人来交接单据。之后几天，江里浪隔三岔五就来找大胡子闲聊。

司马邕觉得，老是让江里浪等着也不是个办法，人家是为自己的事情来山城的，照理说应该付给工钱。但是以江里浪的为人，是不可能收工钱的，所以自己应该有所表示，起码一日三餐的伙食要安排。于是他买了些米面粮油放到船上。但十多天过去了，他买的东西一点也没有少。司马邕发现，船员们在船头上用铁锅煮吃的，锅里红彤彤的，放了很多辣椒。因为反复炖煮，红汤里满是油脂。不知他们从哪里捡来一些猪羊牛的内脏，在江水里洗净了，在锅里煮着吃，另外又在江边的草地里摘了些野菜，一起煮进锅里。那味道闻起来还不错，只是看起来有些恶心。船员们让他尝，他为了不让大家尴尬，尝了一块牛百叶。真还别说，那味道很不错。

对司马邕而言，这次来山城是因祸得福，不仅儿子康复了，自己还打开了酒的销路。其实，按照上官爵的销路，司马邕可以把酒全都卖给他。但他心里清楚，不能把鸡蛋放到一个篮子里，否则以后只能任人摆布。

时间过去了整整一个月。江里浪凭借大胡子的关系，在山城的码头上找了几桩短途运输的活儿，所以船员们也不算完全闲着。

司马醇恢复了不少。他不再像过去那样神神道道。起初，他将上官陈的日记从头翻到尾，又从尾翻到头。后来，他就只是翻看其中的几页。看着她的日记内容，他似乎找到了活下去的动力。洋大夫是个有良心的外国人，他总说"心病还须心药医"，每天挂盐水瓶，只能把他拖成废人。于是，司马邕决定返回酒城。

大家上了船，江里浪又成了东道主。他见司马醇有了精神，提前买了鲜鱼，让小琴熬汤，司马醇却主动要求做红烧鱼。

上官陈的日记中，记录了她的心愿。她对美好生活的憧憬，现在已经不能实现了。但是，有一些遗愿，司马醇可以帮她实现。比如，调一款只属于他们两人的酒。

人一旦有了目标，就有了生活的动力。

小琴不怎么会做菜，于是司马邕亲自下厨。等饭菜做好了，船员们又煮上一锅红汤，并从水桶里捞了些下水，煮进去当菜。

司马邕问江里浪："大家吃的是啥？"

"我们叫'火锅'，下层劳力吃的'苦力饭'。"江里浪笑道。

司马邕连连点头，又说："别说，味道还不错。"

司马醇却开口道："江大哥，船上有酒吗？"

江里浪惊讶地说："有是有，但只有烧酒。你现在体弱，恐怕喝不得酒。"

司马醇说："不要紧，就喝一口。"

难得司马醇找酒喝。见司马邕也点了头，江里浪就让阿中打来一碗酒，先递给司马醇，司马醇尝了一点，然后喝了一大口。一股热气顺着喉咙一直烧到心窝，再烧到胃里，他白灰似的脸上马上有了血色。他把酒递给司马邕，司马邕小酌了一口，又递给江里浪，江里浪喝一口又递给司马醇。

司马醇说："给大伙儿都喝点吧。"

江里浪本以为，司马少爷不会和下层劳工们喝一碗酒，但见他一点公子哥的派头也没有，便把酒传给阿中，阿中又往后传。但大家都省着喝，回到司马醇手里时，还剩大半碗，他又大喝一口，被呛得直咳嗽。

司马醇思潮翻涌。他面带微笑，长长地叹息了一声，之后竟念了一首什么诗。大意是：蜿蜒绵长的江水是他永恒的相思，遥远的星海是镶嵌着宝石的世界……

司马邕见司马醇念起诗来竟十分高兴，觉得他的精神状态恢复正常了。

到了夜里，江里浪把船停靠在一个回水湾区，准备在此休息一夜。这些天来，司马醇睡了太多觉，又因为喝了酒，便和江里浪闲聊起来。他们一聊天，其他人就围拢过来。

他对江里浪说："你的船还是太小了，靠风力和人力，开不远！"

"是啊，轮船都开到酒城来了，千吨巨轮，一艘抵咱们百艘。"

"干吗不买大船呢？"

江里浪两手摊开，叹道："那得要一笔巨款呢！"

"钱可以借嘛。"

司马邕说："呵呵，瞎说，借钱总是要还的，况且谁愿意把钱借来买船啊？"

司马醇说："越有钱的商人越会借钱，他们不说借，而说卖股，或发券，拿别人的钱去做生意，赚了钱再大伙儿分。"

这样的事，江里浪闻所未闻。他一直想办一个船运公司，但苦于缺少资金，听司马醇这样说，忙问什么是股，什么是券，人们为什么要买他的股和券。司马醇便讲起了股票和债券，听得江里浪热血沸腾，汗水打湿了衣襟。只是在很多细节问题上，司马醇也不太清楚。江里浪把这些话记录下来，心想有一天也要到海城去看看，到底他们是怎么成立的船运公司。

回去是逆水行船，船在逆流中航行了三天，才抵达酒城。

如果没有遇到上官陈，司马醇或许还在海城流浪。他或许会找一份差事谋生，抑或是去夜校读书，将来成为一个真正的诗人。可是，生活就是这样，总是充满了变数与未知。过去对酒毫无兴趣的司马醇，突然变成了酒痴。回到酒坊后，他拜了自家酒坊里的"大瓦片"为师，开始学习酿酒。从那以后，他每天和瓦片们生活在一起，从早到晚泡在酒坊里。不久，他手上起了水泡，水泡破了，变成老茧，逐渐也变得和瓦片们一样。

司马邕感到既意外又欣慰。在他的观念里，家业是一定要传给儿子的，但司马醇对酒毫无兴趣。如今阴差阳错，他竟然对酿酒产生了浓厚的兴趣。但想起儿子受过的苦，如今又这么投入地学习酿酒，难免心疼。

很快，司马醇就掌握了酿酒的基本功。司马邕将那本牛皮书交给儿子，心想他可能会感兴趣。

果然，司马醇如获至宝，他翻来覆去将书看了很多遍，每晚在烛光下抄写。书里不仅描述了各种酒的酿造方法，还说明了不同酒的调配比例，这正是司马醇所需要的。更让他惊喜的是，书中还提到：秋露就是最纯净的水。他想到，自家酒坊每年只能产几吨秋露白，最大的原因就是秋露的收集太困难。如果能把海城的净水设备买回来，用净化水来酿酒，不就解决了秋露不够的问题吗？

另外，书中还详细记录了一些奇奇怪怪的酒，比如春秋椒浆酒、荔枝春酒、牛油白烧酒、梨花酒、桑落酒、刺麻酒、冻醪酒、金盘露……

司马醇对其爱不释手。他按其方法，逐一模仿酿制。

妻 妾

这年入冬后，马步达终于完成了城墙的修缮工程。吴森又一次召集全城的工商业代表，举行竣工剪彩仪式。本来很多人不愿来，但王兀带着人亲自上门做思想工作，大家这才不得不参加。剪彩这天，吴森为捐赠善款的商人颁发了奖状，戴上大红花，并邀请大家一起上台剪彩，最后与大家合影留念。活动结束后，人们开始称赞起吴森来。

吴森当军队高官这半年，护城师除了两三次小的战事外，总体还算安稳。因为有大量从胡里图那里缴获来的金银珠宝、古董字画，所以吴森暂时并不缺钱。他首先考虑的是和平问题，只有和平才能稳定，部队才能充实和扩张。于是，他开始实施合纵连横的计划，四处托人，了解周边各城首领的喜好。特别是锦城的刘川，他实力强大，刘家军南征北讨，打下了大半个巴蜀。

听说刘川喜好古玩，特别是商周青铜器，吴森便请公孙参谋长挑了两件带铭文的青铜大鼎，亲自为他送去。刘川果然对大鼎爱不释手，拿着手电筒在大鼎上照了又照。

他一边看大鼎上的铭文，一边念道，"王苦曰：'父歃，不显文武……'"

来时，公孙师爷把铭文内容写下来，交给吴森。刘川读了不到十个字，就错了两个，"苦"本是"若"，"不"本是"丕"。

等刘川慢慢读完，吴森请刘川为此鼎起个名字，刘川想了想说："嗯，这个嘛，好办！开头不是'王苦曰'吗，王苦必然是这个鼎的主人，就叫'王苦鼎'好了。"

临走时，吴森表示愿意加入刘家军的联盟，刘川欣然答应。现在汪海藻死了，胡里图失踪，之前打仗的理由就都不成立了。只要吴森加入联盟，酒城也就成了自己的地盘。让吴森意外的是，刘川也回赠了吴森礼物，是一千支步枪。

出了锦城，游刃、鳞蛟和王兀都兴高采烈，而吴森却默不作声，他只说："我们应该有自己的兵工厂。"

之后，吴森还联络了贵城。自从贵城打进云城后，又反复发生了十多次战争，最后双方损失惨重，只能以握手言和告终。而云城的几位领袖先后在战争中殒命，现在，也许只有上天才知道吴森不是云城的吴森。吴森给两边都送了几份礼物，并从中调停，希望大家组成联盟，共同发展。因为两方都伤了元气，他们只好答应。

此番过后，吴森的护城军迅速扩张到一万人，实力大大加强。在队伍的安排上，吴森让三个步兵团分别把守进出酒城的三个交通要道，又将城墙的守卫交给炮兵营，再从后勤营和税务营中抽出人来，管理沿江的码头和灯塔，并从通信排中选出得力干将，派到锦城、贵城、云城，分别建立秘密电台，收集各方情报。这样一来，王兀、游刃、鳞蛟等都忙得不可开交。吴森让公孙参谋长私下和马步达谈话，将他招进军营来，暂时管后勤。马步达当然求之不得，家里人也都觉得这是天大的好事，只有叶舟建议他好好考虑。但他心意已决，当即走马上任。

这样，时局渐渐稳定下来，这不仅和吴森的安排部署有关系，更和当下的政局有关。眼下，持续了很长时间的南北战争已经接近尾声，政府即将停止战事，全国大大小小的军阀都开始观望，为最后的共和保存实力。于是，久违了的安定和平局面出现了。

吴森因为繁杂的事务缠身，近日打坐时，久久不能入定，就算入定了，也会定得很浅，很容易回神。一旦不能入定，本能便开始升腾，欲望一强烈，入定就更加困难，这样一段时间下来，人就十分疲惫。

于是，他尝试着睡觉。但是久不睡觉，他连如何入睡都忘了。加上臀部旧伤时常发作，他干脆约着人饮酒。他本来话少，再加上现在是军队高官，陪喝酒的人也拘谨，这样几日下来，饮酒也变得索然无味。他觉得从前看似漂泊，但自己在哪里都能安静下来，身心无比自由，特别是静心禅定过后，那种轻松的感觉胜过一切休息。而如今看似稳定，但内心却无比纷繁。每天公务繁忙，来自政府和部队的事务一个接着一个。即便不出门，也会有一个接着一个的客人前来拜访。最初的那点新鲜感过后，他就觉得烦，无论是好事还是坏事都一样。到后来，他索性把政府的事务都交给下面的人处理。

来来回回折腾了一段时间，吴森开始着手办两件事情。

一是建一座像样的公馆。建公馆需要选址，公孙参谋长建议就建在胡里图公馆的原址上。吴森懂得些风水的皮毛，他觉得城里的格局太乱，看上了凤凰山一带的环境。他便又领着公孙、马步达等一帮人，到凤凰山一带选地方。最后选定的位置背靠凤凰山，被酒江环抱，左边青龙位有泉眼溪流，右边白虎位有山丘马路。

只是凤凰山上光秃秃的，仅有几处竹木杂树。山中无林，虎不藏身。公孙参谋长建议一边建房一边种树，最好是楠木或香樟。马步达跑遍了周边的林木场，只有香樟树苗。后来，种树工程搞成了一场轰轰烈烈的植树造林活动。学校纷纷组织，不仅凤凰山，周边数里，包括临江山、龙盘山，全都植满了香樟树。

房屋的建造工程当然是马步达负责。因为不缺钱，建设就尤其顺利，本来半年的工程，三个月就完成了。一栋砖石木结构的三层小洋楼拔地而起。再三个月，又在一旁建客房十余间、花园十余亩。

众人簇拥着吴森去看新房。吴森心中激动，往事不堪回首，如今时来运转，止不住落下泪来，后来竟放声大哭起来。

他喊道："哎，我那可怜的老父老母、养父养母，还有弟兄姊妹们呐……"

众人连连安慰，又称赞吴帅一片孝心。有人当即表示，愿为吴森的老母和养母各建一座贞节牌坊，以表孝道。

等吴森情绪稳定后，有人说新房应用新名字，于是大家都开动脑筋。有人说叫"吴帅府"。公孙参谋长建议名字不宜太张扬，不如叫"酒苑"。

吴森连连称赞有道理，又问："听说中山先生的洋楼叫什么名字来着？"

吴森听说过，中山先生在黄山有一处洋楼，取名为"黄庐"。三国时，诸葛孔明称自己的住处为"茅庐"，中山先生有模仿之意，希望有人能像刘备一样"三顾茅庐"。这事在《锦城日报》上刊登过，所以好多人都知道。

于是有人答道："叫黄庐！"

吴森点点头说："那就叫酒庐吧。"

二是吴森的婚事。时间就定在冬月十一。

酉家小门小户，能攀上这样的高枝儿，是酉鱼厨做梦也没有想到的。没过多久，他得了吴森的支持，于是小船换成大船，餐桌增加到六桌。他雇了两个厨师，自己当起了跷脚老板。

立冬后，天气骤变，气温降到零度以下，吴森臀部旧伤发作。刚开始，他喝了司马邕的老酒还能缓解，到后来，喝酒也不起作用，痛得他根本没办法下地行走。城里的医生看了个遍，各种药都吃了，各种膏药也贴了，但就是治不了。

也该是吴森的运势好。小雪过后，城外来了一对父女，打着治疗各种疑难杂症的幌子，被人看见后请到"酒庐"来。老先生看后告诉吴森，他旧伤里有打碎的骨头渣子，挡住了经脉，造成气血不通，于是开了张药方，叫人买来蜈蚣、蝎子、蛇胆、龟壳等十几样药物，用水熬制，做成一剂膏药和一剂药丸，将膏药直接贴在疼痛处，药丸需和酒吞服。三个疗程后，膏药和药丸就可以停用，以后只需要饮酒即可，而且最好是陈年老酒，越久越好。吴森想起藏酒洞里那些老酒，不知还能不能喝，就叫人给司马邕提了一壶去，让他研究研究。

老医生是外地人，姓张，据说过去在宫里做过太医，所以幌子上写着张太医。他女儿叫张佳酝，已满 20 岁。他们云游到酒城来，本是为挣几个钱后，继续沿江而下。吴森发现，天天为他熬药的张佳酝长得俊俏，比西美禄还要好看几分，加上天天为他熬药治病，自然产生了好感。吴森很少和姑娘接触，时日一多，加上病痛消除，心情大好，对她就更看得上眼。

公孙参谋长看出了吴森的心思，私下和张太医提说了此事。张太医哪里有推脱的理由，自己的女儿本也老大不小了，再看那吴森，似乎是个有福有寿之人。但听说吴森定了婚事，便感到有些难为情。

公孙悄悄告诉吴森："谁说不能同时娶两房呢？"

吴森问："那谁做大房，谁做小房呢？"

公孙"呵呵"傻笑，因为他也不知道。最后要来生辰八字，西美禄比张佳酝大一岁，并且西美禄的亲事定在前头，所以理应西美禄做大。

婚礼也是马步达全权负责。他请众人在云水阁吃酒席，让大家推荐一位接亲的媒人，云水阁的老板娘云水谣毛遂自荐，马步达当然求之不得。这样一来，婚宴也是由云水谣承接。

马步达本想让西鱼厨来承接婚宴上的几道鱼，但西鱼厨不愿意，他这辈子就当一次老丈人，哪有老丈人给女婿做婚宴的道理。

婚礼在新建成的酒庐里举行，吴森宴请了三天宾客，就连城外的乞丐也得到施粥三日的礼遇。

婚礼前，吴森为自己的婚事卜了一卦，得到乾卦的九四爻，爻辞是"或跃在渊，无咎"。

"这是什么意思？"吴森想不明白，又不好意思问公孙参谋长，就和马步达商量。

马步达哪里懂占卜，但是他大胆猜想："是不是要走水路？"

吴森也是这个意思，所以最后确定走水路。两位新娘从余甘渡码头上船，到南城码头上岸。水路由江里浪负责，江里浪又和云水谣商量，两人找来伙计把迎新的船装饰了一番，换上红布帆，挂上红灯笼，贴上喜字，把两顶轿子固定在船上。这新鲜事，引得全城的人都来看稀奇。婚事结束后，江里浪只取掉了船上的花轿和喜字，以后就一直挂红帆。

两位新娘一前一后来到堂前，西鱼厨和张太医轮流坐上位。堂前摆着一排酒坛，是几家作坊送来的老酒。拜天地父母时，西鱼厨和张太医都有些不自然，但又都觉得有点好笑。

突然之间，一个庞大的家庭诞生了，吴森有些茫然，这比他成为护城师的统帅，更难以适应。从前，他一直期待有一个家庭，有自己的亲人。然而现在住进了洋楼，娶了两房太太，多了两个老丈人、一个丈母娘，又请了厨子、仆人、丫鬟，他却觉得人人都是外人，互相之间满是陌生感。

吴森臀部的伤痛得到缓解，但每晚都需要饮酒。他一边饮酒一边暗骂城里的庸医，突发奇想要为张太医开一间医馆，名字就叫"太医馆"。正好这位老丈人还无处安排，他不像西鱼厨，有自己的家庭，也不能整天住在酒庐里，来去都不方便。若是医馆开起来，张太医就可以住在医馆里，将来再请媒人给他相个老婆，还能组建个新的家庭。

没想到医馆一开，酒城人对吴森又多了几分好感，因为张太医果真医术精湛，专治各种疑难杂症，药到病除，医馆门口常常排着长队。后来说亲的媒人也排起了队，这张太医却全都拒绝了，他婉言谢绝了吴森的美意，并说他这年纪应该养精蓄锐，做一些延年益寿的事情，娶亲这种事，他已经无福消受了。总而言之，吴森算是为酒城老百姓做了件好事。

"嗜欲"是动物的本性，欲望的火苗一旦被引燃，就再也不能熄灭。与身体的欲望同时产生的，还有对权力和名利的渴望。一旦欲火烧得旺盛，人的"慧根"就愈加浅薄。

吴森禅定的"慧"原本进步很大，境界逐渐提升。来酒城后，他曾在禅定时洞见过不少后来发生的事件。但自从事务开始繁忙，又迎娶了两房太太后，他的"慧"便消失了一大半，夜里禅定很难进入状态。有时候到了清晨才渐入佳境，然而还未得到丝毫的灵感，他又很快回过神来。这就像是一个睡眠质量很好的人，突然发了一笔横财，喜出望外，之后兴奋得再也睡不着觉的感觉一样。他感到十分懊恼，但懊恼过后情况依然没有好转。

没过多久，吴森的两个老婆都怀上了孩子。这本应该是个好消息，但是女人自带一坛醋。两人本是同时进的家门，张佳酝觉得凭什么她西美禄就该做大房，住正室的套间，女仆住在隔壁，进出都方便，而自己住偏房，一门一户，有事情叫丫鬟都费劲。而西美禄又觉得，幸亏自己是大房，吴森没事时总在张佳酝那边，家里不能没有规矩，自己这大房不能形同虚设。两个女人有各种理由互相看不对眼。

吴森哪里处理得来这些事情。外面的事，他只要黑着脸，什么都能解决；家里的事，就不是三言两语能够说得清楚的。说不清楚他就只好不说，但是见了面总不能不说话。所以时间一长，他就不愿意待在酒庐里。每天天不见亮，他就出门去了。但又不想去处理公务，于是他就穿着便装在江边瞎逛。瞎逛就会琢磨，琢磨来琢磨去，他觉得该在酒庐外面建一个宾馆。目前常有外地来的公使，还要四处找地方住，不如自己建一个住处，作为护城军的招待所，方便接待外宾。而且，以后自己不愿意住在酒庐时，就可以住在宾馆。他觉得自己的考虑实在是两全其美。

有这个想法的时候，他正好想到有一句话说得好："色即是空，空即是色。"很多事情都只是虚幻的妄想而已，到头来都是一场空。所以把宾馆的名字都想好了——"色即是空"宾馆。他把命令传达给马步达，马步达领了命，马上开始规划建设。

吴森虽然知道色即是空，然而微风轻轻拂过，他内心的欲火又旺盛起来。

一天，他在余甘渡口观看来来往往的行船。忽见对岸码头上有一花衣女子在挑水，她一手拎着一只木桶，一个弯腰，左右手一使力，一担水就挑上了肩，然后轻轻松松就上了高高的台阶。

吴森感叹："那是谁家的女子，这么大的力气，一看就是持家的好把式。"

这话被身边的警卫听见了，回家告诉了马步达，马步达赶紧安排人去打听。到了晚上，吴森去云水阁喝酒。不知是偶遇，还是云水谣的有意安排，他在这里认识了一个唱曲的红尘女子，被她楚楚可怜的样子打动了。

没过多久，就有人打听到，江边挑水的女子叫金水，是小市酒厂金老板的小女，刚满 18 岁。她身材健硕高大，性格刚烈，半年前已许配给教书先生何秀才的儿子，但她不同意，说大女人不应该嫁软蛋。她觉得柔弱的读书人就是"软蛋"，所以宁愿在作坊里酿酒也不嫁人。这女子酒量奇大，常常把自家作坊里的烧酒当水喝。那何秀才吓得几次要退婚，金老板又是送酒又是请客，才勉强维持住。

而那云水阁上的红尘女子名叫银春，原是江城戏院里的小演员，战争中死了父母，逃难到酒城。她无依无靠，见吴森位高权重，长得又清秀，酒后便以身相许，要嫁给他当姨太太。

吴森正想打破现在的平衡，再多两位姨太太又何妨？

金老板做梦也没有想到，自己有一天会喜从天降。而何秀才喜出望外之余，还得到了一笔不菲的退婚礼。金水虽然表现出一副无所谓的样子，但内心却喜欢扛枪打仗的军人。银春喜极而泣，在得知消息的那个夜里，竟哭肿了眼睛。

婚礼办在"色即是空"宾馆开业的那一天。喜事刚过，听说酒城边境上来了一伙土匪，占山为王，常下山烧杀抢掠。吴森正想出去散散心，便亲自带着部队东征剿匪去了。

军对匪，打的不是军事实力，而是补给，只要补给充足，就可以只围不打，土匪能有多少粮钱呢？

不过补给得花钱，马步达既然管后勤，就要负责粮食补给。这个差事在不打仗的时候人人都想做，而一旦打仗了，又人人都想躲。这些时日，搞各种建设要花钱，而部队壮大了，开支大得惊人，不说其他的，单是军需物资的配备就是一大笔开支，再加上部队的军饷，各种各样的费用。马步达知道，从胡里图那里缴获来的银钱已经不多了，如今一打起仗来，就显得吃力，虽然眼前能维持一段时间，但是往后可怎么办呢？

马步达这人书读得不多，算术却极好。过去在乡镇集市上做生意，别人都要用算盘一五一十地记，他一听数字马上就能得出结果，不差分毫。比如，到店里进香料，草果三毛二一两，共七斤八两，茴香五毛四一两，共四斤四两，肉蔻五毛三一两，共六斤二两……最后一百多斤的货，他听完数就能出结果，等账房在算盘上打出来，他已经喝了一壶茶了。最后一对数字，一模一样。账房对他算术的功夫频频点头。做小本生意，常常有熟人赊账，一般规矩是先付一半，下次进货再付一部分，剩下的有利息，一点二分利，他能按天算出本息，并随口报数，生意人没有不佩服的。后来，他在乡镇上帮人盖房搞土建，就是靠算账的本事，让众多泥瓦匠都愿意跟着他干。往往房屋还没修，他就能准确计算出所需的物料和费用。他给主人讲好只赚百分之十，到最后真的一分不多，一分不少，就赚百分之十。所以，几乎家家有工程都来找他干。

钱在马步达的心里，从来都是清清楚楚、明明白白的。过去清楚是他自己的事，现在清楚是一支部队的事。别人眼里的城市是固定的，是一砖一瓦盖起来的。而他眼里的城市是流动的，是一层一层的金钱搭建起来的。

他常说："流动着的除了江水、商船和车马，还有金钱。"

金钱的流动，维系着城市的运转。流动的速度，预示着发展的快慢。要增加流速，除了打通各个关卡外，还需要增加一台强有力的发动机，这台发动机就是银行。虽然城里有几家钱庄，以及几家当铺，但规则依旧老套，限制条款太多，业务范围也实在太小。因为钱粮不足，经叶舟的提示，马步达有了建银行的想法。但是，建银行需要大量的资本，资本从哪里来呢？他想到，吴森封起来的藏酒洞，便是目前最大的资本。但前提是，能证明那些老酒是有价值的。

另外，他还想到，酒城应该大力发展工商业，搞劝业会，兴修公共设施，办大众教育……

吴森剿匪还算顺利，打败了土匪头领，俘虏了上千人，缴获了大量财物。他亲自对俘虏训话："当兵自愿，不想留下的，可以发放路费，各自回老家。"

这样一来，人倒是走了一小部分，只是他们都不敢去要路费，而是悄悄溜走了。剩下的大部分，他就地整编到自己的队伍里。

在搬运土匪们抢劫而来的金银首饰时，士兵们还发现了一屋子的青铜器。这些无恶不作的家伙，不知道挖了哪些倒霉贵族的坟墓。

吴森此次剿匪行动，因为一纸公文，突然变得不同寻常。

南方的中央政府通电全国，筹备东征。为了迎合中央政府的号召，吴森把这次行动命名为东征剿匪，不过明确控制范围，以免引起东边其他正规军的注意。事后，他还主动把东征的战况电邮到中央政府。虽然中央方面觉得这种做法实在有些可笑，不过他们对酒城的吴森印象深刻。而吴森得到的真正实惠，是中央政府承认了护城军的合法地位，并派专员给他送来印章和委任状，甚至要求酒城政府义务为部队提供物资。这再一次提高了吴森在酒城的威望。

这样看来，酒城已经完全被吴森管辖。

眼看着缴获的钱财无处安放，马步达不失时机地提出，应该开办一家银行。吴森虽不懂如何办银行，但他知道这事非同一般，且的确是件好事，因为马步达说："钱可以生钱。"

不过他只说："可以先出去看看别人是怎么搞的。"

兴高采烈的吴森回到酒庐，烦恼油然而生。夫人四位，乱麻一堆。两个大着肚子的互相不对付，让他心烦；银春太柔弱，让他发愁；而金水又太刚强，让他害怕。门外的问题好化解，门里的问题却不好化解，既然不好化解，索性就让它乱作一团。

然后他听了马步达的建议，从家务事中挣脱出来，搞起了"酒城劝业会"，给出各种优惠政策，四处招商引资。一时间，城里城外成立了三家洋火厂，龙盘山上盖起了一座长达 50 米的龙窑，城外办了两家炼铜的锅炉厂，东门内的一条街改成了皮货市场……

吴森还让王兀负责，建了一家造步枪的军工厂。

另外，酒城的照相馆开业了，洋货铺替代了杂货铺，进口商品随处可见。剧场外，每天都有人排着队买票。有人甚至还想在城里开一家电影院……

新　生

司马醇在自家的酒坊里当了一年多的学徒，酿酒的基本技术已掌握了七八分，他的行动感动了大瓦片。

大瓦片世代在南城酿酒，他的爷爷和父亲曾经也是司马家的大瓦片，他家的手艺是祖传的。虽然过了三代，大瓦片依然没有自己办酒坊的实力和福分。他父亲年轻时，家里曾建过两口窖池。没想到建好那年，酒江发大水，他家离江近，两口窖池加上几千斤刚买来的高粱全部泡了水，一家人几十年的积蓄一夜间全部打了水漂。再后来，家里条件越来越差，就再没有建过窖池了。

但是，大瓦片始终有一件遗憾事。他已年过花甲，却没有得到半个子嗣。最初，他怪自己的老婆子不争气，后来老婆子死了，就只能怪自己。他也曾收过徒弟，但徒弟们不是"闷油瓶"就是"万金油"，一个也成不了气候。直到司马醇拜他为师，他才觉得收到了理想中的徒弟，自己的手艺总算有人继承了，内心无比欣慰。

所以，大瓦片除了教授常规的酿酒手艺外，还毫无保留地把自己的绝活传授给司马醇，其中就包括"老酒调新酒"的方法。这套方法既保留了新酒的丰满口感，又获得了储藏老酒的陈香，同时配以相应比例的秋露，酒体变得清洌甘爽，便是正宗的秋露白。这方法大大提升了酒的品质，又减少了基酒积压，唯一的难处就是老酒和秋露匮乏。

司马醇想起了藏酒洞，洞里装着上万坛不能直接喝的老酒。老酒一旦有了价值，就能成为抵押物，就可以开启金融的杠杆。现在，司马醇可以证实老酒的价值所在。

俗话说，物以类聚，人以群分。很快，司马醇就找到了马步达，马步达又请来叶舟、江里浪，以及一些熟悉的商户，甚至还有龚德彪。私下的商议常常在西鱼厨的船上进行。鲜美的江鱼配上正宗的秋露白，更增添了大家的兴致。

这样的聚会断断续续地持续了一两个月，他们勾勒出了一幅前所未有的"蓝图"。这张具有开创性的蓝图大致是这样的：首先是成立两家公司和一家银行，两家公司分别是糖酒公司、航运公司，银行可以取名为酒城银行。它们实行股份制，并且交叉持股。糖酒公司和航运公司分别持有银行百分之十的股份，银行分别持有两家公司百分之二十的股份。

马步达本来只考虑如何办银行，现在觉得交叉持股的想法虽好，但银行似乎有些不划算，糖酒公司和航运公司能赚多少钱？

江里浪虽然不懂，但只要将来能买大船，能成立船运公司，他就觉得可行。但他想不通的是，钱从哪里来？

司马醇是这样考虑的：银行先移交一部分藏酒给糖酒公司，同时大量买入酒城的新酒。调配好以后，联系酒江航线上各大城市的客户，把酒卖出去。运输由航运公司负责。收到第一笔资金后，三家就能持续经营下去。

马步达提出："酒卖完了怎么办？"

司马醇笑了笑说："酒城的酒卖得完？"

司马醇计划，有了资金就扩大厂房，并且和城里及周边的酒坊合作，收购酒源，统一调配和包装后，卖到外地。马步达觉得司马醇的初步规划是好的，只是具体细节还需要商榷。

只有叶舟不大认同这种交叉持股的方式。

司马醇的"蓝图"固然单纯，并充满着理想化的色彩，但发展往往就是从简单的构想开始的。历史从来不会顺其自然，必然会有像司马醇这样的人，或需要司马醇这样的人，来不断地创造和改写。

"渔船聚会"后，要成立航运公司的消息在船商间不胫而走。船商里有看好的，也有不看好的，但更多是模棱两可的。大多数人只能从自己的实际利益出发，支持与不支持，取决于自己未来在船运公司中扮演的角色。或许是人们想得太多了，但作为当事人，他们又不得不想。

而成立糖酒公司的消息传出后，城里城外的酒作坊老板却不以为意，似乎这和他们没什么关系。酒城从来都不缺卖酒的公司和酿酒的作坊，每天有新的酒坊开张，也有老的酒坊关门。至于酒的销售，是"新生活各管各"，谁也影响不了谁。

大多数人对银行没有概念。对他们来说，就是大街上多了个门面而已，只是不知道里面卖什么东西。有人说可能是卖钱，但马上又有人反驳："钱怎么卖？"

江里浪实在有些兴奋，一兴奋就全身发热。一连好多天，他都在湍急的酒江里游十个来回。现在看来，组建航运公司是早晚的事。目前，已有十几个船商表示，愿意听他的号召。但大家的船加起来，吨位也不过三四百吨，成不了大事。他想，将来一艘船就能达到千吨，出海也不是问题，虽然他并没有见过大海。另外，他觉得未来不一定只有货船，还可以考虑购买客船。只要政治环境稳定，出行的人就会逐渐增加。

办银行需要中央银行的批文和授权，否则业务就不能在全国范围内开展。司马醇和马步达决定去一趟海城，再从海城去南城。不管成与不成，先去探探路也是好的。

江里浪本要送一批铜矿去江城，正好可以送他们一程。

两人带了官方材料，又带了吴森的官印，搭乘江里浪的船，出门去了。

从酒城到海城，要途经山城、江城等十几个大都市。这些城市都是司马醇的目标市场，如果在这些地方都开上自己的连锁店，不仅不愁销路，而且产量还远远不够。只是，目前秋露白的外观实在没什么竞争力，因而价格也不理想。这也是上官陈总结出来的问题。

再去海城，司马醇不再是过去流浪的样子。他没有忘记带上自家的秋露白。那位曾经帮助过他的银行家这才知道，他来自酒城，并且出生在著名的酿酒世家。

银行家不仅请他吃西餐，还把他介绍给海城最大的酒商。他在酒商那里，见到了来自世界各地的酒。大酒商尝了秋露白后，大为惊讶，说自己根本不知道，酒城竟然能酿出这么好的秋露白，并表示以后一定要去酒城看看。银行家听说了他们要办银行的计划，送给他们一些书，又详细介绍了一些流程上的问题。

一个月后，他们从南城归来，与其说是归来，不如说是逃回来。

在南城，一天夜里突然响起了枪声。最初，大家以为是发生了兵变，旅店里的客人都没有睡好。第二天一早，有人从外面拿回报纸，上面写着"大革命失败"几个字。

一场声势浩大的抓捕行动开始了，每天都有官兵到旅店来查房，城里各个进出口都严防死守。两人怕时间长了惹祸上身，便匆匆从南城逃到了海城。但海城也全城戒严，形势十分紧张。他们连夜把订购的东西搬上船，离开了海城。沿途停靠的码头上，都有士兵上船搜查。

马步达预感到形势不妙，好在酒城还不存在"大革命"。两人虽然没有办成银行的批文，但是已经搞清楚成立银行的来龙去脉。以后不需要再跑南城，去锦城就可以办理了。

回到酒城，两人都请来挑夫。马步达的东西挑了两担，是各种糕点、化妆品之类的稀奇货。司马醇则带回一个大木箱，八个壮汉才能抬动它。人们都很好奇，跟着司马醇去他家看热闹。到了家门口，司马邕和酒坊的瓦片们也纷纷凑拢来，拆开一看，是一个大铁箱子。司马醇在海城发回电报，让司马邕汇款，就买了这个大家伙。

司马邕连忙问："是啥？"

司马醇悄悄对他说："秋露。"

司马老板扶着大肚子"呵呵"笑，让瓦片们帮忙搬进去，心里想："管他啥，虽然花了大价钱，只要儿子想要，那就是好东西。"

他还是一贯迁就着儿子。

不过，这次他真错了，司马醇带回来的，是德国生产的净水机，可以过滤掉水中的杂质和矿物质，起到消毒杀菌的作用，也就是司马醇所说的人工"秋露"。

等借来了发电机，净水器就开始工作了。在司马醇的指挥下，第一缸纯净水诞生了。司马邕和瓦片们上前来一起品尝。司马邕说甘，大瓦片说甜，又有人说净。

司马醇问："和秋露比如何？"

大家都笑起来。困扰司马邕的问题解决了，酒坊可以扩产了。

酒城从来都是流动的。无论是站在远方的山顶，还是身处城中，你都能看到或感受到，江河在奔流。奔腾的江水带动着气流，形成了四季不停的江风。江风拂面，带来凉意、暖意，还有惬意。

江风又带动着气象，明明和周边地区只隔了十来里，酒城的云雨就是来得频繁，来得突然，让人躲闪不及，稍不注意就会淋成个落汤鸡。回家换身衣服也就罢了，偏偏还找到了好理由，说淋了雨，要"喝单碗"① 去，好祛除身上的湿气。

酒城从来都是繁忙的。无论是灾荒还是战争年间，酒城都一样热闹。和平时期，酒城因繁荣而忙。而灾荒时期，酒城作为重要的战略枢纽，又会因物资中转、军事防御而忙。然而，人们都希望因稳定繁荣而忙，不希望因灾荒而忙。如今，酒城赶上了好时候，天时地利人和，各种条件交织在一起，就迎来了久违的和平时期。

城市因为安定，所以繁荣，又因为繁荣，而更渴望安定。

安定的社会就能孕育希望，就能孕育生命。两年多来，酒城的人口出生率大大提升，各大院子、各个街区，随处都能看见怀抱婴儿或挺着肚子的

---

① 喝单碗：酒城的一种喝酒方式，用碗盛酒，喝酒后，酒碗向后传递，依次喝酒。

妇人。

先是银凤生了个儿子，阿中没有文化，也不言说，儿子抱在怀里，却没有名字。别人问，孩子叫啥呢？他说不出来。有人说名字要反着取，干脆叫阿累，以后长大了才不会受累。阿中觉得这名字好，于是就叫阿累。

接着秋娥生了个女儿，江里浪为她起名叫江中月，秋娥便叫她月牙儿，因为她出生的那个晚上，天空中挂着一弯新月。

两个小家庭都迎来了新生命。两个妇人朝夕相处，两个婴孩儿常睡一张床，常在一个大木盆里洗澡。江里浪和阿中都在家的时候，他们把两个孩子放在装满水的木盆里。他们惊讶地发现，月牙儿竟然天生就会游泳，她在水里玩得十分开心，一上一下活动自如。阿中见月牙儿会游泳，也放开手，阿累忽地一下就沉了下去。阿中把他抓起来，憨厚地笑着。

可是阿中终究是个苦命人。生了阿累不久，银凤又怀上了一个孩子，大家都为他们高兴。然而五个月后的一天，银凤突然感到肚子疼痛，以为吃了脏东西，便卧床休息，不多久就昏睡了过去。等她醒来时，裤裆里有一种不祥的感觉，她伸手摸，是一堆黏糊糊的东西。解开裤子一看，是个长了小手小脚的胚胎，两个眼皮鼓起，皮肤上都是血和黏液。这对银凤而言何止是恐惧，她似乎要尖叫，可就在一瞬间，她竟然笑了，笑中带着邪，带着麻木，眼神变得暗淡而呆滞——她又疯了。

在一年多的相处中，秋娥知道了银凤过去的经历，那是银凤的苦难，也是她们的秘密。

银凤本有一个美好家庭。几年前，因为那次蝗灾，银凤一家颗粒无收，眼见老家的人都逃了荒，她们一家也只好跟着逃。路上，她男人为了给她和一对儿女找吃的，被山贼打死了。突遇横祸，她能到哪里去申冤？又有谁会为她做主？她眼巴巴地看着自己的男人去了就没有回来，却一点办法也没有。一对儿女让她坚强起来，她带着他们继续赶路，一直走进了大山，进了大山就望不见头。不多久，她和逃荒的人群走散了，眼看着身上已经没有食物可以充饥时，又来了两头狼。它们并没有向她发起攻击，而是跟在她后面，保持着几十米的距离。夜深时，四只明晃晃的眼睛像幽灵一般在树林里游荡。银凤让两个孩子爬到树丫上去，自己手里拽着一把镰刀，瞪着眼睛盯着狼眼。两头狼似乎也没有力气，他们竟然一整晚都没有发起进攻。等天亮后，银凤见两头狼眯着眼睡着了，就去拉孩子的脚。但她的女儿已经和树干连在一起，身体已经成了冰棍，早已没了气息。儿子也冻僵了，她敞开衣服，把儿子紧紧地抱在怀里，眼泪已经凝成了冰，喉咙里发出撕心裂肺的吼声。两头狼互相看了几眼，喉咙里发出"呵呵"的笑声。好在儿子还在，她抱着儿子往前走，不敢回头，怕看见两头狼正在啃食自己的女儿，她得抓紧时间赶快走。果然，狼没有再跟上来。没走多久，她就到了一个馆驿，馆驿不远处有个码头，南来北往的船只常常在这里休息，到馆驿里吃口烧酒。银凤想进馆驿里要点吃的，就把孩子放在路边，自己进去。老板是个好人，给了她两个馒头，等她高兴地出来时，却发现孩子不见了。有人指着码头边的船叫她快去追，她看见儿子被一个人抱着进了船舱。可是船开了，她飞奔着冲向码头，边跑边喊，可那船加快了速度。她没有半点犹豫就跳进了水中，可是她不会游泳，在水里自身难保，还是好心的路人救起她来。她喝了一肚子水，眼睛开始歪斜，嘴角不再往下，而是往上，可能是肚子里水太多，口水沿着嘴角往下流——她疯了。

银凤因为流产而想起了两个孩子，顿时悲从中来。

阿中依然把她当作宝。江里浪常让他在家里照顾银凤，等银凤病好了再让他上船。可是一天清晨，阿中醒来后，发现银凤不见了，大家都着急，帮着他满街找。直到午后，有渔夫来告诉他，在江里捞起一具尸体，正是银凤。阿中内心悲痛，从此更加少言寡语，不知道的人还以为他是个哑巴。

从此，阿中独自带着阿累。阿累三四岁之前，常住在江里浪家，由秋娥照顾。三四岁后，阿中就带他上船，从此两人又住在船上。秋娥心疼阿累，常让江里浪给他带些吃的穿的。

吴森先是得了两个儿子。这次是张佳酓的肚子争气，儿子先出生，成了长子。只是这个长子有些早产，所以身体比较弱小。吴森希望他能强健起来，于是取名为吴疾。西美禄生的二儿子倒是乖巧，吴森取名为吴争，希望他不要和自己的母亲一样，总是和别人争来争去，将来长大了也不要和自己的哥哥争。金水和银春也相继怀上了孩子。几个月后，西美禄和张佳酝又怀上了。女人们成了吴森的生育机器。他觉得，只有让她们的肚子怀上孩子，才能和平相处，否则家里非要打仗不可。

四个老婆中，吴森最满意的是金水。他不仅对她满意，甚至有些依恋她。或许是因为他从小缺少母爱，而金水性格刚烈，处理事情态度强硬。在她眼里，事情只有两个结果，行就是行，不行就是不行，这与吴森内心深处的犹豫恰恰相反。

金水从小在自家的烧酒坊里长大，她的父亲金波送她去读新学，她就是犟着不去，后来好不容易去了，等金波一走，她就自己跑回作坊，和几个瓦片的孩子玩泥蛋子。金波只能摇头。别看是和一群男孩子玩，她心里有主意，并且是金老板的女儿，孩子们都会听她的。这样一来，她就养成了男孩性格。等长到十来岁，男孩子们多多少少要帮助大人们做点事情，不能再和她一起玩了，她一个人也没事做，就整天在家里看瓦片们酿酒。久而久之，她就知道酒是怎么酿的。有一天，她突然端着刚酿出来的烧酒猛喝了几口，七八十度的烧酒还冒着热气。几个瓦片吓坏了，这么小个娃娃，哪里敢喝烧酒，醉死了怎么办？他们赶紧找来金波，又上就近的医馆去找大夫。大夫听了情况，带了洗胃的药剂赶去，却见她红着脸，笑呵呵地在作坊里玩儿，看起来一点事也没有，还奇怪为什么大家都围着她。大家守了她一个下午，她没有任何问题，还给金波说酒好喝着呢。金波不相信她喝酒不醉，过了几天就开始试她的酒量。他先是用加了水的低度酒让她喝，改天又加大度数，直到某天给她喝了一斤烧酒后，金波就不敢再让她喝了，因为她喝起酒来，就像喝水一般。

金水发育得早，十三四岁就成了大人。她腰上系着根布带，和瓦片们一起酿酒，干起活来丝毫不比男人们差。这也算是一件奇事，自古酿酒作坊里都是大老爷们，从来没听说过丫头进酒坊的。金水和一帮汉子们在一起，也跟着大大咧咧地说粗话，嘴里常常骂爹骂娘。金波后来把她许配给城里教书先生何秀才的儿子，她看不起教书匠的儿子，死活都不愿意。

不过金波没有依她，他和瓦片们说："我就问，没结婚的几个，你们敢不敢娶她？人家敢娶回家就不错了，难不成打一辈子女光棍？"

但是她打定了主意，等出嫁那天，她就收拾好东西，半夜进城去。等客船来了，就离家出走。

然而谁也没有想到，她偏偏被吴森看上了。

金水怀了孩子，却依然每天喝酒，什么酒都行，没有人敢劝她。吴森干脆让人为她准备好各种养生酒，都用司马邕家上好的秋露白来做引子。金水尤其喜好一款司马醇调配的花酒，里面加了栀子花、茉莉花、兰花、桂花等十几种香花，再加上牛羊的脂肪浸泡，奇香无比，金水每天要喝三大碗，早中晚不停。

别说，单就因为这酒量，另外三位夫人就没有不服气的，她们也不敢随便招惹金水。这样一来，大家就形成了一种默契，家里的事情都让她来定。

金水临盆的那个晚上，雷电交加，狂风大作，酒庐的玻璃窗户被风刮得哐当作响，凤凰山上的香樟树被大风刮断了好几棵。

接生婆急红了眼，吴森和三位太太都焦急地等在客厅里——金水难产了。谁能想到她会难产呢？她那么健康，那么强壮，但是她的确难产了。孩子在她的肚子里伸出一只脚，这是一只不祥的脚，一只恐怖的脚，还有鲜血从它的周围喷射出来。

接生婆哆嗦着跑到客厅，跪在吴森面前，连连磕头，吴森扶起她来，她身体已经软了。她说现在要么保孩子，要么两个都保不住。

吴森愣住了，三位夫人连连问："没有其他办法吗？"

因为大出血，金水没能撑住。接生婆在最后一刻，将婴儿的脚塞回金水的肚子，再摸到婴儿的头，用五个手指抓紧，把她生生地拽了出来。

在婴儿刚刚发出第一声啼哭的时候，屋内的接生婆和帮忙的仆人突然闻到一股浓烈的香味。这种香味似乎是酒香，然而又似乎是一种花香，但又不像任何一种花的香。大家眼睁睁地看着金水闭上了眼睛，却一点办法也没有。

这是吴森第一次真正意义上，感受到失去亲人的悲伤。不过，这样的悲伤并没有让他难过多久，反倒成了他的动力。他觉得四个老婆还是太少了，老婆应该再多些才行。他陷入不愿一个人孤独生活与不能适应多人生活的矛盾之中。

这时接生婆惊讶地发现，金水的肚子里还有一个孩子，难过之中又有些惊喜，于是赶紧将手伸进金水已经开始发凉的子宫。她再次拽出一个孩子来，只可惜，那是一个死婴。这个死婴或许是金水难产的原因。在这个死婴脱离金水身体的那一刻，接生婆和仆人们闻到一股恶臭，一种钻心的臭，这种臭让人受不了，有人竟然呕吐起来。接生婆扯过一张床单将它裹起来。大家不能在两具死尸面前清洗活着的香孩儿，于是她们换到另一间屋子。

客厅中的人，先是闻到了一阵浓烈的香味，随后又是一阵恶臭，都不知味道从何而来。他们都去屋里看孩子，而另一边，已经有人找来道士和丧葬行的人。

吴森来到清洗婴孩儿的房间，香味十分浓烈。他本以为是接生婆用了某种香水，但到了婴孩儿面前，才发现香味是从孩子身体上散发出来的。这真是一件怪事，他曾经听人说，有些人身体会自然散发出香味，但只能是浅淡的香。

昏暗中，他靠近去看这个婴孩儿。那似乎是一张狐狸的脸，吓得他猛地跳了起来，喉咙里发出"嗷"的一声怪叫，本能反应让他想喊"鬼"。但意识告诉他，这只是个婴孩儿。但是他心跳得厉害，不敢再看那孩子，只有这香味让他觉得舒服。

银春问吴森："给起个名儿吧！"

吴森想都没想，说道："吴香。"

吴香生来就有一种奇怪的香味，谁知道这种香味是从哪里来的呢？或许和金水怀着她时，每天喝酒有关。可为何那个死婴又奇臭无比？没有人能解释。然而没有人知道，刚刚生下来的吴香，竟然能听见别人心里的话，后来她稍微长大一些后，才知道，凡是闻到她香味的人，她都能洞察他的内心，听到他心里的话。

当她发出第一声啼哭的时候，她听到好几个人内心都在说："好香。"

但是同时又有人说："金水真可怜！""这孩子命大，克死了她妈。""怎么长了一张狐狸脸。""我想吃肉、吃肉，要是有块骨头就好了……"

最后一句是守在门外的看家狗在心里说的。

随后她又听见有人说："哪里来的香味？""臭死了。""今晚怎么敢睡觉？家里摆着两具尸体呢！""我可没有做过对不起你的事啊，你变成鬼可不要来找我。""老天保佑，让我们母子平安。""死了好啊，死了就解脱了。"……

她听见靠近她的那个男人心里害怕得连说："鬼、鬼……太吓人了！"

还有些更远的声音，比如"色即是空"宾馆的房间里有人说："酒庐里酒缸摔坏了吗，什么酒这么香呢？"

更远的哪户人家有人说："好妹妹，是你来了吗，我闻到你身上的味道了！"

……

可想而知，吴香仿佛置身于一个热闹的菜市场中。

也是在这天夜里，雷雨逐渐停了，一艘从外地来的客船停靠在南门码头，有些到站的旅客提着行李下了船。虽然刚刚下过一场暴雨，地面十分湿滑，但是他们依旧显得有些兴奋，迅速消失在街道的尽头。而还要到其他地方去的旅客，有的下船来找旅店投宿，并提前向船家问好了次日清晨发船的时间。还有些为了省钱，便在船上过夜。

船上有一对夫妻，他们大概都是 30 岁的年龄。虽然穿着朴素，但依旧难以掩饰文化人的气质。那女人怀中抱着一个婴儿，夫妻俩都显得有些焦急，因为那孩子全身滚烫，他已经拉了两天肚子，发了两天烧了。而且一整天，他都在昏睡之中，一口奶也没有吃。船上同行的人，大多是 20 岁出头的年轻人，也有一个中年人。其中一人稍微懂点西医，他确定这孩子感染了痢疾，如果不去正规医院救治，恐怕是活不了了。

女人带着泪，抱着孩子，他们一家人下了船，来到南门的城墙根下，不知道说了些什么。不一会儿，两人就吵了起来。再过一会儿，女人不再说话，只是把头埋在孩子身上哭。男人也不再说话，蹲在一边抽烟，缓缓地吐出一长串白烟。

这天快要天明的时候，在酒庐里累了整整一夜的接生婆祝奶奶，从酒庐里出来。她眼眶上还挂着泪痕，几乎快筋疲力尽了。经过澄溪，路过南城酒坊时，她突然发现酒坊门口有个花布包裹。因为她是个接生婆，直觉让她想到，那里面应该包裹着一个孩子。她走上前去，揭开包裹一看，果然是个孩子，她赶紧看了看四周，这个时间点，人们还没有起床，周围也没有人。她摸了摸孩子的脸，手一哆嗦，这孩子的脸滚烫，想必是有人遗弃在司马老板家门口的。

祝奶奶早年丧夫，没有孩子，如今已满 59 岁，一把老骨头可能活不了几年了。她一直觉得老天对她不公，她一辈子帮助别人生了无数的孩子，可是老天爷却没有给她生育孩子的机会。但是那一瞬间，她又觉得老天爷没有忘记她。既然是老天爷可怜她，她就果断地捡走了孩子。

她穿过大城，径直出了会津门。她在余甘码头找了个早起的渔夫，坐他的船过了河。渔夫问她哪里来的孩子，她说远房亲戚送来喂养一段时间。渔夫怀疑不是，她却不再说话。她从小市码头上了岸，沿着长长的石阶梯到了小市街头，再穿过街道，又往盐道口方向走去，最后进了一间小屋。她把孩子放在床上，点燃了煤油灯。见孩子包裹有些湿润，她便解开包裹，孩子胸口放着两个银圆，下面还有一张便条，上面写着："好心人家，请收留患病小儿东方白，阿弥陀佛！"

祝婆婆认识字，知道孩子名叫东方白，她伸手在他裤裆里摸了一下，是个男孩。祝婆婆虽然无子，但是一辈子与婴儿打交道，所以最能治小儿的病。

也该这个孩子活下来。祝婆婆一看孩子胀鼓鼓的肚子就知道，他并非得了什么重病，而是积食发烧。她善于摸食，于是在孩子肚子上摸了不到半个时辰，孩子"砰砰"放了几个屁，醒了过来。不一会儿，孩子拉了些黑乎乎的东西。祝奶奶凑近看时，见尽是些蠕动的虫子。她又给孩子喂了半日温水，孩子的烧便退了。隔天，她又在山沟里找了些草药，熬了汤喂他喝下。东方白又拉了两天虫子，便彻底好了。

第二天大清早，南城外卖早豆花儿的挑夫，看见护城军在码头上搜查停靠的船只。而就在搜查开始前半个时辰，那艘停靠在码头边的客船，已经缓缓驶出，向上游驶去了。

第六章

蛛丝马迹

　　我的耐性，在吴阿婆细小而清脆的话语间消磨殆尽。窗外的天色已经暗了下来。我由衷佩服这位老太太，她竟然能在不起一次身的情况下，连续地讲上三四个小时。而我在她讲故事的过程中，已经喝了五六杯茶水，上了三次洗手间。在我每次起身要去洗手间时，她才停下来喝一口盖碗里的茶水。

　　正因如此，我越来越觉得，自己的职业受到了侮辱。我心里暗骂："什么狗屁故事，和我收老酒有什么关系呢？"

　　每当我这样想的时候，她便停顿一小会儿，嘴歪在一边，嘴角上扬，直勾勾地看着我笑，似乎知道我内心在骂她一般。每当这时，我都不敢看她的眼睛，便把脸转向窗户，她才继续往下讲。但是我心里依然打着鼓，照她这样讲下去，怕是三天三夜也讲不完。这些陈年往事，不知她是从哪里听来的，抑或是她自己想象出来的。我突然想到，难道她是个作家，喜欢把自己构思的故事先讲给人听？如果是这样的话，我不得不说，这故事真的太逊了。

　　我相信，革命战争年代，可能确实有和尚、道士一类的人参军。但是我怎么也不会相信，一个道士莫名其妙、阴错阳差地成了军队高官，还很快娶了几房太太，生了一群孩子，这也太荒唐了！我虽不是徐霞客那样的游客，但这些年来，也算跑过不少地方，见过不少人，却从未见过哪个大老爷们儿说话是女人的声音。虽然确实有男人模仿女声唱歌，但那只是艺术表演，他们平时说话依旧还是男声。我也不相信，一个正常的男人会娶一个女疯子为妻……

另外，故事里还有不少内容，要么是她没有讲清楚，要么是我没有听清楚，反正我觉得实在是荒谬可笑。但我立马又判断出，她并不是作家，因为作家通常都比较寒酸，哪里住得起这种老洋楼？又怎么会有那么豪华的轿车？

我本可以在我不想听下去的时候，站起身摔门而去的，就像当初对待酿酒班组的胡大胖子一样。然而她是个老太太，而且竟然是和我阿婆差不多年纪的老太太，我无论如何不会对一个老太太做出什么过激的行为来。她自称认识我的阿公阿婆，知道我的家庭情况。我深爱着我的家人，我敬重邻里中的长辈，所以她既然说认识我的阿公阿婆，那么我心中已经默认，她也是我的长辈之一。

我开始懊悔，懊悔不应该糊里糊涂地出门来收老酒。又觉得收老酒本没有什么，我只是不该听了她的一面之词，就像个跟屁虫一样跟到这里来。然而到这里来其实也没有什么，关键是我应该先问清楚情况，看看她是不是真的有一地窖的老酒，再决定是否坐下来。

我实在不甘心，最后一次出门做生意竟然空手而归。如果我等在东门的城墙根下，或许现在已经开张了。

唉，现在，我对老酒生意几乎失望了。什么破老酒，什么破故事！这几年来，我无非借着老酒生意的旗号聊以自慰，这哪里是我开创的事业？这哪里算得上什么事业呢？这和巷子里挑着箩筐收破烂的大爷有什么区别？我突然觉得母亲的选择是多么明智，我出生在漕运世家，我的母亲，我的阿婆，她们虽是女性，但是她们一点也不比我这个大男人差，她们不仅开创过大事业，而且费尽周折都要把这事业干下去。虽然漕运公司已经破产了，但是她们依然是成功者。而我呢？我懒惰、任性、自私、庸俗、失败……

对，我要改头换面，我应该打起精神，和母亲还有一帮老船员们一起，把渡江公司办起来！

天已经黑了，吴阿婆依旧没有要停下来的意思，似乎这些故事在她脑海里装得太久了，今天终于逮到一个机会，她要毫无保留地把它讲完。但是我实在不想再听下去了，屋子里充斥着老太太身上的香味，这香味让我想吐。我的膀胱胀得发痛，我要去趟洗手间。她似乎知道我要去洗手间，便停了下来，只是这次眼睛不再盯着我看，而是看向窗外。

不知道为什么，我站起身来时，又本能地转向吴阿婆，并略微弯了弯腰，似乎是在行礼，然后才径直往洗手间走去。之前坐在前面的白先生早就出去了。

走廊里没有人，我的破皮鞋踩在木板上，发出清脆的脚步声。进了洗手间，我往走廊左右看了看，然后迅速脱下我的皮鞋，把它们提在手上，蹑手蹑脚地下了楼。与其说我是走出来的，不如说是逃出来的。

我走出洋楼，楼下竟然一个人也没有，我这才发现自己脊背发凉，背上的衣服已经被冷汗打湿了。我一边跑一边把鞋往脚上套，昏暗中，我看到大门外停着一辆黑色的轿车，车前站着一个人。我没有管他，想出了大门就快点溜走。

但是走近了，才看清楚那人就是白先生，他依然穿着那身得体的衣服，手里多了一个提箱，这副尊容让我想起电影里的杀手。我想那箱子里会不会是一把手枪，但转念又觉得不对，手枪一般是直接放在上衣口袋里的。

"请留步！"白先生开口了。

我装作没听见，把头埋得很低，沿着门边往外走。没走几步，突然一只强健而有力的大手抓住了我的胳膊，我差点叫出声来，嘴里轻轻说道："求你饶了我吧！"但又立马觉得不应该说这句话。

他竟然笑了，很客气地说："吴姨吩咐把这个送给你。"

我不敢伸手，他却把手上那个小礼盒塞到我手里。手里抓着东西时，人就会稍微镇定一些。我回头往洋楼的方向望了望，二楼一个开着灯的窗户里正站着一个人，我知道她就是那个老太太。我提着礼盒赶紧开溜，一口气走出昏暗的巷子，到了酒江宾馆前的广场，我才放下心来。

此时，正好一辆出租车开过来，我招手上了车。这时我真想立马见到母亲，我想起今天没有和她打招呼就出门了，她一定在生我的气。我懊悔起来，既然已经答应了母亲，就应该好好筹备渡江公司的事务。我又担心，母亲恐怕还没有吃饭，她最近有些操劳，会不会因为生我的气而发病？我突然意识到，这个世界上，我唯一可以依靠的只有母亲，她是那样温暖，对我那样包容，我真怕哪一天，她会离我而去。

出租车驶进了漕院，司机抬头望了望"漕院"的门牌，有些遗憾地说："可惜喽！这里该打造成一个旅游景点才好。"

我问："你知道漕院？"

"老酒城人谁能不知道呢，我们家的老人，过去还吃过漕院的饭呢。"他又叹息，"可惜喽，说倒就倒了！"

下车后，看见家里的灯亮着，我赶紧上楼推开门，看到母亲眯着眼睛靠在床头上。听见响声，她抬起头来，并没有要骂我的意思，反而是微笑着。

"吃饭了没有？来，桌上留着饭呢，不知道冷了没有。"母亲轻声说道。

说着，她就要下床来帮我热饭。我心里又涌起一股暖流，这暖流让我的鼻头发酸，我这才感到肚子里空空荡荡的。我让她赶紧躺下，揭开盖碗一看，饭菜还是热的。我吃了一口饭，抬头看母亲，她还是那样微笑地看着我。

"妈，我想好了，我听您的，明天就和叶叔办公司去。"

母亲连连点头。"好！好！"

我又问母亲："妈，我们漕运公司是啥时候成立的？"

虽然我曾经在漕运公司当过会计，但是对漕运公司的历史毫无兴趣，老人们或多或少提及一些，但我都忘到九霄云外去了。母亲很高兴我能问起漕运公司的事。

"漕运公司应该有过两次生命。第一次是民国二十几年，还是我的阿公那辈人创建的，当时名叫酒城漕运公司；第二次是改革开放以后，你阿婆主持创建的，名叫酒城集体漕运公司。"

我点点头，又问："你的阿公叫什么名字？"

我不知道为什么会问这个，但是我隐隐约约感觉到吴阿婆讲的故事，已经开始困扰我了。虽然我并没有去回忆故事里那些情节，但是它就像一个影子，总是形影不离地跟着我。

母亲慢慢地说："我的阿公叫江国华……"

说着，她又叹了一口气，不再往下说了。

过了一会儿，母亲看见我随手放在凳上的礼盒，问我是什么。我这才想起白先生送给我的盒子，便提到母亲跟前打开来看。盖子揭起的一瞬间，我闻到一丝老酒的香味。果然是一瓶老酒，不过我从未见过这种包装。我拿到母亲面前，问道："您见过吗？"

母亲摇摇头。

只见那是一个透明的玻璃瓶子，但又不像是普通玻璃，而像是我在京城琉璃厂见过的水晶。瓶口用橡木塞封口，橡木塞周围滴了蜡，还缠上了多层薄膜。瓶底很厚，里面镶嵌着蓝色和红色的水晶，瓶子上贴着一张蓝白色的商标，商标的正中，是一个美丽的女孩背影，一轮圆月挂在空中，月亮中有两个字——"影子"，往下是竖着写的"陈醇秋露白"五个字，底部落款是"陈醇国际酒业公司"，当然字都是繁体的。瓶子里还有大半瓶墨绿色的酒液，我轻轻摇晃，酒液泛起酒花，酒花如花生米大小，久久不散。瓶子上端的酒液顺着内壁慢慢流下，如同油脂一般。

以我的经验判断，这真是一瓶老酒，而且时间比我想象得还早。但是瓶子上没有时间，不知道是何时生产的。这瓶身上的背影，让我又想起了吴阿婆所讲的故事，以及那位体弱而美丽的上官陈小姐。

"难道酒城过去真的有一个叫司马醇的人？他后来真的成立了一家酒业公司？"

我立即打住了这种想法。就算真的有这些事情，它和我又有什么关系呢？我已经下定决心不再做老酒生意了，哪怕吴阿婆真的有一地窖的老酒。

它真是一件完美的艺术品，我把它放进阿婆屋里的橱窗上。

第二天清早，天刚刚亮，我还在床上和周公下棋，突然被阿婆的咿呀声吵醒。我以为阿婆身体不舒服，赶紧从床上弹起来，跑进屋，只见阿婆正坐在轮椅上，眼睛直勾勾地看着橱窗，双手拍打着轮椅的扶手，嘴里咿咿呀呀地说着什么。我想她是不是看见了那瓶秋露白，便打开橱窗，拿过酒蹲在她面前，举着酒给她看。阿婆看着这瓶酒，竟然露出了久违的笑容，她努力睁大眼睛，表情逐渐恢复了神采，从咿咿呀呀的话语中，我模模糊糊听见三个字，好像是"他来了……"

我轻轻问："阿婆，谁来了？"

阿婆没有回答。这时母亲手扶着墙，慢慢走进来。她向我示意，让我把酒拿开，我便把酒拿到外屋里。过了一两分钟，阿婆恢复了之前的状态，她眼神黯淡，静静地坐在轮椅上。我再不敢把这瓶酒摆在外面，赶紧从床下把昨晚丢掉的盒子找出来，把酒装了回去，又放到自己床下。

我床下还有十来个箱子，都是这几年我收回来，又舍不得卖出去的好酒。

我一旦下定了决心，就执着起来。我本可以在家里照顾母亲和阿婆的，但是母亲认为，既然我想好以后走渡江船运这条路，那就应该和老叶一起去熟悉各方面的业务。比如，怎么注册成立公司，如何办理船运执照，如何到银行办理对公账户，如何核资，等等。而我本身就是学财会专业的，又在漕运公司当过会计，到银行办理手续比老叶上手快。另外就是买旅游船，选船的门道很多，和选车差不多，这我就插不上话了，都是老叶和船厂的人去谈的。

我们在山城造船厂看上了两艘外形一模一样的船，但两者之间却有4万元钱的价差。我问老叶是什么原因，老叶说其他都是一样的，唯有发动机不一样，一台发动机功率更大，过江更快、更省油，就算是夏天洪水季节也能照常开船。但是老叶和老船工都赞成买一艘便宜的，毕竟能便宜4万元呢！虽然船的动力要差许多，但是到了夏季，可以在船尾固定一支自己组装的电动小船，也能达到与另一艘船一样的动力。而自己组装一艘电动小船，只需要1.8万元。

我感叹，还是上一代人会过日子，这些办法都是被穷日子逼出来的。

我们自己驾驶着新船，从山城回酒城。船行驶在江面上，两岸的山崖高耸入云。我看见一个山崖直直地立在水边，山顶上有个平台，突然想起吴阿婆故事里的吴森。"难道他就是从这里跳下来的？"我想。

吴阿婆说，那时江里浪的船从酒城到山城，一个单边就要两三天。而我们驾驶着柴油发动机的旅游船，从山城逆流而上，回到酒城，才用不到一天时间。想到这里，我便轻蔑地笑了笑，不再去想那些故事。

回程前，我们买了些干粮，老叶在一家烟酒店里买了两瓶高粱酒，说走了一天水路，最好喝两口酒。到了午后，阳光直射，江水蒸腾，整个船舱成了个烤炉。老叶给老船员拿去一些食物、一瓶酒，我们俩也在船舱里吃干粮。老叶把酒倒在一个瓷缸里给我，我觉得天气太热，便不想喝，他劝说我喝两口，我只好喝了些。这高粱酒品质比较差，味道冲得厉害。不过真别说，我喝了两口酒，身上就开始冒汗，汗一出来，瞬间就凉爽多了。

老叶得意地说："只有我们这些老在水上跑的人，才知道这些门道。"

老叶过去在漕运公司是总务，整天和船员们打成一片，最善于搞思想工作，也善于谈天说地。我们既然有缘修得同船渡，他自然就要和我拉拉家常。

不过话题是我先提出的，我问他儿子在做什么。过去他们也住漕院，他儿子和我差不多年纪，小时候经常在学校打架，老叶便成了老师的常客。后来，他们搬出了漕院，我也就不知道他儿子的经历了。

老叶一说起他的儿子，就不住地叹息。

读完初中后，他儿子正好赶上市场经济的大潮，便跟着人跑到广城去打工。几年后，还赚了点钱，回到酒城，和几个青年合伙搞食品批发。最初搞得有模有样，但没过多久，几人一到了晚上就去桥下的赌场。

"你想，哪有人能赢赌场的钱？久赌必输呢！"老叶叹口气。

后来他们不但输得精光，还欠了一屁股债，又逃到广城去了。赌场的人找到老叶家里来，他们不打人，也不骂人，就是每天堵在他家门口，吃喝拉撒睡都在那里。老叶一家哪里受得了，只好向亲朋好友借钱，还清了儿子的赌债。

那小子吃了那次亏，不仅没有反省，反而整日游手好闲，后来还染上了毒瘾，去戒毒所好几次，都没有戒掉。

"有一天在家，他毒瘾犯了，他妈跑前跑后，为他端茶倒水……"老叶又长长地叹了口气，"世上的事情，谁能说得清呢？都是前世的孽啊！犯了毒瘾的人，就和疯子没有两样。他在屋里癫狂着，竟然失手将他妈推倒了。事情就是这么巧，他妈妈的后脑勺刚好撞在家里的柜子上，可怜他妈，就这样走了……"

老叶说着说着就开始抹泪。我本以为老叶犯了总务的职业病，要给我做思想政治工作的，没想到他只是和我说心里话。我觉得自己还是太肤浅、太浅薄了。

"那后来呢？"我问。

老叶使劲眨了眨眼睛，笑着说："后来那小子努力戒掉了毒瘾，但永远也过不了那道坎，又去了广城。最开始我本想让他回漕运公司的，他死活不肯，说不愿意再见到亲人。"

我很同情老叶和他儿子的遭遇，但不知该怎么安慰他。

他见我不说话，又说起来："哎，你看，我这老辈让你见笑了。"然后他点了一支卷烟，继续道，"不过后来好了。我给他寄了样东西，他看后就振作起来，现在在广城开了家酒城秋露白的专卖店，听说生意还行。"

我高兴地说："那好啊，酒城秋露白在广城很受欢迎的。不知道你寄了什么东西，有这么大的作用。"

老叶呵呵笑道："其实也没什么，就是我爷爷留下来的一本家训。"

"你爷爷？"

老叶故作神秘地对我眨了眨眼睛，取下叼在嘴上的卷烟道："这你应该知道啊，咱们漕运公司就是我爷爷和你母亲的阿公一起创建的，难道你娘没有对你讲过？"

我摇摇头，母亲几乎从未和我说起过阿公的事。老叶又深深地叹了口气，说道："唉，都是命啊！"

我问他是什么意思，他却不开口了。我又问："那我外曾祖父叫啥？"

"叫江国华啊！"

我又问："那你爷爷呢？"

"叶舟。"

听到叶舟这个名字，我脑袋里"嗡"的一声响，仿佛一声闷雷在我头顶上炸开。

"他怎么会叫叶舟？他怎么能叫叶舟？难道她说的都是真的？她究竟是谁？……"一个又一个问题，如同鸟儿在我的头顶上盘旋，它们不断啄食着我的大脑，直到它变成一片空白。

随着时间的推移，我发现吴阿婆的故事不但没有从我的记忆中消失，反而越来越清晰。

我想起不知是谁说过一种观点，就是你如果从未注意一件事物，那么即便它在生活中随处可见，你也不会对它有什么印象。但是如果你身边有人偶然提起了它，你就会突然发现，这东西居然随处可见。我想，这就好比，有人无意间说我头顶上长了两根白头发，随后我竟然奇迹般地发现，身边的大多数人都有白头发，而我以前竟从未发现。

小市的川剧馆，就在漕院的斜对面。现在每隔几天，剧院就能演出一次。孙大娘来了精神，每天清晨都到江边吊嗓子。每次看见孙大娘，我就会想起吴阿婆说的那位写书、唱戏的孙老板，不知道他和孙大娘之间，有没有什么关系。我想，就算吴阿婆讲的故事是真的，但是酒城这么大，而且又过了这么多年，怎么可能人人都和她讲的故事有关呢？所以，我并没有因为好奇，就去询问孙大娘。但是，我又隐隐约约地觉得，他们之间一定有关系。

渡江公司的手续还在办理当中，区政府出资改建的渡江码头正式开工了。就在码头开工那天，曾经在酒厂带我跑销售的老汪给我打来电话，邀请我去他的新家做客，说还请了几位同事，并告诉我他的新家在酒城港湾小区七号楼。

哎哟，我突然想起，上次和老汪见面还是在一年以前。没想到在这一年里，他买了新房，搬了新家，那确实应该去道贺的。

我这人不愿意欠人情。如果我还跟着老汪跑销售，那我可以随意一些，因为今天他请客，改天我请客，一来一去大家互不相欠。但是我们已经一年没见了，他请了我，我却不知道啥时候才能请他，所以一定要送点什么才好。我的钱都给了母亲，这段时间又没有收入，虽然身上有点零钱，但也不够买什么像样的礼物。想来想去，我只有从床下的箱子里，选了两瓶

80年代的秋露白。我把两瓶酒拿在手里，翻来覆去地看了一个晚上。

第二天午后，我乘了辆出租车去老汪家。我把老汪家的地址告诉司机，那司机听了地址，又向我确认了两次。我想，没有人比出租车司机更熟悉酒城，难道这是个新手？

我便问他："是不是找不到酒城港湾小区？"

他却说："哦，不是！只是确认一下，是否真的去那儿，那里是个刚建好半年的高档别墅小区。"

这下轮到我疑惑了，该不会是老汪说错地址了吧？但又想起他说住在七号楼，没有说几层。这说明七号楼就是他家，那确实是别墅。

"老汪发财了！"我心里想，我猜测他是不是自己创业了，或者是做成了一笔大生意，公司给了奖励。但可能都不对，那酒厂我知道，体制决定了不可能有发财的机会。而老汪不大可能会自己创业。

车停在一块巨大的石头旁，石头上刻着"酒城港湾"四个大字。我转到石头后面，门口的保安像哨兵一样站得笔直，一个穿着黑西装的人把我拦住。我正要解释，就见远处有人朝我招手，那人正是老汪。门卫见是老汪来接我，便放我进去了。

老汪果然买了别墅。粉红色的外墙，圆形的穹顶，地面三层，地下一层，有十几个房间不说，还有个巨大的花园。他爹正在花园里种菜，菜园子里搭了个凉棚，凉棚里停着一辆白色的越野车。那是我和老汪一直都喜欢的车，车门突然打开，老汪的两个孩子从车里钻了出来，又迅速跑上楼去了。从花园里往远处看，整个酒城尽收眼底。

我调侃老汪："这哪里是酒城港湾，应该叫空中花园才对嘛！"

老汪和他爹都笑了。

我把两瓶老酒送给老汪。酒厂的人都爱酒，老汪也一样。他也和我一样，捧着两瓶酒翻来覆去地看，嘴里还说着："就差这两瓶了，就差这两瓶了！"

人与人之间真是奇怪，有些人天天见面，但就是觉得陌生，而有些人很久见一次，却觉得十分亲近。或许是因为我和老汪多年走南闯北，一起吃过苦头的缘故，我们虽然一年不见，见面后却像昨天才见过一样，张口便有很多话可以说。

我问老汪怎么发了财。老汪似乎有好多话要说，但又摇摇头，说这件事一言难尽，然后就拉着我进屋去喝茶。

喝了一会儿茶，见时间还早，他又带我参观他的房子。我看了几间屋子，就没有兴致了。虽然房子很大，但是房间里乱糟糟的，不像我想象中的别墅。见我没什么兴趣，他又带我去地下室看他的酒窖。我们沿着圆形的楼梯来到地下室，声控灯自己亮了。第一间房里摆着各种酒，大多数是秋露白，我见有些老酒，就挨着拿起来看，都是些常见的酒品。

另一个房间摆着两个架子，地上放着几个箱子，有两个箱子的盖子打开着。我见都是些老物件，便问老汪啥时候开始倒腾文物了。老汪说都是远房亲戚的东西。

我上前细看，有写着"民国五年"的旧钟，有两件女人的旗袍，还有一把长剑。我将长剑拿起拔出，剑锋上闪着寒光。我见一个柜子底部有张老照片，把它拾起来。上面是一个穿着军装的光头，身体有些发福，嘴上留着两撇八字胡。

老汪有些自豪地说："背后还写着名字呢。"

我翻过去一看，果真写着一排繁体小字——"酒城军汪海藻司令像"。

"汪海藻？"我默念着这个名字。

一个大礼堂的场景出现在我的脑海里，一队人马冲了进去，乱枪打死了这个名叫汪海藻的人。

我放下照片，问道："这是你什么人？"

"我的曾祖父，听说他过去是个了不起的军人。"

"你知道他的过去吗？"

老汪说："听说过一些，但就是走得太早了，不然还不知道能当多大的官呢。"

"以前怎么没听你说起过？"

"我也是去年才知道的。"

看我充满了疑惑，老汪便说起他去年的一段经历。也正是这段经历，让他走了大运，一夜之间步入了富裕阶层。

一年前的一天，老汪突然收到一封信，信封上印着繁体字，邮局的人告诉他，信是从岛城寄来的。他很奇怪，怎么会有来自岛城的信？他本以为是骗子，想找个垃圾桶扔掉，又见信封背面工工整整地写着两行漂亮的楷体字："汪先生，你可能不会相信，我是你远方的亲人，如果收到信，一定要拆开来看。"

他拆开信，信的内容让他大吃一惊。写信的人名叫汪中盛，自称是老汪的二伯公，已经 95 岁高龄了。

汪中盛在信中写道：他的父亲名叫汪海藻，曾是民国时期的爱国将领，参与了推翻清朝统治的革命战争，为地方独立立下了汗马功劳，后来在民族战争中壮烈牺牲，享年 42 岁。汪海藻本有四个儿子，大儿子名叫汪中强，二儿子就是汪中盛，三儿子名叫汪中富，四儿子叫汪中贵。三儿子早年夭折。从他们的名字可以看出，汪海藻希望祖国"强盛富贵"。汪海藻牺牲后，汪中强和汪中盛都进了部队，汪中贵因为年龄较小，便跟着家人回了酒城。直到国内战事已成定局，汪中强和汪中盛做出了截然不同的选择——汪中强去了海城，汪中盛去了岛城。据说汪中强曾多次回酒城寻找小弟的下落，但都没有找到，从此就彻底失去了联系。两年前，汪中强在海城病逝，死时身边没有亲人。他孑然一身，妻子早年去世了，有一个儿子又因为车祸离开了人世，留下一栋老洋房，无人继承。他的友人通过多方打听，联系到了汪中盛，但法律规定，他不能继承海城的遗产。所以，他开始查找自己小兄弟的下落。汪中盛让他的儿子联系酒城外事办，对方非常热情，马上联系了各区县派出所，调取了姓名信息。叫汪中贵这个名字的人共有十几个，经过图像对比，他们选出两个和描述相近的，再一查年龄，一个才六十几岁，而另一个正好是 1910 年出生。汪中盛一看照片，立马确认，那就是他的弟弟，因为他额头上有一颗豌豆大的肉痣。只可惜，他已经去世十几年了。公安局又通过户籍信息，查到了老汪他爹，又查到了老汪在酒厂上班，于是就给老汪写了这封信。

老汪眼泪汪汪地看完了信，原来他们家还有这么光辉的过去。他赶紧把这个消息告诉了他爹。他爹说老汪的爷爷确实叫汪中贵，以前有人让他把中字改成忠，他说他不能改名字，他还一直盼着自己的兄长有一天来找他。看来这事千真万确。

老汪去邮局的电话亭，照着信上留的电话号码拨过去，却拨不通。他问邮局的人才知道，打岛城的电话要加一串数字，于是拿来一本册子，查到要加的数字。

接电话的是个老人，老汪以为是汪中盛，便叫了一声二伯公，对方愣了一会儿问："你是汪中贵的孙子？"

老汪赶紧说是。对方说是汪中盛的儿子，汪中盛身体不太好，已经不能接听电话了，之前的信是他写的。

"算起来我是你的伯伯，照理说我伯伯去世了，他没有儿女，他的遗产应该由两个兄弟继承，也就是你的祖父和我的父亲。但是你的祖父已经不在了，我们一家又在岛城，我有个提议，你看怎样。"老汪"嗯"了一声，那人又说，"我们这一家，到我这辈是两兄弟，而你们家就你父亲一个。我想，我大伯的房子应该分成三份，我们兄弟俩和你父亲各一份，你看怎么样？"

那人说话很客气。

老汪这才明白他们写信的原因。他意识到，如果他们能继承这笔遗产，早就自己继承了，不可能给他写信。老汪虽然性格有些犹豫，但始终还是个有骨气的人。他本来心中充满了感激之情，但现在看来，这就是古人所说的"天下熙熙，皆为利来；天下攘攘，皆为利往"。

他想了想说："这财产我不要，但是你们也别想要，就捐给国家好了。"

对方没想到还有这种人，赶紧说："好侄子，咱们一家人好商量，俗话说得好，肥水不流外人田，你要是觉得分得少了，咱们可以再商量！"

老汪觉得自己这话说得漂亮，他只是说来吓唬对方而已。老汪是卖酒的，会一整套的谈判技巧。便说："商量？怎么商量？"

对方停顿了一会儿说："要不这样，大侄子，我们哥俩回酒城一趟，专程办这件事，你看如何？"

老汪想了想，觉得也行，毕竟百年以前是一家，做人不能太绝情，便答应了。

过了半个月，他们果然从岛城回来了。两人先是感到吃惊，没想到酒城是如此现代化的城市。来之前他们从汪中盛那里得知，酒城只有一片一片的土坯房，而眼前尽是高楼大厦。

最后，两家人商量好，汪中强的洋房按市价卖掉，两家各分一半。老汪一家就这样得到了一大笔钱。卖洋房的时候，中介说房子里还有几个箱子，问他们还要不要。那两人见都是些破旧玩意，不可能拿回岛城去，便让老汪自己处理。老汪见都是大伯公的旧物件，便找挑夫全部搬上船，从海城运了回来。

我听得简直合不拢嘴。刚开始，我还羡慕、嫉妒老汪，竟然有这种奇遇。这种只有在电视剧中才会发生的故事，竟然被他遇上了。但随后，我又觉得老汪其实挺可怜的。人们都说，做人不能忘本，可是老汪一家混混沌沌地活在这个世界上，不要说三代以前，就是自己上一代是谁，他们都已经不知道了。

老汪的经历再次证明，吴阿婆所讲的故事或许是真的。那么至于汪海藻是死于权力争斗，还是为国家民族流血牺牲，这些似乎都不那么重要了。讲故事的人各有各的立场，他们愿意怎么讲就怎么讲。

过去已经成为历史，历史自有公断。

最后，我又从老汪的经历想到我自己。老汪活成这样，而我又能比他好到哪里去呢？我不也和他一样，我的祖祖辈辈都是谁？他们经历过什么？是怎样的人？难道我知道吗？想到这些，我就感到失落。

母亲见我回来后郁郁寡欢，以为我又不想参与渡江公司的事了。而我却不知道该怎么表达我的想法。因为每当我问起我的阿公或她的阿公时，她都会三言两语敷衍过去，似乎不愿意让我知道，这世界上曾经有他们的存在一般。

世纪拥抱

两个月后，渡江公司的营业执照和航运局的审批文件都发下来了，营业执照上写着我的名字。

母亲近来因为筹建渡江公司，精神状态恢复了不少，我知道她是在努力支撑。其间，我们去医院复检了两次，医生说各项指标都不太理想。所以，当母亲问我愿不愿意帮她承担起新公司的责任时，我没有考虑就答应了。母亲很欣慰，她眼眶里含着泪。我觉得只要母亲高兴就好，不就是渡江客运的业务吗，能有多复杂呢？

我们的渡江旅游船改装好了，新船上印着"余甘渡船"四个字。母亲让我们去区政府报告筹备情况，顺便商量一个开航的日子。

刘主任见到我们就说："正好说曹操，曹操到。"

然后他就招呼我们进了会议室，又通知了另一些人，不一会儿，会议室里就坐满了人。刘主任挨个做了介绍，有航运局的、码头施工队的、渡口管理公司的、桂圆林景区的……等他介绍完，我才知道，原来搞个渡江项目，竟然需要这么多单位介入。

各单位的来人都介绍了各自的准备情况，随后刘主任做总结。他先是说我们运气好，政府搞招商引资，来的那家公司点名要支持这个项目，这次重建码头就是他们出资。然后他又开始安排具体的工作事项。还别说，区政府的办公室主任就是厉害，什么事情都安排得井井有条。最后他翻了翻桌上的日历，确定了一个开航的日期，问大家有没有意见。

我当然没有意见，我希望时间越早越好。

最后他又补充道："对了，差点把重要的事情忘了。书记指示，开航当天，先举行一个剪彩通航仪式，邀请各界媒体的朋友参加，为项目搞搞宣传。参加剪彩的同志就作为第一批游客。"

领导真是高瞻远瞩，确实应该搞个仪式，做做宣传。

我问老叶："第一批游客要不要收船票？"

老叶撇着嘴对我摇摇头。

散会后，刘主任拉住我，小声说："我说，你们怎么才搞一艘游船，以后游客很多，怕是周转不过来啊！我的建议是，最好再买两艘，你们再考虑考虑吧。"说完，他转身进了办公室。

我和老叶互看了一眼，都说不出话来，默默地走出政府大院。

回去以后，我把刘主任说的话都给母亲说了一遍，最后又说了船的事情。母亲表情凝重，她说刘主任说得对。

"刚开始，一艘船一天两班次，应该还可以。以后项目宣传开了，每天恐怕要增加到四五班才行。特别是节假日，人会更多，确实应该多买一两艘船的。"

我明白母亲的意思，她是说先运营着，等赚了钱再买新船，这样一两年下来，也就有两三艘船了。

又过了半个月，约定的剪彩时间到了。当然，我们也参与了仪式的准备工作，主要是负责把"余甘渡船"装扮漂亮。活动现场的准备，主要是渡口管理公司和桂圆林景区来完成的。

仪式开始前，几家公司的人分别在主席台下列队。我站在渡江公司的队列前，手举着"渡江公司"的牌子。有记者扛着摄像机，在现场拍摄。主席台上坐着两排人，前排中央是区委书记。刘主任站在队伍的后面，焦急地往外看，似乎还有领导没来。

我看了看表，现在是九点二十八分，仪式九点半开始。

一辆黑色的豪华轿车驶进活动现场，主席台上的书记最先站起来，其他人也跟着站起来。身着白衬衫的刘主任三步并作两步，迅速迎了上去，拉开了轿车的右后门。一个瘦小的身影从车里钻了出来，她取下墨镜，眼窝深陷，但眼睛神采奕奕，小脸、尖下巴，嘴歪在一边，嘴角上扬着。

"怎么是她？"我自言自语道。

我立刻闻到一股浓烈的香味，是吴阿婆身上的味道。白先生跟在她身后，他今天穿着一身休闲装。

他们从队伍前面走过。来到我跟前时，吴阿婆突然停了下来，转身看我。我赶紧把目光移开，上次从她家逃走的窘迫感又升了起来。她只停了一瞬，便往主席台上走去，书记刚刚还白生生的脸，马上变得红光满面。他迎上去和吴阿婆、白先生一一握手。

等他们入座，仪式就开始了。刘主任在台上主持，他先介绍今天的来宾。介绍完区上的领导，就介绍吴阿婆和白先生。原来，他们是来自港城的一家投资公司，叫"红樟资本"，吴阿婆是董事长，这个项目就是她支持建设的。之所以说是支持，是因为她完全不求回报，只把这当作一个公益项目。而他们要重点投资的，是桂圆林的城市综合体开发项目。

刘主任先是请书记致辞，书记显得有些激动，他拿着讲稿的手有些颤抖，舌头也有些打结，但还是一字不落地读完了讲稿，然后看着台下，自己带头鼓起了掌。刘主任又请吴阿婆致辞，她向刘主任挥挥手，意思是不用了，但是书记站起来邀请她，她只好站起身来，却没有走向台前。于是，刘主任把话筒递了过去。

她拿过话筒，轻声讲道："各位朋友！实不相瞒，酒城是我的故乡。故乡的一点一滴，至今都深深地埋藏在我的心里。60 多年前，我就曾在这里坐过渡船。刚才，主持人介绍说，我把这个项目当作一个公益项目，其实并不是，在我心里，这并不能算作一个项目，而是我内心长久以来的一个夙愿。今天，你们帮我完成了心愿，帮我找回了童年时代的回忆，是我应该向你们表示感谢才对，谢谢你们！祝愿你们都有一个美好的明天。谢谢！"

她的讲话声音虽小，但吐字十分清晰。她说完，向台下轻轻地点了点头，所有的人都鼓起掌来，有人甚至被她的情怀打动了。

随后是剪彩仪式。刘主任邀请书记、吴阿婆，以及各公司的代表上台剪彩，我也是其中之一。本来上台的顺序是事先排好的，但一上台就搞乱了，我被挤到中间，正好和吴阿婆站在一起，我想往边上走，台下有记者大声喊："大家站好别动，都看我这里，一——二——三——"他手中的相机发出一连串"咔嚓"声。

我学着别人的样子，也在红绸布上剪了一刀。刚要转身走，就被吴阿婆叫住。

"你这人怎么不懂礼貌。"

她声音虽小，但是书记和刘主任都听到了，他们以为我不小心冒犯了吴董事长，便也都停下来。

吴阿婆却说："上次走怎么不说一声，害得我准备的晚餐都浪费了。"

书记听她这么说，提着的心又放了下来，在一旁赔笑道："怎么，吴董事长认识他。"

吴阿婆笑着说："论起来，我是他的姨阿婆。"

二位领导一听，都恍然大悟："怪不得您点名要他们来承接这个项目。"

我这才知道，原来区政府让母亲来承接渡江的业务，都是应了吴阿婆的要求。

我不知该说什么才好，刘主任在一旁招呼大家先上船，于是我先溜上了船。三个船员负责开船，他们都是经验丰富的老船员，就算是波涛汹涌的江面，他们也能让船平缓地行驶。老叶站在船头，为上船的嘉宾和记者发放救生衣。

书记让刘主任来招呼我，让我去挨着吴阿婆坐，他轻声说："对不住啊兄弟，不知道你们还是亲戚，去陪陪你姨阿婆吧。"

然后就拉着我过去，我只好硬着头皮坐下。她正在听书记讲项目的情况，并没有和我说话。

等了好一会儿，我想站起来走开。正要起身时，她转过头来，说道："听说区里要你们再买两艘船？"

我尴尬着又坐了下来，喉咙里答应了一声。

她又回头对书记说："您看，这孩子尽考虑为我省钱。这样，公司不是注册了嘛，我再补充注册资金 100 万，应该够买两条船了吧？"

书记连忙说："够的，够的，还有盈余呢。"

我心中突然升起了怒火，但理性让我强忍着没有爆发出来，我心里暗骂："这是什么跟什么，我们注册的公司，你想注资就注资？太不把我们当回事了吧，有钱就这么了不起？……"

我突然注意到吴阿婆斜着脸看我，她嘴角上扬，眼睛半眯着，慢慢说道："年轻人什么都不强，就是自尊心强。这一点和你外公很像啊！"

书记见吴董事长要注资我们的公司，我却一点表示也没有，便对我说："年轻人，你还不赶快谢谢吴董，现在融资真是不容易啊，特别是像你们这种收益小的项目。"

我没有看他，也没有说话，心中还是愤愤不平。

刘主任在后面轻声说道："书记别怪他，他这人有些呆。"

尽管他降低了声调，但我还是听见了，我真不知道他是在帮我解围，还是在说我坏话。然后我又听见："回头我去找他妈说这事，她能做主。"

是的，刘主任真是洞察世事啊！我确实听母亲的，只要母亲觉得好的事情，我都乐意做。我有生以来所有大的选择，不都是母亲为我决定的吗？哎，也难怪他这样说，呆就呆吧！

不知不觉，船到了桂圆林，人们下船去看了一会儿风景，然后又回到船上。直到船又回到余甘渡码头，我自始至终没有说一句话。我不知道是自己讨厌这样的场合，还是这样的场合多了我这个可有可无的人。

船一靠岸，我就下了船，独自向漕院方向走去。快到漕院门口时，身后有车不断地按喇叭。我本来已经走得很靠边了，再加上憋着一肚子气，便大声吼了一声："按什么按……"

突然又闻到那股特殊的香味，我回头一看，是吴阿婆的豪华轿车。司机把车开到我面前，后排的窗户已经降了下来。

她斜着头说道："孩子，都到家门口了，不请我进去坐坐？"

我好久没说话，因为我不知道该说什么，心里乱糟糟的。我想，她进不进去也都由不得我，她愿意去，难道我还能拦着？她不愿意去，我也拉不动她。于是，我看着车缓缓地驶进了漕院。白先生从副驾驶位上先下了车，又为吴阿婆打开车门。她从车里下来，摘下脸上的墨镜，仰着头把四周都看了一遍，然后眼睛定格在二楼上写着"漕院"的牌匾上。

过了片刻，她长长地叹了一口气。"怎么都成了这样了！"

我站在远处看着他们，感觉吴阿婆似乎真的很熟悉这里。这时，我听见母亲的声音："是有客人？！"

我知道母亲是强打起精神说话的，却不知道该回答是还是不是，只是"嗯嗯"了两声。吴阿婆扭过头，看着二楼走道上的母亲，嘴又歪在一边，连连点头。

母亲又说："还不赶快请客人上来！"

我只好又"嗯嗯"了两声，抬了抬手臂，他们就真的不客气，上了二楼，又进了我家。

母亲招呼他们坐下。家里确实太小，平时不觉得，突然多出两个人来，就显得紧凑。母亲吩咐我倒茶。此时，屋子里的每个角落，都飘散着吴阿婆身上的香味。我突然听见里屋的阿婆咿咿呀呀地开始说话。我赶紧进屋去，发现阿婆很激动，她极力想表达什么。

我上去安抚她说："家里来人了，没事，他们一会儿就走。"

阿婆依然很激动，但是显然比刚才好多了。

吴阿婆问母亲："她什么时候病的？"

母亲叹着气说："唉，都好几年了，医生说没办法治。"

吴阿婆又说："你们母女俩真是像极了。"

母亲很吃惊，顿了顿才说："怎么，您认识我母亲，您是？"

吴阿婆又像之前和我说话一样，自称算是我母亲的小姨。

母亲目不转睛地看着她，吃惊地说道："是，是……是您，我妈早年经常提起您的……您是吴姨！"她说着竟然流下泪来。

我已经很久没见过母亲这样流泪了，她似乎突然变成了一个受了委屈的小姑娘见到了家里的大人一般。

吴阿婆也睁大了眼睛，有些激动地说："她真的常说起我吗？她说过她恨我吗？……"

母亲连连摇头，用纸巾擦了擦眼睛，平息了一会儿才说："她说，您是她最好的姐妹，她说她想您！"

这时吴阿婆站了起来，径直进了里屋，我和母亲也跟着她进了屋。她看见阿婆，立即停在那里。阿婆本来摇晃着头，目光看着地面，见有人进来，便慢慢把目光转向她。两人目光相对的一瞬间，房间里似乎突然产生了某种磁场，阿婆脸上突然焕发出正常人的神采，她双手撑着轮椅的扶手，甚至想站起来，可惜手上没有力气。过了片刻，吴阿婆才缓缓地向她走去，阿婆浑身颤抖，她竟然伸出双手，吴阿婆也伸出双手，四只手紧紧地握在一起。

接下来的一幕，是我和母亲从未想到过的，阿婆竟然说话了，她竟然连连念道："阿香，阿香……我的阿香妹子……"

吴阿婆也喊道："月牙儿姐姐，月牙儿姐姐……我来晚了，我来晚了，我对不起你……对不起你啊……"

两位老人纷纷落下泪来，然后拥抱在一起。就在那一两分钟里，我看见阿婆的眼神又黯淡下来，面部的表情不见了，手也软了下来。吴阿婆把她的双手放回到轮椅扶手上。阿婆完全回到了呆滞的状态。

我想到刚才她们相互之间的称呼：阿香、月牙儿。她们难道是吴阿婆故事里刚出生不久的吴香和江中月？

我们几人互相看了看，都没有说话，又回到外面的房间。

吴阿婆对母亲说："我这次回来，就是想再见见老姐妹，现在见到了，心愿也就完成了。"

母亲点点头，说道："我想我妈也没有遗憾了！"

吴阿婆说："另外，我还有两件事情。第一件事，是有件东西要留给你妈。"

说着，她让白先生从手提包里拿出一个锦盒来，盒子不大，已经十分陈旧。她把锦盒递给母亲，母亲双手接过，便打开来看。我也凑过去看，是一只金手镯，母亲拿起来，手镯上刻着两个字——"金诺"。

吴阿婆叹了叹气，说道："我曾经犯过一个大错，这手镯本来应该是你母亲的，我却把它留了起来，已经52年了。"

母亲一脸疑惑，却没有问她犯了什么错。

她又说："第二件事呢，是关于你们的渡江公司。我想，我可以从我的退休金里，拿出一百万来再买两艘船，剩下的留作经营费用。"

我本不想同意，母亲见我要说话，忙伸出手让我别说。

"当然，你们可以当作我入股，也可以当作借款，将来你们赚了钱，可以还我。"

母亲说道："吴姨，之前我听老叶说，政府请了一家企业投资桂圆林的项目，但那家企业把恢复渡江船运作为条件，并明确要我们漕院来做。现在我知道了，这都是您在帮助我们。但是，这渡江业务我心里有数，是个只能赚点小钱的项目，您投资这么多钱，我觉得受之有愧。"

吴阿婆有些激动，她提高了嗓门："不，你应该收下，为了漕院，为了你母亲，为了你阿公……"

母亲沉默了。我知道沉默表示同意。但是我心中已然觉得，靠我们自己一样能再买上两艘新船。

我注意到白先生，他自始至终没有说过一句话。他的样子看起来十分慈祥，肚子微微鼓起，已然是个即将步入老年的中年人。这时他站起来，从上衣口袋里拿出两张卡来，我看见一张是银行卡，一张是纸片——那应该是他的名片。他走上前，把两张卡放到我母亲面前。

吴阿婆站起身来，嘴角上扬，又恢复了笑意，轻轻说道："好了，你的病也不能耽误了，该治就得治！"说完，她便起身离开。

她走到门口时，又回头看着我说道："年轻人，如果想知道答案，如果还想继续我们上次的交易，最近三天，你都可以来酒庐找我。"

毋庸置疑，吴阿婆在我心中的形象更加神秘起来。我看见，阿婆见到她后，瞬间恢复了神智。这是一种什么样的力量？又是一种什么样的感情？我的好奇心战胜了自尊心，并把它死死地按在地上，直到将它打败。我想，我不能像绝大多数人那样，连自己是谁、从哪里来、到哪里去都不知道，不能迷迷糊糊、懵懵懂懂地生活，不能像过去的老汪那样活着。

我有些窘迫，回头看了看母亲，母亲对我轻轻地点了点头，我便扶着母亲跟了出去。我们就站在二楼的过道上，看着他们上车，目送车子驶出了漕院。

母亲并没有向我打听我遇到吴阿婆的事。她只是说，过去有很多事情并未告诉我，是怕我不能接受，现在我也长大了，可以独立担当起家庭的责任了，以后想了解什么事，她都会慢慢对我说。

我见母亲有些虚弱，所以并未急着问她过去的事，只是向她确认，是否真的有江里浪这个人，他真的是她的阿公吗？

母亲微笑着点点头。她说有个军官乘坐她阿公的船，说江里浪这个名字不太文雅，建议他改成江国华。我问她见过江国华吗，她说当然见过，小时候她阿公可疼她了。江国华强壮高大，一只手就能轻易地把她高高举起。只是他说话声音太尖太细，后来有人说他阴阳怪气，他就干脆不再讲话了。

我对外曾祖父充满了好奇，可惜我从未见过他的照片。母亲说他原先是有照片的，后来全被烧掉了。

第二天一早，我去了趟渡江码头，老叶和船员们老早就到了，他们都在为上午的航船做准备。我让老叶联系山城的船厂，告诉他我们还要买两艘船，并且这次直接买大马力发动机的。之后，我在小市街上吃了一碗羊肉面，正好赶上酒厂工人吃早饭的时间，我碰到几个以前的同事，他们都还是老样子，我帮他们付了钱，大家连连称谢。

黑娃儿坐过来对我说："告诉你一个好消息，那胡大胖子你还记得吧。"

我说："当然记得，化成灰都忘不了。"

他又说："前几天被人打了，知道被谁打的吗？他媳妇儿……"

他一边说一边笑。"听说他在外面找小姐，被他媳妇儿的娘家人抓个正着。他媳妇儿娘家人可不好惹，门牙都给他打掉了。现在他媳妇儿闹着要离婚，要他净身出户呢……"

唉，真是善有善报，恶有恶报啊！不过我突然想到，这胡大胖子会不会和胡里图有什么关系呢？他也是个胖子。不过我又觉得应该不会，胡里图和他的太太们不都失踪了吗？

我打了辆车，直奔酒庐。出租车司机却不知道酒庐在哪里。我告诉他，那是以前的老地名，就在酒江宾馆背后。出租车司机倒来了兴致，说只知道酒江宾馆过去叫"色即是空"宾馆，却不知道后面还有个什么酒庐。

我步行进了酒庐，小洋楼周围长着十几棵巨大的香樟和银杏树。到了酒庐门口，上次给我们沏茶的中年女人迎了上来。我说要找吴阿婆，她却说我来得不巧，她出去了。我问白先生在不在，她说也一起出去了。我又问他们什么时候回来，她说估计当天回不来了，让我明天再来。

我只好回家等了一天，这一天过得奇慢，我干脆出门去逛了逛。在离凝光门不远处的一个古玩巷子里，我看到好几个收老酒的摊位，便上去问了问行情，都表示生意不怎么样。我路过一个旧书摊，这个老板我认识，他姓孙，因为长得太瘦，别人都叫他孙猴子。他前些年做废品生意，收的废书、废报纸特别多，他觉得卖掉可惜，便都堆在铺子里。时间一长，竟然堆了好几间铺面。这几年旧货开始流行，他干脆做起了旧书生意。说来也巧，我看见一堆旧书里，有一本册子特别显眼，封面上用毛笔写着"酒城食货演绎"六个字。我想也没想，花了十块钱买下，翻开扉页，上面写着作者的名字——孙名扬。书里详细记录了酒城的来历和传奇故事，以及各种美酒美食，还有它们的制作工艺、饮食讲究、原料选材等，可谓一本酒城民俗的百科全书。

过了一夜，我一早就到了酒庐。又是那位中年妇女迎接我，她说吴阿婆又不在，让我再等一天。

如果换作其他事情，两天过去后，我的热情也就没有了。但是这次不同，这两天反而让我百无聊赖，我想听吴阿婆讲故事的热情不仅没有减淡，反而更加强烈了。

终于，第三天早上，我见到了吴阿婆。她依然领我进了之前的房间，我们依然坐在同样的位置上，中年妇女依然给我们沏了茶。我又闻到吴阿婆身上的奇异香味，我猜想她正在洞察我的内心。

吴阿婆喝了口茶水，终于又开始讲起了故事。

第七章

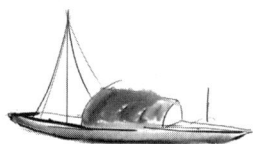

嗜　欲

　　国民革命失败后，军阀混战的格局不仅没有改变，反而愈演愈烈，军阀之间常常为了一点芝麻绿豆大的事情，争得你死我活。

　　巴蜀地区逐渐形成了八支旗鼓相当的势力。这些势力中，以锦城的刘家军为核心，其他各支部队谁也不服谁，但真打起来又难分胜负。按照吴森自鸣得意的话说，很有点春秋争霸、战国争雄的态势。但是在中央政府面前，八支队伍又十分默契，统一奉刘川为巴蜀军司令，让他去为巴蜀地区争取各项权利。

　　为了争取权利，大家当然要达成一些共同的约定。比如如果外敌入侵，八支队伍必定要联合攘外；又比如打仗归打仗，不能毁坏城镇，不能烧杀抢掠；再比如为了增加一些和平的氛围，各地要将道观清理干净，凡是道教文化场所，都不能动武。当然，最后这条是吴森提出的。

　　军阀们还算有些江湖义气。有江湖义气也属正常，这八支队伍的长官，大多数是"袍哥"出身。过去在江湖上闯荡，最起码的一条就是讲义气。刘川不是"袍哥"出身，他是首届巴蜀武备学堂的高才生。到1935年中央军进入巴蜀，刘川已拥有20万人的军队，占据巴蜀最有利的地势，在巴蜀军中自然位高权重，中央政府任命其为巴蜀区主席，兼巴蜀军区总司令。吴森此时的部队，也已经达到六七万人，他被中央政府任命为巴蜀国民革命军二十军军长，兼酒城城防总司令。王羊为副军长，其他军阀也都得到了任命，各自分管一块区域，但是区域与区域之间的防线逐渐解除。老百姓渐渐发现，似乎真的春回大地，天下突然太平了。

吴森彻底改变，大概是从金水的死开始的。金水是吴森真正意义上失去的第一位亲人，他怎么也不会想到，她会死于难产。

当天晚上，城外的道士来搭道场。他见到几个老老小小的道士，又想起自己不久前也是个道士。有那么一两次，他突然分不清自己是来做道场的，还是自己家里死了人。道长们夜间休息时，都在道场里静坐入定，而他却再也不能入定了，欲望已经占据了他的内心。然而失去禅定能力的吴森，又难以在夜里入眠，他已经失去了睡觉的能力。但好在，这并不影响他的精神状态，他甚至比过去更加精力充沛。每当夜深人静时，他就进入欲望的幻想之中。

如果一个人不曾拥有过，那么他大概不太懂得失去的痛苦。但如果得而复失，那其中滋味便一言难尽。在吴森的潜意识里，他对亲情和爱情的界限是模糊的。金水的死并没有让他觉得，应该给其他妻子更多的关爱，而是让他感到恐慌，他觉得自己的悲痛主要是因为老婆还不够多，如果够多，死一两个又算什么呢？这样的想法在今天看来，是荒唐可笑的。但在那个以金钱和权力为本位的社会里，谁又会管你娶几房姨太太呢？

自从吴森全面接手酒城的事务后，他也曾做过几件惠及民生的好事。

原先城中有一所经纬学堂，是科举制度废除后建立的，后来局势不稳就停办了。时隔20余年，学校的建筑早已毁坏，只剩下一个学堂牌坊。起初是酒城的几位老先生找到吴森，请他恢复学堂，扶持教育。吴森起先还有些犹豫，正好这天他的老丈人张太医到家里来，为他送治疗旧伤的方子。吴森觉得无其他话说，显得尴尬，便说起学堂的事，张太医也说是件好事。吴森觉得，建学堂倒也不难，难的是找教书先生。那何秀才似乎还算个好先生，但科举制度都废除二十几年了。现在全国都办新学，哪里还能找个穷酸秀才来教书？

不过，只要留心办一件事，总会找到办法。

随着部队实力的提升，城防军军中也增加了办公室、作战部、教研室等基础部门。别看王羊、王兀、游刃、鳞蛟等都是粗人，这些年也慢慢精细起来。他们也陆续成了家，在征战中过起了小日子。

吴森有些遗憾，他想："要是公孙参谋长还在的话，办学校这事就可以交给他了。"

可惜两年前，公孙参谋长辞职回家养老去了。

一天，吴森在军部做完部署，见后排坐了些斯斯文文、白白净净的年轻人，便问是从哪里来的。王羊说都是他从军事学校招来的毕业生，他们中有人曾留过洋，是为下一步组建正规部队储备军事干部。吴森便询问起他们受教育的情况，又提出如果办学校的话，他们是否可以任教。

几个人面面相觑，都不敢搭话。一个高个子勉强回话道："打仗俺们还行，教书就不会了！"

吴森便问他从哪里来，他说从中原来，又补充道："要是请老师办学的话，我倒是认识江南师范学堂的教授，可以聘请来办学。"

吴森果然让他给教授写信，邀请他来酒城办学。那高个子领了命，立马给那教授写了封长信，字里行间，将酒城的情况描述得十分美好，又夸赞军长对地方办学的重视，要亲自恢复地方学堂，聘请他来做校长兼教授。

那高个子说的教授姓徐名渊达，是个留洋博士，只是他学的专业实在让人觉得有些鸡肋。别人去留洋都是学洋务，学实用的科目，他偏偏去修一门哲学，关键还是东方哲学。别人背地里议论，怎么能到外国去学本国的学问？后来，这个话题就成了那几届留洋学生口中的一大笑话。但徐博士不这样认为，他觉得自己学识甚高，一边是之乎者也的话说得头头是道，一边是乡野土话也讲得利落，偶尔还夹杂两句英文，生怕别人不知道他是留洋归来的。

但人总有不如意的事，徐教授的不如意是文人相轻。他觉得自己在江南师范学堂里，总是被人轻视。照他的学识和资历，他完全可以做个哲学系教务主任，可是校长和股东偏让一个没有留过洋的老先生当主任，他只能做个教书教授。教书教授有什么意思？每月还少领两个银圆。可就算是教书教授，也该让他教应用哲学才对，而不是哲学史。他毕竟是个留洋博士，都留了洋了，还不能教应用哲学吗？

当然，凡此种种的事情还有很多，归根结底，他就是觉得憋屈。憋屈，就要找地方出气。恰在此时，他收到了酒城的来信，于是立马回信，内容写得委婉，说自己现在忙得抽不开身，又要授课，还要管教务，另外还负责新教材的编撰等工作。其实主要是为了问清楚，学校打算聘他做什么，每月薪水如何，是否配套解决食宿、路费，可否安顿家属等实际问题。

那高个子将回信交给王羊，王羊转呈吴森。吴森看后十分满意，觉得事情有了眉目，便亲自回信。言语间十分诚恳，要邀请徐教授做校长，开办学堂，成立学科，招募教师，广纳学生，培养社会急需人才。至于薪水和食宿等都不是问题，他自然会给予厚待。

不久，吴森又收到徐渊达的回信。言下之意，他大概要三五个月后才能动身来酒城，吴森便让马步达在原来的校址上再建学堂。至于学堂该如何建，马步达得亲自去锦城大学看看。

不久前，马步达刚辞去后勤方面的事务，成为酒城银行的行长。吴森之所以要他负责建学堂，无非让他出钱。当然，测绘和建设也是他擅长的。

刚卸任部队后勤事务时，马步达还轻松了一段时间。等他当了银行行长，才发现这行长实在是不好当。两年前，吴森在刘川的支持下，把银行办了起来。但吴森并没有采纳当年"渔船聚会"时，大家商议的那种经营模式。战争期间，马步达负责筹措军费，发过好几次债券。加上中央军入巴蜀时，有人造谣说中央军要一举歼灭巴蜀军，好多地方都发生了挤兑事件，银行业务几乎办不下去了，酒城银行也摇曳在倒闭的边缘。

不得已，这两年来，银行陆续扩股，又将藏酒洞中的老酒作价，售卖出一部分，这才解了燃眉之急。现在银行业务逐渐好转，马步达筹划着，要在巴蜀地区建几家分行，未来还要将分行开到江城、海城，逐渐在酒江沿线扩大市场。

银行是和钱打交道的，钱从哪里来？自然不需要自己掏腰包。马步达琢磨了几天，就在心里盘算好了。在酒城，没有人比他更清楚谁最有钱，要找出几位潜在的校董，对他来说是轻而易举的。只是又要找人出钱，他情面上有些不好看。但是不好看他也要办，无非是一场酒局就能解决的问题。

这种事情，自己出面能搞定最好，如果不行，再邀约各方人士，最后还不行，吴军长亲自出马，准能办成。想好了这些事情后，他就不再犯难，夜里也能睡得着觉了。

时间过去了一月有余。这天酒庐外来了位访客，警卫通报吴森，吴森问是谁，警卫说没见过，说是什么学堂的校长。

等那人进来，吴森见他穿一身深色西装，西装有些大，手藏在衣袖里。他头戴博士帽，鼻梁上挂了副圆眼镜，眼镜上还有根细长的铜链条，而脚上却穿了双布鞋，看上去大概四十来岁，小圆脸，留着几根稀稀拉拉的胡须，背有些驼。

吴森身穿军装，腰间别着一把手枪和一把长剑，坐在厅堂正位上，看上去英气十足。

那人扭扭捏捏地走到吴森面前，弯了弯腰，刚要坐下，想起吴森还没有让他坐，又赶紧站直身子。吴森问他是谁，有何贵干。那人便说姓徐名渊达，是江南师范学堂的教授，来任校长的。吴森没有想到，徐渊达这么快就来了，意外之余，又觉得惊喜，便赶紧邀请他坐上位。

他畏畏缩缩地坐了下来，有警卫送上茶。徐教授便开始介绍，他是何时收到了吴军长的信，又如何推脱了江南师范学堂的重要事务，如何说服家人，克服了多么大的阻力，才提前到了酒城。随后他又问起学校地址，何时可去赴任之类的话。

得知学校还在建设，他脸上的表情显然有些失望。

吴森安慰道："学堂虽未建成，但您既然来了，薪俸就得到位。"

吴森安排徐渊达暂住"色即是空"宾馆，徐渊达这才更加扭捏地告诉吴森，他还带了家眷，家眷们都还在码头上等着呢。

吴森没想到此人如此干脆，不仅辞了学校里的众多事务，提前赴约，而且还领来了家眷。至真至诚，他甚是感动。

其实，徐渊达并非辞了重任而来。前些日子，他和教务主任闹起了矛盾。教务主任说他"如此小肚鸡肠"，又"如此不可理喻"。他倒不觉得"小肚鸡肠"和"不可理喻"有什么不好，而是觉得"如此"二字实在是有些过分。闷闷不乐了好些天，他终于还是给校长写了一封长信，恳请校长要求主任向他赔礼道歉。没想到校长见信，也回了他两个"如此"——"如此鸡毛蒜皮""如此小题大做"。

这下他彻底愤怒了，当着众多教授们说："此处不留爷，自有留爷处。"

他这么说，本是带了些气话的成分。没想到的是，教授们再碰到他时，都问他怎么还不走。于是他又气又恼，拿着吴森写给他的信，找到校长辞职。校长和教务主任都很意外，竟然真的有人要聘他做校长。虽然有些后悔，但事已至此，校长也只能随他去了。

安顿好徐渊达后，吴森说要宴请他们一家，并且发话，无论老小，一个也不能少。吴森并不知道徐渊达带了几位家眷，他觉得无非就是妻子儿女。但到了宴席上一看，两张圆桌座位上坐满了人，只有主人位上留着他的位置。徐渊达一一做了介绍，这些人中，有他的爹妈、两个老婆、六七个孩子、两个妹妹，以及大妹子的丈夫和孩子……看来，他真是铁了心要留在酒城。

吴森觉得徐渊达这人真是有意思，心中反而有些羡慕。他父母健在，亲众相随，虽拖家带口，但也真是难得。

他的目光逐渐转向徐渊达的小妹——徐美醪。这个小女子穿一身旗袍，圆脸长发，脸上涂了腮红，模样楚楚动人。吴森只看了一眼就心生爱慕。徐渊达说她已二十有二，还未曾许配人家。

吴森也不顾礼节，便问他道："说大不大，说小不小，为何还未许配人家？"

徐渊达笑吟吟地看看他小妹，手在空中指了指，让她自己说。

她也不矜持，说道："都什么年代了，恋爱自由了，难道只许男人选女人，就不许女人选男人？"

徐渊达就想听她妹子这么说。他是学哲学的，受了些西方哲学思想的影响，对小妹的个性十分欣赏。眼下他甚至有些自鸣得意，觉得小妹说得好。

他见吴森笑了，又补充道："吴军长，实不相瞒，我这妹子可是京城大学毕业的高才生，先前曾在江南师范学堂实习过一年，教英语和中文都不成问题。"

吴森大为心动，这徐美醪大大超出了他对女性的认知。他过去认识的女人，几乎都是传统中国女人形象，没想到，世界上还有这样的女子。正因为有她的存在，整场宴席吴森才精神抖擞，显得更加容光焕发。

　　宴席结束后，吴森好几次有意无意提到这位徐美醪小姐，身边的人自然就明白了他的意思。

　　吴森问王羊道："如此这般的话，合适不合适？使得使不得？"

　　王羊笑嘻嘻地说："合适合适，使得使得！"

　　因为学堂尚在建设当中，徐渊达正好可以做些准备工作。虽说他这人心胸有些狭隘，为人有些自负，但是在教学这件事上，倒确实有几分能耐。他写信给过去的同行、同学，邀请他们到酒城来做教授。有一两个当即就表示愿意来，也有几位手头正有事务要忙，或觉得酒城偏远，委婉谢绝了。

　　"如果在江南，我顶多也就是个教授，别说校长……"徐教授三番五次这样想。

　　人们往往认为，面子上的好看比实质上的好看更有意义。

　　这天，王羊来看望徐渊达。徐渊达正在拟一篇文书，是关于学堂命名的意见。两人坐下随便聊了几句，王羊透露了一个重要消息："前日，听吴军长交代，似乎又从锦城聘请了一位教授，说是请他来做校长的。徐教授可知道这事？"

　　王羊所说之人姓恽，是一位学习和传播马克思主义的开明教授。但他并非像王羊所说，要来和徐渊达抢校长的位置，他是来做教导主任的。

　　徐渊达听到这个消息，心里不免吃惊，他本来就是为了当校长而来的。接着王羊又说："不过徐教授放心，我觉得副校长怎么也该是你。"

　　两人有一句没一句地聊了一刻钟，王羊便推脱有事要走，徐渊达想着校长的事，有点儿分神，也忘了留他吃个便饭。

　　徐渊达随着王羊走到门口，王羊突然回头说道："不过我说徐教授，您这样的人才不当校长，实在有些可惜。吴军长这人其实最重感情，要是您和他是亲戚，这校长之位非您莫属。"

　　他讲完转身走了，留下徐渊达痴痴地站在原地，眼睛瞅着地上看了老半天，嘴里念着："亲戚，哪门子亲戚？"

正好徐美醪从外面回来，手指上夹着一根香烟。徐渊达一直疼爱这个小妹，但是不能接受她吸烟。"不学好！"他骂道。

徐美醪到桌前坐下，继续抽烟，顺手拿起徐渊达的稿纸。"哟，徐校长，名字都想好啦！酒城师范学堂，为啥还是师范啊？"

徐渊达便说："别乱喊，八字还没一撇呢！"

"啥还没一撇呢？没一撇你就把我们全都迁来啊！我去告诉老爹妈去。"

徐渊达说："我劝你不要做傻事。刚刚王副军长问我是不是吴军长的亲戚，说军长认亲戚不认学问。"

徐美醪笑起来，声音爽朗而动听。"哈哈哈，亲戚？难不成你要把老婆分一个给他？"

徐教授有些恼了："胡说八道，我看把你嫁给他好了。"

徐美醪不再笑了。她深吸了一口烟，吐出一串烟雾，烟雾散开，她似乎看到烟雾里出现"嫁了吧"三个字。她又笑着说："那以后是我听你的，还是你听我的？"

"你这丫头啊，谁敢娶你呢！"徐渊达一边说着，一边拉她起来，进后堂吃饭去了。

话一旦说出了口，总会产生一些微妙的反应。徐渊达还真的思量起来，吴森要是做了他的妹夫，不仅校长的事稳了，说不定将来他还能飞黄腾达，也不枉自己如此疼爱这个小妹。

吴森这些时日有些按捺不住，于是王羊给他出了这个主意，说这叫"引蛇出洞"。但他等了好些天，"蛇"就是不动，他便让王羊再去问问，王羊却说不用着急。

不久，徐渊达拿着几张稿纸来到酒庐。吴森让人把他的靴子擦得干干净净，才不紧不慢地下楼来。徐渊达立在那里笑盈盈地等着他。吴森问他有什么事。

徐渊达说："虽然学堂名字不由我做主，但不能白费了吴军长的盛情邀请，我也应该出点薄力。"

说着他便把稿纸摊开，上面用几种字体写着几个校名。

吴森没有看稿纸，而是问徐渊达对住处是否满意、生活是否习惯一类的话。

徐渊达心里有些慌乱，他认为吴森真的另选了校长，心里有些失落。听吴森问起家里的情况，他便叹着气说："家里都好，只是我那小妹，你也见过的，二十好几了，还没个着落，我爹妈年事已高，她的亲事就落在我头上了。我正愁酒城地方小，不好给她说个人家。"

吴森听他说起小妹的事，心想，王羊这人果然狡猾。便说："徐教授是为兄之表率啊，酒城虽小，但是我军中却大，你不妨打听打听，有合适的，我帮她做媒。"

徐渊达踌躇起来，不知该如何开口，却听见有人在门外说道："这有什么难的？依我看，这合适的人选，远在天边，近在眼前。"

原来是王羊进来了。徐渊达站起身来，拱了拱手，笑着问："王副军长此话怎讲？"

王羊坐在一旁，郑重其事地说："军人都是一介武夫，你那小妹才情俱佳，我看，只有我们吴军长和她最相称。"

徐渊达眉毛上扬着，张着嘴巴故作迟疑起来。吴森站起身来，说道："唉，不行不行，我是已婚之人，嫁给我只怕是耽误了人家的前程。"

王羊也站起身，说道："徐教授，你表个态，耽误不耽误？"

徐渊达立马说道："小妹能嫁入吴军长府上，那是攀龙附凤，是我家祖上积德，怎能说是误她前程呢？"

吴森依旧说着不行，显出有些生气的样子，往楼上去了。快到二楼时，他又回过头来说："我看那学校的名字，请徐教授定一个就好。你小妹这事就别再提了。"

徐渊达呆立在那里，好一会儿才问王羊："这是什么意思？"

王羊笑着走上前去，握着徐渊达的手说："祝贺你啊，徐校长，吴军长这是答应这门亲事了。"

没过多久，王羊便命人将几担聘礼送到徐渊达的住处。

又过了两个月，学堂建好了。学堂门口的牌坊上换了名字——"酒城师范学堂"。

学堂落成后的第一件事，就是举办吴森和徐美醾的婚礼。婚礼办得很热闹，桌席摆满了学校的操场。婚礼结束后，便是学校剪彩，吴森为徐渊达颁发了校长聘书。

这件一举两得的美事，成了酒城的一段佳话。有些成年的小姐，甚至嫉妒起徐美醾来，但她们与徐美醾相比，又自觉有些差距。徐美醾是读书人，婚后便在师范学堂任教。

来年春天，锦城军刘川为扩大势力范围，拉拢各家军阀，知道吴森兵多、老婆多，便提出要和吴森缔结姻缘，把自己的侄女许配给他做姨太太。吴森心里一百个不愿意，自己明明和刘川是平辈，如果娶了他的侄女，不就比他低一辈儿了吗？再说，他哪里有什么好侄女，听人说，他有个侄女名叫刘新醅，丑到惨不忍睹的地步。但吴森却不能拒绝，因为要想在酒城站住脚跟，就必须和刘川结成兄弟联盟。两人以前虽也维系着关系，但毕竟没有姻缘之亲。

婚事很快就定了下来。不过等新媳妇儿过门那天，吴森却没觉得她丑。在吴森眼里，女人的长相似乎都一样，一个鼻子一张嘴，两个眼睛两只耳。

刘新醅虽然相貌不佳，但心地善良。在锦城时，她曾参与成立公益组织，救助难民，还以刘川的名义建立流浪儿童救助站，收留和照顾城里的流浪儿。到了酒城以后，她又以吴森的名义建立流浪儿救助站，让吴森得了不少好名声。

吴森的第七个老婆名叫殷佳露。这女人十七八岁时，家里遭了难，父母兄妹先后死了，她一路逃难到了酒城。最初为了吃上饭，她剪短头发，假扮成男人，混进吴森的部队当兵。没过多久，她就被士兵们识破了。事情闹到了吴森这里，吴森听说她也是个没了父母的逃难人，就亲自处理这事。见了一面之后，吴森便安排她到"色即是空"宾馆搞服务，后来又到酒庐里做事。有一次吴森喝醉了酒，拉着服侍他的殷佳露不放手，行了夫妻之事。

徐渊达勉勉强强将师范学堂办了起来。没过两年，学生就招到了一百余人。虽然人数还说得过去，但他们的年龄却参差不齐——大的有三十来岁，小的才十四五岁。学生们年龄差距太大，办学实在是有些困难。但即便是这样，条件稍好的家庭，依然愿意送子弟到学校读书，甚至有很多女子也来报名。这搞得徐渊达很是为难，当时，全国的师范学堂没有一个收女学生的。但是，这里面还有校董或达官贵人的孩子。于是，有人向校董会建议，再在城里办一所女子学堂，专教十几岁的女子学生，这样既不伤风化，又能解决女子上学的问题。

大家都觉得这办法不错。于是，吴森又建了个女子学堂。学堂一办起来，求学的人络绎不绝，有的甚至从几百里外赶来。

苗青梅来自贵城，她的父亲是清政府最后一批科考秀才，他深知"唯有读书高"的道理，所以只要条件允许，他就要把子女送进学堂。几个儿女里，苗青梅学习成绩最为出众，她小时候上过两年私塾，又上完了五年新学，再要往上学时，却找不到女子读书的地方。老秀才听说酒城办了所女子学堂，便为女儿打了铺盖卷，辗转了大半个月，才把她送到酒城来。进了城一打听，他才知道学校还有一个月才开学，弄得父女俩进退两难。等吧，付不起一个月的房费开销，回吧，刚到家这边又开学了。

苗青梅虽然只有十四五岁，但心里的主意不比父亲少。她知道眼下自己和父亲的难处，便让父亲去打听女子学堂的校长是谁。她想先找到校长，看能不能想点办法。老秀才打听了一大圈，得知学校校长是徐美醪女士。

过去的学堂，校长必然是男士，就算是国外或海城的女子学堂，也都是男校长。但校董们识趣，有人为了拍吴森的马屁，推荐在师范学堂任教的徐美醪来当女子学堂的校长。

徐渊达听到这个好消息，在自家新建的院落里点了三炷高香，祭拜自己的祖宗。徐美醪却站在一旁嗑瓜子看热闹，笑得直不起腰来。作为全国首位女校长，徐美醪的名字被教育部载入史册。

徐美醪刚当了校长，新鲜劲儿十足，很乐意处理一些事务。苗青梅跟着父亲走进酒庐，见到坐在椅子上的徐美醪，立马跪下磕头，然后趴在地上抽泣起来，老秀才也在一旁难过地抹泪。这倒让徐美醪有些措手不及，赶紧把苗青梅扶起来，问起情况，才知道两人的难处。

苗青梅内心聪慧，抽泣着求校长为她找个洗衣做饭的活儿，不要薪酬，只求有口饭吃，等学校开学就参加考试，考上了就读，没考上便回贵城去。徐美醪见她眉清目秀，口齿伶俐，即便流着泪，也是个美人坯子。但是学校的事她能做主，家里的事还轮不到她说了算。要是她说了算，她倒有心留她下来。她想找几位太太商量，但又觉得她们心眼太多，每每有什么事，她们只顾着各抒己见，总是达不成统一意见，还让人平白受一肚子气。眼下，父女俩正眼巴巴地望着她，她心想开学在即，便自作主张，让管家留她下来，暂时帮着做些杂务。

寄人篱下的日子最不好过。

因为苗青梅是新来的，年龄又小，管事的知道她是来读书的学生，便安排她在后厨做些杂务。有两个和她年龄差不多的丫鬟，平日里总被先来的欺负，苦活、累活、脏活都交给她们。她们只知道苗青梅是新来的丫鬟，悄悄商量着，把清晨倒屎尿盆的差事交给她来干。苗青梅哪里敢说一个不字。两人大清早将她从床上拉起来，支使她进每间屋端屎尿盆。两天后，两人便让她自己去。

她早早起床等在主人们门口，但才两天时间，她哪里搞得清楚每间屋里都住着谁。吴森屋里是不用屎尿盆的，他没有在卧室方便的习惯。苗青梅推门进去，只顾着低头找屎尿盆，却没有找到，又怕端漏了被骂，便悄悄趴在地上，往床下、桌下看。

突然，她发现拔步床中央盘腿坐着一个人，吓得连连后退，差点叫出声来。吴森早已不能入定，又不能入睡，夜里无聊时，便盘腿坐在床上想事情。刚才苗青梅进屋来的过程他全都看见了。吴森不知她是做什么的，有些生气，又见她小心翼翼地在屋里转了几圈，还趴在地上找东西，想必是为太太们端屎尿盆的丫鬟，心里觉得好笑。现在见她吓得惊慌失措，他就更乐了，甚至笑出声来。听到笑声，苗青梅便不怕了。

吴森从蚊帐中露出脸来："你是新来的丫鬟？"

她点点头。然后又觉得自己只是临时在这里混口饭吃，又连连摇头。吴森本就无聊，便想逗逗她，于是说道："又是点头，又是摇头，难不成你是我的媳妇儿？"

苗青梅听他这么说，心里也觉得好笑，立马反问道："媳妇儿？你有我这么小的媳妇儿吗？"

刚说完，她又觉得自己说错了话，便爬起来跪在地上，把自己到酒城求学，徐校长安排她暂留下来的事情，一一向吴森说了。

吴森原以为，女子学堂只能在酒城里招募些女学生，没想到还有从贵城来的。他觉得这女子机灵，又问："平时都让你做些什么呢？"

"洗碗擦地，顺带倒主人们的屎尿……"

吴森点了点头，让她出去了。到了下午，他叫来徐美醽和管家，说自己房里缺个丫鬟，听说新来了个学生，不如就留在他房里做事。于是苗青梅就专门伺候吴森，每天从早到晚都守在他房里。

都说俊俏的女子心更细。苗青梅确实比较细心，没事时就会仔细观察吴森。几日后，她便能通过他的一举一动，知道他需要什么。等吴森觉得苗青梅用得顺手时，女子学堂开学了，苗青梅考了全校第一。

流言止于智者，起于闲人。有人偷传苗青梅是吴森的私生女，徐美醽早把考试题和答案都给了她。吴森确实喜欢苗青梅，起初也只是单纯喜欢而已，他曾想，不知自己的女儿长大了，会不会也和她一般。但苗青梅说出话来，又和成人没有两样。于是吴森想："留她做个小情人也挺有趣。"

但认识的人都知道，苗青梅是来求学的。思来想去，他想了个折中的办法，收她为干女儿。吴军长的干女儿自然不同于常人。吴森除了让她吃得好、穿得好、住得好外，还命人给她父亲送去一笔钱财。

苗青梅果然天真得可怜，真的以为自己遇到了大恩人，只是单纯地收她为干女儿。在不久后的假期里，吴森在自己的房里，强行与她发生了关系。她这才明白吴森的真实意图，但为时已晚，她几乎完全被吴森控制了。

因为苗青梅仍在读书，"干女儿"的名义就一直保留了下来。

读　心

　　酒庐的所在原本是一片荒地，因为地势沟壑错落，所以没有人看得上这片地，以至于建造酒庐之前，这里荆棘丛生，一片荒芜。当年吴森看上这个地方，是因为这里离大市不远，又紧邻着城外的军营，再加上凤凰山山势平缓，山下酒江蜿蜒盘旋，正好在此形成玉带环腰的风水格局。

　　等酒庐建好后，士兵们在凤凰山上种满了香樟树。几年过后，香樟林枝繁叶茂，正好可在林中驻军。这样一来，酒庐就真的成了一处绝佳的风水宝地。每有懂得风水之术的人经过这里，都会感叹这里的地势之好。这里怎么好呢？简单说来，就是"发财、发官、发人"。意思是：住在这里，既能生财，又能升官，还人丁兴旺。

　　事实也的确如此。自从吴森住进了酒庐，十来年间，陆续娶了多房太太，如果算上这位还在读书的"干女儿"，再加上过世的金水，已有八个之多。而太太们似乎成了他的生育机器，刚生完一个，不久又怀上另一个。

　　最早住进酒庐的张佳酝和酉美禄，已经各生了四个孩子。而金水留下一个女儿，银春生了两个儿子，肚子里又装了一个。要不了多久，徐美醪、刘新醋、殷佳露也都会怀上他的孩子。所以，并不十分大的酒庐，已住得满满当当。

　　最初，一部分人还可以住进"色即是空"宾馆。但吴森做了军长后，军务繁忙，访客甚多，"色即是空"宾馆时常不够住。于是，他又找来马步达，在酒庐后的一片空地上建了一个院子。院子中间有一大片草地和树林，四周是连成排的房间。这样一来，稍微大一点的孩子，都能拥有一个属于自己的房间。

　　吴香，那个生下来就死了妈，且散发着奇妙香味的女孩，最初也住在酒庐里。吴森本想请一位夫人来照顾她，但当时三位夫人都刚有了自己的孩子，她们不愿意养一个出生就克死母亲的婴儿。而且她身上的香味太不正常，她们甚至担心，那香味是否有毒？吴森没有强人所难，他自己也不喜欢这个长相阴邪的孩子，便吩咐管家为她请个奶妈。

在酒庐里做杂工的赵妈刚生了个男孩，因为家里男人不争气，在外面欠了一屁股债，没办法，她只能背着三四个月大的孩子出来做工。赵妈身材高大，是个结实的妇女，她已经是四个孩子的母亲，最主要的是，她胸前挂着两只高高隆起的奶袋子，奶水多到吃不完，时常流出，将胸前的衣服打湿一片。于是，管家把香孩儿交给她来养。赵妈初得了这个任务，心里欢喜。她想，一个孩子是看，两个孩子也是看，比起做杂工来，照看孩子可简单多了，以后不管刮风下雨，她都可以在屋子里，不用担心自己的孩子被晒着淋着。

见到吴香第一眼时，她也吃了一惊，她没见过这样的小脸蛋，下巴尖尖，脸形像狐狸。不过几日后，她就喜欢上了香孩儿，而她自己的孩子也喜欢这个小伙伴。赵妈有时甚至觉得，香孩儿似乎有意识地讨她欢心，她好像明白别人在想什么。

比如，香孩儿要是饿极了，会紧紧地咬住赵妈的奶头，赵妈实在受不了时，心里会暗骂，但只要她开始骂，香孩儿就会松开牙齿，并表现出很乖巧的样子来，看着她"呵呵"地笑。

每当赵妈这样想的时候，她又觉得自己可笑，一个刚生下来不久的婴孩儿，怎么会懂得她的心思？

赵妈的奶子，就像是与河道连通的泉眼一般，只要孩子们要吃，它就会一直装得满满当当的。一直到吴香长到三岁，她依然只吃赵妈的奶水，而赵妈自己的儿子小春，一岁就开始吃米饭了。这让赵妈觉得亏欠了自己的儿子，她总是觉得，因为有了吴香，她的小春就不怎么喜欢吃她的奶水了。或许，这只是一个母亲特有的敏感。无论什么时候，做母亲的都会觉得亏欠了自己的孩子。

事实上，赵妈的感觉是对的。

没有人知道，吴香从娘胎里出来那一刻，只要有人或动物闻到了她的香味，她就能听到那人或动物内心的想法，虽然她并不明白那些话是什么意思。所以，无论周围的环境多么安静，她都好似处在闹市的中心一样，声音从四面八方传进她的耳朵里。

因为出生就是如此，所以她并不觉得奇怪。但是，她很快发现，心声和真实的声音不同。真实的声音是清脆的、悦耳的，它通过空气传入耳中，带动耳膜振动。而心声是安静的、悄无声息的，它更像是一种感觉。

她有这样的认知，最先是从赵妈、小春和屋里那条哈巴狗身上体会到的。那时，她才七八个月大，整天躺在床上，小春常在她身旁爬来爬去，而赵妈时常坐在床头缝补着小春的衣裤。

"背上痒死了……"

她听到有人说话，就看小春，小春流着口水看着她，而赵妈将针尖在头上擦了一下，两人都没说话。再看那哈巴狗，它在墙根下打滚，她感觉它在不断地说话："痒死了……痒死了……真舒服……舒服……舒服……"

但它一直吐着舌头，嘴巴并没动。当真实的声音从它嘴里传出来时，她却听不懂那是什么意思。

小春喜欢围着她转，常将鼻子凑到她身上闻。她知道自己身上有香气，但究竟是什么香气，自己却不知道。小春围着她转时，心里总是说："香香，妹妹香……"

她觉得赵妈是个奇怪的人，她常常口是心非，嘴里骂着她那喜欢赌博的男人，心里却想着，要把刚得到的工钱给他送去。

当小春在床上撒尿时，她嘴里骂他："你这狗东西，该打屁股。"

但她心里又说："可怜的小人儿，别受凉了。"

等长到一岁，吴香几乎能分辨出声音和心声。到三岁时，她甚至学会了如何控制自己，从而准确地接收某人的心声。只要她完全放松，便一点心声也接收不到；只要她集中注意力，就能准确地接收到周围人的心声。当然，前提条件是，那人闻到了她身上的香气。

最初，她并不觉得这项特异功能有什么用，反倒觉得为她带来了不少麻烦。

比如，她常常在酒庐的大院子里看松鼠、鸟，或者猫狗，时而哈哈大笑，时而又骂骂咧咧……在别人看来，这些都是异常行为。

每当大人们出现在她面前时，她也总是会做出一些反常的举动来。

比如，大娘西美禄因惦记着她，经常送些吃穿的东西来。她觉得吴香可怜，而吴香并不想要别人可怜她。所以一见到大娘，她要么跑开，要么低着头不说话。而那位红尘女子银春——她要叫四娘。银春过去命苦，为人有些刻薄，总是暗地里骂吴香是个克星，不让自己的孩子和她玩耍。所以吴香讨厌四娘，每次见到她时，总是要朝她吐口水。

银春也总是会很委屈地向大家说："你们看这小蹄子，我又没有招惹她。"

而那些同龄的兄弟姊妹们，更是把她当作怪胎。不仅如此，他们还把赵妈和小春也当怪人看。特别是那位高高在上的二哥吴争。

吴争最热衷的事情，就是向别人证明自己比大哥吴疾更好。比如，当吴疾刚刚能单独端着自己的小碗吃饭时，吴争会将他推倒，把瓷碗摔成几片。等大人们出来时，吴争已经跑到了一边。西美禄便会骂吴疾几句，而吴疾只能委屈地流泪。

每当这种时候，吴香便会指着吴争说："他说大哥是笨蛋，一推就倒。"

大家便把目光转向吴香，又顺着她手指的方向看向吴争。

随着年龄增长，吴香逐渐产生了烦恼。

吴香的烦恼并不是别人用异样的眼光看她。在她看来，异样的眼光才是正常的，那些正常看待她的人，才有些不正常。她的烦恼是控制不住自己的好奇心，总是想去窥探他人的内心。时间一长，她就知道了很多秘密，这些秘密仿佛是一个个泡沫，一不留心就会被自己刺破。

她知道的心声越多，就会将人看得越透。在那些不便言语的真实想法里，常常隐藏着人性的阴暗面。而那些复杂的心理，又让她养成了复杂的性格。所以她逐渐变得古灵精怪，变得刁钻野蛮。

四五岁时，她已经完全知晓赵妈和她的关系。赵妈可怜她没妈，她可怜赵妈命苦。可是再大一些，她就开始厌烦赵妈。她表里不如一，想一套做一套，有时内心已经燃起了熊熊烈火，外表却总是唯唯诺诺。等她八九岁时，便完全看不起赵妈了。赵妈让她明白了一句老话，"可怜之人必有可恨之处"，从此，她便对赵妈不屑一顾起来。当然，那时她已经不需要赵妈照顾了。

她明显比同龄人早熟，吴森觉得她有时候说话像个大人。所以从能把话说清楚开始，吴香就故意隐藏着自己的特殊能力，因为她知道，自己的话有时会引起一场战斗。她唯一能做的，就是在家人面前保持沉默。而吴森又总是会当着一大家人的面，谈起孩子们的缺点。他会说吴疾太瘦弱，应该多吃些鱼肉，长大了不能当病夫。他又说吴争像个野孩子，不能老是出去打架，如果他喜欢打，可以安排他去训练场，和士兵们的孩子打。他又说吴香不能像个哑巴一样，问什么也不回话……

到八九岁时，吴香实在是不想再听见父亲当着家人，特别是几个兄妹的面，不懂装懂地对她评头论足。每当这时，她会气愤地站起来，但发现和坐着差不多高，就爬上自己的座椅，双手叉着腰，十分气愤地说道："够了爸爸，我真是听够了，你根本什么都不知道，但是我知道，你讨厌吃你手里的咸鸭蛋，你刚刚在心里骂它是个狗屎蛋。但是你知道吗，旁边的二哥，他满脑子想的，都是拔出你腰上的手枪，他早就想拿着它玩了……"

吴森看时，吴争果然目不转睛地盯着他腰上的枪盒。

"您看，我知道了，您一会儿就要带他去射击场……"

这个念头的确刚刚在吴森的脑子里一闪而过。

"是的，您现在又在想，我怎么会知道这些，总之我就是知道。虽然您现在有些生气，但是请您以后不要再这样评价我了，好吗？"

吴森的脑子里突然一片空白。他站起来，不知说什么好，只好把手上的咸鸭蛋往桌上一扔，转身拉起吴争，去了射击场。

吴森虽然知道吴香有些异样，但因为不常和她在一起，所以也只是道听途说，知道一些。但那天后，吴森便知道女儿有一种魔力，西方人称之为"读心术"。

吴森喜出望外，他很快就想到了吴香的可用之处。从那天起，吴森常常把吴香带在身边，特别是参加各种宴席，或出席各种活动时。有时候商议重大事项，他会让她藏在帘子后面，让她帮自己听一听其他人的真实想法。

这让吴森占了便宜，也知道了很多秘密。

吴香倒也乐意做这些事，因为这样父亲会经常带着她。虽然她知道，这并不是因为父亲对她宠爱有加。但是，只要别人这样认为就好，特别是家里的太太们。

吴香确实帮了父亲大忙。有时候她也会感到骄傲。

一次，几个美国人来到酒城，要与吴森合作，建一个枪械炸药厂。这事本已谈了很久。军官和参谋们认为，美国佬在自己的地盘上做生意，部队出地、钱、原材料，还要出人力，不能由着他们，必须由部队下设的军火公司来做大股东。但美国人觉得，自己带来了技术和设备，当然应该得到更多的收益，所以也要当大股东。双方因为控制权问题，一直争执不下。

这时，吴森想到了吴香的"读心术"，他想借此找到美国人的破绽。于是，他安排了谈判会议。会议在礼堂里举行，美国人坐在长桌的一边，军官和参谋们坐在另一边，吴森坐在上位的大椅子上，旁边摆着一张小椅子。吴香坐在那张椅子上，手上拿着美国人送她的洋娃娃，脸上露出骄傲的笑容。

谈判已经进入摊牌阶段。双方把投入的资源转换为美元，进行最后的比较。中间人将双方的换算表交给吴森，美国人的总价是 1.2 万美元，而自己的资源总价是 1.1 万美元，确实还差了一截。吴森把眼光移向吴香，吴香笑着点了点头。

随后，吴森说道："首先，希望几位朋友不要错报或虚报了名目，我吴某人最不喜欢和弄虚作假的人打交道，请你们再查一查。"

吴香"呵呵"笑了，站起来把嘴凑到吴森耳边，眼睛却盯着美国人看。吴森的话只是为了提醒几个美国人。但美国人听后，心虚起来，在心里打起了算盘。

吴香便将自己听到的心声告诉吴森："机器只有两台新的……这次走时一定要买些好酒……其他六台都是旧的……哎哟，肚子好痛……价格要低一半，但是都按新的算了……这地儿的妞不知道怎么样……一台得减五百美元……但好在他们又不知道……"

吴香并不完全明白这些话的意思，也不知道哪些话是有用的信息，但吴森却能从她的话里找出问题。他把手里的清单使劲往桌上一扔，毫不客气地说道："我吴某人早已知道，你们想用六台旧机器，鱼目混珠……"

美国人慌了，惊讶得说不出话来。但事实如此，他们自觉理亏，只好妥协。

跟着父亲做事，吴香虽十分骄傲，但有时候她又会感到不安。

生在这样一个家庭里，有这样的父亲，吴香当然会觉得，一切都是理所当然的。她说出别人的秘密，就能得到父亲的重视，就能满足自己的虚荣心，从而得到快乐，她何乐而不为呢？

正因如此，她在家里得到了不少"优待"。吴森让管家单独为她提供一日三餐，也不用参加家里的"军事化管理"。说起"军事化管理"，这算是吴森的独创，自从这样管理以后，家里的事情就顺利多了。

吴森为全家老小定做了军装，每天上下午各有一场训练。家里十几口人，全像生活在部队里一样，训练、吃饭、睡觉都安排了固定时间，出门需要提前请假报备。几位太太轮流值班，值班太太要负责本周的伙食安排，定时检查安全和卫生……

这样的家庭管理方式一直沿用了很多年。那时吴家已经增加到四五十口人，吴森甚至叫不出一些孩子的名字了。列队时，他只有拿着名单，才能避免叫不出名字的尴尬。

只有吴香是唯一的例外，她可以自由安排自己的时间。在家里，有事情可以找管家；出了门，有专门的副官陪着。那副官是吴香自己选的，他是警卫队的小队员，听说以前在少林寺当过和尚，前两年老家闹饥荒，他跟着老乡逃到这里来，那时才十五六岁。别说，这副官还真有武功，只是有些傻乎乎的。

当小姐的跟班，自然比当警卫员好。至少，他不用一动不动地站在酒庐门口。每次小姐要出门时，他都可以找管家领些零钱。钱虽然不多，但手头相对就灵活了，自己偶尔留下两个，请同龄的士兵朋友抽烟喝酒。他是个死心塌地的少年，一心只为小主人好，吴香说一，他绝不说二。正因如此，吴香觉得他能听使唤，才向父亲提出要求。

吴香仗着自己是吴森的千金大小姐，身边又有会武功的跟班，在外面时，虽算不上横行霸道，但也常常蛮不讲理。时间一长，街上的人见她来了，要么会躲开，要么觉得有趣，站到一边看热闹，也有胆子大的，敢和她打招呼。

拉黄包车的唐三就敢招呼她，因为吴香有一次坐他的黄包车不给钱。唐三见她来了，喊道："哟，大小姐擦多少胭脂呢？香晕人呢！"

周围的人大笑起来。吴香看也不看他，骂道："呸，你个偷人的野汉子，你们家隔壁老张饶不了你。"

人们笑得更欢了。唐三却涨红了脸，心想这小蹄子怎么连这事也知道，难道隔壁老张的老婆在她家里做过工？但她也不至于说这事啊！于是他不敢再还嘴了。

不过在城里，吴香也不大可能会遇到什么真正的危险。很多人都认识她，泼皮无赖不敢惹她，除非是从外地刚来的。偶尔遇到这种情况，就该副官出马了，一般情况下，他一个人对付三五个人，是毫无问题的。

但是副官不会水，吴香又老爱去江边玩儿。有几次，她甚至去乘船，乘大船还好，但她觉得大船不过瘾，非要去划小船。

副官哪里敢在酒江里划小船，但小姐的话不能不听，只好拿出 200 文钱，找了个渔船，让渔翁带他们划一段。本来说好只划一段，可是吴香觉得好玩儿，非要渔翁渡江。不仅如此，她还要自己划船。渔翁和副官都劝不了她，只好蹲下不动，她却在船上又蹦又跳。

终于，船在江心翻了。

若是在平静的水域，渔翁可以把两人一起拉上岸。但是，船是在江心翻的，江心的激流瞬间就将三个人冲散了。副官和吴香好似两个秤砣，"咕咚"一声，掉进了水里，除了被水冲走，就只剩下喝水的份儿了。滚滚的江流，只需眨一眨眼睛的工夫，就能将人淹没。吴香没有坚持多久，就失去了知觉。

此时，远处有一艘顺着江水行驶的铁皮船，两个小小的身影从船上跃入水中。他们一入水，就变成了两条鱼，完全不受激流的束缚，手臂在水中上下翻飞。他们似乎会在水中辨别方向，并看清东西。若是再近一些，岸上的人就会看见，两人中，一人的手臂是漆黑的，而另一人则是雪白的。一眨眼的工夫，两人已在激流中截住了被水冲来的吴香和副官。他们一人架起一个，顺着水流飘回到铁皮船旁。船上的人用长竿将他们拦住，并挨个拉了起来。

船头上站着一个高大的身影，是江里浪。他敢让江中月和阿累下水救人，完全是因为，他们俩有这样的本事。再看刚刚一白一黑两个身影，此时正像两个水人儿一般站在船头，那便是江中月和阿累。船员们上来，将两人肚子里的水倒出来，然后又将他们倒挂在背上，绕着走道跑了几圈。放下来时，两人嘴里都通了气。

船上的乘客都出来看热闹。江里浪的客船刚从酒城出发，要开往山城。

江里浪不仅实现了自己对秋娥的承诺，买上了铁皮船，还远远超越了预期，成立了公司。

如今，当江上的船从余甘渡口驶过时，船上的人都能看见，小市外的码头旁，立着一个大大的招牌，招牌上写着"漕运公司"四个红色的大字。经过几年的发展，漕运公司不仅干着过去的老本行——继续搞货运，还搞起了客运和渡江业务。现在公司有一艘客运船、三艘货运船，全是清一色的铁皮船。

江里浪是船运的行家，他的铁皮船全都经过了改装，将船头做得扁平，船身加宽，吃水量减少，并在原有发动机的基础上，加了一台辅助发动机。这样一来，船可以在酒江中任意穿行，哪怕是水流最急的路段，也能平稳驶过。与此同时，江里浪还将原来的帆船做了改装，改成两只渡江的客船，船上加了棚和座位，方便江河两岸的居民来往。

就这样，漕运公司成了酒城最大的船运公司。江里浪自然是公司的总经理，而当年和他一起的船员们，都成了船头儿。阿中本不善言语，阿累的母亲去世后，他就更不爱说话了。但他驾船技术一流，江里浪放心把这艘客船交给他。

漕运公司能办起来，还有一个原因，就是叶舟的回归。当年叶舟放弃船运，转行做皮货生意，最初几年赶上了好时候。因为皮货大流行，人人都想要皮货制品，而国内皮货稀少，大多皮货都要从东洋进口。叶舟抓住机会，几乎把全部身家都押在东洋皮货上。但后来，日本人一直不消停，不断侵占我国的领土，发动侵华战争，直到大街上人人都骂"狗日的日本鬼子"时，叶舟才感到"东洋货"的处境堪忧，担心这些货要烂在自己手里。

　　正好此时，王财主的小舅子龚德彪又来找叶舟谈合作。他果然办了一个当铺，门面上是当铺，实际上却是和别人合伙，干着走私和毒品等见不得人的买卖。叶舟听了他的介绍，才知道他背后的大股东不是王财主，也不是军阀，而是日本人。

　　龚德彪十分得意地告诉叶舟，说日本人不仅要在东北扎根，还要陆续控制酒江沿线。酒城是西南重镇，连接周边几省，日本人将来还要在这里建一个贸易中心。

　　叶舟没有想到，龚德彪竟然选择当过街老鼠。目前国内的祸事，大多是小日本惹出来的，自己不如抓住这个机会，也为革命出一份力，加速打破东洋人的幻想和野心。

　　叶舟打定了主意，开始利诱龚德彪，最后又将手头的东洋皮货全都卖给了日本人。果然，此后不到三个月，声讨日本的风浪便席卷了酒城，全国上下无论老幼，都开始疯狂地抵制东洋货。

　　叶舟逃过一劫，但他一点也不感到庆幸。驱逐外患的情绪一波高过一波，叶舟也和那些有气节的商人们一样，虽不能从政，不能拼死沙场，但可以通过商业强国。他想到自己崇拜的商业领袖——民意公司的魁斗先生，经过七八年的惨淡经营后，已将公司发展成拥有六七十艘轮船，一千多员工的大公司。

　　他有些后悔当初放弃了漕运事业，走了一圈弯路。于是和江里浪商量，准备成立漕运公司。江里浪只懂航运，只要能发展壮大航运事业，能买铁皮船，他就赞同。于是，他们邀请了几位股东入伙，其中包括马步达和司马醇，后又在马步达的酒城银行拿到了贷款。兴奋的江里浪带着船员，从江城将首期两艘铁皮船开了回来。那时酒城尚无铁船，帆船的运载能力一般只有三四十吨，而一艘铁船能达到三四百吨。之后两年，他们又买了两艘铁皮船，并规划在未来两年，将铁皮船的数量增加到十艘，甚至增加从酒城直通海城的客运线路。不久，漕运公司在船运行业中，也有了点小名气。

江里浪平时不用随船出航。他这次去山城，主要是去山城航运公司学习经验，并考察山城造船厂，看看新式的铁皮船。临走时，江中月闹着要和他一起去。

起初，他和秋娥都觉得，应该把儿子江到海往船运方向培养，将来长大了继承他们的事业。而江中月应该上新学，将来嫁一户好人家。江到海和江中月两兄妹都遗传了父亲的水性，当他们还只能在床上爬的时候，江里浪就将他们放在澡盆里游泳了，他们游泳的本领似乎是天生的。等江中月到了三四岁，江里浪就带着两兄妹到沱河去游泳——沱河水流缓慢，河水清澈。到了夏天，人们都会到江中玩水。江里浪踩着水，半截身子露在外面，像一只鸭子，慢慢地往江对岸游去。两个孩子跟在他的后面，像小鸭子跟着母鸭子一样，也踩着水游过江去。游泳的人无不称赞这父子三人。江里浪逐渐发现，女儿的水性比儿子要好几分，过去江到海在江中月这个年龄做不到的事，江中月都能做到。比如，江中月可以一个猛子扎到沱河对岸，这种能力在船员中也是少有的，江里浪自然能做到，但是江到海做不到，阿累也做不到。江里浪常常看着女儿潜在水中的影子，仿佛是一条水蛇，让他惊喜不已。

让江里浪夫妇没有想到的是，随着年龄的增长，儿子对船运的事务一点也不感兴趣。自从上了新学，他就完全进入了书本的世界。除了上课的课本，他又找来各种各样的课外读物，常常一个人读得津津有味。因为这事，江里浪急过几次，他要让儿子从书本的世界里走出来，回归真实的生活，回归到船运上来。

但是，江到海并不在意父亲的斥责，他更加热爱读书。差不多在他10岁那年，他就已经把学校里的课外书全都看过一遍。再大一些，他又找到城里的藏书馆，开始阅读历史、天文、地理等各种书。

有一天，他惊讶地发现，中国人甚至在两千多年前，就懂得如何观察天上的彗星。而且每颗彗星的轨迹如何，何时经过，长什么形状，都记录得十分详细。

"古人仅凭肉眼是如何观测彗星的呢？"江到海想不明白。

他又找到一些类似的记载，自己尝试着观测。到了夜晚，他常常躺在江滩上遥望星空。

又有一次，他在一本印有唐代古画的书上发现了一些奇怪的图形，那些图形和飞机的形状相似。

"难道唐代就有飞机了？"这些问题勾起了他强烈的好奇心。

只可惜，他每每和身边的人讲起这些事，他们总是不屑一顾，认为他读书走火入魔了，他的猜测简直是天方夜谭。

唯有一人——漕运公司的合伙人司马醇相信他说的是真的。司马醇早年也上过新学，在海城读过夜校，也涉猎过西方的哲学和科学。

他告诉江到海："在时间的长河中，人的生命是非常短暂的，古代人甚至有超过今人的智慧。而在浩瀚的宇宙空间中，人就像江边的一颗沙粒般渺小，人类对宇宙的了解微乎其微……总而言之，任何我们觉得不可能，或者匪夷所思的事情，都有可能是真的。"

司马醇对江到海的鼓励，激发了他对未知世界的探索。

江中月和江到海则完全相反。虽然她各科功课都很好，却对读书毫无兴趣。江中月热爱航运，她向往那种四两拨千斤的感觉，一个人站在驾驶舱中，就可以操纵千吨巨轮。所以，她崇拜自己的父亲，喜欢所有与航运，甚至与江河、大海有关的人和事。从《西游记》里孙悟空找龙王借兵器，到张献忠江口沉银的传说，再到杜十娘沉百宝箱的故事……她都讲得滚瓜烂熟。她觉得，水下的世界更像一个谜，特别是她听父亲讲过的大海。

大海，无边无际的大海，没有尽头，没有边际。船在海上航行时，人甚至能看见地球表面的弧线。大海中，有几十米长的鲸鱼，有凶猛的大白鲨，有蓝色血液的海马，还有发出蓝色和红色光芒的水母，有食人的大贝壳，有救人的大海龟……这梦幻般的世界，让江中月心动不已。她最大的愿望，就是能和父亲一起，去看大海，去大海里航行。

副官先醒过来。他猛然睁开眼睛，从甲板上弹起来，眼神里充满了惊恐。他惊恐的不是自己差点死掉，而是吴香落水了。当他看见躺在旁边的吴香，赶忙翻身跪下，用手去探她的鼻息。刚抬起手来，他就听见吴香命令道："拿开你的手。"

副官反而笑了，他长舒了一口气，瘫坐在甲板上，这才感觉自己的头晕得厉害。

吴香其实已经醒了好一会儿了，只是她觉得头晕，便没有睁开眼睛。她知道自己躺在一艘船上，显然是得救了。

对她而言，落水真是一件丢脸的事，现在周围好多人都在看她的笑话。于是她只顾着生气，不愿意睁开眼来面对这种尴尬的场面。她不断探听周围人的心声，这样她就能知道，刚才都发生了什么，自己是怎么被救起来的，有多少人在嘲笑他……她脑海里的心声很多，并且断断续续，因为船上的风太大，她身上的香味被风一吹就散去了。

她断断续续地感受到一颗亮堂正直的心，她从未有过这样的感觉。"世上还有这样的人？"她想。虽然他心里并没有说话，但是吴香能感受到，他积极乐观、光明磊落，对身边的一切都充满了热爱和感恩。那人正是江里浪。

她听到很多零碎的心声，这些心声又让她生起气来。不为别的，只因为这些人根本就没有关心过她的死活。人们更关心那些纷繁而具体的事情。

比如，到了山城后，应该如何安排食宿，如何洽谈生意，身上的钱够不够用之类的。

"活该是个劳碌命。"她想。

一个已婚的女人居然思念着别人的丈夫……

"真是不知廉耻。"她想。

有个坦荡释然的人，觉得周围山美、水美、人美……

"天真无邪！"她想。

……

她在心中一一做着点评。

吴香试图在人群中找到一些关心她的人，最后才发现，人们都想着自己的事，几乎没有人关心她。

之所以说是"几乎"，是因为还是有人关心她的。

一个当然是副官，他一直沉浸在内疚和自责之中。

还有一人站得远远的，也在担心她。吴香知道那是一个小女孩，她也知道，刚才就是这个小女孩救了自己。那女孩的心，是如此干净透明。她一直在向水神祈祷，希望吴香能早点醒来，心中无半分杂念。

吴香好奇地睁开一只眼睛，向她的方向看去。果然在不远处，有个穿花布衣服、扎两根小辫儿的小姑娘。她趴在扶手上，两只手紧握在一起。

吴香撑着甲板坐起来，旁边突然有个女人说道："哎哟，醒了啊！"

吴香回头一看，对方却是个牛高马大的中年男人，她吓得一哆嗦，赶紧站起来，跑到一边。她心想，他是人还是怪物？再看时，她才知道，他就是那个内心亮堂正直的人，他正看着自己，露出慈祥的微笑。

她觉得自己尴尬极了，心里想要骂人，却没有人可骂，便顿足喊道："绑架，这是绑架！"

这时，江中月跑跳着来到她面前。她完全忽略了吴香的话，而是把她上上下下地打量了一番，欢笑着拉起她的手，往船舱里去了。她把自己的衣裤拿给吴香，吴香似乎被她的快乐感染了，内心平静下来。阿累也拿出自己的衣物，递给那副官，可副官不要，他的湿衣服已干了一大半。

江中月和吴香挤在一间小船舱里。江中月双手撑在扶手上，两只脚快乐地跳着，问吴香叫什么名字，家住哪里，家里都有谁，她身上涂了什么，怎么这么好闻，为什么会落水……

吴香很奇怪，平时总是先听到心声，再听见说话声。但眼前的小姑娘总是先说话，后经过脑子。她瞅着江中月，压低声音道："换衣服呢，你是男是女？不准看！"

吴香突然想起，刚才用女声说话的大个子，不知是男是女。所以在那么一刹那间，她怀疑起江中月的性别。

江中月笑弯了腰，说道："你真有趣，男女都分不清！"

吴香有点不好意思，又说："但是你还是出去，不然我生气了。"

江中月伸了伸脖子，出去了。吴香继续听江中月的心声，她心中满是快乐。

突然，吴香隐约感到，船上有个奇怪的人。

他在心里断断续续地说着："别了，我完成任务了……"

再仔细探听，发现是个日本人。而他接下来的想法，让吴香警觉起来。

那人在心中说道："还有一刻钟，点燃炸药。"

吴香立即出门。江中月迎上去，拉起她的手。吴香换上了江中月的衣服，变成了小村姑。她皱着眉头，把食指放到唇边，示意江中月不要说话，并轻声问道："这艘船谁负责？"

江中月指了指江里浪。于是吴香向江里浪走去，在这个过程中，吴香已经锁定了日本人的位置。

吴香小声地对江里浪说："你先别问为什么，现在船舱里第二排靠边的那个日本人，马上会引燃手中的炸药，你们赶紧把他抓起来。"

吴香却听到了江里浪内心的淡然，他并不相信她的话，吴香着急了。"你别不信，他是日本人，要炸你的船，然后挑起战争……"

江里浪还是只把她当小孩子看，并没有在意。她只好向副官招招手，命令道："把他抓起来。"

副官认准那人，是一个穿着西服、留着胡须的青年。

江里浪急了，一把抓住副官的手臂，说道："你们别乱来，船上我说了算，那只是个乘客而已嘛！"

吴香也急了，立即反驳道："乘客？你以前见过他吗？你知道他是什么人吗？你知道他手里提着什么吗？"

江里浪愣住了。对他而言，船上来往的人，都是他的乘客，除了少数常客，其他的谁会认识呢？

就在他犹豫的一瞬间，日本人站了起来，他把手里的提包放到座位上，然后从上衣口袋里拿出一根雪茄，又摸出一盒火柴。他有些激动，手里的火柴划了好几次才点燃。

吴香给副官使了个眼色，副官便慢慢走上前去，那日本人看了他一眼，并没有在意。等走近时，副官一个猛扑，一掌打在日本人的脖子上，日本人头一晕，身体往下一滑，周围有乘客尖叫起来。副官拉住日本人的一只手，往他背后一拉，又把他揪了起来。随后，他从日本人的腰上摸出一把手枪来，又有人尖叫。副官扯出日本人的皮带，将他的双手捆绑起来，提出了船舱。

江里浪赶紧进了船舱，安抚道："大家别着急，他是个通缉犯，现在已经没事了，都回坐吧！"

人们听见他的声音，都笑了。

江里浪提过日本人的包，见座位下还连着另一个包，便都提了出去。打开提包一看，他吓得脊背发凉——两个提包里分别装着引爆器和炸药，他曾经在采石场里见过这样的装置。

他惊讶地看着吴香，吴香却说："你别问我是怎么知道的，反正就是知道。"

江中月拉过吴香的手，说道："你真厉害，我是江中月，你可以叫我月牙儿，这是我父亲江里浪。"

吴香看了看她，只说自己叫吴香。

船到了一处码头，这里还属于酒城的地界。有船员上岸去报了官，一队警察来将人带走了。吴香和副官在这里下了船，副官找了辆马车，两人回酒城去了。

日本人想在酒城动手脚，并将引发战争的阴谋上报给吴森。他觉得此事不简单，背后必然隐藏着日本人的侵略意图。自己不敢私自做主，又往上报给刘川。

刘川对部下说："日本鬼子也有怕痛的。"

于是他对日本人严加审讯。

江里浪和船员们心有余悸。所谓善有善报，大概就是这种情况。因为救了别人，才救了自己。大家又猜测，不知那女孩是什么人。

江中月被吴香的神秘感吸引了。她只是觉得遗憾，吴香没有告诉她家住哪里。不然等回了酒城，她肯定要去找她玩。

漕　院

船到了山城，乘客陆续下船走了。这时岸上来了个人，和江里浪行过礼，拿了一张单子交给他。江里浪让船员打开底仓，几个"棒棒儿"[①]便上船来搬货。

这些货物不是别的，都是南城酒坊的秋露白。只是这秋露白用木箱封装，一箱 24 瓶，透过木箱缝隙，还可以看到里面的酒瓶，那是最新式的包装。一百箱酒搬完后，双方点数签字，盖了图章。

阿中拿到了码头调度的时间安排表，他们将在两天后返程。于是船停靠在码头上，船员们进城吃酒去了。江里浪带着江中月也进了城。临走时，江中月邀请阿累和他们一起进城，阿累却不愿去，只想和阿中待在船上。阿累和阿中一样，都不爱言语，也不爱进城，生活上和江老板保持着一定的距离。

来江里浪船上提酒的人，是山城酒家上官爵的小儿子上官醙。司马醇特别设计了产品包装，直供山城酒家。因为酒的品质提升了，所以凡是司马家的酒，都不缺销路，山城各大酒楼都抢着订货。上官醙刚把酒搬上码头，码头上等着交现钱的人就排成了队。

司马醇酝酿了好几年，终于成立了"陈醇国际酒业公司"，专门经销酒

---

① 棒棒儿：方言，指那些在街头、码头、车站为人们搬运货物，以劳力维生的体力劳动者。

城所产的知名酒。没到两年工夫，公司就开发了十来款畅销产品。秋露白自不必说，另外还有葡萄酒、玫瑰花酒、红豆酒、荔枝春、桂圆醇等。又因为进口玻璃瓶实在太贵，且运费太高，瓶子的成本甚至是酒的几倍。所以司马醇联合了几家酒厂老板，入股建设了一个玻璃瓶厂。

这属于酒城的新鲜事。过去南城外有两个窑厂，专为酒厂烧制陶坛。司马邕过去就用这些陶坛装酒。陶坛装酒虽有一些好处，但不利于保存，时间长了会漏酒，并且酒里会浸入陶土的泥味。虽然玻璃瓶的成本比陶瓶贵一两毛，但大多数人还是愿意买玻璃瓶装的酒。

司马家的酒供不应求。几年来，司马醇陆续买来藏酒洞中的老酒，与新酒调制后，瓶装酒的品质大大提高，调出来的新酒丝毫不比储藏过的老酒差。司马醇又陆续购回了四台净水设备。几年里，父子俩又扩建了一个酿酒厂，还从几家经营不善的酒老板那里，买了七八十口窖池。不到十年时间，南城酒坊的产量增长了近十倍。即便如此，酒依然不够卖。

买到酒的掌柜们领着"棒棒儿"，挑着酒从江里浪父女旁经过。江里浪为司马醇感到高兴，当年上官陈的死，激发了他的创业热情。如今，在他的经营下，司马家建起了一个庞大的酒水产业。

想到司马醇的时候，江里浪会感到一丝安慰。他觉得，司马醇可以作为江到海的榜样，看来继续读书也不见得是件坏事。

上了码头的阶梯，江里浪叫江中月往回看，只见江面上排满了船只。过去，山城的船都停靠在江边，而如今，只要江水稍微平缓的地方，全都停满了船。其中，铁皮船差不多占了一半。铁皮船好似海里的鲨鱼，行动迅速，动力强大；而大型轮船则像鲸鱼；那些竖着高高桅杆的木帆船，则犹如海豚一般，整齐地排列在一起。江里浪远远地望见，民意公司的船统一漆成了蓝白相间的颜色，在来来往往的船舶中行驶。

父女俩转进街巷，街上全是日用品商店。江中月看得眼花缭乱，江里浪不断鼓励她挑选。但是她太体谅父母了，很少要求父母专门为她买什么。

但同时，江中月对什么都感到好奇，她逐一翻看了很多商品，唯独看上了海城牌的香皂。原因是这种香皂的香味，很像吴香身上的味道。

江中月还进了一个书店,在货柜上发现一本名为《天体物理学》的书,它的封面上印着一张白人的照片,照片的右下角印着"爱因斯坦"四个字。前不久,她从哥哥那里听到过这个名字,于是恳求父亲把它买下来。

江里浪哪里知道那是什么书,也不愿意给江到海买书,便说:"你哥读书都快读成书呆子了!"

但是江中月觉得,江到海要是看到这本书,一定会很开心的。她便一边撒娇,一边恳求着父亲。女儿的模样都快让江里浪的心融化了,哪里还有不买的道理。

回程是逆水行舟。

几年前,吴森在当年跳水的悬崖上建起了一座"绝生观",名字有绝处逢生的意思。远远望去,道观中香火的烟雾在山崖上盘旋,倒还成了一处风景。

江里浪的船在逆流中快速航行,很快就超过了几艘扯着帆、拉着纤的木船,有船老板向江里浪打着招呼:"还是你那大铁鱼好使啊……"

江里浪回道:"老龚啊,你还是早点加入我们吧,我这里马上又来新船了……"

老龚与老公同音,再加上他的女声,两艘船上的人都笑了,纤夫们也都笑了,江里浪不好意思地挠挠头。

江中月曾经问过江里浪:"为什么你说话是女声?"

江里浪摸了摸喉咙,笑着说:"老天爷是公平的,也许这就是阴阳平衡吧!因为身体太强壮,所以声音很柔弱。"

江到海和江中月相差两岁多,他们的体形并不像江里浪那样高大健硕。相比之下,他们更像母亲。秋娥中等身材,心思细密,用秀外慧中这个词来形容她,再合适不过。

聪慧的母亲自然能教出聪明的孩子。两兄妹从小就表现出异于常人的天赋,游泳的本事自不必说,江到海的观察能力和记忆力都远远超越常人。他远远看见归来的渔船时,能准确地说出渔夫打了多少条鱼,其中包括几条鲤鱼、几条水米子……有同龄的孩子不信,要和他打赌。等渔船靠岸后,大家打开鱼舱，果然如他所说，一条不差。人们对他刮目相看，都问他是怎么知道的，他只说是分析出来的，但究竟是如何分析的，谁也搞不明白。

夏天最热的那段时间，小市的人们都会到河滩上乘凉。江到海常常睡在河边的石头上仰望星空，看满天的繁星闪烁。有时他会指着某个地方，叫大家看，说那里有一颗彗星，拖着像扫帚一样的尾巴。江中月左看右看，就是看不着，好不容易看见一颗飞行的星星，但怎么也看不见它的尾巴。

江中月觉得哥哥是个独一无二的人，他比她认识的人都聪明，都特别，她相信，他将来一定会成为一个了不起的人。

江中月的温柔体贴和单纯可爱是与生俱来的。她占据了父母和哥哥心中最柔软的地带。江到海偶尔会提醒妹妹："人不可以不善良，但也不能太善良。你要明白，有时候人善被人欺。"

这种时候，她总是冲着哥哥笑。她笑起来很甜，脸颊上会露出两个小酒窝。

江里浪曾经是个靠体力吃饭的船员，在秋娥的引导和激发下，才决心要干一番事业。但是，他的头脑没有肌肉发达。好在得了贵人叶舟的帮助，当然，也可以说是两人共同努力，在船运事业上，他们谁也离不了谁。

秋娥并非小富即安的女人，财富诚然重要，但是财富并不代表一切。她是从苦日子里熬出来的，深知有钱不一定得到尊重的道理。为富不仁的人，更令人不齿。她要让江里浪成为"人上人"，当然，不只是那种"吃得苦中苦"的"人上人"。

虽说公司现在的船运能力已初具规模，但漕运公司却尚无公司该有的模样。每当船回到酒城，船员们却连个歇脚的地方都没有。船员们爱进城去喝酒、打牌，甚至寻花问柳，不能说和公司的管理没有关系。所以，秋娥一有机会，就会当着叶舟和江里浪的面提说此事，希望他们能为公司建一个像样的办公场所。

叶舟深知，船运公司要壮大，就必须逐渐建立起一套管理体系来。倒并不一定如秋娥所说，仅仅是建一个办公的场所。叶舟觉得，首先要有船舶检修、维修的场所。其次，几十个船员大多是从乡下来的，他们没有住所，确实需要解决吃住的问题。另外，这些场所最好能集中到一处，并且要在江边显眼的位置，这样既方便办理业务，又容易广而告之。

不久，叶舟相中了一个地方。那是小市外、余甘渡口对面的临江酒楼。

临江酒楼是一座清末的阁楼，楼上有飞檐翘角、朱漆描金，在众多的瓦房中显得十分抢眼。叶舟打听到，酒楼老板是个外地商人，听说最近几年做买卖赔了钱，酒楼已经关停一段时间。江里浪去山城时，叶舟和酒楼老板取得了联系。等江里浪从山城回来，几位股东一合计，都觉得这楼好。之后，一来二去，两家达成了契约。叶舟将铁皮船作为抵押，再从马步达的酒城银行里贷了一笔款项，买下了楼。他又向政府交了一笔钱，买下了酒楼到江边的一片荒地。

要说酒城的商人中，比眼界和办事能力，叶舟数一数二，就连吴森也有所耳闻。他让马步达转告叶舟，愿意邀请他做自己的幕僚。叶舟却并不愿意与军阀来往，他记得当年师父的教训。所以，虽有几次会面，但当吴森有意提说此事时，他都尽量避开话题，或是委婉地拒绝了。

"漕院"二字是请德高望重的老绅士刘德高题写的，然后刻在整块刨平的楠木板上，并涂成了金黄色。十几个人用滑轮架子将它吊起来，挂在阁楼的二层栏杆上。匠人们在临江酒楼前忙活了整整一年，先是修补阁楼，后又在阁楼两边建起两排瓦房，房屋一直延伸到江边。江边的河滩被挖开，形成了一个足够船只吃水深度的水沟，又在水沟上搭建起钢架，钢架顶端装上滑轮。这样就可以在每年秋冬季节，将所有的船只定期检修一遍。

完工后，大多数船员都搬进了漕院，其中也包括叶舟一家、江里浪一家。

漕院的背后就是临江山，藏酒洞在山的另一侧。临江山下有一条小溪，小溪汇集了山上的泉水，从漕院旁汇入酒江。小溪水清林秀，溪水清澈见底，许多小鱼在水中游动，石缝中藏着螃蟹、泥鳅。虽然人们缺衣少食，但除了专业的捕鱼抓虾人，少有人去小溪沟里找吃食。

一天下午，江中月在溪边看见一个男孩，正在溪水中抓鱼。他个子和她差不多，身穿灰黑色的布褂子——那褂子过去一定是白色的。他长发齐肩，头发有些卷，一低头就会挡住眼睛，所以扯了几根丝茅草，把头发扎起来。江中月见他皮肤倒还白净，面容清秀，大鼻子，厚嘴唇，肥耳垂。她觉得稀奇，就坐在高处看。

他就地取材，在水中搬出一些石块，围出一个圆形的池子来，又在池子边上空出一个缺口，将装了草的背篓放到缺口上，并在里面压上石头。然后他拿起棍子来赶鱼，水面上游着很多红色尾巴的小鱼。鱼群在他的追赶下，都往缺口处游去，眼看就要成功了。就在这时，缺口旁的几块石头突然垮塌，鱼群从新打开的缺口处一涌而出。

江中月哈哈大笑起来，指着男孩道："哈哈，真是笨，真是笨……"

男孩这才看见，有个女孩正在看他抓鱼。他也不说话，感觉有些扫兴，提起背篓正欲离开。就在那一刹那，他突然发出惊讶的感叹声。江中月上前一看，背篓里竟然装着一尾红色的大鲤鱼，它肚子胀鼓鼓的，看起来得有四五斤重。江中月也惊讶得跳起来。

"这小溪流里哪里来这么大的鱼？"江中月疑惑道。

男孩做了个无辜的手势，用手指了指天，意思是"天晓得"。他用草把红鲤鱼盖住，背起背篓走上岸来。江中月往水里看，溪水清澈见底，哪会有什么红色大鲤鱼？男孩走过她身旁，她才看见，他的裤腿上打满了补丁。

江中月问："你叫什么？"

他笑嘻嘻地说道："东……呵呵……"

"东？"

"东方白，嘿嘿。"

他看着江中月，继续往前走，忽被脚下的石头绊了一下，差点摔跤，便转过头去，用手挠挠头，笑呵呵地沿着山脚下的小路跑了。

江中月觉得好笑，心想："这人真是个活宝，也不问问我叫什么名字！"

跑出很远后，男孩又停下，回转身来，似乎才想起，也应该问一问她的名字。但又觉得自己已经走远了，就转身笑呵呵地跑了。

七月初，锦城军司令办公室，秘密向巴蜀各军军长传达了一份审讯结果。试图炸毁客船的日本人，没有经受住严刑拷打，终于招供了一项由日本天皇下达的秘密情报：日本人在国内十几个地区部署了类似的挑衅事件，试图通过这些事件，制造全面侵华的导火索。

刘川总司令的意思是，征求军长们的意见，确认是否向中央政府报告此事。吴森觉得，报比不报有利。电报发出的第二天，卢沟桥事变爆发了。十天后，中央政府在庐山通电全国，宣布对日作战。

多年以来，吴森在周边几百公里的地界上，已经打了大大小小的 100 多场仗，其中大多数都不是他愿意打的。他始终觉得，打来打去都是自家人打自家人。

自家兄弟抢地盘，谁要是占了城，首先得用好酒好菜款待战败者的家属。所以仗虽然打了不少，大家还是讲原则的。但日本人吃人不吐骨头，这些年来，在我们的国土上干了多少龌龊的勾当，凡是有点血性的将领都跃跃欲试，要将其赶出中国。吴森回想起曾经对日本人的隐忍，现在终于畅快了。

他突然想起，三四年前，曾有一个名叫土肥沙雕二的日本人来拜访过他。那人竟然会说中文，他拿出中央政府的介绍信，上面介绍他是研究地理的专家，在全国各地搞学术研究。他拿出一幅手绘的酒城地图，要和酒城官方的地图比对，被吴森拒绝了，只说愿意帮他看看。

不看不要紧，一看把吴森惊出一身冷汗。地图上竟然标出了三十几处军事要点，另外还包括军工厂、火柴厂、粮食库、码头……那分明就是一张作战地图。

但图上也有一些奇怪或错误的标注。吴森怎么也想不明白，他为什么会把老县衙标注成"养鸭场"，把营沟头标注成"赢狗头"？

那日本人还问吴森："为什么你们这里的人这么喜欢吃豆腐？"

吴森莫名其妙。酒城人喜欢吃豆花儿，但巴蜀地区不都一样吗？他反问道："你们日本人不吃豆腐吗？"

土肥沙雕二指着地图上的标记道："你们建这么多豆腐厂，一年得产多少豆腐？"

吴森仔细一看，才发现他把所有的酒作坊都标注成了豆腐厂。

吴森赞扬了土肥沙雕二绘制的地图，并招待他吃了一顿豆腐大餐。

土肥沙雕二刚来到酒城时，本想找个本地人做向导，为他详细介绍酒城情况。但正好赶上了抵制日货的高潮期。日货都抵制了，日本人不更要抵制吗？老百姓虽然不敢拿他怎么样，但都认为，当日本人的向导就是当汉奸。于是，土肥独自爬上了临江山山顶，这里正好可以看到酒城的全貌，他开始绘制起来。

过了一会儿，林子里走出一个七八岁的小男孩，那孩子背着一个和他个子差不多高的背篓。

土肥喊道："小孩，你的什么的干活？"

那孩子也不怕，只觉得他说话的音调好笑，再看他嘴唇上留着一小撮胡子，想起在画报上看到过的日本人，便学着他说话的样子问："你的，什么的干活？"

这一问，把土肥给逗乐了。他从口袋里摸出一颗橘红色的水果糖，向小孩招了招手。那孩子真就走上前去，接过水果糖，打开糖纸，用舌头在糖纸上舔了一下，然后又将它包好，放进口袋里。

土肥问小男孩懂不懂什么是地图。小男孩说懂，又说酒城的地图是鸽子吃虫。

"鸽子吃虫？"土肥疑惑不解。

小男孩指着河对岸的大市，"大市像个鸽子头，房屋建在鸽子头上。"他又指着山脚下的小市，"小市是一条弯弯曲曲的街道，不像虫子吗？"

土肥恍然大悟，忙点了点头，又从上衣口袋里拿出十元钱，请小男孩陪他去城里走一趟。

孩子拿了钱，心想："十元钱可以买十几斤大米，走一趟就走一趟，自己在山上转上一整月，也找不来这十几斤大米。"

所以土肥把老县衙写成养鸭场，把营沟头写成赢狗头，全都是那孩子告诉他的。

小男孩的奶奶告诉他，他是从酒坊门口捡来的。所以他忌讳"酒坊"二字，只要提起酒坊，他就会想起自己是个被遗弃的孤儿。

所以当土肥指着酒坊，问他是什么工厂的时候，他便指着饭店门口那一口装满豆花儿的铁锅，随口说道："做豆腐的。"

土肥点点头，把酒坊标注成豆腐厂。

不必说，小男孩就是那个在清澈小溪里捞到大红鲤鱼的东方白。

第八章

相依为命

据说，在明朝万历年间，临江山后 20 里外，有一个仅二三十户人家的小村落。一天，村里一户人家请来两名石匠打水井。

石匠和石匠也有不同。采石场里的石匠会根据石头的纹理，采出好的石料；刻碑的石匠会根据所需内容，制作出精美的雕刻艺术品；而打水井的石匠除了挖土打石，还要会找水源。地下若没有水源，打下去十米八米也不会出水，但位置选好了，下去三四米，泉水就会往上冒。

两位石匠都是打井的老师傅，他们一直用祖上传下来的方法寻找水源。二人先是盛一碗清水，在水面上放一片竹叶，然后把碗放在地面上，嘴里默念口诀。如果水面上的竹叶快速旋转，就说明下面必有泉眼。

这天，主人请石匠吃过午饭，他们便在屋外选了个位置，放好碗，念了口诀，那碗里的竹叶一动不动。两人又选了个位置，转身回来端碗时，发现碗里的竹叶转得像个风车，他们便开始挖井。

偏偏这地方泥土薄，挖下去一米就是坚硬的岩石，活儿干起来自然就慢了，十来天才挖下去三四米。主人见如此吃力，劝他们要不要换个地方。两人商量后，觉得还是此处更好，便继续往下打。又过了十来天，打到六七米，却还不见水，两人就都迟疑起来。但放弃又太可惜，前面二十来天就等于白干了，于是他们咬着牙再往下打。一个月过去了，井打了 10 米，除了石壁上有些散浸的水外，依旧没有泉眼。石匠中的少者后悔了，说要是 20 天前就换地方，新井也该出水了。而老者是个犟骨头，他不信邪，依然坚持往下打，说如果再往下打两米还没有水，这活儿就算白干。两人又坚持下来。幸运的是，他们只再往下打了半米，一股泉水便喷涌而出。少者在井下高兴得又喊又叫，井上的老者总算松了口气。他嘴里含着烟斗，和主人相视一笑。

片刻后，少者从井下爬上来，却哭丧着脸对老者说："不对，苦！"

老者有些惊讶，心想怎么会苦呢？一个时辰后，井水满了，看起来很清澈。老者舀起水喝了一口，皱了皱眉头，"噗"，吐了。"这不是苦，是咸！"

村里打到盐井的消息不胫而走，二三十户人家都要找他们打井。不久后，他们果然又找到好几处盐井。

在古代，盐是稀缺品，盐水在锅里熬制后，就变成了白花花的盐，这种好事上哪里找去？明清时期，朝廷对盐的生产和贸易严加管控，对民间采盐加以重税，但这并没有打消村里人制盐的积极性。村里很快就形成了制盐产业，并从万历年间一直延续到清末。因为盐业，村子也变成了镇，镇上来了盐商。古代交通不便，酒城有航运，是盐商们的首选中转地。盐商雇了挑夫，挑夫挑着 200 斤盐，从镇上到酒城，绕过临江山，一来一回要三个时辰。后来有人发现，穿越临江山间的夹皮沟，可以直通小市，路程短了不少，一个来回能节省一个时辰。

几百年下来，临江山间的夹皮沟就形成了一条"盐道"，直通小市。从临江山进入小市的那段路，后来起名为"盐道口"。到了民国初期，这里还偶有盐商往来。但后来通了大路，挑夫换作马车，马车又换作汽车，盐道就不再是盐道了。

但盐道口这个名字却一直沿用下来。不知从何时起，这里发展成一条街巷。街巷后面连着临江山后的马路，前面连着小市。小市已经变为城市，而盐道口却还像个乡下的集市。小市城里的集市销售各种日常用品，而盐道口的集市专门买卖家畜幼崽。

接生婆祝奶奶就住在盐道口，她那两间土坯瓦房还是她丈夫年轻时请人修建的，一晃 30 多年过去了，屋子也像她一样，变得黑漆漆、皱巴巴的，失去了光彩，屋顶的瓦片也碎了不少，一到下雨天就四处漏雨。捡到东方白那年，她刚好 60 岁，大半辈子光顾着帮别人接生，自己却没有生个一儿半女。可能是上天可怜她，在她这把年纪时，送给她一个孩子。但她也感到为难，因为年事已高，又一身病痛。以前年轻一些时，她好歹可以靠接生来勉强维持生活，但最近一两年来，她身上的风湿病尤其严重，一到冬天根本出不了门。她也曾想过把东方白送人，可每当下定决心要抱他走时，他都会冲着她"呵呵"地笑。他一傻笑，祝奶奶的心就融化了，一瞬间，她好似又回到了20出头的年龄，身上充满了力量，终究还是把孩子留了下来。

自从金水难产，胎死腹中后，城里人就不愿再请祝奶奶接生了。她年纪大了，做不了什么正经活儿，只能找些简单轻巧的活儿维持生计。好在司马邕可怜她，请她到家里做些杂活。

如有人问起，祝奶奶就说，东方白是她远房侄子的孩子，因为家里出了变故，才送到她这里寄养。人们大多不相信，但在天灾人祸面前，抛妻弃子的情况比比皆是，捡个孩子能算什么呢？也不会有人去深究。自从有了这个孩子，祝奶奶的生活突然有了色彩。她越来越觉得，东方白这孩子看起来傻傻的，但属于"傻人有傻福"，好运总是伴随着他。

小孩一般长到一岁多，就能学会走路。但东方白可能是因为营养不良，到了一岁半还站不起来。他并不着急，时常笑呵呵地坐在门槛上。见到路人经过，他会冲人傻笑，见到跑来跑去的家畜，他便冲着家畜傻笑。盐道口附近的小孩子们常被他的笑吸引，都跑来围着他玩。人一多，他就开始咿咿呀呀地讲话，大人都不懂他在说什么，但小孩子们似乎能听懂。一群孩子一会儿往东，一会儿往西，一会儿做游戏，一会儿翻跟头……倒成了一件趣事。

天黑时，祝奶奶会把东方白抱进屋。但有一段时间，东方白总是指着屋外，嘴里咿咿呀呀地讲着什么。祝奶奶知道他的意思，他还不想进屋。

一天傍晚，坐在门槛上的东方白突然大喊："丫丫……丫丫……"

不一会儿，有两只小鸭一摇一摆地走到他面前。祝奶奶走上街道，街上并没有人，而街道两边的居民都不养鸡鸭。她想，可能是白天集市里跑掉的，于是先收留了它们。祝奶奶把它们装进背篓里，一边抓一边说："改天，卖鸭的人要说少了鸭子，就把你们还给他。"

过了好些天，祝奶奶都没有听说谁家少了鸭。

十来天后，又是一个傍晚，东方白坐在门槛上，嘴里一直念着"嘟嘟……嘟嘟……"

一只小猪走到他身前。祝奶奶又上街去看，街上没有人影，心想是哪家的小猪跑出来了，只好先把它关起来。第二天，她挨家询问，却没有哪家丢了猪。小猪自己走进后院，在一个谷草窝里安了家。

还有一次，东方白嘴里说着："咯咯……咯咯……"

祝奶奶又出来看，却什么也没有。但第二天早上，她发现自家的屋檐上多了两只鸽子。

祝奶奶觉得奇怪，认为这是东方白的福气。她曾想过养几只家禽，但腾不出现钱来买幼崽，没想到它们自己来了。

两只鸭子长大后，祝奶奶留下母鸭，杀掉公鸭，把鸭肉剔下来，分成几次给东方白吃。吃了这只鸭，东方白竟然会走路了。两只鸽子每天自己出去找吃的，晚上回到屋檐下，等它们孵出一窝幼鸽，那只公鸽死掉了。祝奶奶炖了鸽子，东方白吃了鸽肉，竟然学会说话了。

东方白不会走路时，祝奶奶总是背着他去干活儿。现在可以自己走路了，他的世界便开始丰富起来。夏天，东方的天空刚泛鱼肚白，他们会打着马灯，走下盐道口。盐道口的台阶和东方白的腿一般高，他只能一阶一阶地往下跳。祝奶奶通常会在小市的大街上，给东方白买两个白糕。他们穿过街道，走下码头，渡河的木船停靠在码头上，那已是早上第二班渡船了。东方白的视线低，所有的事物在他眼里，都是庞然大物。

渡江是一件愉快的事，东方白喜欢渡船摇晃的感觉。对岸亮着一盏马灯，船家仅凭那一丝亮光的指引，就能渡过河去。他们要走过河滩，这显然要困难得多，因为河滩里全是沙子和鹅卵石，东方白的脚常常卡在鹅卵石的缝隙里，或装了一鞋的沙子。祝奶奶只得把他抱起，他就"呵呵"傻笑。起初，每当东方白卡住脚的时候，祝奶奶都会发火，本想说说他，可见他傻笑，似乎是在表达歉意，祝奶奶便不忍心训他。她常想："这孩子怎么能如此讨人喜欢呢？"

然后，他们从会津门或东门进城。到城墙下时，东方白又会"呵呵"傻笑，他爱看那些住在城墙根下的难民。祝奶奶便念叨："你也看到了，还有人比咱们还苦呢！"

会走路后，东方白觉得城墙变高了，城里的房子变高了，城里人也变高了，赶马车的、挑水的、做买卖的……过去在祝奶奶背上时，他能看见人们的脸，现在只能看见腿；过去人们脸上五官齐全，现在往上看，只能看见一个圆乎乎的下巴，以及两个黑洞洞的鼻孔。等他们从南门出来，沿着营沟到达南城酒坊时，东方白又会停下来，指着门口那块磨得发亮的石头，看着祝奶奶笑。祝奶奶起初并没有在意，后来每次经过时，他都要指那块石头，她才想起来，当年捡到他的时候，他就是被放在那块石头上的，但她当时还没有对东方白说起过这事。

"难不成他什么都知道？"她想。

祝奶奶干脆告诉他，说他就是在那块石头上出生的。这似乎证实了他的猜测，从此就总是回避那块石头，也开始讨厌起酒坊来。再大一些，他便不愿再跟着祝奶奶去酒坊了。

刚开始，祝奶奶不放心把一个三四岁的孩子独自留在家里，万一被坏人抱走了怎么办？盐道口人多且杂，20里外的人都常来这里赶集。但别看东方白还只是个幼儿，他内心已经有了主意，只要自己决定了，不管祝奶奶怎么说，他都不会改变。一般的小孩子不愿意做什么事，总会以哭闹来让大人妥协，但东方白从不哭闹，他依旧"呵呵"傻笑，使劲地摇着头，祝奶奶只好请对面的邻居帮忙看着他。

邻居家的老太太搬出椅子，在门外坐下，一边做着手上的活儿，一边看着东方白，不让他跑远了。但一段时间下来，老太太逐渐发现，东方白身上有很多不同寻常之处。祝奶奶走后，他常在门口转悠，一会儿回去看一看那头长不肥的猪，一会儿抱出那只生蛋的鸭，一会儿追赶着那群可以自己外出觅食的鸽子。猪和鸭还是之前的猪和鸭，但鸽子已经换了几批。最先来的母鸽子死后，东方白把它埋在家门口，现在屋檐下的房梁上站满了鸽子。

不一会儿，东方白拖着比他个子还高的背篓，往草丛走去。邻居老太太立马喊住："东东，上哪儿去？"

　　东方白回过头"呵呵"傻笑，继续往前走，走到草丛边拔起草来。邻居老太太以为他在玩耍，过了一会儿，却见他拖着装了几棵草的背篓回到屋里，这才明白过来，他在拔草喂自家的猪和鸭。他似乎天生就知道，猪和鸭分别爱吃什么草。再长大一岁，他就能独自背着小背篓，去临江山上割草了。

　　盐道口的居民都说东方白当家早，大家都没有见过这么小就当家的孩子。

　　南城酒坊上上下下十几口人，祝奶奶每周去洗一次衣服，有些破损的衣服，她会领回家来缝补。缝补衣服的时间长，一般又在晚上，她舍不得点那盏马灯，总在煤油灯下做工。煤油灯灯光昏暗，几年时间下来，她的眼睛出了问题。她先是早晚看不见东西，后来白天看东西也模糊，再后来就几乎看不见了。如果祝奶奶只身一人，看不见就看不见，反正能活一天算一天。但东方白只有七八岁，没了大人，这孩子怎么活得下去？

　　祝奶奶对东方白说："孩子，我把你送给酒坊的老板好不好？你本该在他家过好日子的，奶奶不该把你抱回来。"

　　东方白听了也不哭，也没有显得难过，只说："奶，放心，你看不见，还有我呢。"

　　自打东方白会走路以后，就常在临江山间活动。他发现，山里其实藏着无穷无尽的宝藏，人们为了生计，一天忙到晚，所以并没有人去发现它们。东方白虽然只有七八岁，但已有四五年的养猪养鸭经验。他知道，只要猪能吃的东西，人就能吃。另外，山间长满了野菜、野果，祝奶奶曾经带他上山采摘过，比如灯笼花、鱼秋草、四季藤、马丝汗、蘑菇、竹笋、野枣、秋橘、花红、毛桃……如果实在馋了，临江山脚下的小溪里有小鱼小虾、螃蟹、贝壳，翻过山去，农家的水田里还有泥鳅、黄鳝。这些虽然都是上不了台面的食物，但毕竟可以填饱肚子，还能解馋。比较难熬的是冬季，坡上只剩下枯枝和黄草，野菜、野果是不可能有了。但东方白也能想到办法，小溪及江边有一种草叫过江藤，这种草生命力旺盛，四季常青，叶子可以当菜，草根含淀粉，洗干净煮熟后，味道和土豆一般。冬天的青杠林里，还掉了一地的青杠果，他捡回家晒干，没食物时，就将其煮熟去壳，只需要加一点盐，就成了一道美味。

经验是从生活中逐渐总结出来的。祝奶奶眼瞎后的第一个冬天，东方白还没有做好充足的准备。到了最冷的时候，家里实在没有食物了，他只好叫来猪贩子，把那头长不肥的猪卖了。猪贩子感慨地说："这猪真是倒了大霉，怎么摊上这么一户人家，它可能从来没吃过一口像样的食物，虽然长了四年，却还是头小猪。"

再后来，东方白又炖了几只鸽子，加上鸭子下的蛋，他们才勉强度过了那个冬天。

要说东方白有多能干，或者有多聪明，那倒也未必。他能当起这个家来，大多数时候是靠运气。有时候，他漫无目的地去一些地方，偏偏就能遇到遍地的野菜。有时，他顺着临江山脚下的小溪向江边走去，总能捡着贝壳或螃蟹，甚至是鱼。有时候实在什么也没有找到，但等他回到家，背篓里总会多出一只青蛙或蛤蟆，他也不知道它们是什么时候跳到自己背篓里的。不管是什么，他一律下锅煮，煮熟了加点盐就行。

每天吃饭的时候，祝奶奶都特别高兴，自从她眼瞎后，东方白总能找来各种各样的食物，每天的味道都不一样。有时候锅里是青草的味道，有时候是土腥味，有时候是鱼汤的香味。但祝奶奶吃得很满足，对她来说，每一餐都是山珍海味。

遇见江中月那天，东方白只在山头上割了几把草，然后躺在一块大石头上晒太阳。阳光暖烘烘的，他不小心睡着了，等他醒来时，太阳已经快下山了，可当天的食物还没有着落。他只好去小溪里碰碰运气，快走到江边时，在一段积水中看到了许多小鱼。他捡了些石头，将两头的浅水堵起来，再把背篓放在一个缺口上，折了几根藤条来赶鱼，想把小鱼赶到背篓里。这种方式适合赶大鱼，不适合赶小鱼，因为小鱼是浮在水面上的，水面上的小鱼游速快，并且能看见缺口处的背篓。所以快到缺口时，它们突然掉头，又跑到他后面去了。他尝试了好几次都没有成功，再加上缺口边的石头垮塌了，小鱼全都跑掉了。他看着江中月，"呵呵"傻笑着，等他提起背篓，却看见一条红色的鲤鱼睡在里面。他高兴极了，自己也觉得奇怪，刚才清水里明明没有大红鲤鱼。

东方白开心的原因不只是意外得到了一条大鱼。他毕竟只是个十来岁的孩子，在他的生活里，缺少很多同龄人应有的情感。过去他本有几个玩伴，但到了六七岁，他们都上了学，就不再和他一起玩了。不和他一起玩也就算了，孩子们还背地里说他傻。他从不和人争辩，依然看着孩子们"呵呵"傻笑。他习惯了用笑来迎合，也习惯了用笑来回击。

可惜，他只说了自己的名字，却忘了问女孩的名字。等他跑出一段路后才想起来，又觉得和女孩离得太远了，只好转身，回家煮鱼去了。

因为缺少玩伴，又没有其他亲人，他常常自言自语。最初，他经常对着猪说话，到后来，见着什么都能说上几句。那天，他一边烧着热水，一边将大红鲤鱼开膛破肚。在杀它之前，他还要和它说上几句。

他将鱼捧在手里，透明的鱼唇张开，形成一个圆圈。东方白对着鱼唇傻笑。

"游泳的鱼儿！锅里能游吗，肚里能游吗，茅坑里能游吗！"

说着，他把它按在木板上，用刀顶着鱼肚，又补充道："呵呵，不能游了吧！"

此时，他内心产生了一丝怜悯，不知是可怜鱼，还是可怜祝奶奶。

不期而遇

自从吴香在江中翻了船，她有好长一段时间都不愿去江边。副官差点受到军法处置，最后还是吴香救了他一命。

酒庐的楼顶是个平台，平台高出周围的香樟林和房屋。吴香让副官在楼顶上架起一个瞭望塔。其实就是将几把竹凳捆绑在一起，上面用几根竹竿支起一把椅子。坐在椅子上向外望去，可以看见涌动的江水、江面上的行船、江边的码头，以及码头上来往的人群。

吴香常来楼顶瞭望，她拿着父亲送她的望远镜，但只能看到一些模糊的人影。江风顺着江水往下游吹去，她身上的香味传不到目光所及的江岸边。风把她身上的味道吹淡，再隐隐约约地散开，有一部分撞到临江山上，潜入山间的树林之中。吴香常常听见一些奇怪的心声，比如，"要是猎人来了……俺就冲下山去，引开猎人……保护几个小崽子"。她不知道，那是一头刚下了崽儿的野猪。

风会将山间的雾气吹进盐道口。

吴香突然听到一段心声："游泳的鱼儿！锅里能游吗，肚里能游吗，茅坑里能游吗！"

她不知道这话是什么意思，也不知道对方是人还是动物，只觉得又傻又好笑。她仔细寻找这段心声的来源，可再也找不到了。

吴香身上的香味要飘到东方白的鼻子里，那概率实在是太低了。大多数时候，东方白的内心一片空白，他只有在说话的同时，才会有心声。

吴香从没有遇见过这样的人，她周围的每一个人，每时每刻都装着很多心事，哪怕是猫狗，内心也充满了欲望。她从吴森身上看到了虚伪。她见过的军政人物大多也和吴森一样，表里不一，口是心非，真实的想法和说出的话常常相反。从那些吴太太们身上，她看到了心机。她们互相之间虽然没有仇恨，但是内心随时随地都盘算着，如何才能对自己有利，对自己的孩子们有利。吴香知道，如果没有父亲，这个家立马就会四分五裂。而在兄弟姐妹们身上，她看到了傲慢、轻视、刻薄，甚至是血腥。11岁的吴争随时都想成为一名军人，有一天能上前线杀敌，他的身高已经超出了同龄人，并且体壮有力。吴森只要有空，就会带他去训练场打靶，并安排最好的教官教他作战和格斗。大哥吴疾虽然体弱多病，但有一颗傲慢的心，他看不起吴争，虽然总被他欺负，但内心十分轻视武夫和蛮力。在这一点上，他觉得自己更像父亲，父亲不用上阵杀敌，但能运筹帷幄。但他只知道吴森的现在，却不知道他的过去，他也是从战场上的死人堆里爬出来的。

吴香十来岁时，弟弟妹妹们的数量多到她记不清，她也懒得去记他们的名字，因为就算是父亲，也认不全所有人。她只熟悉那几个和她年龄相差不大的，什么吴泽、吴语、吴笑、吴智等。在吴香面前，他们没有秘密，人人都得让着她，或干脆见她就躲。其实躲也不是办法，除非吴香对他完全不感兴趣。

现在，吴香只对那个莫名其妙的心声感兴趣。

"如果是人，那他该是个傻子！"吴香心想。

然而，她再也没有捕捉到类似的心声。过了一阵，吴香又开始出门了，不是为了上街看新鲜，也不是出去冒险，而是她要去找那个心声。

酒城虽小，但也有二三十万人口，人海茫茫，况且没有任何一点信息可查，甚至连对方是人还是动物都还不知道，怎么找得到呢？

吴香想了个笨办法，她以酒庐为中心，往外一点点搜索。几天下来，她排查了一大片。她来到南城酒坊，又来到凝光门，再到东门口，以及余甘渡口……这一圈下来，各种各样的心声不绝于耳，什么内容都有，密密麻麻的，像在自己头上罩了个马蜂窝。很多的闲言碎语，在她耳边停留了片刻，就都飘散了。而有些内容极具"杀伤力"的心声，会溜进她的内心，让她心神不宁，她需要很长一段时间才能释怀。

在那些令她心乱如麻的心声中，杀伤力最强的，是别人内心的哀伤。哀伤的心声是轻柔的、缓慢的，它像一层纱，蒙住了吴香的内心，再慢慢地腐蚀着它。而喜、怒、爱、恨则像一场狂风暴雨，虽然猛烈，但是来得快，去得也快，不会对她造成太大的伤害。为了找到自己喜爱的心声，吴香需要更多的时间来化解这些负面的情绪。

余甘渡口的对面就是小市，盐道口与小市相连，其实直线距离不过500米。顺着江河而来的两股气流在这里碰撞在一起，升至半空，被风吹散了。吴香始终没有找到那心声的来处，她决定去小市逛一逛。她还从未去过那里，上次落水被救后，他们绕过小市，走大路回到了城里。

这天，她登上了渡江的木船。站在船头，她的打扮实在有些显眼。她穿着红色的皮鞋、白色的袜子、黑色的短裙，以及白色的衬衣。加之副官站得笔直，一看就知道他是个跟班儿。所以谁都看得出，她是城里大户人家的千金小姐。

船上虽然挤满了人，但人们马上就自发地为他们让出两个位子来。吴香觉得有些恶心，因为人们穿着打满补丁的脏衣服，有人身上甚至沾着鸡粪，而甲板上的笼子里还装了十几只小鸡仔，再加上几个老汉吸着旱烟，船上的味道可想而知。让她更受不了的是，好些人都在偷偷看她。自己的一举一动都在别人的注视之下，实在不是一件令人愉快的事。她只好看着脚下的木板，露出满脸怒容。

副官看得出吴香的心事。有人看向他们时，他便恶狠狠地盯着那人，那人赶紧将目光转到一边。平常时，渡船上总是人声鼎沸，吆喝声、嬉笑声从不间断。而这天除了船家吆喝了几句，提醒大家站稳外，就只剩下窃窃私语，以及有人使劲吸闻时发出的鼻息声。

船未靠岸，吴香就迫不及待地站了起来，在靠岸的一刹那，她差点摔个跟头。除了几个只有跳下船才能让开路的人之外，前面的人都主动站到边上，让她先过。小市码头上的台阶是碎石块铺成的，地面不平整，而吴香穿着皮鞋，只能一瘸一拐地往上走。下船的青年们嘻嘻哈哈地从她身旁跑过，一溜烟儿就不见了。

副官找了个茶馆，但茶馆里混杂着过往的客商，以及闲来无事的人们，室内人声鼎沸，烟雾弥漫。他又找了个酒馆，里面都是喝着"单碗"，说着脏话的船工或匠人。于是，他们一直走过小市的街头。吴香远远地望见一处阁楼，以为是一个酒楼，到了楼下，才看到楼上刻着"漕院"二字的牌匾。再看时，漕院后有一条小溪，溪边有一片平整的草地，草地上有几块大石头。她朝着石头走去。

还在摆渡船上时，吴香就在探听周边人的心声。她没有把目标放在船上，而是延伸到对岸。走过小市的街道，她依然很失望，周边什么乌七八糟的想法都有，特别是酒馆里的船工和匠人们。她坐在一块光洁的大石头上，这里的景色让她觉得舒服了一些。眼前江河交汇，江面比任何一个地方都要宽阔，而身旁的临江山也显得十分巍峨，清风徐来，令人心情愉悦。一群鸟儿或鸽子飞过，他们闻到了吴香身上的味道，于是，吴香听见它们在心中"叽叽喳喳"地唱着歌，夸赞这般美丽的风光。吴香觉得，一定有只猴子在附近的山崖上摘果子，因为她听见它心里说："嗯，酸的，嗯，甜的，嗯嗯，酸酸甜甜的……"

这和她要寻找的心声有些类似，想起那段心声，她又笑了。她越来越觉得，要在浑浊的世界里找到一丝清凉，是一件无比困难的事，人往往不及动物可爱。

她闭上眼睛，突然听到一个熟悉的心声，心声中还有自己的名字。

"那是吴香……"吴香听见她在心里默念。回头一看，一个女孩从漕院门口跑来，她头上扎着两根辫子，穿着碎花的衣服和灰色的裤子，一边跑一边喊："吴香，吴香……"她好像和她很熟一样。

吴香心中一阵高兴，她是喜欢江中月的。在一个不熟悉，也不太喜欢的环境里遇到一个自己喜欢的人，一定是一件值得高兴的事情。但是，吴香又想到自己落水的狼狈样，便不好意思起来，觉得有些难为情。于是，她脸上浮起的笑容消失了，本要跑过去的想法也消失了，已经往前倾的身体又退了回去。

江中月跑到吴香跟前，拉过吴香的双手，问道："你怎么在这儿？"

吴香把手缩了回去，低着头回答："路过。"

江中月又拉起她的手，说道："上我家去玩吧，我家就在那边。"

吴香斜着眼看了看副官，有些犹豫。还没等她说话，江中月就拉起她，往漕院走去。江中月的心声是真诚的，她渴望和吴香成为好朋友。

副官也要跟上去。"你就在这儿等着。"吴香说道。

江中月却说："让他一起吧！"

"不。"吴香的态度很严肃。

江中月笑了笑，不再说话。吴香听见她心里有疑问。

"我的事你凭什么管，好像我是坏人，你处处都好似的。"吴香心里暗想。

江中月心地善良，在她心中，人没有高低贵贱之分。而在吴香眼中，下人就是下人，主人就是主人，一是一，二是二。

两人进了漕院。船员们都出航去了，偌大一个院子里，只有妇女、老人和儿童，江中月向人们介绍了吴香。除了自己家，吴香还没有见过这么大的院子，两排房屋从阁楼开始，一直延伸至江边，江边搭建着高高的架子，架子下挂着一只正在维修的船。

江中月拉着吴香，进了一间顶有飞檐、门前立了牌坊的屋子。绕过照壁，里面是一个小院落，中间有一口天井，正面是客厅，客厅中央挂着一幅画，上面画着一个陡峭的山崖，山崖下激流涌动，一艘铁皮船逆流而上，船头立着一个人，他像冲锋的勇士一般，高举着手臂。客厅两侧及天井的左右两边，都是卧室。

"月牙儿？"天井左边的卧室里传出一个男孩的声音。

江中月答应了一声："有朋友来了，她叫吴香。"

江中月拉着吴香进了自己的房间，阳光从房顶的玻璃瓦片上射进来，屋子里亮堂堂的。江中月的小桌上摆满了各种小礼物，都是江里浪出航时为她带回来的。

"上次忘问你了，你家是哪里的？"

吴香扭过头看着她，没有回答，她听见江中月在心里说："穿得这么漂亮，一定是哪个大户人家的小姐。"

吴香说："我就住那边。"

"城里？"

"不算，南城外面。"

"哦，我知道了，是南城外的酒家，我说是大户人家的小姐吧！"

"真是个讨人喜欢的小妮子，"吴香心想，但并没有说是与不是，"欢迎你来玩！"

"那欢不欢迎我呢？"声音从屋外传来，是江到海，他在门前站住，一只脚踩在门框上，身子靠在墙上，双手插进裤兜里。

吴香立即答道："不欢迎。"

江到海正在屋里读一本奇书，讲的是古往今来的奇人异事，包括千里眼、顺风耳、长翅膀的、长夜视眼的，住在水底的，能读懂人心的……他看见吴香那张倒三角形脸的瞬间，心中"咯噔"了一下。那尖下巴、小眼睛、冷冷的眼神、狐狸的脸形，以及身上散发出的奇异香味，活像是从那本奇书中走出来的人物。

"这是我哥哥江到海。"江中月介绍道。

江到海走进屋，坐在椅子上，问江中月："月牙儿，你朋友是哪儿的，以前怎么没见过？"

吴香听到江到海心里所想，想起身出去，江中月却拉住她，从梳妆台上拿了个锦盒。"人家是南城大户人家的大小姐。"说着，她把锦盒递到吴香面前，"尝尝这糕点，我爸爸前几天从江城带回来的。"

吴香看了一眼江到海，冷冷地说："你爸爸给你买的，你留着吃……"

但不等她说完，江中月已经拿起一块放到她手上，有点恳求似的说："别客气，你先尝尝，尝尝！"

吴香只好接过，放在嘴边咬了一小口。那糕点是米粉加糖，还混合了几种花瓣，又软又香。吴香虽然不缺糕点，但这种口味的还是第一次吃到，是她喜欢的味道，所以本能地睁大眼睛，看着江中月点头。江中月又给她一块，她没有再客气。

"有鱼？没有鱼？"

正吃着糕点，她突然听到这个心声，心中一动，对江中月说："我得走了。"

她起身往外跑，江中月也跟着跑了出去。

江到海觉得吴香很奇怪，但除了长相和身上的香味外，也说不上来究竟怪在哪里。他想喊住妹妹，便也跟着出了门。三个人先后跑出了漕院。

漕院后的草地上站着副官，并没有其他人。但副官似乎在和谁说话。她平时从不听副官的心声，但此时她边走边听，知道他在和一个小孩说话，但小男孩心里一点话也没有。她很快走到了副官旁边："在和谁说话呢？"

副官指了指下面的小溪，吴香透过杂草，见溪水里站着个男孩。她有些失望。

江中月走到她跟前，顺着她的目光往下看，然后惊喜地喊道："东方白，你又来抓鱼啦？"

东方白在溪边割草，顺便来碰碰运气。他立起身来，并没有回答，还是"呵呵"傻笑着。吴香依然听不到他的心声，这当然不是因为她的"读心术"失灵了。东方白在不说话的时候，内心空如一张白纸。他从不和别人比较，也不会因为生活的好坏、难易而产生烦恼。他的话从来都是脱口而出，心口如一的，不会在心里先想一遍。但是吴香以为，他可能没有闻到自己身上的香味。

东方白没有回答，而是问："忘了问，你叫啥？"

"我叫江中月，大家都叫我月牙儿，"她又指着吴香，"她是我的好朋友吴香。"

东方白又傻笑着看吴香："吴香？好香！"吴香疑惑了，又听他说，"长得好像松鼠，刚才松树林里有一只。"

吴香生气地骂道："真是个呆子！"

江中月也说："你怎么这样说？难怪就知道傻笑。"

东方白一直"呵呵"笑着。

"今天抓到了吗？"东方白摇摇头，江中月又问，"那你想抓到吗？"东方白点头。"那你等着！"江中月转身跑向漕院。

江到海在门口站着，提醒江中月说："我看你朋友好奇怪，你还是别和她玩了。"

江中月一边跑，一边答应了一声，就钻进了自家的小院。不一会儿，她穿着一身奇怪的衣服回来了，那是江里浪为她买的游泳服。在那个年代，游泳服还十分少见。吴香也觉得新奇，想知道江中月要做什么。

"要几条鱼啊？"江中月问东方白。东方白并不贪心，伸出食指。"什么鱼都可以吗？"江中月跳了两下。见东方白傻笑着点头，她便跑向酒江。

前方有一个回水湾，她从江边的山牙子上纵身一跳，一个漂亮的落水，溅起少许水花，便不见了人影。吴香、东方白、副官都跑上前去，江到海也从漕院门口走了过去。

吴香心想："难怪她能从江里把我救起！"

东方白呆呆地望着水面，吴香终于听到他心里说："快回来，我不要鱼了。"

她现在可以确定，这正是她在寻找的那个心声。

吴香从未遇到过这样的人，他内心空空如也，鲜有一点想法，仿佛又呆又傻。她什么人的心声都听过，不管男女老幼，他们的内心总是复杂而多变的，随时都有满腹的心事，交织着喜怒哀乐，没有丝毫闲暇。即便是呱呱坠地的婴儿，其内心也充满了各种渴望。就连动物，它们都有各种本能，大多数时候是关乎吃喝与安全，到了春天，还有交配方面的需求。哪怕是大街上的疯子、傻子，也都有很多奇奇怪怪的想法。

东方白是她遇见过的人中，唯一没有心事的。因为是唯一，所以才好奇。

时间过去了好几分钟，江中月还没有露出水面，大家都有些着急了。因为她在水里，所以吴香听不到她的心声。但见一旁的江到海很平静，便知道江中月一定没事。只有东方白在溪水边来回踱着步，显得十分担心，他不会游泳，在水里憋不到一分钟。

这时，只见一个黑影出现在水面下，速度奇快，像一条水蛇。过了一会儿，黑影不见了，随后忽地冒出水面。江中月大口吸着气，双手捧着一尾六七斤重的大鱼。东方白松了口气，一屁股坐在地上。吴香觉得不可思议，不自觉地拍手叫好。江中月将鱼举过头顶，肩部以上露出水面，然后如履平地一般，从深水中走向岸边。她把鱼放进东方白的背篓里，东方白也不说谢谢，只知道傻笑，但眼神里充满了感激。

江中月回家换衣服去了，吴香并没有和东方白说什么，只在一旁仔细地观察他。东方白见江中月走远了，也背起背篓，沿着小溪往上走，到一块平地时，他又停下来。等江中月再从漕院里出来，东方白向她挥手告别。

江中月喊道："你家住哪儿？"

东方白没有回话，只向盐道口方向指了指，背起背篼走了。看他走远，吴香也要回家了。江中月要留她吃午饭，她只是摇头。他们在漕院门口道别，吴香走出几步，回头冲江中月笑了笑，才大步走了。

江中月目送他们走上小市街道，转身进了漕院。她问江到海，为什么东方白能在清澈见底的水里抓到红色的大鲤鱼，那水里除了一群小鱼，绝不可能有大鱼，而且还是红色的大鱼。江到海想了想，告诉妹妹，这世界上有些人是受老天爷眷顾的，东方白应该就是这种人。"上次他能在清澈的浅水里抓到大红鲤鱼，这次你又帮他抓到大鱼，这或许就是老天眷顾吧！"

吴香走进街道，一个院子里人山人海，连院门外都站着不少人。院里有人唱戏，众人喝彩鼓掌，好不热闹。吴香向里张望，看见台上有几个穿戏服的人。

一个手拿船桨的老人正唱着："最爱西湖二月天，斜风细雨送游船。十世修来同船渡，百世修来共枕眠。"

另一青年又唱："真乃是西湖比西子，淡妆浓抹总相宜。"

一白衣女子道："问郎君家在何方住？改日登门叩谢伊。"那个"伊"字拖得很长。

吴香不知小市还有这种热闹场所，觉得挺有意思。

"我家就在红楼上，还望君子早降光。青儿扶我把湖岸上，"白衣女子转身说道，"啊，君子，明日一定要来的呀。""呀"字又拖得很长，然后一步三回头，"莫教我望穿秋水，想断愁肠……"

她又听他们互通了姓名，那白衣女子姓白，灰衣男子姓许。

那饰演划船老翁的人，正是戏班的孙老板。也是难得，在那如此混沌的日子里，他还能养活戏班的十几口人，自己常常一个人兼几个人用。他自己专挑那乐呵的角色来演，台上如此，台下也如此，这正应了"人生如戏，戏如人生"的道理。自从出了《酒城食货演绎》一书后，他就似剪断了烦恼丝一般，再无牵挂，一心一意要排几出好戏。

吴香从未听过川戏，但戏文听得明白，知道戏里那两人在雨中相会后一见倾心，产生了爱慕之情。随后她想到自己，竟然到小市来找一个呆子，真是中了邪了。她听着戏里戏外的声音，知道戏子们演的是一出，想的又是另外一出，而台下的观众自欺欺人，不断喝彩叫好，甚至感动得落泪。

"呸，不知廉耻……"吴香心想。这不知是骂别人，还是骂自己。

一战成名

东方白背着背篓，往山坡上跑去，钻进林子，走过一段山路，忽见两只松鼠在树枝上打架。

"长得真像呢，呵呵！"他自言自语道。

从盐道口旁的山路上跑下来，东方白从未如此高兴过，他的脚步很轻快。他当然应该高兴，又意外得到了一尾大鱼，但得到鱼的高兴已经在路上消磨光了，剩下的是得到别人帮助后的高兴。当然，这要看是得到了谁的帮助。如果是得到了同龄男孩的帮助，或许他不会感到喜悦，甚至他不会接受对方的帮助。但帮助他的是一个女孩，他从未遇到过这种事情，也不知道该如何处理，所以只好顺其自然，默许了她的帮助。过去，他总是站在高高的山头上眺望整个酒城。那时，他觉得城市是别人的世界，和他没有一点关系。这样的感觉，就好比一个流浪的孤儿，在夜幕中行走时，看到别人屋里的烛光，以及屋子里其乐融融的氛围，他不会感到温暖，只会觉得更加凄凉。然而，当屋里的人向他伸出手，哪怕只是轻轻一握，他的内心便会升起一股暖流。东方白仿佛正握着江中月向他伸出的手，感受着她带来的暖流。他长久地沉浸在这份快乐之中。

他把鱼放进水缸，鱼浮在水面上，张了几下嘴巴，又活了过来。祝奶奶正摸索着补一个补丁，却把补丁打在了破洞的旁边。她虽然看不见了，但依然停不下来。东方白在她跟前坐下，傻呵呵地笑。祝奶奶便问他遇到了什么高兴的事。他简单地讲述了江中月帮他捉鱼的过程。祝奶奶也笑了，她也觉得，这条鱼应该一直养在水缸里。

祝奶奶觉得，东方白跟着自己过得太苦了，她一直有些后悔，当年不应该捡他回来，而应该把他送给南城酒坊的司马老板，他那个单传的儿子司马醇，至今都没有娶妻生子，正好可以收个儿子。

"都是自己造孽啊！"她常常责怪自己。

眼看着又要入秋了。过了秋天，又是他们挨饿受冻的季节。东方白已经11岁了，正是长个子的时候，不能总是靠草根和野果充饥。想着这些，祝奶奶又流下了眼泪。东方白抓过奶奶的手，他的手虽小，但和奶奶的手一样粗糙。

祝奶奶侧着身，在床板下摸索了一阵，拿出两个银圆来交给东方白，让他去买一身像样的衣服，然后去南城酒坊找司马老板。她觉得司马圈是个宅心仁厚的生意人，只要东方白说他是自己的孙子，司马老板就一定能收留他。事实上，东方白并不讨厌南城酒坊，但是每当他见到酒坊外那块磨得发亮的石头时，内心就会感到难过。

这两块银圆是他父母当年留下的，十年来，祝奶奶一直没舍得用。东方白只花了五分之一，买了两身粗布衣服。他并不打算去找司马老板，而是准备去码头上碰碰运气。

他常常爬上临江山顶，在那里眺望江岸的码头，工人们如蚂蚁一般，来来往往地搬运着货物。他觉得这是唯一适合他的工作，于是去了码头，见别人上船去卸货，他也跟着上，却被人赶下了船。见别人都往船上搬货物，他也帮着搬，他们也不要他干。他这才发现，在码头上干活儿是有规矩的，工人们都要先拜"码头"，然后加入某个工头的麾下，工头们几乎垄断了所有的活儿。

东方白也想加入某个工头，但到了工头跟前，又不知该说什么，只知道傻呵呵地笑。工头嘴里叼着烟，不耐烦地向他扬了扬手，不再理会他。看来这条路行不通，没有哪个工头会蠢到收留一个瘦小的童工。不久，他又发现，码头上有一些和他差不多大的小孩，他们也在等活儿，不过都是干那些跑腿、传话之类的小活儿，有时只为得到一两支烟抽。

东方白来到孩子们中间，傻呵呵地笑着。有些小孩学着大人们的样子，挥着手，嘴里说着："去去去……"

但也有孩子问他，是不是可以一起干活儿，他本没有这样的想法，但觉得提议很好，就点了点头。没过几天，竟然陆续来了十几个和他差不多大的孩子。他不紧不慢地学着大人的样子，见有货物到了码头，也上去讨活儿。如果是常客，他们都有熟悉的工头。如果是生人，工头们就要上前叫价，谁的价低就给谁做。当然，有时候也要看眼缘，谁顺眼就让谁做。东方白也上去叫价，但他只是个半大的孩子，谁会把活儿给他呢？

事情总有例外。这天，来了个穿长衫的匠人，拉着两车货物来到码头，工头们都上来叫价，"六块""五块六"……东方白跟在后面，"三块、三块"，一个工头听他喊价太低，回手拽了他一把，骂道："乱讨什么活儿，一边去！"但他用力大了些，把他拽倒在一个小水坑里，他满身是泥，傻笑着爬起来。那匠人看了看，竟用手指他，"三块？"东方白笑着点头。其他人都回头看他，那拽他的人有些过意不去，骂骂咧咧地走开了。

"对不住了各位，这活儿只有他们能干，我这都是棉花，用不着壮劳力。"匠人抱歉道。

大家散开了。小孩们跑过来，去搬货物。"只搬东西，别多嘴！"匠人严肃地说，又指着东方白，"先把身上的泥擦干净。"然后他先上了船，站在船头上抽着一支烟，监督着一群小孩。小孩们你一袋、我一袋，像一群小蚂蚁一样，排着队往船上搬货物。一个机灵些的孩子拉着东方白，说袋子里除了棉花，好像还有其他东西。东方白问他是啥，他说："有根管子，好像是枪。"

"屁！"东方白把手伸进袋子。那匠人在船头大声咳嗽了几声，东方白扭头看时，他正盯着他俩。他们赶紧扛着袋子走了。

人们不知道，那匠人是一名地下党，他正在组建队伍，要到日本占领区去打游击。袋子里的确藏着枪械零件，所以他才把活儿交给孩子们。

东方白又以低价成功揽了几次活儿。孩子群中有一对兄弟，他们见东方白像个傻瓜，心想他都能揽活儿，他们也能，因为他们比东方白个子更高，口才更好。每见有人来时，他们都撇开东方白，自己上去讨价还价，价格比东方白要得高。几次下来，大家也都觉得东方白像个傻瓜，便跟了那兄弟俩。

东方白本来就没想过要当头儿，但那兄弟俩可不这样想，他们不许东方白加入他们的队伍。那兄弟俩扇了东方白两巴掌，又将他推倒在地。

那一幕被船头上的江里浪看在眼里。他自己也曾在码头上干过活，弱肉强食是码头上的生存法则。他本是可怜这群孩子，才把卸货的机会给了他们。他摇了摇头，本以为那孩子会发怒，或哭鼻子。没想到他一脸傻笑，那笑容反而镇住了那对兄弟，两人各自唾了一口，转身溜掉了。

东方白不知道大伙儿是什么时候离开的。他独自站在风中，最初感到有些失望，脸上火辣辣的。但不久，这些感觉都随着江风飘散了，只剩下笑容还挂在脸上。

此刻，夜幕降临。他看见江面上全是巨大的彩鱼，它们正吐着五颜六色的泡泡，泡泡升起，越飞越高，随着风飘向远方。突然，有人拍了拍他的肩膀，他回过头，是一只巨大的彩色青蛙，它身上全是红色和绿色的花纹，胳膊和腿结实而修长，他的嘴很大，一根长舌头从嘴里伸出来，卷住了一只苍蝇。然后是一个女人的声音在问："要不要吃一只？"她便从舌头上取下那只苍蝇来递给他。

东方白打了一个寒战，他又回到了现实世界。身旁站着一个身材高大健硕的男人，他手里拿着两个饼，作势要给东方白。东方白早就见他站在船上，小孩们的活儿也是他给的，有人叫他江老板。在江里浪面前，东方白显得更加弱小。他想也没想，就接过两个饼。

江里浪向他点点头，转身要走，东方白说："江老板，有活儿吗？"

江里浪迟疑了好一会儿，他观察过这个孩子，认为他并不符合船员的要求，但他觉得，这孩子被欺负后还能保持这种憨实的状态，确实又不多见。便转过头看了看他，答道："明天上漕院来，有活儿！"他指了指漕院的方向。

当东方白出现在漕院时，江中月既意外又惊喜。那天早上，她正要去学校，那是她小学的最后一期。东方白不知道江老板是江中月的父亲，他觉得他们看起来一点也不像。但是，不管他们是什么关系，他意识到，这次可能会有一个比较长久的活儿了。

江里浪见他真的有心来漕院，便问他姓甚名谁，才知他是接生婆祝奶奶的孙子。在城里，大多数人都认识祝奶奶，漕院的妇女们生孩子时，大都请她接生，江到海、江中月两兄妹出生时，也是她剪断的脐带。大家也都觉得江里浪做了件大好事。秋娥一见到东方白，就感到几分亲切。

江里浪并没有安排他做具体的工作，而是让他先熟悉环境，哪里有需要，就去哪里帮忙。

厨房的伙夫大脖子叔叫东方白去劈柴，一劈就是半天。可半天下来，他连一根木桩子也没有劈完。大脖子叔见他力气太小，这样太耽误工夫，又让他回院里找事做。秋娥见他闲着，就让他去打水。漕院里有一口水井，东方白来来回回跑了几十趟，才勉强装满了水缸。不过一路上摇晃得太厉害，水洒得满地都是。秋娥觉得他身体太单薄了，需要好好锻炼，又给他找了些吃的，他都装进了衣兜。

快中午时，江中月回家吃午饭，那时东方白还在厨房里劈柴，江中月便跑去看他。来看他的人不只江中月，还有漕院里的其他小孩，大家像看马戏团的猴子一样，嘻嘻哈哈笑成一团。东方白用衣袖擦着汗，也跟着大家笑。江中月见他吃力地抓着斧头，生怕斧头掉下来砸在他头上。她叫他先吃饭，并帮他拿了几个馒头。

大脖子叔叫住她："少些，月牙儿，他吃不了这么多……"

江中月冲他一笑，把手上的馒头全都塞给东方白。东方白三口两口就吃掉一个，他从来没吃过这么软的馒头。江中月问他会什么，他只是傻笑着摇头，似乎确实什么都不会。

兵荒马乱的时代，漕院里却宁静祥和。东方白在漕院里感受到大家庭般的温暖。漕院上下不分老板还是员工，居住环境都一样，大家共同拥有漕院，同吃一口大锅里的饭菜，同饮一口井里的水。男人们早出晚归，女人们照顾着一家老小，他们聚在一起，办了个手工作坊，为男人们制衣服、做鞋子。漕院里的孩子们都有学上，有饭吃，有衣穿，大家都是兄弟姐妹，一起玩耍，互相帮助，一起谈天说地，畅想未来。这一幕幕的生活场景在东方白的眼前上映，唤醒了他对父母的思念。

"不知道爸妈长啥样呢？"他难得也有了心事。

江中月见他一直没有固定的事做，建议他去江边的旧船检修点，看能不能帮上忙。但他去转悠了两三天，也没人叫他做事情。反倒是在一旁观察他的江到海提出了好的建议——让他去养猪。这个提议马上得到了东方白的响应，别的事他确实做不来，但是养猪他会。养猪场在食堂背后，要通过一段小巷子才能进去。东方白没见过这么肥的猪，黑的、白的，十几头挤在一起，大的得有300斤重。他想起自己以前养了几年的那头猪，直到卖出去时，才长到120斤，长得尖嘴猴腮，皮包骨头。

"做猪真好！"他想，然后又笑了。

从那以后，他就跟着一个瘸腿阿公，每天割草、和料，养起猪来。

吴香对小市的印象并不好，不过等她回到酒庐，回到压抑的大家庭里时，她又觉得小市其实挺好的。随着年龄的增长，她已能娴熟地运用自己的"读心术"，想听时便听，不想听时便不听，想听谁就听谁，想屏蔽谁就屏蔽谁。

近日来，吴森正在调集部队，搞得家中沸沸扬扬，每天都有不少官兵到酒庐来请缨出战。吴争竟然在家里也穿着整齐的军装，他的身高已和吴森差不多，并且拥有强健的体魄，除了那张脸看起来还是个孩子，并且说话还带着童声外，其他方面完全已是成人。

听说日本人要进攻海城，吴争早就跃跃欲试，迫不及待地想上战场杀敌。他问父亲是否会参战。吴森起初有些犹豫，但看了他在比武场上骑马射击，以及和士兵们格斗演习后，便不顾他母亲的反对，让他先当通信排排长。他不愿去搞通信，提出要进敢死队。敢死队是一个德式装备部队，共2000人，由游刃组建，队员全都经过精挑细选，配备了最精良的武器。吴森被儿子的英勇打动了，同意了他的请求。

很快，部队集结完成，除了一个团留守酒城外，二十军1.8万人，全都整装待发。

"真的不留退路？"王羊悄悄问吴森。

吴森骂道："人人都留退路，国家就没了。国家没了，你我难道当亡国奴？"

王羊立即给了自己两个嘴巴子，他为自己的话感到羞愧。

队伍集结完毕的第二天，便启程出发。2000里长途跋涉，几个师的队伍前后排开，前后相差了十几公里。意想不到的是，沿途的老百姓听说吴森的部队要去海城打日本鬼子，纷纷赶来送行。老百姓们自发组织，筹集粮款，队伍所到之处，受到了当地人的热情款待。

吴森亲自带兵上了前线，酒庐的气氛变得紧张起来，大家整日面色凝重，魂不守舍。酉美禄告诉大家，她连日梦见，酒城的上空总是飘着祥云，这次出征必定大获全胜。大家这才放松了些。吴香知道，这话是酉美禄编的，但她并没有大惊小怪。有些人说假话是为了骗人，而有些人说假话是为了帮助人。这样一来，提心吊胆的人反而是酉美禄，她不仅担心吴森，还担心吴争。吴香也闷闷不乐，如果父亲死了，家就会分裂，她就成了孤儿。

"有快乐比烦恼多的人吗？"吴香常这样想，这总让她想起东方白，"他怎么会没有心事呢？"

受好奇心驱使，她又经常去楼顶寻找东方白的心声。恰巧，她听到东方白心里说："做猪真好！"这话让吴香笑得前仰后合，她从未听见人们这样想。竟然觉得做猪好，猪有什么好的？不过笑过之后，她又开始伤感："难道真的有人不愿意做人，而愿意做猪？那他的生活该有多难！"

再听时，又一点心声也没有了。吴香骂道："人脑子不会想事情，还不如猪。"

酒庐的小孩也都上学，不过是老师亲自上门来讲课。吴香上小学最后一期，她不愿意整天待在家里，所以总盼着这期结束后，可以去女子中学读书。所以，她对徐美醪还算客气，以后去读书，还要仰仗这位有学问的姨太太呢。

吴森和几位副将乘着船，顺江而下，几天就到了海城的前敌指挥部。指挥部里忙得热火朝天，日本的增援部队从海滩登陆，正一步步逼近海城。中央军已派出最精锐的部队，全面堵截日军，其中甚至包括中央军的王牌师——军官师，全师配备最精良的武器装备，士兵们全是学堂里毕业的军官，他们一般都是排长、连长，甚至有不少团营级干部，本来他们都是要分派到全国去做长官的，但现在国难当头，情急之下也都开赴前线。

游刃、鳞蛟和王兀带着部队走了大半个月，终于抵达了前方阵地。还没来得及休整，就赶上从东面抢滩登陆的日军发起进攻。部队稍微熟悉了下情况，马上投入战斗。游刃亲自带着敢死队员们往前冲，最初迎面而来的竟然不是敌人，而是败退回来的中央军。日本人本以为打退了中央军，正好冲上来抢夺地盘，没想到游刃带着队伍冲了上来，对方被打了个措手不及。

冲锋时，游刃拉着吴争说："小爷们，一会儿跟在我后面，只要叔的刀舞动起来，背后 5 米一定安全。"

吴争咧咧嘴，唾了一口，笑道："小爷的刀是背后 10 米。"

冲上战场后，大家谁也看不见谁。正好和追赶中央军的日本兵撞上，双方立马展开肉搏战。硝烟中，日本兵不断在游刃面前倒下，而吴争也杀出了一条血路。两人不分高下，不一会儿就都淹没在人群之中，喊声、骂声、惨叫声不绝于耳。

敢死队在前方血战肉搏了整整一个小时，后续的增援部队才赶来，首战告捷，终于打了一场艰难的胜仗。日本鬼子暂时退了回去，但是退回去的时间并不长，没过多久，一场更加惨烈悲壮的战斗打响了，刚刚撤出前线的敢死队又一次冲了上去。但这次，对方的炮火太猛烈，把战场炸成了一片焦土，队员们伤亡惨重。

吴森在指挥部里一边请求支援，一边和王羊等人商量对策。

王羊说："狗日的大炮太凶了，这样打下去，人都打完了。"

王兀愤愤不平地说："没有重炮支援，根本伤不到对方一兵一卒。"

吴森的两只眼睛都快鼓出来了，问道："老子们的优势是啥？"大家不知道他问这话是啥意思。

王羊说："我们能有啥优势？大不了拼刀嘛。"

"对，就是要拼刀。"

几人都看着吴森，包括中央军的指挥官，他疑惑地问："此话怎讲？"

吴森带着悲壮的神情讲道："给他来个请君入瓮，老子不相信，他会朝自己人开炮。"

原来，吴森的二十军与其他的地方军队不同，每个人背上都配了一把马刀，游刃曾亲自传授刀法。出发前，士兵们都把自己的马刀磨得既亮又快，马刀比刺刀灵活，更适合肉搏战。于是，命令传到前线阵地，驻守一线的官兵假装撤退逃跑，一部分人掩护在战壕中，等敌人进入阵地后，就发起肉搏战。

这一招果然奏效，日本鬼子冲进了阵地范围，炮火果然就停了。藏在战壕和掩体中的官兵们冲了出来，用自己手中的马刀猛烈地砍向敌人。短兵相接，反应过来的日本兵迅速从靴子里抽出军刀，双方混战成一团。两方的指挥官都杀红了眼，纷纷派出自己的增援部队，战场笼罩在薄薄的硝烟中，鲜血染红了大地。倒下的日本兵大多丢了脑袋，身首异处。死去的巴蜀军大多肠子掉了一地，因为敌人使用的是带着倒刺的短刀。

游刃又一次带着敢死队冲上战场，他使用的是祖传的游家刀法，这刀法使到出神入化时，便形成一个可以迅速移动、由刀锋组成的"金钟罩"，靠近他的敌人只有纷纷倒地的份儿。吴争得到了他的真传，但他毕竟年轻，又在战场上杀了几个小时，体力消耗太大，正杀得起劲时，不知从哪里飞来一个刀片，直插进他的面颊，他突然感到喉咙里一痛，就晕了过去。

吴争醒来时，发现自己正躺在一间临时医院里。他头上包满了纱布，只露出眼睛、鼻子和嘴巴。

医生正在逐个检查重伤员。走到吴争面前时，医生问道："这就是面部中刀的士兵？"

护士点点头。

"命真大啊，差一厘米你就没命了。"医生为他感到庆幸。

吴争眼角一弯，问道："鬼子退了吗？"

医生面色凝重，摇了摇头。

他又说："那让我上战场吧，还差两个才杀到一百人呢！"

医生和护士都惊得合不拢嘴，他们没想到，这个还处在变声期的孩子，竟能杀这么多敌人。但医生告诉他，他已经昏迷了五天，现在国军撤退了，日本人占领了海城。他这才知道，自己已经转入了后方的医院。

吴森坚守住了阵地，在中央下令撤退之前，他没有让日本人占到便宜。最后整军时，一万八的兵力只剩下一万人了

因为这一战，他被日本人列为头号强硬对手之一。这一仗也让中央对巴蜀军刮目相看。后来，委员长亲自接见了吴森，赞赏了他的忠心与爱国情怀，主动为他调拨了军饷，补充了人员和装备。

从那以后，吴森就成了委员长的亲信，在巴蜀军中，地位又上升了不少，人们私下里比较，觉得他的地位至少能与刘川齐平。

日本人占领海城后，并没有打算停下来，而是准备继续进攻南城，中央政府被迫迁都。吴森得到消息，委员长决定迁都山城。山城多山临江，又在偏远的西南，日本人若要打到山城，需要攻破重重堡垒。而山城与酒城一江相连，地界相邻，酒城自然就成了山城的大后方，其重要性不言而喻。

这样一来，吴森的地位似乎比刘川更高一些。

迷　惘

战火逐渐蔓延至全国，不到一年，南方大片国土沦陷。

一日黄昏，一艘新式的轮船缓缓驶入小市码头，船上写着"民意"二字。周围的船只在江里浪的指挥下纷纷为其让道。码头上，叶舟、马步达、司马醇，以及几位酒城工商界的知名人士肃穆而立。船停稳后，一个身穿

长衫、身材略有些消瘦、头戴软呢帽的中年男士快步走下船。大家一齐迎了上去，纷纷与他握手，把他簇拥在当中。人群向小市走去，径直进了漕院。那人正是众人尊敬的船运大王魁斗先生。

大家上了阁楼的二层，在会客厅按次序入座，有人打来热水，让众人擦洗风尘。魁斗先生脱下帽子，接过毛巾，洗了脸。灯光下，他的面容显得更加消瘦，脸色更加苍白。近日来，他一直在山城、酒城、江城、海城之间忙碌奔波，有些操劳过度。

稍叙闲话，大家便移坐到旁边的餐厅。厨房的伙夫大脖子叔做了二十来道拿手好菜，包括四道凉菜、四道蒸菜、四道烧菜、四道炒菜、四道卤菜。另有四道鱼，是请酉鱼厨做的，分别是凉拌鲫鱼、清蒸江团、红烧水米子、炒鱼泡。桌上还摆着两瓶陈年秋露白，是司马醇新换的包装，特意用藏酒洞的老酒调味的。

入座后，魁斗先生申明在先："其一，时下流行的规矩，酒桌上只叙情，不谈事；其二，本不喝酒，但是到了酒城，小司马老板的新瓶装老酒，一定要喝，而且多喝几杯无妨；其三，鄙人和大家一样，都是'士农工商'最尾巴上的商人，至于目前的官位，实在是为民办事，无法推脱，所以大家兄弟相待，不必客气拘谨。"

他声音坚定、清晰，言语中又不乏轻松与幽默感。随后，他和大家连干三杯，气氛变得更加融洽。

魁斗先生脸上有了血色，大家吃菜喝酒，谈天说地。席间，魁斗先生讲述了这次沿江而行的所见所闻，话语间流露着痛惜与悲壮。"过去那是家庭内部之争，大家多少都顾念些手足之情，绝大多数长官都是爱民的，"他叹息着，"唉，如今外敌入侵，国难当头，日本人毫无人性，无论妇女老幼，见人就杀，真是畜生也不如！"

随后，他谈起路上那些逃难的百姓，那场景只能用绝望和凄凉来形容，说到动容处，魁斗先生流下了眼泪。

桌上的人听得咬牙切齿，拍案不绝。有人提议组织船队顺江而下，去接应逃难百姓，为前方转移重要物资。这话得到了魁斗先生的肯定。"如今国难当头，如果全国上下无论老幼，不分男女，人人都有你我之志，那我们一定不会亡国，一定不会做亡国奴！"

一席人一直聊到深夜，才各自回去休息。魁斗先生住在漕院的客房里，又与叶舟、江里浪单独说了一席话。他的确正在酝酿一个可以帮助前方转移难民和物资的方案，想请漕院和酒江沿线的船运公司加入，这样不仅能救民于水火，还能统一酒江的水路交通，为将来长期备战做好准备。

叶舟和江里浪当然愿意加入，他们向魁斗先生表明了自己的态度。

第二天上午，吴森在酒庐里会见了魁斗先生。一个是刚得到委员长表彰的红人，一个是刚被委员长提拔的交通厅常务次长，两人身份地位相当。魁斗以文官的礼节拜会吴森，吴森以武官的礼节会见魁斗。两人就当下的形势各抒己见，都表现出长远的战略眼光。而魁斗此行的重要目的之一，是游说吴森提拔一干人员，发展后方实业。比如，他建议吴森组建交通局，在船运公司中选拔有志之士来做局长，并明确提出，漕运公司的叶舟是个可用之才。又比如，他建议重组酒业商会，选拔年轻有为的人来任会长，将食用酒和酒精酒作为重要战备物资。他还建议扩大军工厂规模，必要时可向中央提出经费和技术需求。另外，他还建议兴修道路，甚至考虑建军用机场，构建防空体系……

吴森听了魁斗的建议，竟有一种惺惺相惜之感，他首先想到的是："只可惜这样的人物被他人抢先用了。"

而魁斗提到的叶舟，他也深知此人在经济和实业方面有过人之处，只是一直不能为己所用。

两人从客厅聊到餐厅，从酒庐聊到码头。在码头上，魁斗还提了一个吴森意想不到的建议，这个建议本不在他的计划之内。他告诉吴森，听有经验的老渔翁说，酒江中有一种叫江斑的鱼，身上长有梅花一样的斑纹，这种鱼经济效益极高，只需要两年时间，就能从鱼苗长到十来斤，它们喜暖不喜冷，冬季和春季会游到酒江中游的江城一带，秋季和夏季又洄游到酒江上游的山城、酒城一带产卵。他建议酒江沿线大量培育此种鱼苗，再将其投放到江中，这些鱼将养活沿线的百姓，成为战时的重要补给。

吴森曾听鳞蛟说过这种鱼，但他没想到，连鱼也有如此重大的战略意义，所以说"武人安邦，文人治国"，心中不免佩服魁斗的谋略。

　　两人又在码头上谈了些事情，漕运公司的铁皮船从江中驶来，叶舟等人都立在船头，他们来为魁斗送行，也向吴森行礼。魁斗上了自己的船，铁皮船与"民意"同行了十来里，双方才依依惜别。

　　吴森对魁斗有所戒备，他让吴香在偏房内探听魁斗的心声。然而吴香告诉他，此人表里如一，所说所想都是为国为民，毫无私心。并且，他其实是强打起精神来的，实际上他并没有看起来那样慷慨激昂，他心中装满了忧虑和担心，这种忧虑和担心不是为自己，而是为人民。

　　吴森听后，脸上一阵红一阵紫，顿觉无地自容。

　　此时，他又想起自己是道士出身，如今却欲火焚身，陷在权力和欲望的泥潭里不能自拔，过去本有几年的修行，如今全然还给了五斗真人，就连入定禅修等基本的道行也都化为乌有，以至于无法禅定，也无法入睡。

　　到了夜里，他的思想就开始混乱，很难定下神来做一件事情。同时，他夜里的视力也开始下降。开始时，他以为是灯光不够亮，让人为自己屋里换上了最亮的灯泡，但依然看不清书本上的文字。之后，他就再没有心思在夜晚处理事务了。后来，他又娶了好几位太太，但新鲜感过后，又会落入寂寞与迷茫的深渊之中。他为自己不能像正常人那样入眠而感到落寞，也为自己不能在入眠后做梦而感到伤感。

　　另外，因臀部的旧伤时常发作，他不得不长期在夜里饮酒。司马老板家的秋露白和藏酒洞中的老酒调配在一起后，缓解疼痛的效果很好。但独自一人喝酒，不免又是一件伤感的事情。于是他干脆喝醉，但喝醉后依然不能入眠，还会增加身体上的痛苦。他认为老天爷不公，白天的不公是针对所有人的，而夜晚的不公是针对他一个人的。这样的想法让他的思想发生了一些扭曲，从而让他更加看重权力与财富，因为这能让他拥有更多的军队和更大的产业，并获得短暂的成就感。然而，他也救济贫民，帮助乡梓。他这样做并不是为了得到别人的感激，从而满足自己的虚荣心，而是把这当作一种对抗，对上天不公的对抗。

这一切都被吴香窥探得一清二楚，她不知是好是坏。如果在崇敬与怀疑之间选择，她更偏向于前者，所以自然也受了父亲的影响，但她没有父亲的意志力和控制能力。当他听到东方白的内心在羡慕猪的时候，她是痛惜的，她觉得，他应该有点追求，无论通过什么方法，甚至是偷盗，也应该试图改变自己的现状。

东方白当然不会去偷盗，他一直都有自己的目标，只是目标一直在改变。此时，他正想从饲养员变成船员。这样的想法，他过去不是没有过，但此时更加强烈。他常常见到客轮上的阿累，那个年龄和他相仿、手脚利索、行动像猴子一般的黑孩子。

一次，东方白正在江边淘一筐红薯，铁皮船向检修平台驶来。当船驶入形如马蹄的检修通道时，站在船尾的阿累迅速地拉掉发动机阀门，扶了扶方向盘，然后飞快地窜到船头，就在船要撞到岸边时，他像猴子一样跳下船，将岸上的橡胶垫推下，船刚好贴在橡胶垫上，稳稳地停住了。在东方白看来，这一系列动作简直帅呆了。他暗自模仿，在猪圈旁的小廊道里来来回回地跑跳。圈里的猪因为他的异常举动，一个下午都没有睡觉。

东方白每天要回盐道口两次，为奶奶送吃的。如果家里还有食物，他便整天待在漕院。

铁皮船维修期间，阿累和阿中无事可做。他们的房间在漕院一侧的最末端，阿中除了到食堂吃饭以外，其他时间都坐在自家门口的竹椅上抽旱烟，就算到了食堂，他也从不说话。有人问他话时，他只是唯唯诺诺、十分腼腆地支吾几声，似乎全然听不懂别人在说什么。他本就是个忠厚之人，自从银凤淹死后，他便更加沉默，到后来就成了现在这样，除了驾驶船只以外，其他什么事也不在乎。

阿累完全遗传了这种腼腆而憨厚的性格，因为从小和父亲形影不离，所以常常只愿意和父亲待在一起，就算回到漕院，也从不出门。别看他在船上动作灵敏，像猴子一般，上岸后却连走路都有些不正常，好像大地才是一艘船，而船上却是平地一般。他整天在屋子里发呆，只是偶尔出门来看看天。如果有人和他说话，他就会脸红，只顾低着头咧着嘴笑。

过去，江中月偶尔还会去找阿累玩，他们小时候在一个澡盆里洗澡，也算是半个兄妹。但后来，她就不愿意去了，因为她发现，阿累越长大越不正常。江中月问母亲阿累怎么了，秋娥只说阿累是个可怜人。

东方白割完猪草，见阿累在家里，便站在院子里看他。阿累见有人看他，转身进了屋子。东方白走到他家屋子门口，阿中坐在屋里，像没有看见他似的。他向阿累竖起大拇指："呵呵，你开船真行。"

阿累咧着嘴笑了，本就黑漆漆的脸上泛起了一层红色，不好意思地摇摇头。东方白又说："我要和你学开船！"

魁斗先生离开半个月后，叶舟收到了山城发来的电报，号召漕运公司组织所有船只，并号召当地的船运商会和船家，于三天后出发，目的地是江城，以及城外的几处县城码头，去接应那些聚集于此的难民。江里浪迅速召回公司的所有船只。此时，漕运公司已拥有 15 艘铁皮船、两艘轮船。除了一艘正在维修的铁皮船外，其他船只全都可以开赴江城。

出发的头天晚上，大家将十来张圆桌摆在院子里，秋娥带着妇女们，为船员们准备了丰盛的晚宴和美酒，她们要为男人们饯行。虽然男人们反复解释，说江城是安全的，但她们还是把这当成了一次悲壮的行动。她们甚至认为，江城就是前线，正陷入日本人猛烈的炮火之中。

东方白下午回家，为祝奶奶送了食物，晚上也参加了宴席。他有生以来，第一次见到这么大规模的宴席活动。院子里临时装了电灯，十来张大圆桌上，摆满了各种食物，空气中弥漫着肉香、酒香、烟草香。船员们端着粗碗，一边猜拳，一边饮酒。他们有的坐着，有的站着，有的蹲着，有的一只脚站在地上，一只脚踩在凳子上。偶尔有人讲几句江湖上的笑话，引得男人们哈哈大笑，羞得女人们面红耳赤。

大家吃喝得正高兴时，江里浪站起来，做最后一次动员讲话。他用那尖细的女声喊出了几句振聋发聩的口号，这次没有人因为他的声音而发笑。他站在花台上，一只手在空中比画着，喊道："弟兄们，救亡即以图存，救众人即是救国家、救民族、救自己……"

众人举起酒碗，一饮而尽。江里浪跳下花台，有人抱住了他的腿，他低头一看，是东方白，他正端着一碗酒看着他。他以为这孩子要敬他喝酒，却听见东方白说："江老板，请让我当船员！"

他说完"咕咚"几口，喝完了碗中的酒，然后抬起头，望着他笑。江里浪点点头，还没有说话，东方白就瘫软在地。江里浪一只手将他揽在怀中，交给了秋娥。

这一晚，东方白睡在江到海的床上，江到海则在油灯下看书。等东方白醒来时，已是下半夜，他感觉肚子里有一团火。想了好一会儿，他才记起敬江老板酒的事来。他挣扎着坐起来，头有些晃。江到海见他醒了，叫他别乱动，千万别吐在床上，并打开房门，进厨房倒了一碗热水，又加了两瓢陈醋，取了一块生姜，让东方白先把姜嚼来吞下，再喝醋汤。

喝完醋汤，他感觉好多了，又问了些船队起航的事，就出门回家去了。

早上，天刚蒙蒙亮，人们就到院子里集合，厨房的伙夫大脖子叔四更就起来和面。圆桌还没有撤，桌上摆着干净的碗筷，船员们纷纷入座，妇女们端来大脖子叔炒的咸菜肉臊子，又端来刚起锅的面条。大家狼吞虎咽地吃着面条，盆和碗里的热气升腾起来，把大家笼罩在温暖的雾气之中。吃过早饭的船员们陆续上了码头，去做起航前的准备。

江里浪留到最后，叶舟还有些嘱咐的话没有说完。这时，东方白扶着祝奶奶，从大门外走了进来。祝奶奶一边走一边说着什么。东方白来到秋娥面前，他也不客气，要把祝奶奶交给她，他已经把自己当成船员了。

叶舟对东方白说："自古英雄出少年，是个好苗子！"

江里浪笑着问道："酒醒了吗？"

东方白傻笑着道："醒了。"

江里浪便指着桌腿边的一坛酒说："醒了就抱着它跟我走。"

秋娥扶着祝奶奶，叫人帮她安排屋子。

东方白抱起酒坛要走，却有人拉住了他的胳膊。回头看，那人是江中月，她刚从屋里跑出来，把一个小瓶子递给东方白。

"这瓶子代表平安，里面装着救心丸，这丸子可以涂抹伤口，也可以服用救命，送给你！"

东方白接过瓶子，那是一个白色的小净瓶，大小和拇指差不多，上面还画着一只麻雀。他收下，并放到上衣的口袋里，傻笑着说了声谢谢，抱起坛子左摇右晃地追江里浪去了。

政府和商业人士陆续迁往山城。这座与酒江相邻，以贸易、运输和服务为主业的偏远城市，突然就热闹了起来。

近来，委员长被琐事缠身，忙得焦头烂额，又陆陆续续收到多封信函，都是关于酒江沿线灾民无法转移的问题。社会各界开始呼吁，恳请他组织力量救援。

正好，交通厅魁斗次长来访，他这才想起这位搞船运的实业家来。在和魁斗的谈话中，委员长得知，他在民间已经组织了大批救援力量，船队已经在酒江沿线运行了一年有余。委员长十分高兴，当即留魁斗在家里共进午餐，这对官场中人来说，真是前身修来的福气。但是魁斗却婉言谢绝了。

委员长试探着问魁斗："是否有什么困难？"

魁斗却答："在下只管一江之船，委员长管一国之事，魁斗即便有困难，也不及委员长之困难！"

委员长点点头，又说了一些鼓励的话。

奔走在酒江航线上的救济船，从最初的两百多艘降为一百多艘，原先加入的十来个船运公司，现在只剩下民意公司、漕运公司，以及另外两家较小的公司。有些船只从最初的全勤投入，逐渐变为轮流参与。这并不是因为其他船运公司中途退出了救援，而是因为最近两年，大部分船运公司已经倒闭了。他们中的部分公司的船只被日军的飞机炸毁了，另有部分船运公司的所在地也成了沦陷区。而沿线的灾民不减反增，原因是日本人沿江而上，已经攻入了江城，过去参与救济的居民陆续沦落为难民。漕运公司也有一艘铁皮船在运输难民的途中被炸沉没，但公司的船只数量并没有减少，有几家破产公司将船只并入了漕运公司，反倒增加了公司的实力。

东方白早已习惯了船上的生活。他喜欢这种飘荡、摇摆的感觉，这种感觉似乎在他还是个婴儿时，就已经在他的意识深处扎下了根。

新式的铁皮船只需两名船员，几经组合后，东方白和阿累被分到了同一艘船上。阿累并不愿意和东方白同船，他可以独自驾驶船只，但阿中让他服从安排。的确，当船上挤满人时，阿中没办法快速地从船尾跑到船头，所以他还是需要一个帮手。然而，东方白却是个很笨的帮手。无论多么简单的操作，他总是做不到位，以至于经常出现这样那样的问题。

有一次，他在停船时忘了把方向回零，再次启动时，船立马急转弯，差点撞到江岸不说，好几个人还因为惯性掉入水里。虽然他们很快就被拉上了船，但两人依然受到了处罚。还有几次，东方白在靠岸时，船头没有正对江岸，船差点侧翻。而平时，各种小问题也接二连三地出现，不是忘了关某个开关，就是油门没有加到位，常常熄火……

阿累不仅不善言辞，就连表情的变化都不会。他无论是何种心情，都是咧着嘴，连眉头都不会多皱一下，但是心里却在发表长篇大论。可惜，吴香对他不感兴趣，否则的话，人们就能知道他到底在想什么。

很多关键时刻，还是阿累化解了问题和危机，甚至救了船只，以及船上人的性命。

有一次，在江城的一处码头上，难民们正在登船。密密麻麻的人群像绵羊一般，挤满了码头。他们有的抱着孩子，有的挑着担子……站在水边的人只有奋力往里推，才不会被挤进水里。突然，防空警报响起，不等人们回过神来，敌机的轰鸣声就已传来。阿累大吼一声，卸掉甲板，登船的人赶快往后撤。阿累跑到船尾，摇转发动机，倒船、转向、前进，一气呵成。没等东方白和船上的人反应过来，船已经驶出，并沿着江岸向山崖驶去。这时，敌机已经到达码头上空，只听见背后传来轰隆隆的爆炸声。等飞机抵达船只上方时，阿累已将船开到山崖下躲了起来，敌机没有角度再向它投弹。大家看见，码头已被炸毁，其他船只燃起了熊熊大火。

东方白虽算不上强壮，但个头比阿累高出不少，他为什么不能像阿累那样，成为一个驾船的能手呢？最主要的原因是，他的内心是空洞的。他几乎从不思考，所有的行动都依赖感觉。不是因为脑子笨，而是因为他根本不知道该如何思考，也不知道为什么要思考，没有人告诉过他。正因为他不思考，所以吴香听不到他的心声。

然而，和阿累相处的日子长了，他开始思考起一件事。

阿累驾驶船只逃过轰炸那天，他突然觉得自己不如阿累，不是驾驶技术不如阿累，而是阿累至少有父母。虽然他的母亲在他很小时就去世了，但是他至少知道自己的父母是谁，自己从哪里来。东方白却对自己的身世毫无所知，他只知道，自己是从南城酒坊门口捡来的，但不知道是谁遗弃了他。是酒坊的人吗？想必不是，谁会把自己要遗弃的人放在自家门口呢？那么想来应该是周围的人家，但这种可能性也很小，谁又会让遗弃的孩子生活在自己的眼皮子底下呢？那么只可能是远方来的人。是外地来的难民？是乡下生活不下去的农民？

东方白想到这里，就再也想不下去了。他突然间产生了寻找父母的念头，不是为了找回自己从未获得过的亲情，而是寻找自己从哪里来的答案。

有一次，东方白在航行途中，遇到一个去酒城发展"事业"的乘客，他竟然问东方白有什么理想。东方白感到莫名其妙，他从来没有想过理想这件事，便随口回答，自己的理想是找到父母。那人便告诉他，找父母可不能瞎找，要先学习文化，没文化是找不到的，并让他去小市的吊脚楼找他。

一个空闲的午后，东方白果然去找那人。他觉得那人说得对，找人需要有文化，所以他想找那人帮他在报纸、杂志上登个寻人启事。然而，吊脚楼的小木屋里挤满了人，那人坐在正中，正在讲一种叫"新文化"的文化。

讲课结束后，那人邀请大家报名加入他的组织，只要报了名，以后就可以长期来听课。东方白不是来报名的，他把登报寻亲的想法告诉了那人，那人想了想，让他下次再来找他。

但是，当东方白再去找他时，吊脚楼下却站满了人。人们在围观警察拿人，被拿下的正是那个懂文化的人。他被五花大绑捆着，警察用步枪顶住他的后背。那人走过东方白面前时，竟回头冲他露出了一丝微笑。东方白看见，他在对自己说话，他只听见"人民就是父母""团结就有希望"这两句。

东方白终究没有搞明白，那人说的到底是什么意思。

第九章

开　源

被敌机轰炸的阴影一直笼罩着酒城，以至于人们变得十分敏感，一旦听到一些类似的轰鸣声，就会吓得赶紧躲藏。但是，自从报上刊登了美国人向日本宣战的消息后，日本飞机就没有再来过了。于是，人们慢慢放松了警惕。被敌机轰炸的故事，便成了人们茶余饭后的主要话题之一，一旦被提起，就会有人绘声绘色地谈论起来。

特别是码头上的工人，他们的描述既真切，又可爱。当顾客向他们问起被轰炸的情况时，他们往往会说："起初谁知道那是啥玩意儿，只见从下游的半空中飞来。有人说是大鸟，有人说是雕，鸟没有那么大的翅膀，也不会发出那种怪叫。但有人指着那东西，确定地说它就是鸟，因为它开始拉屎了，雕不会一边飞一边拉屎。紧跟着城里就开始爆炸，房屋瓦片满天飞，烈火在浓烟中往上冒。有人喊大家快跑，说那是日本人的飞机，大家这才反应过来……"

顾客一般都会说："你们也真是的，连飞机都不知道。"

其实，他们哪里是不知道，工人们编出这些话来，只是为了取悦顾客而已。

凝光门一带的居民，恐怕对第二次轰炸的印象最深，他们或许会说："眼看飞机就快到头顶了，人们不知道该往哪里跑，有人说凝光门桥洞下肯定安全，于是很多人都往洞子里跑，没想到的是，两颗炸弹刚好落在桥洞的一头一尾，刚跑进去的人不是被炸死，就是被烟给熏死，活生生几十条人命，瞬间就没了。"

南城一带讲得更多的是："日本人惨无人道，专门往平民区扔炸弹，营沟头的房子倒了一大片，燃着熊熊烈火。但敌机一过，人们就聚拢起来，开展救援，生怕烧着几百年的酒作坊。"

说来也怪，周边的房屋都被炸毁了，唯独十几家酒作坊完好无损。人们当然不知道，日本空军使用的地图，正是日本间谍土肥沙雕二绘制的，所有的酒作坊都标注成了豆腐厂。日本人最喜欢吃豆腐，所以在轰炸前，日军高层专门强调，不准向豆腐厂投弹。他们幻想着有一天能打到酒城来吃豆腐。

小市一带的居民则会谈起藏酒洞。敌机眼看就要进城了，情急之下，藏酒洞的守军打开洞门，他们本是想让部队躲进洞，却被逃出的居民们看见了，人群像潮水一般，纷纷向藏酒洞涌来。士兵也没有办法，他们总不能向老百姓开枪。躲藏不要紧，藏酒洞的传说和秘密终于得到了证实，人们没有想到，洞里竟然有这么多老酒。

因为多次开门通风，藏酒洞里的酒香已经没有刚发现时那么浓了，但香气依然让人陶醉。洞里的香气飘出，盖过了硝烟的气味，就连坐在敌机驾驶舱里的日本人也都纳闷："酒城果真名不虚传，竟然在半空中也能闻到酒香！"于是，他把剩下的炸弹丢进了酒江。他觉得总有一天，他会到酒城来，以后再也不用喝那寡淡的清酒了。

戏班的孙老板还专门为此编了一出新剧，讲的就是：为了躲避日军轰炸的人群，无意间进入了一个秘密藏酒洞，他们全都被酒香醉倒，等醒来时，已是30年以后，日本岛已被海啸淹没，中国人民已经过上了太平日子。他们走出藏酒洞，终于和自己的亲人们团聚。

每次唱这出戏时，观众都会问他："孙老板，你在洞里吃没吃？"

老孙嬉皮笑脸地说："吃了二两，醉了仨月。"

藏酒洞既然已经不再是秘密，那就没有再保密的必要。马步达建议将此地好好打造一番，建一个像样的山门，山门外建一座阁楼，把门口的地面平整后，留出车道，种上花草。同时，将洞内进行铺设，安装上防爆灯。

吴森觉得，这的确是一件有趣的事情。过去那洞口全是泥土和杂草，夏天如遇大雨，山上的泥土还会垮塌，堵住洞门，确实应该进行整治。过去，各地区的军政大员们来了酒城，往往头天来，第二天就走。有一次，他去锦城参加会议，听其他长官们的口气，他们似乎长期聚在一起，虽然他们并不在同一个地域。他觉得是因为酒城没有留客的好地方。现在看来，这藏酒洞倒是独一无二的。

马步达又干起了老本行，负责藏酒洞的改造工程。他果真在洞口建起了一座阁楼，楼上可容三五十人聚会饮酒，又建了一条车行马路，直通小市码头和城区。吴森初次来巡察时，守军长官为防止居民围观，实施了全天戒严。但他随即发现，老百姓并不像他想象的那样，都跑来围观。

不久，全城的人都知道，吴森在临江山下建了一座后花园。

司马醇也是他后花园的常客，不过，司马醇总会避开长官们，独自前来。

他从南城外的澄溪口上船，沿着江岸顺流而下。到达余甘渡口时，船家将船驶入沱河，渡过沱河，就到了小市码头。他总是头戴一顶礼帽，身穿深色西装，手上提着一个皮箱，里面装着测量老酒的工具。他一个纵身，跳上岸去，于矫健中透着几分潇洒，然后沿着大道，直往藏酒洞而去。

如果这一幕被年轻女子们看到，一定会有人对他心生爱慕。可是，司马醇心中只有上官陈，再没有人能令他心动。自从他一门心思从事酿酒后，就在酒中找到了和上官陈相处时的热烈与温暖。通过酒，他还能和上官陈对话，还能感受到她的存在。

几年来，司马醇陆续做了上千次实验，他每周从藏酒洞中取回三四十种酒样，几年下来，酒样几乎装满了所有的酒坛。酒样用透明的小玻璃瓶盛装，除了实验使用外，剩下的全都进行编号，并和藏酒洞中的酒坛一一对应。然后用木箱装起来，一个箱子装一千个小瓶，现在，酒样已经装了整整十箱。每次取回的酒样，司马醇都要请瓦片们一起品尝，并对每个酒样进行评价，找出其主要的风味特点。他将这些特点记录下来，至今已有厚厚的十几本，都整齐地放在案头。

在品尝酒样上，司马醇没有太多天赋。然而，他的诗情与感性，赋予了他独特的观察与比较能力。起初，当瓦片们说出泥味、水味、醇厚、清冽、腊香等行话时，他完全分不清东南西北。然而，他读到一首诗时，便突发奇想，开始用自己的方式来形容样酒。这种方式，让他对样酒产生了更深层次的理解。

于是，他的样酒记录本也成了诗集摘抄本。

比如，他会用"野火在暮色中烧"这句诗，来记录一款口感有三分炽烈、七分醇厚的样酒。因为当他品尝到它的时候，眼前突然出现了一片暮色中的原野，原野上牧人们正骑着马，赶着自家的牛羊回家，远方的野火在风中燃烧。他觉得，酒中的炽烈仿佛那暮色中的野火，即将被夜幕吞噬，只剩下和煦的微风，如那醇厚的品质。

又比如，他会用"我的所爱在闹市"这句诗，来形容一款口感复杂多样的酒。这款样酒，酸甜苦辣都在其中。于是，他想起了海城，闹市中人声鼎沸，迎来送往，那纷繁的闹市就如这款样酒的口感，让他迷乱。

还比如，他用"你是人间的四月天"，来形容一款口感轻柔的样酒；用"你最苦的一滴泪"，来形容一款口感细腻而略带苦涩的样酒；用"美丽的夏日枯萎了"，来形容一款完全失去烈性的样酒……

与此同时，他陆续以不菲的价格，向马步达购买老酒。

近来，马步达分身乏术。他虽然能力出众，但自从酒城银行开业后，他的精力便不够用了。他将大量的时间花在培育银行的信用度上。他先是想尽办法增加银行的实力，增加投资者和储户们的信心。然后，他又与江城、山城等十几个地方的银行建立合作，相互之间可以兑付款项，这提升了银行的流通性，让来往的客商都可以体验到银行的各项服务。然而，部队却像是一个巨大的窟窿，吞噬了银行的绝大多数利润，但仍然不够。除此之外，最简单快捷的方式，便是出让资产。银行最重大的一块资产，就是藏酒洞中的老酒。现在，银行已经正常运营，这些老酒也就失去了最初作为抵押物的意义。

酒城的酒本就供不应求，山城形象提升后，就更是有钱也买不到好酒了。

敌机轰炸期间，城里人为了保命，纷纷逃亡。南城的几家酒坊主决定举家搬迁，他们认为，战争会持续下去，而且日本人有可能顺江而上，打到酒城。那样的话，人们还不如到乡下去买几亩地，过安生日子。所以，他们要出让作坊资产。

但是，人们自保都难，哪里还有多余的钱来买别家的资产。于是，贱卖潮开始了。

司马老板不想接手别人家的酒坊。南城酒坊经过了几次扩充后，他手上也没有多少现钱。但是酒坊主们都是他的老相识，有的甚至是从小一起长大的邻居，别人找上门来求自己，自己怎能坐视不理？但他确实也为难，想找"也要外逃"的理由来推托，又知道说不过去，他们一家从没有想过要逃走。

司马醇想了个好办法，他建议对方不要卖掉祖产，万一抗战胜利了，他们还能回来，到时候，同样的价格可就买不到同样的酒坊了。来人觉得他说得对，但是眼下该怎么办呢？司马醇建议：如果对方愿意，可以以租赁的方式，将酒坊租给他，以后如果提前回来，再按照租用的时间将租金退还，赎回酒坊。

这办法一出，几家作坊主都愿意把酒坊低价租给司马醇。于是，南城酒坊的酿酒窖池数量，又在原来的基础上增加了一倍。司马醇表示，原先的瓦片们，愿意留下的都可以留下。结果瓦片们一个也没走，并且还有其他地方的酿酒师傅前来投靠。司马醇将他们重新分配，让南城酒坊的瓦片们来领头。不到半年时间，这些酒坊不仅出酒率大大提升，酒的质量也达到了较高的水平。

随着产量的增加，相关的问题也跟着来了。首先是玻璃瓶厂的产能问题，厂里只有一台烧煤的熔炉，且酒瓶模具太单一，目前只有两种瓶型，每天24小时不停火，也只能生产3000个瓶子。过去，南城酒坊每年产四五百吨酒，瓶子的数量勉强够用。现在年产量达到了1000吨以上，瓶子数量已远远不够了。司马醇估摸着，如果把现有的窖池都用起来，还至少得新增200吨的存储设备，增加一条玻璃瓶生产线，增加一个灌装加工车间……最好还能买一台彩色印刷机，可以印刷产品商标。这商标虽小，但也不是个小事。酒城仅有一家印务公司，负责全城的印务工作，常常半夜赶工，万一哪天机器出现故障，就得停工。

司马邕觉得，儿子只要能从事酿酒工作，愿意继承家业，他便全力辅助他，把家里的产业做大。可是，他手上的现钱实在不多，恐怕连新增一条玻璃瓶生产线也有困难。司马醇脑子里的办法和诗歌一样多，只要想好了怎么干，钱就不成问题。他已经十几年没有去过海城了，说不定现在又有了新技术和新设备。他决定先出去考察，回来再说筹钱的事。

东方白在船上打扫卫生时，天色已是昏黄。自从战争爆发后，东方的天空就总是浸染着一层血红色，让人心情沉重，人们都希望夜幕能快些将其抹去。

这时，是漕院一天中最热闹的时候，短途船只都已归来，船员们聚在院子靠江的一侧抽旱烟，讲着航运中遇到的趣事。十几个上学的孩子都回到家中，带着那些还没有上学的孩子做各种游戏。女人们也停下了手上的活计，各自到食堂取餐，或在自家的小灶上煮着食物。

一艘小船向漕院方向驶来，那不是漕院的船。东方白看见一个穿西装、戴礼帽的男士站在船头，一旁还摆着两个酒坛。负责放哨的船员快速跳下船，跑进了漕院。不一会儿，江里浪带着人从院子里迎了出来。

东方白认得，那人是南城酒坊的司马醇少爷。他呆呆地站在船头，看着大家一起进了漕院。一旁的阿累似乎并不关心这些，只是愣愣地观赏着江面上升起的薄雾。

已是秋冬季节，两个十五六岁的男孩都还只穿着单衣。他们一白一黑，一高一矮；一个身板直，一个身板弯；一个人前人后应对自如，一个默不作声沉默寡言；一个心思全无做事差不多就行，一个内心卑微但驾船技术一流……前者是东方白，后者是阿累。如果有不了解他们的人突然见到两人，一定更愿意接近东方白。因为阿累看起来不仅不让人喜欢，甚至还有些吓人，但熟悉的人都知道，他其实无比善良和勇敢。

当年叶舟和江里浪成立漕运公司时，司马醇不仅出了很多主意，还筹了一笔钱，成了公司的股东。这些年漕运公司增资合并，他的股份逐渐稀释了，但在江里浪心中，股份是股份，情谊是情谊，就算司马醇没有股份，他也会把司马醇当自家人看待。这些年，漕运公司的规模和经营范围扩大了很多倍，但几乎未向股东们分过红，因为在抗战期间，公司做了太多的公益事务。而司马醇送到山城、江城的酒，几乎全是由漕运公司负责运输的。

司马醇突然提出要去海城考察。江里浪有些兴奋，他本就是一个富有冒险精神的船长，因为各种原因，他还从未去过海城。没有去过海城，也就没有见过大海。作为一名优秀的船长，竟然还没有在大海里航行过，这对他来说，是多么遗憾的一件事呀！

江里浪听说，在海城的各大港口，随时都停靠着各式各样来自世界各地的船只。其中，那些最大的货船，载重量甚至达到万吨以上。而有一种小型游艇，行驶速度极快，一小时可以行驶 80 公里。那是什么样的巨轮，又是什么样的小艇？

这些画面在江里浪的脑海里，就犹如一个神话般的世界，让他充满了好奇。但他并没有马上做决定，他需要先和叶舟及秋娥商量，毕竟是战时。

日军占领海城后，并没有对占领区域实施封锁。为了达到思想侵略的目的，他们迅速建立了伪政权，又将大量日本国民迁往海城，外国租界照常经营，伪政府接管了城市，照常开展贸易等经济活动。毕竟，侵略者除了占领地盘，也为了掠夺更多资源，获得更多收益。所以，海城与外界的通商往来没有中断。只是，日军和伪政府设立了重重关隘，对不同地区来的商人收取不同的税费。普通商人在相应的关隘开得证明，就能进入海城。在占领区，日本人一边迫害有识之士，杀害不愿被奴役的百姓，一边大搞形象工程，广泛采用愚民政策，鼓吹日本人之友好。也正是因为日本人的虚伪面纱，占领区的国人才有机会逃出来，而地下工作者才可以潜入。

叶舟相信司马醇必有分寸，并且他对海城熟悉。而很早以前，公司就想开通酒城到海城的客运航线，这次去正好可以先探路。

秋娥相信，江里浪属于这条江，他只要在航道上，就一定能平安。当年秋娥肚子里怀着江到海时，江里浪就曾想过，有朝一日也能到海上去航行，所以才给孩子取名为江到海。

江中月知道父亲要去海城，也闹着要去，还擅自向学校请了假。秋娥和江里浪都不同意，这让她失望了很久。江里浪为了安慰女儿，答应送她一件想要的礼物。但是她根本不需要什么礼物，她只记得江到海告诉过她，海里有一种发出红光或蓝光的水母。所以，她要父亲为她带一只发光的水母。江里浪虽然答应了，但他从未听说过这种动物。他问司马醇，司马醇只是摇头。东方白却坚定地说，他一定能找到这种发光的水母。

江里浪不知道东方白上哪里去找水母，但就因为他说了这话，所以他决定带上他和阿累，以及另外两名船员。

自从亲自带兵上了海城的前线后，吴森的抗日激情就被完全点燃了。他命人将每个战死的军官和士兵的名字记录下来，整理成花名册，并在龙盘山上设立了一块巨大的英雄碑，将他们的名字刻在上面。到了夜深人静的时候，他常常把这份名单拿出来翻看，他分明记得，名单中有些人，是他刚到酒城时就跟着他的。飞猪、鸭舌、五毛、钱八、黄牙、小蘑菇……他们连一个像样的名字都没有，就已消失在历史的尘埃中，有谁还记得他们，也曾在这个世界上生活过呢？

吴森常常向委员长主动请缨，让自己的部队参加前线的战斗，立誓要把侵略者全部赶出中国。几年来，除了守卫酒城的师部外，其他各师的士兵几乎全部战死沙场。

前两年，委员长会给吴森补给经费和物资，不断有新的壮丁加入部队，他们被陆续送往前线。但后来，中央也没钱了，委员长没办法再给予支持，吴森只能靠地方税收和老百姓的捐款来维持前方的战斗。但是，地方的税收何等有限。换一个角度看，打仗拼的不是武力，而是经济。没有强大的经济实力，士兵招募都成问题，部队只能靠抓壮丁充数。而在去前线的路上，壮丁们跑的跑、病的病，等到了战场，已经所剩无几了。没有强大的经济实力，军工厂就造不出足够的武器，前方士兵得不到足够的物资和粮食补给，就只能在战壕里等死。

在这种情况下，吴森首先想到了马步达，要他回来负责后勤补给，为部队募集粮油米面，以及各种补给物资。可是银行离不了马步达，银行也是吴森最重要的收入来源之一。这时，马步达再次向吴森推荐叶舟。

吴森考虑了一段时间，只好放下面子，再次邀请叶舟。这一次，他单独请叶舟到酒庐来，向他表达了自己为国为民的情怀，希望叶舟能够出手帮他。

叶舟过去确实不想和军阀有所来往，但是这些年来，吴森的抗日行动，酒城人民有目共睹，并且吴森也得到了中央的认可，现在他已经不再是代表个人的军阀组织，而是编入中央的正规部队。

然而，叶舟并没有直接答应吴森，而是向他提出几个疑问。

第一个疑问是，他以什么角色开展工作？叶舟认为这个问题非常重要。如果自己仅作为吴森的幕僚，或者只是挂一个无关紧要的职务，那么做起事来名不正言不顺，必然施展不开手脚。

吴森明确告知，将委任他为交通局长。叶舟想了想，也明确回答不行。过去吴森想请叶舟为他做事，主要是负责运输及交通方面的事务。而现在吴森再请叶舟，是为了筹集部队所需军资，而非管理交通事务，交通局长只会花钱，不会筹钱。目前只有两个部门具有这方面的职能。一个是经济局，负责酒城所有的经济和税务工作；另一个是财务局，所有的政府收入最后都会归并于此。

叶舟告诉吴森："筹集军费非经济局不可，财务局次之。因为财政最后归并到一起的费用，恐怕已经被各级部门层层卡扣，所剩无几了。"

吴森马上改口，要叶舟做经济局局长。没想到叶舟又婉拒了，并说经济局局长杨为公是他的好友，他不能因为自己而委屈了朋友，于是建议安排他为常务次长即可，并且只管税务，其他事项不变。

第二个疑问是，他和吴森之间的关系，是幕僚关系还是上下级关系？如果是上下级关系，每月领取薪资，那这事他也做不了。

吴森奇怪，叶舟来为他做事，理应发以薪资。而叶舟觉得，他愿意为政府出力，不能像一般工作人员那样，去领一份俸禄，这样恐怕事业做不长久。并且，别人知道他为吴森做事，自然会大大提升他在商界的号召力，自己的生意经营起来也更顺利，大可不必再领一份薪资。

第三个疑问是关于工作流程的。叶舟管税务，必然会改革，改革一定要有话语权。所以他问吴森，工作流程如何安排？

吴森的考虑自然没有叶舟周全，有了之前两个问题的经验，吴森便反问叶舟，应该如何安排。

"如果吴帅是因为忙不过来而找我，那就是你叫我做什么，我便做什么。但如果吴帅是因为做不来而找我，那就得我说怎么干，就怎么干。"叶舟的话很直接。

吴森当然同意他的说法。"若是找个人来盖图章，那又何必找你呢？一切照你的意思办！"

于是，叶舟继续表达了他的意见：只要是他拟定的行文，不能由其他上级签批，只能由吴森亲自发布。这样，行文才具有权威性，才能确保实施。

叶舟对自己的定位非常明确，他加入吴森之列，最主要是帮助吴森理财。于是，叶舟立即着手拟定第一份理财方案。关于酒城的税务，他初步选出四个项目。

第一个项目是酒税。那时，其他地区的酒税普遍较低，中央鼓励全国各地发展酿酒工业，特别是酒精酿造，每担酒税30元，而酒城目前的酒税是每担100元，高出其他地方几倍，不符合中央鼓励酿酒的政策，限制了酿酒产业的发展，导致很多酿酒户都不再以酿酒为业。他要求将酒税降到每担30元，这样不出一年，酒城的酿酒总量将翻五到六番，酒税将增加到现在的三倍左右。

第二是盐税。从盐村和自流井地区运来的盐，常常被乱征税款，政府不仅收不到多少税钱，反而增加了老百姓的负担，急须另立税法。

第三是税务管理工作。目前，经济局下设有各种各样的税务机关，总共二十来个，酒城沿途各地设立关隘，重重收税。各地的货物进进出出，各种查验费、货税加在一起，已经超过了货物本身的价值。老百姓常说："进出一次酒城，肥猪变成了光骨头。"但是，财政又没有收到多少税款，原因是各个关隘层层卡扣贪污，钱交到财政时，已经所剩不多了。按他的意思，这些税务机关应该合并为一处，统一管理。

第四是财政的支出。政府应该实事求是，有多少钱办多少事，根据事情的轻重缓急，把钱用到刀刃上。

吴森仔细看了这份理财方案，当即签批了"同意"二字。还没等吴森收笔，叶舟马上又拿出两份文件。

第一份是为士兵涨军饷的文件。叶舟要为所有士兵增加一倍薪饷。吴森一看，犹豫起来，现在全军共有士兵 2 万人，每人每月薪饷 5 元，增加一倍，就变成 10 元，连、营、团、师级干部每月 20 元、60 元、120 元、200 元不等，这样一来，单薪饷一项，每月就要增加十几万元。目前财政本就困难，每月只拿得出 10 万元薪饷来，另有两三万还得从马步达的银行里借支，现在突然要再增加十几万元，财政如何承受得起？吴森大为头疼。

叶舟却说了士兵待遇不得不提的理由：目前中央军的二级士兵，每月薪饷 10 元，另根据实际作战情况，还略有增长。而酒城的士兵，拿着 5 元的薪饷，和中央军一起上前线拼命，士兵们怎能不感到寒心。

吴森感叹道："这我不是不知道，但是这道命令下发后，后面如何走得通？"

叶舟笑了。他立马拿出第二份文件，是关于合并税务机关的详细方案。吴森看了看，有些激动，这些税务机关，几乎都是为了照顾自己的亲信而设立的。叶舟的合并方法很简单，就是把这些虚头巴脑的税务机关全都去掉，所有的税务统一由经济部来负责收取。这样一来，撤掉这二十几个机关后，将减少 3000 余名关隘收费人员。

其实很多人都知道，目前收取的大多数税费，是找不到制度依据的。有时候收费的高兴，给一两个酒钱就行，有时候不高兴，收个十块八块也是常有的事。而这些费用没有账目，最后都进了私人的腰包。

叶舟保守估计，若按每人每月克扣 50 元计算，一个月下来，将至少增加 15 万元收入。这样就能平衡新增薪饷的开支。

吴森大笔一挥，分别在两份文件上写下"同意"两字。

改革完成后的第一个月月底，所有税款全数上缴，初步统计数字让叶舟也大感意外，竟然比过去增加了 30 多万元。叶舟感叹，自己低估了那些收费人员。这样，除去部队的开支外，财政每月还有十几万的剩余。有了这笔收入，在之后的几年里，吴森的部队每年可以增加 1000 门迫击炮，10 万发炮弹，500 挺机枪，50 万发子弹。有了这些武器装备，前线作战部队的实力将大大增强。

激烈的战争一直持续到日军偷袭美国的珍珠港基地，报纸上刊登了美国人对日宣战的消息。紧接着，众多国家也加入对日宣战的行列中。从那以后，日军的战线一直拉到了整个东南亚地区，战局正在发生巨大变化。国内的抗日战争，很快就演变成为反法西斯战争。又过了一年有余，国内的正面战场逐渐消失了，吴森的部队陆续从前线撤了回来。

轰轰烈烈的犒赏活动后，吴森又接到了中央政府的委任状。委员长钦点，要吴森加入他亲自领导的秘密组织，这个组织的主要任务，是消除各地区的地下党。

吴森深知这件事背后的动机。被同时委任的，还有锦城的刘川。于是，吴森专程上锦城商议此事。刘川和吴森的意见基本一致：命令不可不执行，但切不可滥杀无辜。这实在是一种保全之策。抗日本是为国为民，形势刚刚好转，就要反过来迫害抗日同盟，两位将领实在是不愿为而为之。

可见，在利益面前，吴森和刘川的做法已经同绝大多数将领没有什么两样了。

航　海

江里浪和司马醇四月中旬去了海城，五月下旬返回，比原计划晚了十来天。这为漕院和南城酒坊增添了一丝担忧的氛围。

这次出行确实有些惊险。

从国统区到沦陷区要通过层层关隘，遇到不同的守军，要说不同的话，行不同的事。如果遇到地方军，多塞几个钱便可以了事。但如果遇到中央军，光塞钱还不行，还得称其为"老总"，他们自带几分优越感，不叫一声老总，就是不懂规矩。如果遇到伪军，就得讲政治立场，大家同样是为国为民，只因局势如此，身份角色不同而已。最困难的是通过日军把守的关隘。日本人大多听不懂汉语，只知道"八嘎……八嘎……"地乱叫一通，他们不要钱，所以盘查起来十分严格，如果发现船上有武器，所有人都会被就地枪决。偏偏船上有十几个竹制的"酒提子"，日本人哪里认得那是什么。

"八嘎……这个东西……让我想想……哟西……填上炸药……就变成了手榴弹……"一个日本兵叽里咕噜地说着。

这话吓得司马醇直冒冷汗，他赶忙上前解释。但日本兵并不听他的解释，立即唤来了同伙，要扣押船只。江里浪赶紧给东方白和阿累使眼色。阿累不明白他的意思，以为是要和日本兵动手。而东方白立即会意，从甲板下抱出一个酒坛来，揭开封口套，陈年秋露白的香味马上飘了出来。日本兵嗅着了酒香，哟西哟西地赞个不停。他又拿过酒提子，伸进坛里打出酒来，递到一位军官模样的日本兵面前。日本兵这才知道，那只是打酒用的工具。

"八嘎，通通的……死了死了的……这只是个酒瓢嘛……大惊小怪地做什么……太君说过很多次了……对待中国人……要友好！"他又回过头问东方白，"哟西……味道如何？"

东方白学着他说话的样子，回道："味道……哟西哟西的……好得很呢！"

日本兵接过酒提尝了一口，顿时眼前一亮，眼珠子都快绿了，几口就喝完了一提。那酒提子是半斤的，日本兵把它当清酒喝了，却不知道秋露白酒烈，马上就变得满脸通红。他嬉笑着命人抱了两坛酒，带着人下了船，没走多远，就软成了一堆泥。

海城已经不是当年的海城了。街上的行人穿着奇怪的服装，街边的竹竿上挂着纸糊的假鱼。但是，海城依旧繁华。那些被战火焚毁的屋基上，又建起了新的房屋，并且比过去还要高大。

司马醇找到了那位好心的银行家，他居然没有逃走。对于一个银行家来说，信用比生命更重要。如果自己逃走了，银行就只能倒闭，自己辛辛苦苦建立起来的信用就没有了。况且就算是日本人来了，他们也照样需要银行。

在那位银行家的介绍下，司马醇来到一家新式的德国玻璃制造厂。在司马醇看来，那是一座奇特的工厂。厂房的中央，是一台巨大的锅炉，锅炉的炉膛里燃得红彤彤的，橘红色的原料从一根铁管子里钻出来，正好被一把大钳子剪断，剪断的材料冒着火星，快速溜进一个个磨具之中，模具一张一合之间，瓶子就成型了，然后整整齐齐地排在一起，被工作人员装进麻袋。

司马醇问工厂的主管："这机器一天能生产多少瓶子？"

那人回答："多着呢，3万个。"

司马醇愣住了，过了一会儿又问："模子有几种？"

"那可多了，需要什么模子换什么模子。"

再问这套设备的价格，那人却不知道了。但银行家做了个保守估计，至少需要200万元。这家厂当初买设备时，在他那里做过贷款评估。司马醇默默计算了一下，就算把南城酒坊整体抵押出去，也买不起这套设备。

"资源是可以互补的嘛，"银行家开导他，"你只需要买他的玻璃瓶不就行了，为什么非要建个厂呢？"

司马醇连连点头，心里计算起采购酒瓶的成本和费用。

司马醇把事先准备好的一坛酒送给银行家，银行家虽不懂酿酒，却经常招呼应酬，见识颇广。他近日去过一群外国人开的酒厂，酒厂的老板送了他一瓶据说是世界上最烈的酒。于是他想请司马醇尝一尝这瓶最烈的酒。

银行家住在一栋两层洋楼里，洋楼有一层地窖，地窖里其他酒也不少。

银行家拿出一个精致的皮酒盒，打开盒子，一个透明的酒瓶上密密麻麻地写着一些外文，下面写着"98%Vol"。司马醇不认识上面的外文，但知道数字代表酒的度数。他也是第一次见到这么高度数的酒，想不明白是怎么酿造出来的。银行家让管家开酒，并把酒倒进两个马克杯里。两人都把酒端到鼻前，一股类似汽油般刺鼻的味道扑面而来，呛得司马醇接连打了好几个喷嚏。

"果然猛烈！"银行家赞道。

"可惜有味无香，"司马醇摇了摇头，"犹如壮汉有勇无谋，少女貌美无识。"然后他屏住呼吸，抿了一口。酒液一沾到舌头，犹如针刺一般，随后变成一团火球，顺着舌头滑进喉咙，并在咽喉处哽住，咽了几次才吞下去。司马醇觉得，这酒好似一个刀片，在他的喉咙和肠子里划出了一条口子。最后，酒在胃里炽烈地燃烧着。

他放下杯子，又摇了摇头，表示这酒不能喝。但银行家却不以为意，他端起酒杯，一口将那半杯喝了下去。虽然他表现得很镇定，但他的脸马上就变成了红黑色。司马醇十分惊讶，他没想到银行家竟然喜欢这么烈的酒。银行家认真地看着司马醇，从口袋里掏出一盒火柴，取出一根，划燃后扔进司马醇那半杯酒里，一缕幽蓝的火焰隐隐约约地出现在酒杯里。

银行家神秘地问司马醇："这是什么？"

"酒。"

"NO！这是汽油。"

司马醇没反应过来，他甚至怀疑那真的是汽油。心想："这是唱的哪一出啊？让我喝汽油？"

稍过片刻，他似乎恍然大悟："这酒可以做汽油？"

银行家笑了起来，拍了拍司马醇的肩膀。他站起身来，一边踱步一边问："知道现在滇缅一带的军队最缺什么吗？"

"缺物资？"

"对，缺物资，"银行家若有所思，"打仗最需要的是武器和能源，而有了能源才能保障物资送达。目前日军已经控制了海城，以及沿海一带的海港，切断了国内所有的能源通道，我们的汽车缺乏石油，物资不能送往前线，仗就没办法打下去。"

司马醇说道："你的意思是用烈酒代替汽油？"

"对！正是此意，"银行家转身，坚定地看着司马醇，"酒城往南便入云城，再往南便通滇缅。如果能在酒城酿造这种烈酒，再运往前线，作为汽车能源，那汽油的问题就解决了！"

司马醇犹豫了。"但是酒城没有这么烈的酒啊！"

银行家哈哈大笑起来。"老弟，你再跟我走一趟，保你一看就会。"

银行家带着司马醇去了外国人的酒厂。

其实，酿酒技术并不难。早在史前文化时期，世界上就已经有酒了。汉代时，中国出现了最早的蒸馏酒。酿酒的基本原理是相通的，只是因为原料、工艺、配方等不同，产出酒的品质也有差异罢了。

司马醇在外国人的厂房里走了一圈，便有了信心。用含淀粉量高的土豆、红薯作为原料，在大池子里加入酵母，发酵一周，便开始蒸酒，蒸出的酒再进行二次提纯，也就是再蒸酒，这样一来酒精度几乎能达到90度。如果还需要更纯，那就控制好温度，再进行蒸馏，直到度数不能提高为止。难点恐怕是原料和酵母的比例问题。其实这也不算难题，只需要按不同比例，多进行几次试验，就能找到答案。

银行家希望司马醇能酿造这种烈酒，为滇缅地区送去燃料。同时，他一番慷慨陈词，让司马醇只管酿，需要的费用他来筹集，产出的酒他也全部买下，并安排人到酒城来，负责烈酒的储藏和转运等问题。

司马醇佩服这位银行家的爱国气节。但与此同时，他内心产生了一种前所未有的迷茫感，好比自己突然进入了一片大丛林，失去了方向一般。银行家具有强烈的感染力，那是一种无私的、伟大的、追求真理的力量，这种力量无法用常规的语言来表达，它像是具有几分诗意，这种诗意是司马醇能够理解的。

他突然意识到，银行家心怀大爱，而自己只是纠结于儿女私情。

江里浪和司马醇约好了碰头的时间和地点后，便各自办事去了。江里浪独自一人在黄浦江畔的租界区观赏了一整天。他也慷慨了一回，花了两元钱，在华人开的茶楼上找了个靠窗的位置，点了一杯红茶。透过窗户，人们可以看到整个黄浦江畔，江边停满了大大小小的船只，来往的商船络绎不绝。不远处，停靠着一艘四层轮船，船即将启航，船上船下的人们或挥手，或挥舞衣帽，相互告别。那大概是一艘外国人的轮船，船身上写着一串串字母。江里浪太喜欢这场景了，以至于茶楼上的伙计总是走上前来，问他需不需要续茶。令江里浪惊讶的是，他竟然看到了民意公司的船，原来魁斗先生一直保留着山城到海城的客运航线，心中不免敬佩起这位偶像来。

江里浪来海城还有一个愿望，就是到海上航行。

当他们的船驶入大海时，黎明才刚刚到来，一轮红彤彤的、巨大的太阳从海平面上升起。阿累在这样壮美的景色下感动得流下了眼泪。而东方白却看见了一个巨人，他伸出鲜红的舌头，舔舐着海面。于是，大海泛起了波纹，波纹汇聚到一起，形成了海浪，海浪一波又一波地打在船上，船跟着波浪不断起伏。船真正驶入大海，便再也听不到码头上嘈杂的声响了，耳边只剩下海浪的声音。东方白觉得，这声音仿佛是巨人的喘息。

船在酒江中航行时，江里浪总是独自站在船头，然而此时，他却站立不稳。大海远眺如镜，但它泛起的波浪，竟然比酒江中的激流猛烈得多。浪花一个接着一个拍打在船上，激起巨大的水花。海水迎面而来，江里浪呛了一口，竟然是咸的，咸中带着苦，苦中带着腥。一股暖流从他的胃里升起，直涌至咽喉，在即将从口中一涌而出时，却被他死死地咽了回去。

江里浪航行了半辈子，从来没有为航行胆怯过。但此时此刻，他突然产生了一种莫名的恐惧感。

船驶出很远了，只有阿累兴奋着，他驾驶着船继续往外开。

江里浪回头，繁华的城市已经不见了踪迹，他的四周全是深蓝色的海洋，他终于意识到自己的恐惧来自哪里。在大海里航行是没有方向的！江里浪从未离开过酒江，在江中航行，虽然困难重重，但方向是明确的，船到桥头自然直，他不会失去自己的目标。而此时，他正因为失去了方向而恐惧。这种恐惧感一旦产生，便为他一直以来向往的海航梦蒙上了一层阴影。

渐渐地，恐惧变成了恐慌，他冲进驾驶舱，推开阿累，快速调转航向。

返航途中，东方白似乎在深蓝色的海水中，看见了一种脑袋上长满獠牙的怪物，它们尾随着船只，随时可能跳上船来攻击他们。直到水下出现了一堵发着蓝光的墙体，那些怪物的影子才消失了。东方白想起来，那蓝光莫非就是江中月所说的发光水母？

江里浪不再渴望航海！他第一次陷入失落，第一次驶入大海，又第一次如此急切地期待回到酒江。此刻，他感到眼眶肿胀，头晕目眩，那股暖流再一次涌了上来，这一次他没有忍住，扑哧一声，鲜红的血液喷涌而出，随即栽倒在甲板上。在江里浪栽倒的一瞬间，船舵发生偏移，船几乎就要倾覆了。阿累飞快地跑上去，稳住了船舵。东方白从脖子上取下江中月送他的小净瓶，把里面的药丸全部倒进了江里浪嘴里。

江里浪在一家诊所里躺了两天，诊所的医生是银行家的朋友，他为江里浪做了内科检查，奇怪的是，并没有发现任何问题，于是只为他吊了两天生理盐水和葡萄糖。第三天，江里浪又能四处活动了。不过，他似乎对海城失去了兴趣，开始数着返程的日子。

外星来客

东方白走遍了海城的花鸟鱼虫市场，却没有找到发光水母。他挨个问那些售卖水产的渔民，他们几乎都觉得很稀奇，水母怎么会发光？就算有，他们也不可能知道，因为海水的颜色太深，即便水母发出光芒，那光芒也会淹没在海水之中。

直到他们即将返程时，一艘巨大的打鱼船驶入港口。东方白想再去碰碰运气，就跳下了船。打鱼船刚刚靠岸，批发商们就围了过来，渔民们将一筐筐鱼虾从船上卸下。

东方白见渔民中有个和他差不多大的男孩，便抓住他问道："你见过发光的水母吗？"

那男孩竟然一点也不惊讶，指着远方答道："外面多着呢！"

"船上有吗？"

那男孩道："谁会留那种不祥的东西在船上。都扔回去了。"

两个渔民抬着一筐贝壳下船，一个说道："水生，你爹在等你，你却在这里闲聊。"

那男孩转身要走，东方白说道："水生，我能上去看看吗？"

那男孩招了招手，让他跟他上去。水生让他揭开甲板，在下面的水箱里找一找。

果然，东方白在一个水箱的角落里，看到一丝幽蓝的、微弱的光。他一头扎进水中。他早已学会了游泳，虽然只是最简单的蛙泳，并且动作笨拙，但毕竟是会水了。他一扎进巨大的水箱，便向发出蓝光的角落潜去，直到他看清楚，那是一只拇指大小、透明的小东西。那一丝蓝光来自它的心脏，随着它心脏的跳动，蓝光也忽明忽灭。东方白伸出双手，将他捧在手里，两腿一蹬，冒出了水面。

回程是逆水行舟，从关隘严格的区域往回走，花费在关隘上的时间便少了很多，只是船上的人各怀心思，想法和来时大有不同。

阿累又恢复了往日的沉默，他默默做事，和另外两个船员操纵着船，他有点想念父亲阿中。

出发前，阿中已经咳嗽了很久了，有时候咳起来没完没了，那声音仿佛是古稀老人用拐杖敲击一面破鼓。江里浪强行拉他去见了大夫，开了几服药。阿累悄悄听见江里浪劝他把烟戒掉，他只是红着脸，微笑着点头。等江里浪走远了，他又在屋里抽烟。阿累一直是个温顺的少年，就算他十分生气时，也只是红着脸咬着嘴唇不说话。而这次，他竟然抢过父亲的烟杆，一下折成两段，又将屋里一麻袋烟叶全部扔出了门外。他愤怒地看着父亲，父亲张着嘴惊讶地看着他。他冲出门，将那袋烟叶拿去厨房，一把一把地放进了灶火里。厨房的伙夫大脖子叔也吃了一惊。事后大脖子叔问阿中怎么回事，阿中只说"孩子太倔"。其实他知道阿累着急了，他们俩都把江里浪的话当圣旨，阿累听见江里浪让阿中戒烟，心想一定是抽烟让父亲害了病，而父亲却不听，他怕父亲的病更严重。这一对不会用语言表达的苦命父子，心里是如此依恋着对方。

船要靠岸检查，阿累需要东方白协助，却不见东方白的人影。"白……"阿累喊了声，他都是这样叫东方白的，声音里没有爱恨，没有喜怒，仿佛是录在喇叭里的提示音。此时东方白正在船舱里看着玻璃罐里的水母发呆，那水母的蓝光从它的心脏处发出，忽明忽暗，仿佛在传递一种信号。东方白曾听江到海说过，地球上的生物，有些是从外星来的。东方白并不怀疑他的话，并对江到海说，人也是从外星来的。这倒出乎江到海的意料，他从未这样想过，但又无话反驳。东方白看着水母的身体一张一合，便想起了江到海的话。东方白觉得，它如果是从外星来的，想来一定是来自水星，因为水星上一定全是大海。它的光应该是某种信号，向同类传送着某种信息。

很难得，东方白又产生了心事，这对他来说，是一种奇妙的体验。听到阿累的喊声，他将玻璃罐放到甲板下，跑出去帮忙停船。两个为军阀工作的税务人员登上船，做了做样子，等拿到江里浪夹在手里的银圆后，就晃晃悠悠地下了船。

正值午后，不远处突然传来枪声，码头上的人有些紧张，两个税务人员也起身往远处张望。一人骂道："又抓了地下党。自己人打自己人，算什么本事，有种打日本人去。"

另一个忙说："净瞎说，别管闲事。"

司马醇忙给江里浪做了个手势，让他开船。江里浪向阿累挥了挥手，阿累跑到船尾，船开了。船离开码头没行多远，他们看见一个衣衫褴褛的小青年正沿着江边奔跑，一边跑一边往后张望，他似乎是受了伤，显得十分慌张。但后方并没有人追来。他跑到一块大石头上时，前方已经没有路了，但他并没有停下，而是一个纵身跳入江水中，并举起一只手划水。有点经验的人都看得出来，那人并不善水性，他使劲挣扎着。江里浪又看了看远处，确定没人追来，而前后又无船只，再看那人快不行了，便给阿累使了个眼色。阿累脱掉衣服，一下跃入水中，一个猛子扎到那人旁边，从他背后一把将他揽住，将手臂绕过他的脖子，踩着假水，把他拉到船边。这过程一气呵成，也就是在一瞬之间，大家就将他们拉上了船。

小青年看起来和阿累差不多年龄。他显得十分惊恐，他的一条手臂下垂着，司马醇上前看，发现那手臂的根部有一个窟窿，应该是被子弹打穿的。窟窿血淋淋的，露出了白骨。青年瑟瑟发抖，他"咚"的一声跪倒在地。大家忙把他扶进船舱。

后来他们知道，青年叫小闩，是个孤儿，为了有口饭吃，便跟着一伙人闹革命，也不知那是个什么组织，革命没有闹成，反被"一锅端"掉。被"一锅端"时，他们正在一处草房里谋划一场刺杀日本公使的活动。小闩午饭时吃了很多用烂菜叶煮的汤，肚子痛了起来，要出去拉稀，放风的人叫他走远点去拉。他捂着肚子钻进了竹林，屎还没拉完，枪声就响起了。真是"成也萧何败也萧何"，这泡屎救了他一命，也正是这泡屎没拉完，跑慢了片刻，才被打中了手臂。小闩是个胆小的人，闹革命本就是为了混口饭吃，见这场面，当即吓破了胆，再也不想闹什么革命了。

江里浪的心肠就像他的声音一样，既然救了这孩子，又见他和自己两个孩子差不多大，便犯了慈悲心。路上经过一个县城，江里浪将他送去医院医治，受伤的手臂已经坏死了，只能锯掉。耽误了几天，他本想弃那孩子而去，可那孩子却跪下来磕头，怎么扶也不起来，只好带着他回了酒城。

江中月永远也不会忘记那个夜晚。气温已经很低了，江面上泛着薄雾。漕院里灯火通明，船员们都来到江边。叶舟在队伍的最前面，他晚上应酬，喝了酒，脸很红。

码头上，江里浪最先跳下船。两名船员各挑着一担海城的特产，一个独臂小青年跟在后边，阿累还在船上做检查。东方白小心翼翼地捧着一个玻璃罐，玻璃罐忽明忽暗，照得他的脸蓝一阵、黑一阵。江中月和江到海跑到父亲身边，江里浪拍了拍他们的头，就被人群簇拥着进了漕院，他一边走一边安排，让人为小闩清理一个房间。按照漕院的惯例，几位管事的出门归来，都会到阁楼上行礼，在家的人讲一讲漕院近期的情况，归来的人讲一讲出门的见闻。江里浪是漕院的主心骨，因为晚归，所以大家难免为他担心。

东方白小心翼翼地走到江中月身后，小声喊道："月牙儿，月牙儿，你要的东西。"

江中月的目光正落在父亲和那个断臂男孩身上，她回过头，见东方白抱着个发光的罐子，凑近一看，欢喜得叫了起来，引得江到海和小孩子们都来围观。

第一次，东方白内心升起了一股暖流。原来，让别人快乐，自己也会快乐。不过，他也隐约感到，不是每个人都是"别人"。或许就是在那晚，有一丝懵懂的情感，在他的心中萌发出了新芽。

等江中月想起，要对东方白说两句谢谢的话时，他已经回屋去了。祝奶奶坐在床头，微笑着等着他。他走到奶奶跟前，牵起她的手。

安静了片刻后，东方白莫名其妙地问："奶，你说我爹会不会是司马醇？"

东方白内心空洞，对于自己的身世，他毫无所知，只知道自己是从南城酒坊门外捡来的。

祝奶奶抚摸着他的头："我可怜的孩子！"

小闩被安排在一间小偏房里，那是一间堆放柴火的小屋子。他住进屋子，一个人偷偷哭了。他第一次找到了家的感觉。等他手臂上的伤口愈合，新肉长出来后，他便主动到各处帮忙。但毕竟少了一条胳膊，他自己也没有完全适应，所以也谈不上做多少事情。他恳求江里浪，让他学做船员。但这并不实际，就算是阿累，在湍急的江面上航行时，也时常会应接不暇，更何况他还少了一条手臂。

一天，当他独自坐在江边的石头上，看来往的行船时，两位老者划着渔船经过，他们正顺着江边下网。其中一位是个耄耋老翁，他颤颤巍巍地将渔网投入水中。小闩突然来了兴致。

"这么大年纪的老人都能打鱼，自己这么年轻，不也可以吗？"他想。

于是，小闩找到个破渔网，没事时就来到江边，练习如何整理渔网，如何下网。

江里浪也觉得这个想法可行，确实应该为他找一个谋生的法子，便为他请了个渔翁师傅。在漕院里，小船和渔具都是现成的。不到一年，他便能独自撑着小船出水打鱼了。起初，他只能捕些小鱼小虾，但没过多久，也偶尔能捕到几条大鱼。漕院的人大多不知道他的名字，只知道他是个打鱼的独臂青年，便都叫他小渔头。

从此，他在漕院扎下了根，一生也没有离开过这里。

江中月实在太喜欢这只水母了，这种喜悦的心情由内而外。没过多久，同龄人就都知道，她得到了一只发光的水母。她为它换了一个漂亮的水晶瓶，每天为它更换盐水。夜晚，水母发出的蓝光将瓶上的花纹投射在墙上，江中月的屋子变成了梦幻般的世界。

江到海也十分兴奋，他兴奋的不是梦幻般的景象，而是书本上的记录在生活中得到了印证。他和江中月整夜观赏水母，都陷入各自的幻想之中。

这段时间，徐美醪授课的主题是浪漫文学。江中月在课上憧憬着自己的未来，想象着在未来的某一天，也能遇到突如其来的浪漫。徐美醪讲完课后，常常独自在办公室抽烟，抽着抽着，她会突然骂道："哼，去他的浪漫！"

同学们都知道，江中月得到了一件宝贝。只是没想到她竟然违反校规，悄悄将水晶瓶带到学校。课后，女子们将门窗关上，拉上窗帘，梦幻般的世界就出现了，引得大家赞叹不已。要说浪漫，这或许就是其中一种。不过片刻之后，徐美醪就打破了女子们的幻梦。

大家都不知道，"告密"的人是吴香。吴香也喜爱这种神奇的景象，但是欢喜过后，更多的是嫉妒。她有的东西别人可以有，但是她没有的东西，她也不准别人有。她分明听到，江中月在心中感激着东方白。

"又是那个呆子。"她想。

于是，她的嫉妒心更进一层。起先，她嫉妒江中月得到了一件宝贝，而现在，她嫉妒的是东方白竟不远千里，为江中月带回了这件宝贝。

于是她溜出教室，来到徐美醪身边，两人不冷不热地对起话来。

吴香能感受到徐美醪对她的态度，既不屑，又忌惮，她早就习以为常。

她冷冷地说道："这件事你必须管，否则我明天就不来上学了。"

这句话把住了徐美醪的脉门。吴森特地向她交代过，让她负责吴香的学习。但她也表明了立场："这是私事，我管不了。"

吴香没有答话，笑了一声，径直出了门。她已经听到了徐美醪的心声，并在心里骂道："哼，口是心非的女人。"

门开了，梦幻般的世界从门洞中一涌而出。徐美醪没有没收江中月的水母，只是将它拿在手中看了看，光芒消失了，她觉得并没有什么特别的。

吴香一直躲在附近，探听着她们的心声。等江中月走出校门，吴香便跑过去，拉起她的手同行。吴香的内心是矛盾的。一方面，她认定江中月是她最好的姐妹；但另一方面，她又无时无刻不在嫉妒着江中月。不知为何，江中月身上总有那么多让她嫉妒的地方。她嫉妒同学们都喜欢江中月，嫉妒江中月的纯洁和美好，嫉妒江中月成绩优异……

"可以把它借给我一个晚上吗？"吴香祈求道。

一时间，江中月不知道该如何回答。她没有想到，吴香会借她最喜爱的东西。但是出于友谊，她迟疑着，从书包里拿出了瓶子。

这一夜，江中月无法入眠。

而吴香也一夜未睡，她一直生着闷气，因为水母到了她的手上，竟然不再发出那梦幻般的蓝光。瓶中的水母闻不到空气中的味道，所以吴香无法探听它的心声。但水母似乎知道她的心思，它害怕似的缩成一团。

吴香确实不怀好意，她在心里盘算着：该以什么方式杀死水母，才不会让江中月看出来是她干的。这意味着，水母身上不能出现明显的外伤。吴香在苗青梅房间的抽屉里拿了两片避孕药，放进水晶瓶里。她早就知道，自己这位干姐姐与父亲之间的"好事"。

吴香将瓶子归还江中月时，水母已经奄奄一息了。当瓶子回到江中月手中那一刻，水母发出微弱的蓝光。江中月十分难过，但她并没有怀疑是吴香做了手脚。这又引起了吴香的不满。她觉得，江中月哪怕产生一点点怀疑，她都不会有任何愧疚之情，然而，江中月就是傻得如此可怜，又如此可恨。

在仔细观察后，江到海竟然写了一篇文章，名为《对外星来客的观察》。

他首先指出，水母是外星来客，然后详细列举了自己的判断理由。他认为，水母心脏中闪烁的蓝光，并不是普通的生物现象，那是一种生物信号。单个水母的信号很弱，传递的距离有限。但在海洋中，当所有的水母一起闪烁，并且时间足够长时，信号便能传递到宇宙之中。

为了证实他的论断，他还做了一个小实验。他将一根一尺来长、细如发丝的铁丝固定在支架上，然后靠近水母。神奇的现场出现了，随着蓝光闪烁，细丝发出了轻微而规律的颤动。

他提出大胆猜测：水母是一种高智慧生物，它们甚至能感知更高维度的时空。或许，在更高维度的时空中，水母会以另一种完全不同的形态存在……

他将文章装进信封，拜托去省城办事的船员，帮他送到邮局。邮寄地址是瑞士，收信人是某个刊物的主编。许多年后，这篇文章被世界公认为中国外星生物研究的开篇之作。

看到奄奄一息的水母，江到海提出了大胆的想法，将水母投放到酒江之中。他相信，水母在江水中依然能够存活。于是，江中月、江到海、东方白三人划着船，在附近的回水湾地带，将水母放入江中。水母漂浮了一会儿，又发出一阵强烈的蓝光，然后慢慢下沉，消失不见了。

第二年春天的一个清晨，小渔头收网归来，他急匆匆地上了岸，找到江到海兄妹。

"江中……有一片……星星点点的蓝光……"他有些上气不接下气。

半夜，几人偷偷相约，溜出了漕院。

果然，回水湾一带的水面下，出现了一片星星点点的蓝色光芒。一只巨大的水母浮出水面，蓝光异常强烈，它在和他们打招呼。江中月一眼就认出了它。它活了过来，并且生下了许多小水母。

从此，水母便在此安家。又不知从何时开始，蓝光之中出现了点点红光。

生离死别

吴香给水母投了毒，但江中月对她毫无怀疑，这让吴香很懊恼，仿佛一记好拳打在了棉花上。自从在酒江中翻了船，她就对江中发生的事失去了兴趣。所以，她并不知道江水中出现了水母。

她现在感兴趣的，是如何讨好自己的父亲。吴森太忙了，而他的孩子又太多了，他根本不可能把心思放在某个孩子身上，只有在有需求时，他才会想起他们中的某一个，或某几个。需要打听委员长的情况时，他便想起了吴争；需要探听某人内心的真实想法时，他便想起了吴香……在接到委员长"坚决打击地下党"的命令后，吴森经常想起吴香。他偶尔会邀请一些社会人士到家中议事，然后用一些诱导性的话语来引发他们思考，等谈话结束后，再让吴香说出他们的真实想法。

然而，对于父亲的心中所想，吴香也知之甚多，但她却缄口不言。她认为她和父亲是同心的。因为没有母亲的庇护，父亲在她心目中的地位就变得更加神圣了。

吴香常常会向吴森透露一些秘密。有些秘密是无关紧要的，比如哪位太太私藏了财物，或对谁偏心……而有些秘密却是很严重的问题，但他并不知道，比如关于苗青梅的秘密。苗青梅只比吴香大三四岁，等吴香上女子学堂时，她已经从学堂毕业了。在酒庐里，她的身份是吴森的干女儿，但实际上，她也是吴森的姨太太，只是她还要继续求学，所以吴森没有明媒正娶她。就算是徐美醪，也不敢轻易得罪这位学生，因为她颇得吴森宠爱。

　　一次，一位旅欧归来的军官送了吴森十几块女士手表，吴森当着家人的面，让苗青梅先选。太太们默不作声，但心里都不是滋味。苗青梅也不客气，选了其中最漂亮、表盘上镶满钻石的那块。选了也就选了，她还总是拿出来炫耀，像抢占地盘的猴子，不停地宣示主权。上课时，徐美醪不经意走过她身边，她故意拉起袖子，露出那块表来。这让其他太太们十分不满。她还时常向吴森提出一些无理的要求，比如要吴森为贵城老家的父亲和兄弟姐妹们买田地、建房屋。为自己的父亲买地建房，这无可厚非，但要为她兄弟姐妹们买地买房，这就太过分了。但没想到的是，吴森都一一照办，甚至还让人将所需家具置办齐全。从女子学堂毕业后，苗青梅又提出要去海城求学，吴森竟然也同意了，而且还安排人在海城买了一处住所，派了警卫负责她的安全。为了避免警卫和苗青梅相处时间过长，所有警卫一月一换。这样一来，苗青梅就从一个穷酸秀才的女儿摇身一变，成了一方诸侯的"千金大小姐"，或者说是未过门的姨太太。

　　因为经济过于宽裕，而精神十分空虚，苗青梅时常穿着高档礼服，出入租界的各种会所、酒吧，追求刺激和生活情调。在海城这样的风月之地，像苗青梅这样的单身女子，太容易被人盯上了，或者说太容易让人心动了。

　　苗青梅从小饱读经史子集，自有几分秀外慧中。但自从学了西方的一套理论后，内心又有些动摇。不得不说，她多多少少受了些徐美醪的影响，正是徐美醪所讲的西方文化和艺术，让苗青梅产生了到大城市来见见世面的想法，将来若是有机会，她还想去海外留洋。她对徐美醪的文艺气息既有几分妒忌，也有几分不屑。她觉得将来自己学成归来，目标不是女子学堂的校长，已经有徐美醪第一，她便不愿意做徐美醪第二，所以她便想到，何不当个师范学堂的第一任女校长呢？然而，人的志向一旦掉进了纸醉金迷的生活，就犹如江里浪的一叶小船驶入了大海一般，很快就从视野中消失不见了。

　　苗青梅第一次去法国人的租界用餐，一个穿燕尾服的中国服务生问她要不要来点酒。苗青梅在酒庐喝过老外的葡萄酒，她本觉得葡萄酿的酒应该是甜的，便要了一大杯，但喝进嘴才知道，红葡萄酒是涩的，甚至还有些酸和苦。所以服务生问她时，她摆了摆手，要了一份牛排。牛排她也吃不惯，只是把里面的土豆泥吃了，又喝了一杯冰果汁。她本来就不是去吃饭的，而是为了找那所谓的"情调"。

一个油光水滑的家伙在一旁打量了她很久，并慢慢向她靠拢。此时正好一个花童经过，他打了个响指，从上衣口袋里抽出一元钱，像是早就准备好的一样。花童立马递给他一支红色的玫瑰。他的响指也是打给苗青梅听的，所以她把这一幕看在眼里，但是表情全然不屑。那人毫不客气地坐在她的对面，把手上的玫瑰伸了过去。

"霞光是你脸庞隐隐的腮红，月牙是你浅浅的微笑，微风是你淡淡的气息……"那家伙念起一首诗，"让我怎能不为之倾倒……"

她对这种油腔滑调的家伙是有戒备的，学校住宿舍的姑娘常常跟着这种男人鬼混，他们有很多共同的特点，比如头发梳得光光的，穿着时髦而低廉的西式服装，不学无术，整日在外游荡。于是她只是像对待服务生那样，轻轻地招一招手，脸上洋溢着讽刺的微笑。若是对方死皮赖脸起来，她就指着不远处的警卫让他看。那警卫戴着礼帽，嘴里叼着香烟，他缓缓地摘下黑色的皮手套，将一只手轻轻地伸进大衣里。这动作会让人想起早年活动在海城的黑手党。对方只好灰溜溜地逃走了。

可是再怎么冷若冰霜，也会有被打动的时候。

又是一天黄昏，苗青梅坐在咖啡屋的大玻璃窗户背后喝着咖啡。大街上人来人往，大多是老外。突然人群中发生了骚乱，苗青梅看见几人窜出人群，向她这边跑来。她一眼就认出了为首那人，他身材高大，脸庞瘦削，蓄一头长发，穿着中山装——那是她的同班同学秦大成。

他一边跑一边喊："汪某人，狗汉奸……"

秦大成朝咖啡屋里看了看，似乎和苗青梅对视了一眼。苗青梅瞬间脸红了，不禁心中一动。秦大成平时斯斯文文，一副书生气，没想到也有这份男子气概。她竟然有些担心。再看后方，两个宪兵手持棍棒追了上来。两人一胖一瘦，都是40岁上下的年龄，已经累得上气不接下气。她望着他们逃走的方向，痴痴地笑了。

几天后的哲学课上，古板的哲学老师正在讲三纲五常。秦大成迟到了，他一把推开教室门，门"哐当"一声撞在墙上，吓得哲学老师往桌下钻，见是秦大成站在门口，气不打一处来，颤抖着说："你你你……，什么是三纲五常？还有没有伦理道德……"

秦大成咧开嘴笑了，冲着老师深深地鞠了一躬，学着他的样子道："我我我……，什么是三纲五常？老师乃学生纲……"然后敬了一个标准的军礼。

教室里哄堂大笑，老师也被逗乐了，骂道："给给……给我……滚到座位上去！"

他竟然真的俯下身子，做出要滚的样子。但当大家以为他真的要滚时，他却连翻了几个跟头，正好落在座位上，又咧着嘴左右抱拳。

从这节课开始，苗青梅就没了心思上课，她总是偷偷地看着秦大成，偶尔又埋着头发呆。秦大成确实是个积极派。在学校里，他是校学生会副主席。搞地下活动，他是领头人，经常和伪政府对着干，偷偷开办地下刊物。他上一次被宪兵盯上，就是因为在租界分发刊物。不过苗青梅是个不太主动的人，之所以不主动，原因是多方面的，最主要的当然是她害怕吴森。她像一只被囚禁在笼子里的鸟，虽然偶尔会被放飞，但终究还是要回到笼子里去的。二是传统思想根深蒂固，她过不了心里的坎。所以时间一长，她便有些吃不着葡萄说葡萄酸的意思，开始不屑起来。"什么青年才俊，还不都是些花心大萝卜。"

或许因为受的教育是中西合璧的，苗青梅的穿着打扮也常常中西变换。有时上午是西式礼服，下午又换成旗袍。到海城不到半年，她已是几家旗袍店的老主顾了。这天她去取一件旗袍，因为离得近，警卫又在打牌，就独自出了门。谁知正好遇上宪兵队抓人，大街上到处都是警察，枪声四起，人们四处逃窜。苗青梅愣愣地站在人群之中，一辆汽车驶来，眼看就要撞上她时，旁边突然钻出一个人来，一只手从她的腋下穿过，另一只手顺势搂住了她的腿弯，将她抱了起来。汽车和他们擦肩而过。苗青梅定神一看，竟然是秦大成抱着他。两人都愣了片刻。

"还不快放我下来。"

苗青梅斜斜地瞄了秦大成几眼，他这才放她下来，又开始耍起嘴皮子："苗英雄，这兵荒马乱的，我劝你就不要到大街上闲逛了吧！"

"也不知道他是怎么想的，突然冒出个苗英雄来。"苗青梅心想，又瞥了他一眼，说道："无赖，你才是苗英雄。"说完，她继续向对面的旗袍店走去。

秦大成跟在她后面。"青梅煮酒论英雄嘛，名为青梅，实为英雄。"

苗青梅一听，扑哧笑了。两人一前一后进了旗袍店。进店时，秦大成问了一句："怎么？今天跟班儿们放假了？"

苗青梅警觉起来，说道："你怎么这么爱管闲事？"

苗青梅竟然没有阻止秦大成跟进来。等她试穿完旗袍出来，见秦大成依然还在店里，他正坐在一把高凳上左顾右盼。秦大成回头，见苗青梅旗袍裹身，那苗条高挑的身材衬托着白里透红的脸蛋，让他心动不已。他的目光不知如何安放，假装往其他地方看。苗青梅倒落落大方，径直走到他跟前问道："好看吗？"

秦大成"嗯嗯"了两声，说道："好是好看，就是……"

"就是什么？"

"就是太抢眼，容易被坏人盯上！"

苗青梅挡住嘴笑道："我看你就是坏人！"

苗青梅换回衣服，请秦大成喝了一杯，算是感谢他的搭救之恩。

这样一来二去，两人很快就走到了一起。当两人第一次拥抱在一起时，苗青梅问了一句："为什么以前离我远远的？你在害怕什么？"

秦大成吻了她一下，说道："是，我怕，我怕一靠近你就再也离不开，我怕这只是个梦。"

如果在电影里看到这样的对话，苗青梅定会不屑，觉得这种油腔滑调的男人不可靠。然而自己一旦陷入其中，便无法自拔。这样的话让她浑身软绵绵的，只能闭上双眼，任秦大成摆布。

吴森作为军长，自然不方便到海城来，他想见苗青梅时，通常会让一位副官专程到海城来接。到海城的一年多时间里，吴森曾五次派人来接她回去。有一次，吴森让她不要再去读书了。"读书是好，但也不必读得太多，读多了眼睛就花了。"吴森像长辈一般告诫她。苗青梅哪里肯依，对她来说，这种自由惬意的生活才刚刚开始。她时不时地想起吴森的几个太太来，都是年纪轻轻就跟了他，生了一大堆孩子，完全就是生育机器，毫无自己的生活空间。所以每次她和吴森亲热过后，都不忘吃一颗避孕药。这件事吴香是知道的，吴森或许知道，或许不知道。苗青梅心中时常存有侥幸，她天真地认为，自己和吴森最多也就是情人关系，她花他的钱，牺牲自己的身体和青春。

第五次回酒庐时，吴香知道了她在海城的一切，因为她内心无时无刻不在想着秦大成。苗青梅要回海城的头一天晚上，吴森找来吴香，吴香笑盈盈地坐在一张太师椅上，茶几上摆着糖果，吴森让她自己挑选。随后他又问了问她的学习情况。

"你明年女子学堂就毕业了，想不想去海城读书啊？"

当吴森这样问时，吴香的脸红了："才不想呢！青梅姐姐去海城后就变了。"

吴森眯着一只眼睛，等了两分钟后才说："哪里变了啊？"

"变美了！"吴香用手挡着嘴嘻嘻笑道，"她心里住着个人。"

她不知道这话的严重性，而只是单纯地觉得，心里偶尔想起某个人是正常的事，好比她偶尔会想起那个傻瓜东方白。

过了好一会儿，吴森才问："那人是谁呢？我可得好好关照关照！"

吴香信以为真，便说："那人叫秦大成，也叫'亲爱的'，还叫'宝贝'，还叫'心肝儿'……是青梅姐姐的同班同学，青年才俊！"

吴森点了点头，让吴香回去了。

第二天，吴森亲自送苗青梅上了船，并在上船时，给了她一信封。吴森和苗青梅依旧挥手告别。船行了两个时辰后，她怀着喜悦的心情打开信封，信封里装着一张支票，票面已经填好了，这个款项够她在海城的一切开支。支票下是一封信，是吴森亲笔写的。她细细读了一遍，信的大概意思是：吴森觉得过去的贪欲太重，近一两年来身体状况不好，好好回顾了几番往事，觉得有很多事放心不下，其中一件便是苗青梅的事，吴森认为苗青梅年纪尚小，两人本是父女关系，过去有些事有违人伦。但过去的事只能过去了，从今往后，他只和她父女相称，并不会有其他非分之想了。

苗青梅读完信后，感动得落下泪来。

随着和秦大成的关系渐入佳境，苗青梅知道秦大成参加了一些地下组织，暗地里搞一些"危险活动"。一方面，她喜欢这种热血作风；但另一方面，她又担心他的安危。所以因为参加地下活动的事情，两人三番五次地吵架。有两次，秦大成被宪兵抓住，最后是苗青梅出钱找人买通关系，才把他放出来。但这次能救，不代表次次都能救。既然秦大成如此热衷于爱国运动，那么如果能够混上个一官半职，不就可以做更大的事，又能相对安全吗？

于是，苗青梅给吴森写信，向他介绍了这位"革命朋友"，希望能够得到干爹的栽培。吴森表现出对她和她朋友的极大关切，也表示正需要用人，希望他们能够尽快回酒城。

在这方面，秦大成又显示出年轻人最大的弱点来，就是希望有机会走"捷径"。当秦大成知道苗青梅的父亲是军长时，不由得暗喜。当然他很快就知道，这位"军长父亲"是她的干爹，因为她姓苗，军长姓吴。

两人果然一同回到酒城。在回来之前，他们在租界的刺青店里各文了一只蝴蝶。

吴森按传统的礼仪接见了他们，在外人看来，苗青梅仿佛真的是他的女儿一般。吴森看着两人卿卿我我时，不由得哀伤起来。倒不是因为痴情，也不是因为遗憾，而是因为他突然觉得，权力并不代表一切。

对苗青梅和秦大成而言，一切都进展得很顺利，吴森不仅接纳了他们，而且还委任秦大成为酒城驻锦城办主任。这意味着两人即将远走高飞，秦大成即将步入仕途，苗青梅也可以获得自己理想中的爱情。

吴森让警卫送他们一程。

当警卫们将两人团团围住的时候，苗青梅终于意识到，自己从一开始就错了。她被爱情冲昏了头脑，吴森怎么可能让她和别人远走高飞？她本应该做出其他选择的，比如留在海城，或逃走，从此和吴森断绝一切关系，那样吴森或许会不了了之。然而她做出了最糟糕的决定，等于当面否定了吴森，让他难堪。以吴森的地位和权势，怎么可能放过她呢？两人的爱情太过天真烂漫。

秦大成本想奋力一搏，他试图反抗，警卫长一枪打中了他的右腿。苗青梅冲上去抱住他，她已经泪流满面，不停摇着头说："对不起，是我害了你……"

她已经没有时间向秦大成详细讲述自己的身世了。事已至此，两人紧紧地拥吻在一起，直到身上被打出几个窟窿。警卫在两人身上绑上石头，将他们扔进了河里。

吴香并不知道，苗青梅和她的情郎已经葬身河中，只是从吴森的内心，隐隐约约感觉到一丝苍凉。这不免让她羡慕起来，心里暗暗地想："连苗青梅也找到了自己的幸福！"

爱情是幸福的吗？她不知道，但她满是好奇。十五六岁的年龄，恰是情窦初开的时候。从苗青梅身上，她看到了某种她不具备的勇敢。并且遗憾的是，她身边连半个看得上眼的人也没有。当然，女子学堂本来就没有男生，但最主要的原因还是她的特殊能力。她清楚每个人内心的想法，所以很容易看到别人的缺点。偶有师范学堂的学生到酒庐来做义工，女子学堂也常常组织联谊活动，总有些男孩子被女生们相中，吴香稍加观察，就看透了他们的内心。她要么觉得那男孩是"俊俏的面孔，幼稚的内心"，要么觉得是"内心丑恶，花花肠子"……谁的内心又没有一丝杂念呢？即便没有杂念，有各种心思，你不让别人说，难道想一想也不行吗？所以她怎么可能遇到一个喜欢的人呢？正因如此，她似乎连一个异性朋友也没有。只有副官为她跑前跑后。副官心里只有主仆的想法，所以吴香常常骂他"奴才"。

然而人与人不同，偏偏就有那样的人，心如止水，没有一丝心事，没有一丝杂念。

吴香只对东方白有些好感。东方白从海城回来后，便不再像过去那样。

他喜欢独自一人四处闲逛，或在屋子里陪着祝奶奶。在漕院不用为吃穿发愁，但老人近来的身体状况大不如从前。之前只是眼睛看不见了，现在连下床都有些困难。到了这年冬天，她的身体变得冰凉，就算穿上几件毛衣和棉衣，盖上她和东方白两个人的被子，依旧不能让她感到温暖。虽然没有半分疼痛，但冰凉的身体让她觉得十分痛苦，她一摸到自己的皮肤，就会觉得自己已经死了。第二年春天，梨花刚开的时节，祝奶奶静静地离开了人世。她留给东方白唯一的遗物，是当年包裹着他的那张画布，以及他父母留下的字条。画布已洗成了灰白色，字条也已黄得发黑，但字迹依然清晰："好心人家，请收留患病小儿东方白，阿弥陀佛！"

埋葬了祝奶奶，跪在坟前的东方白突然说道："我要去酿酒了。"

没有人知道他的话是什么意思。但当他向江里浪提说时，他已经收拾好包袱，要进城去投靠司马醇了。

在漕院生活了五年，人们都已经熟悉并接纳了他，他也习惯了漕院，喜欢漕院的人，有时候他会把漕院当成家。但是当他看到江中月、江到海、阿累……他又立马回到现实——这是他们的家。所以他要寻找自己的家，而他一点线索也没有，只知道自己是在南城酒坊被捡到的。那么南城酒坊对于他来说，就成了一个不算线索的线索。他说要去酿酒的时候，内心并非出于热爱，就像当年他去做船员一样。以至于到现在为止，他都不能算作优秀的船员。

江里浪把东方白当作亲人看待，问需不需要帮他做个推荐。东方白觉得去南城酒坊是他自己的事，于是摇了摇头。

江中月知道他要走，想劝他留下来，但江到海一把将她拉住，并对江中月说："别！他选择了伟大！"

江到海独具慧眼，拥有超前的洞察能力。

江里浪拿给东方白一笔钱，话语中带着些温暖："东西就留在漕院吧，屋子给你留着，你随时可以回来。"

东方白咧着嘴笑了，又把一半的钱塞给江里浪，说是孝敬二娘的，又向江里浪深深地鞠躬。江里浪怎么会要他的钱，又把钱塞回给他。东方白依旧傻笑着，埋着头走出了漕院。秋娥独自在屋里抹着眼泪，像是自己的孩子要去远行。

司马醇的酒精厂建成了，经过半年多的实验，酒精纯度达到了99%。别说用火去点，就是炽烈的阳光也能将它点燃。酒精的产量之高，超出了大家的想象。最初，司马醇用新出土的红薯进行酿制，发酵一周后，经过三次塔式蒸馏，就能达到燃料的标准。银行家买下了所有酒精，并安排"商队"运送，而建厂的费用，也都是由他出资。然而红薯的消耗量太大，农民的红薯很快就卖光了。一个搞运输的美国人建议用秸秆来试试，瓦片们对美国人的话信以为真，用玉米秸秆来发酵，没想到真的酿出了酒精。秸秆价格便宜，而且要多少有多少。

此事对司马醇产生了很大的冲击，银行家支持他酿酒的目的，是支援前方战场，而自己酿酒又是为了什么呢？仅仅是为了做大自家的产业吗？不是的，他突然想起了自己的初衷，他是为了上官陈小姐，为了实现她生前的愿望。而这些年来，他已经渐渐淡忘了此事，忘记了自己最初的追求，也和普通的商人一样，成天追逐名利。他把自己关在屋里想了整整一个星期，等他走出门时，曾经的司马醇又回来了，他又开始吟诵诗歌，开始写出动人的句子来。他将酿酒事业还给老父亲，又开始专心调酒，因为上官陈的愿望还没有实现。

当东方白来到南城酒坊时，司马醇正在样酒库里研究新产品。他全神贯注地工作着，并不知道东方白已经站在他面前，也想不起是什么时候同意要见他。东方白没有说话，只在一旁站立观看。司马醇在瓶瓶罐罐中选择着酒样，在一张张稿纸上画着各式各样的酒瓶。忙活了好大一阵子之后，司马醇显得很失落，又若有所思地坐在那里。

过了好一会儿，司马醇转身看着东方白，"明天我们去藏酒洞取些样酒，"东方白点了点头，又过了好一会儿，司马醇问，"你知道爱情的味道吗？"

东方白脱口而出："甜！"

他哪里知道什么是爱情的味道。做船员时，一些粗鄙的乘客常常谈论女人，他们常用"樱桃小口"来形容貌美的女子。他觉得那就是爱情，樱桃当然是甜的。他曾经在临江山上采摘过野生的樱桃，祝奶奶说真甜。

然而司马醇笑了，笑声中带着诗意，又有些意味深长。

"把墙角的小床收拾收拾，去找管家领些用品吧。"司马醇一边说，一边出了屋子，仿佛东方白是他远方来的侄子。

东方白坐在床沿上，抬头望向屋顶，灰瓦间镶着一块透明的玻璃，玻璃背后是灰白的天空，一只鹰在上空盘旋。

那只鹰已经吃过一顿饱餐，此时正悠闲地盘旋着，整个城市在它的眼睛里打转。它已经十分熟悉酒城的地形。静态的城市中，只有炊烟从房顶上升起，它喜欢炊烟的味道，透着一股柴火的香气。而动态的是川流不息的江河，以及来来往往的行船，那是这座城市的标志。然而它越来越不明白，为何在静态的城市中，会突然冒出一片新建的房屋来，或延伸出一条整齐的大道来。

人们已经记不清抗战是何时开始的，被日本飞机轰炸的记忆也渐渐淡了。新的房屋从原先的废墟中拔地而起，城市中央的绿地被清除干净，经过平整和夯实后，又新建了围墙和看台，政府搞起了全民健身的城市运动。城中建起了高楼，其中一座是百货公司。城外的一些区域，新建了宿舍或厂房，一条宽阔的马路向外延伸，不知通向何方。马路上的车马并不多，因为人们已经习惯了经水路远行。而城中的酒香似乎更浓了，江中的行船似乎更大了，人们的生活似乎更繁忙了，市井中的喧闹声从清晨一直延续到夜间。

最让人津津乐道的是：过去三年，酒城人民竟然建成了一座机场，国军的飞机可以在那里自由起飞和降落。那只鹰更疑惑了，那是它见过的最大、最不灵活的鸟了。

夜里，东方白突然听见一个女子的声音，不知是从哪间屋子传出的，有点像江里浪的嗓音，但发音十分标准，想必她长得也十分标致。只听她热情洋溢地讲道："下面请听《三娘教子》。"

第十章

暗　涌

即便是战争或饥荒年间，每到初一、十五，人们也都要从四面八方赶来，到城中的白塔寺烧香祈福。庙里的住持把庙后的房屋出租出去，勉强维持着寺庙的经营。

租房者中有一人叫图索骥，从西北来，初来时带着三四个人，推着三车大红枣。酒城人没见过这么大的红枣，都围上来看稀奇。

"这是啥苹果？咋红成这样！"有人这样问。

图索骥笑了，抓起来给人们尝，人们尝出味道来，才知道是大枣。酒城地处交通枢纽，城中常有外地运来的新鲜货，只要听到消息，人们就会去买稀奇。所以久而久之，就形成了一种叫"打新"的风俗。听说白塔寺外有几个卖洋枣的，城里城外的大户人家都派人来"打新"。不出一天的工夫，几车枣就卖光了。

几人商量定了，以后就在酒城谋生计，图索骥先在酒城落下脚，其余几人回去成立商队，以后将西北的特产送来，再把酒城的好酒运回。于是图索骥找到白塔寺的住持，租下了后院最靠墙的一间房。这间房有个偏门，开门就是寺外的小巷子，出入十分方便。他在这里住了不到一年，报纸上就刊登了日本人投降的消息，他格外兴奋，跟着大街上游行的学生队伍，从余甘渡口一直走到南城外。

这期间，商队到过酒城十几次，每次都保持着十来人的队伍，送来的货物少则两三天，多则一周，就会全部卖出。他们又将秋露白和各种药材运回大西北。

司马鲁应该是最早知道还要打仗的酒城人。前些时日，他接到山城来电，要他送500斤正宗的秋露白去，他在政府大院等待时，听几位秘书谈论起今后的形势，才知道国内即将开战。

果然，日本人还没被全部撵走，内战便爆发了。

不久，酒城里开始流传出一些小刊小报，上面全是当局的坏话，这让吴森很没有面子，他命令必须把这些散布谣言的地下分子揪出来。

四处发布传单的人不是别人，正是图索骥。图索骥本是共产党的一名宣传干事，奉了上级领导的命令，到酒城地区做特派员，与本地党组织取得联系，建立特殊物资采购点——酒城的特殊物资当然是酒。图索骥刚到酒城时，日军还没有投降，上级给他的任务只是搞采购。但日军投降后，国民党又主动撕破了脸皮，他是搞宣传工作出身的，见到这种情况，首先想到的就是要拿起宣传的武器参加战斗。他专程乘船到山城买了油印设备、白纸和蜡纸，在出租屋里秘密抄写反战言论。小报印刷出来后，他连夜出门，在城内人员聚集场所随处丢弃。这事在酒城轰动一时。但没过多久，城里就增派了治安巡逻人员。之后的一段时间，他没办法分发传单，就又搞起了口头宣传。他常到码头上，和那些吃不起饭的工人们聊天："资本家凭什么剥削我们这些无产阶级？"他对放牛娃说："共产党是大救星，专救贫苦老百姓！"他对垂钓的老渔翁说："共产主义好，人人有衣穿，人人有饭吃……"

渔翁疑惑道："那会不会没收我的钓鱼竿？"

"不仅不没收，还给你发新的呢！"

这样一段时间后，他竟然有了追随者。他们有事没事都去找他，听他讲理想和未来。再后来，他开始讲学，老老少少们挤满了他的出租屋。他把共产主义的文章换成幽默诙谐的白话，再加上些简单易懂的案例，让大家听得津津有味。大家纷纷加入他的队伍，和他一起秘密发放宣传单。但这样下去也不是办法，人多了就容易暴露。好在人多办法也多，有位老者出了个主意，以后大家都从寺庙进入，参加活动要假借烧香之名。

白塔寺的香客突然增加了，但住持发现，香客们都不太虔诚，他依然没收到多少香火钱，但有总比没有好。时间长了，住持和几个和尚就知道了后院的秘密活动，但也都"菩萨低眉"——睁一只眼闭一只眼。

图索骥还有一件要事，说起来其实是件私事。

临行前，他被带去见了一个人，是他上级的上级的上级的首长夫人。她知道图索骥要去酒城当特派员，便想托他帮忙打听一个人，那是当年大革命失败后，他们在转移途中遗弃的婴孩，名叫东方白。但她提供的线索实在有限，只知道是从一个码头上岸，码头不远处是城墙，沿着城墙下的小溪流一直往里走，孩子就放在街巷末最大的院子门口。照她提供的出生年月，那孩子算起来该有 18 岁了。图索骥觉得，找到他的可能性十分渺茫。一是孩子是否还活着；二是就算还活着，也可能早就改了名字；三是酒城这么大，他该从哪里开始找呢？但他没有表现出丝毫犹豫，他觉得自己能想到的，首长夫人也会想到。

他刚到酒城不久，就沿着酒城的江滩，一直从沱河江岸走到酒江江岸，再从酒江江岸走到澄溪溪边，熟悉了整个地形后，便开始寻找相近的地形。码头是一个线索。他挨着数过，沿着"鸽子头"一圈，分别有龙头渡口、余甘渡口、凝光渡口、酒码头、铜码头，有渡口自然就有码头。除了五大码头以外，又有七八处小码头。第二个线索是城墙。龙头渡口在城外，周围没有城墙，又是山地，没有什么人家。而铜码头离南城城墙较远。城墙下有溪流的地方，只有凝光渡口和酒码头。酒码头过去也叫澄溪码头，因为南城外的酒家常在此运酒，所以改叫酒码头。

凝光门外的情况比其他地方复杂很多，城墙往下二三百米范围内，全是低矮的房屋，这些房屋大多是临时搭建的草房。或许搭建的人也没有想到，他们会一直在这里住下去。所以在草房的基础上，他们又盖起了一些瓦房，房屋在陆续的修葺中变得斑驳沧桑。他们中的大多数人，是逃难到此的难民，为了生存下来，他们中的一些匠人干起了老本行。打铁的、补鞋的、捕鱼的……还有一类是搞竹木编织的。过去农村里的男人们都要学编织，所以能编箩筐、竹耙、背篼、蒸格、筲箕、簸箕等家伙什的人比较多。沿江而上的森林中，有很多无主的荒山坡，那里的竹子应有尽有。有需求就有生意，有人在此做起了竹木原料生意，原材料堆得像一座小山。他们在上游砍了竹子，再顺江漂流至此。后来，这里就成了卖农具和编织品的专类市场。

图索骥在城外逛了一圈，没见到哪里有大院子，倒买了个装小鱼虾的竹笆篓，这样他就可以伪装成抓泥鳅的农人，半夜里出门活动。从凝光门进入城内，一路上都是杂货铺。沿着坡道往上，图索骥的确看到一处酿酒作坊，作坊门外的牌坊上刻着"大中"二字。作坊前有几间铺面，其中一个是大中作坊的酒铺。一个穿长衫的胖先生在铺面里喝茶。图索骥走上前问道："老板，您这里最好的是啥酒？"

那胖先生眯着眼睛，往最里面的坛子指了指："陈年秋露白，两块一斤。"

图索骥笑道："这价格是喝不起咯，有没有一块两斤的？"

"你这人，买不起还问最好的！外面这个一块两斤。"他又指了指靠外的一坛。

"那来两斤，"图索骥说，"看您这身段，是店老板吧？"

"你是笑我胖吗？"那人提了个土陶坛开始打酒，"呵呵，店老板才不会这么苦命，我胖是吃药吃的。"

听他说不是店老板，图索骥就问："那你东家的儿子是不是十八九岁？"

胖先生不知道他为啥这样问。"老板也没那么好命，生了三个女儿，一个儿子也没有。"

图索骥提着酒坛，沿着城墙一路往白塔寺走去，碰到看得过眼的人就打听几句。

"他怕是改名了吧？"他想。

因为各种事务的耽搁，图索骥大半年后才去南城外的酒码头。那天他去村子里发放"只有共产党才能救中国"的宣传单，乘船回城时已是傍晚时分。酒码头上停满了船，不远处是南城城门，大大小小的酒作坊就隐藏在这片密集的建筑之中，房顶上炊烟袅袅。他早听说南城的酒好，于是给船家打了招呼，要在酒码头下船。

澄溪桥边有一家酒馆，老板姓方，所以招牌上写着"方酒馆"三个字。

虽是酒馆，但店里卖的却是涮肉火锅。要说起来，这火锅还是近几年才流行起来的，进城后的火锅又做了改进，案头上摆的都是猪羊牛肉，少见下水一类的东西。

店里有几桌人吃酒划拳。图索骥找了个空位坐下，他没有点火锅，觉得那东西味道太大，吃了受不了。他本是南方人，跟着毛主席走完长征，才到了西北。他要了一盅酒、一碟花生米、一碟牛肉，一边品酒，一边观察周围的情况。

过去人们把大市划分为城里城外，出了南城门就是城外。但现在城市扩大了，城内城外已没有实质性的区别。10多年前，马步达在此修补城墙时，南城外还没有这么多人家。这些年来，酒城人口疯狂增长，从原先的十几万增长到近30万。这当然也得益于地方军政的统一，以及吴森为酒城带来的安定繁荣。所以南城外的人口一点也不比城里少。

正值黄昏，倦鸟归巢，过去光秃秃的凤凰山，现在满是碗口粗的香樟树。道路上人来人往，有往巷子里走的，也有往巷子外走的。南城门的守卫正在换班，两班人马做着交接。偶尔有人停下来和方老板打招呼，他一般会随口应和几句，但很少主动搭讪。

"阿呆回来了，"方老板主动调侃道，"今天大帅府是请喝茶，还是吃糕点呢？"

图索骥见来人是个青年，那青年没笑，也没觉得尴尬，只说："今天是洋人的玩意儿。"

"那说说看，是啥洋人玩意儿？"方老板又问。

"咖啡，喝的咖啡。"

喝酒的人都安静下来，竖着耳朵听他们对话。

"咖啡是什么？"方老板疑惑道，"该不会是毒药吧？"大家一阵哄笑。

那人答道："哪能呢？就是苦茶，加上糖就甜了。"

他说完，也不顾方老板继续追问，推着车往巷子里去了。大伙儿笑了一阵，又开始吃酒划拳。

图索骥问方老板："那白白净净的年轻人是谁呢？"

"南城酒坊的小瓦片，您瞧他像不像呆子，平常尽说大话，说去酒庐送酒时，人家不是请他吃糕点，就是请他喝茶，那可是大帅府呢，他算个啥？"

图索骥也笑了笑，不再问了。

东方白来酒坊快三年了，可他的酿酒技术实在不怎么样。但这三年里，他个子长高了，身体强壮了，皮肤依旧白净，内心依旧如白纸一般。时间一长，街坊邻居都觉得，东方白呆呆的，像个木头人，但他偶尔说出几句话来，又会把人听得发愣，不知如何应答。

瓦片们是从天黑开始酿酒的，到半夜十二点，第一轮出酒结束，会有人送来猪油烫饭。吃过以后，大家又开始第二轮酿酒，第二轮结束，已是凌晨三四点了。他们用冷凝桶中的热水洗过澡之后，把酒坊里收拾干净，在街头的豆花儿店里吃过早饭，回家好好睡上一觉，到下午两三点，再起来忙自己家的活计。

东方白跟着瓦片们酿了三个月酒后，突然提出："为什么不可以白天酿酒呢？"

东方白不是瓦片们喜欢的那种学徒，他不仅没什么聪明劲儿，反倒有些笨拙。他这样一问，瓦片们倒愣住了，他们也不知道为什么要在夜里酿酒。

那年头，愿意去酒坊当瓦片的人已经很少了，人们常说："有儿不进烤酒坊，有女不嫁烤酒郎。"酿酒是个体力活，没有力气是干不了的，瓦片们黑白颠倒，晚出早归，哪家愿意把女儿嫁给这样的人？司马邑初见东方白，觉得他是个好苗子，就让大瓦片做他师父。然而没过多久，东方白就把师父气得够呛。

冬天，酒坊里燃着大柴，比较暖和，东方白干着活儿都能睡着。师父让他先到磨坊学磨粮，给他讲清楚方法步骤，又示范了几天，问他学没学会，他很笃定地说会了。结果磨出来的粮食都快成粉了，哪里还能使用。师父又让人带着他磨粮，但只要那人一走，他又会把粮磨成粉。

"老子带过最差的瓦片，都比这傻孩子学得好。"大瓦片常这样想。

大瓦片又让他学酿酒，心想有这么多瓦片在，总不会有什么不妥了吧，但事实并非如此。和大家在一起，他也会把大块大块的窖泥混入酒糟，或把刚从一口窖池里取出的酒糟，又倒回到另一口打开的窖池中。轮到他上甑时，那甑糟总是酿不出酒来。大瓦片检查以后才知道，甑桶里的酒糟压得死死的，酒糟压紧了，蒸汽上不来，当然酿不出酒。但所有的技术要领，师父都耐心地教过他，师父在时他能做好，但一夜过后，他就全忘了。

几个月后，大瓦片只好把东方白交还给司马邕。司马邕也纳闷，看起来这么好个苗子，怎么就长不起来呢？他又问司马醇的意思，司马醇依旧沉迷在他的新品之中。酿酒的技术活儿学不来，在店里卖酒该学得会吧，司马邕便让伙计带着他在前店卖酒。但他卖酒更不行。让他打酒，明明是一斤，他要么打多了，要么打少了。半斤的酒斗打两次，便是一斤，他偏拿成三两的酒斗，别人提醒他，他说没事。他用三两的打三次，却换个二两的打一次，抑或忘了后面还有一两。零星的散酒还好，遇上打十斤二十斤的，他更是马马虎虎，有时候少出两斤酒来，把带他的伙计气得骂娘。

最后，司马邕干脆让他去送酒，至少他从来没有打碎过酒坛。别说，这还真适合他，因为这活儿不用考虑轻重、快慢、多少，只需要推着，或挑着酒走便行了。

时间一长，人们就都知道，南城酒坊有个学不会的徒弟，虽然有些人知道他的名字叫东方白，但都更愿意叫他呆子或呆瓜。如果一个人仅是看起来呆，人们不见得会觉得他呆，东方白的呆是从一言一行中表现出来的。东方白去城里送酒，路上自然会有人向他打招呼，有人打招呼，他也自然要回答。比如，有人问他"送酒哇"，他往往不是回答是或不是，而是把给谁送酒、送多少、什么酒，都通通说一遍。问的人其实只是客套，随口一问，就好比平时见面问一声"吃了吗"一样，所以还没等他说完，人家已经走远了。

方老板最初见他送酒回来，便问了一声"回来了"。他便停下来，把去酒庐送酒的经历说了一遍。怎么去的，从哪里进的，见了什么人，怎么搬的酒，怎么回来的，最后还补充说，酒庐里请他吃了茶。方老板正在为客人切一根香肠，听他这么一说，不由得愣了一下，香肠掉在地上，他赶紧捡起来，在热水里洗干净，想说他吹牛，他却已经走了。隔天又上酒庐送酒时，方老板又和他打招呼，他又把送酒过程说一遍，最后又补充说没有喝茶，而是请他吃了点心。方老板便认定他在编瞎话，又把这事讲给进店来的熟人听。有闲来店里吃饭的人，都热衷听这样的故事。于是没几天，东方白的故事就尽人皆知了，大家也都知道他是个呆子。所以每当东方白经过方酒馆时，方老板就叫他呆子，并调侃着问他，酒庐里有没有请他喝茶吃点心。他也不生气，还是一五一十地说上几句话。

其实，东方白说的都是真话。他第一次去酒庐送酒，吴香就感觉到他来了。她看到这个成人版的东方白时，不禁笑出了声，他依然和以前一样，留着"锅盖头"，头发快要挡住眼睛，过去的圆脸变成了方脸，皮肤和过去一样白净，而且她依然听不到他心里在想什么。那时东方白只是埋着头搬酒坛，没有注意到有人在看他。

"嘿，呆子！"吴香喊他。

他抬头一看，没认出是谁。转身要走，吴香却拉住他，"你忘了我是谁了？"

东方白茫然地看着她，好一会儿才反应过来，原来酒香是从她身上散发出来的，这香味他知道。"你是吴香？"他又问道，"你在酒庐里当丫鬟？主人家不会亏待你吧？"

吴香想笑，顺着他的话说道："对啊，因为我是吴帅的本家，所以才能在酒庐里当丫鬟。"

东方白说："那你运气真好，怪不得以前就见你穿得好、戴得好！"

吴香捂着嘴笑，又说："对啊，算你运气好，遇到的是我，来喝杯茶！"

说完，她把桌上的盖碗揭开，里面已经放了茶叶，她拎起水壶沏茶。

东方白觉得不用在一个丫鬟面前客气，便真的坐下来喝茶。就这样，他每次去酒庐送酒，吴香总要出来寻他开心，不是给他喝的，就是给他吃的。

从女子学堂毕业时，吴香17岁了，吴森开始给她选婆家。她十分清楚父亲为他选婆家的标准，他凡事都会从利益的角度出发，才不会考虑自己的幸福问题。

的确，吴森为吴香考虑的第一个对象，是中央财务次长的儿子，之所以瞄上他，是因为吴森需要得到内部人士的支持，通过联姻，可以组成更加强大的势力联盟。当对方上门来拜访时，吴香听见了次长儿子内心的秘密，他情人无数，联姻是为了帮父亲夺取财政总长的位置。于是，吴森要她出去见面时，她早已从后门逃掉了。无奈之下，吴森只好把另一个女儿叫了出来。最近的一次，吴森想把她嫁给委员长的侄子，虽然这个年轻人并不在政府谋职，但他可以在委员长家中随意进出，吴香就可以获取委员长家庭的内部秘密。当这位青年到酒庐拜访时，吴香听到了他内心的奸邪，以及满心的财富欲望。于是，她又想办法逃掉了，吴森只好又选了个女儿代替。

事实上，吴香不可能喜欢上任何一个人，因为她太容易看清一个人了。那些邪恶的、肮脏的、奸邪的想法，都会根植在人们心里。而自卑、自负、自恋等负面的性格，也都根深蒂固。但在这世上，谁又没有一点不好的想法呢？这注定了她不会看上任何一个人，也不可能拥有爱情和婚姻。

随着年龄的增长，吴香对事物的认识发生了转变。她逐渐收敛起过去那些刁蛮、霸道，甚至是令人生厌的个性。但这并不意味着她已经脱胎换骨，变成了另一个人。她只是更加懂得"露"与"隐"之间的平衡之法。她依旧对父亲充满了依赖，对强权抱有幻想。然而一切都似乎在离她远去，她不再是个小女孩，可以经常被父亲带在身边，哪怕仅仅是去窃听别人的秘密。她听到的秘密越糟糕，对吴森越有用，以至于吴森想直接把她送到委员长的家庭中，成为他最重要的线人。随着时局的再一次动荡，吴森已经无暇顾及家人。几次严重的分歧后，他对这个女儿失去了耐心，也就不再过问她的个人问题。

当吴香再次见到东方白时，例外又发生了。东方白虽然有些呆，但他的呆不同于傻，也不同于弱。他的呆完全是因为内心的空白，他对人毫无心机，没有心机，就不会有多余的想法，吴香自然就探听不到他内心的声音。通常，当人们面对波涛汹涌的大海时，内心也会跟着澎湃，甚至产生恐惧；当面对宁静的湖面时，人的内心也会变得宁静。

所以，当吴香见到东方白时，她的内心出现了久违的平静。她产生了一丝心动，之后便总盼着他再来送酒。

陈与醇

司马醇做了各种尝试，始终调不出令他满意的酒来。有一段时间，他每天都往藏酒洞里跑，沉浸在酒的世界里。他忘我地工作，短发长成了长发，胡须拖得长长的。当他手抱诗集出现在余甘渡口时，新来的哨兵还以为他是一名外国学者。东方白空闲时，司马邕总会让他跟着司马醇，以防发生意外。但司马醇并没有做傻事的想法，因为他找到了自己的初心和目标，一心只想完成上官陈的心愿。然而，什么样的口感才是最完美的，并能代表他和上官陈的爱呢？答案只有他自己知道，也有可能，连他自己也不知道。

在他们顺江而下，抵达藏酒洞的过程中，东方白总会仔细地观察漕院。漕院外的江边码头上，停泊着一些新式汽船，其中有一艘游轮，是酒城到海城的长途客运，一个月发一班。漕院的人进进出出，似乎比过去更热闹了。人影中，他似乎看见了江中月。因为在一群船员中间，一个女孩子会格外显眼。

江中月从女子学堂毕业后，一心要回漕院开船。江里浪问秋娥的意见，秋娥不同意，要她跟着会计师傅学会计，觉得女孩子还是做内务工作比较好，怎么能和一帮大老爷们一起开船呢？江中月不再是小女孩了，如今长得高挑漂亮，性格开朗，哪个年轻男子见了会不喜欢？然而无论是谁，都会有倔强的时候，而且倔强起来，九头牛也拉不回来。江中月就是要开船。实在没有办法，江里浪就让她去开阿中的船。江里浪相信阿中，他无论在什么情况下，都会首先考虑女儿的安危。江中月从小就是个出色的掌舵手，她回到船上，那驾船水平一点不比阿累差。很快，她就学会了驾驶各种类型的船只。

三年前，江到海申请了公费旅欧游学。江里浪为此而难过，他曾想让江到海继承家业。秋娥也默默流泪，仿佛江到海走了就再也不回来了。只有江中月为哥哥感到高兴，那是他梦寐以求的目标。他之所以能申请公费游学，主要是因为对蓝光水母的研究，那篇研究水母的论文获得了"天外来客奖"。那可是国际大奖，有了这个奖项，他就有资格去任何一个开设有外星生物学专业的学校求学。

东方白经常见到小渔头，他已是捕鱼能手了。他一只手投网，动作十分娴熟。一天傍晚时分，小渔头在一处静水区下网，两艘小船在江河交汇口相遇。小渔头只认出了东方白，此时司马醇满脸胡子，他没有认出。那年阿累从江中救起他时，司马醇也在，他还用酒为小渔头消毒。要是在路上遇见，小渔头一定会拥抱东方白，但他们都在自己的船上。小渔头激动地和东方白寒暄，并问他什么时候回漕院来看看。

突然，水面下出现了两团影子，不一会儿，影子发出蓝红色的光芒——发着光的水母群落出现在两艘小船的正下方。它们可能遗传了那只蓝光水母的记忆，所以都认识东方白。它们拥有独特的辨识能力，总会出现在它们认识并喜欢的人的船下，似乎在为他们保驾护航。

正因如此，夜幕降临后，江中月常常划着小船，到静水中去看望它们。有时，水母们会为她举行一场盛大的演出。它们从四面八方聚集过来，在水下围着小船转圈，从而形成了一个巨大的水下光环，远远望去，似乎是一个发着蓝色和红色光芒的彩色旋涡，将一只小船高高举起。等这个光环足够大之后，它们又分解为多个旋转的小光环，光环时而缩小，时而扩大。江中月觉得，或许那只最早的蓝光水母还活在它们中间。

这是她一个人的水中王国，她静静地躺在船上，和浩瀚的星空相比，她觉得哥哥离她并不遥远。他们常常通信，江到海会谈到他的学习和研究，他正跟随一位著名的教授，研究如何破解外来生物的密码，如果研究成功的话，他们将在未来几年，找出上百种生活在地球上的外来生物。在亲人中，江到海最愿意给妹妹写信，因为只有她懂得他的研究，也可以说是相信他的研究。

江中月也会想起东方白，她会想起那年，他把捧在手中的蓝光水母送给她的情形。她觉得总有一天，这些不断发出信号的水母们会等来天外的伙伴。

司马醇虽然醉心于研究，但他并非回到了当初的落寞时期。相反，他依然保持乐观，并且心怀希望，只是因为久久不能实现自己的愿望，而有少许的迷茫。他不断创作，写了许多诗，他似乎就要找到纯粹爱情的灵感了。终于，在往返于藏酒洞和南城酒坊的这段时期，他在发光水母身上找到了一种感觉。水母们会跟随着他们的船，一直来到南城外。东方白向他详细讲述了这些水母。他忽然觉得，这些发光水母就好比他心中的爱情，一直像影子一般跟随着他。上官陈和他之间的纯洁爱情，也正如这影子一般，一直跟随着他，从未离开过。

他琢磨起"影子"这个词。他想只要心中的影子在，他和上官陈的爱情就会一直存在。那么，什么样的酒才符合影子的定位呢？经过一段时间的思考，他找到了这种感觉。说起来有些玄妙，这种酒一定是独一无二的，只要尝过，就会对它记忆深刻，只要想起酒，就会想起它，它会像影子一样，让你上瘾，让你永远忘不掉它。

司马醇并没有把自己封闭起来，他会请教大瓦片，大瓦片酿了一辈子酒，说起酒，没有人比他更有见地。"要想让人不忘记，就一定要酿出最上乘，远远超越其他酒的好酒。要想超越，还得学习老祖先。"

大瓦片的意思是要用最传统的方法酿酒。

为了提升秋露白的产量，一代代酿酒师们经过多次改良，酿酒技艺早就发生了变化。司马醇想起了那本牛皮书，上面记载着几百年前的酿造方法。他找出与秋露白酿造方法类似的记录，和大瓦片一起研究。

在大瓦片的指导下，他按照书上记录的方法，开始尝试着酿造"影子秋露白"。他先用陈年老酒清洗了窖池的四壁，又采购了一些本土高粱，人工磨掉高粱外皮，用亲手采集的秋露浸润，再用铁锅将其蒸到八分熟，待冷却后，加入用原始方法制作的酒曲，投入窖池中发酵，整整九九八十一天后，将酒糟取出，用秋露做底锅水进行蒸馏。出酒过程最为关键，常规的取酒方法是将出酒分为三段，取中间段作为原酒，而为了取到品质最好的酒，司马醇将出酒分为五段，选出最好的那一段酒作为基酒。

果然，那基酒香气浓郁，任何酒都不能与之相比。仔细品来，其中窖泥的香味、粮食的香味、酒糟的香味、酒曲的香味、酒体的纯净，比任何酒都好。但唯独缺少老酒的陈香。如果将基酒装入酒坛，放到藏酒洞中存放几年，酒的陈香必然会增加，但与此同时，其他香味又会随之减少。所以最好的办法，就是选取藏酒洞中的老酒进行调味。司马醇的脑海中，存储着成千上万种老酒的味道，这些信息在他脑海中一一掠过，最后只剩下四五种最具陈香风格的老酒。

　　在长久的思考和尝试中，司马醇终于完成了"影子秋露白"的酿制。瓦片们一一品尝后，都说从未尝过这么浓厚的酒。它正是司马醇一直在寻找的味道，他终于释然了。

　　新品选用了一款水晶玻璃瓶，瓶子底部很厚，内部镶嵌了蓝色和红色的水晶，仿佛酒江中的发光水母。瓶身标签上是一个坐在小舟上的美丽背影，她长发散开，垂到她纤细的后腰上。她身后的水面下，正是瓶底玻璃中镶嵌的发光水母。一轮圆月静静地挂在空中，江中月亮的倒影成了淡黄色的水波。标签的边缘写着"陈醇秋露白"五个大字，如果仔细观察，在那轮圆月中，还能隐约看到"影子"二字。

　　司马醇拿到酒的成品时，仿佛上官陈小姐突然出现在他眼前。他品尝它的时候，仿佛在和上官陈对话。司马醇抑制不住内心的喜悦，要把这款酒分享给上官陈的亲人们。

　　在沉醉其间一个月以后，司马醇亲自上山城酒家送酒。司马醇和东方白上了江中月的客船。江中月和东方白都已长成大人，他们不再像小时候那样随意谈笑。在江中月心中，东方白比过去更加沉稳，更加呆，他可以坐在那里，长久不说一句话。但这并不代表他完全不懂男女之事，特别是在和司马醇相处了这么久之后。

　　江中月到了谈婚论嫁的年龄，江里浪和秋娥为她相中了一户人家，那是他们从排着队的说媒队伍中挑选出来的，街坊邻居都觉得相称。

　　那青年名叫刘志满，是老绅士刘德高之孙。别看他只是个20出头的青年，之前已在国会参议院做过一年实习议员，今年刚去欧洲求学。两家人约定好，等两年后志满留学归来，就为两人成亲。然而，对于这位备受众人夸赞的青年，江中月却说不出是喜欢还是不喜欢，因为在几次接触中，她隐约感觉到他的高傲，甚至不屑的态度。他总是眼光向上，话语中总带着几分轻佻。江中月向父母说起自己的感受，他们却笑她不懂文化人的气质。"但哥哥不是这样的！"她反驳父母。兄妹俩最亲，江中月从没见过他对谁高傲。刘志满在江中月心中，逐渐形成了一种傲慢形象，换一种说法，就是"大男子主义"。她内心是抵触的，但自己又没有任何可以拒绝这门亲事的理由和办法，一切都是板上钉钉。好在刘志满还有两年才回国，江中月认为，她尚有短暂的自由。

船在中途停下来过夜，乘客们都上岸找客栈去了。由于在江岸过夜的客船常常发生偷盗事件，所以地方政府出了新规，旅客一律不能在船上过夜，这使得沿江的县镇上新开了很多旅店。司马醇要去镇上见朋友，便独自走了。东方白和船员们情同手足，大家都留他在船上。

夜里，船员们点了马灯，听他说酒坊里的经历。东方白的口才并不好，但是他的经历是全新的，大家都觉得新鲜。江中月虽是船上唯一的女性，但是她从小就和船员们混在一起，所以也不避讳，和大家一起住在船上。只是船员们和过去有些不同，只要江中月在，他们就表现得比较拘谨。大伙儿最想听东方白讲传奇的司马醇先生。

"他每天午后都会睡在天井边的躺椅上看天，"东方白描述起司马醇不同于常人的行为，"偶尔会吟诵一些诗句，有些是外国话，我听不懂，更记不住……"他想了想，"他经常会对着一个地方自言自语，仿佛在和一个人说话，但不要认为他着了魔，他比谁都清醒……他始终珍藏着上官陈的日记和照片，每时每刻都带在身边，他这辈子只为她而活……"

"东方哥，说说他们当初是怎么好上的。"江中月喝着姜茶问。

司马醇从不避讳他和上官陈的话题，所以东方白知道一些。"司马少爷第一眼见到上官小姐，就被她迷住了，然后从海城跟着她去了山城……"

江中月问："你说世上还会有一见钟情的人吗？"

有人说："我们是常人，司马少爷是诗人。"虽然司马醇已年过40，但人们还是习惯性地叫他少爷。

东方白道："有吧！只是有些人敢说，有些人不敢说；有些人敢做，有些人不敢做……有些人既不敢说也不敢做。"

有人马上接过话："呆子，你也是既不敢说也不敢做吧？"

大家笑了。东方白自然有他的可爱之处，他总是保持平静，不会受各种情绪的羁绊。他无意间和江中月对视了一眼，一人眼睛里闪着光，一人眼睛里透着平静，都是一样的干净、纯洁。从江中月第一次见到东方白起，就有一种说不清道不明的情愫，一直根植在她的内心深处。江中月为东方白抓鱼的往事，如一丝永不降温的暖流，一直在东方白的身体里流淌。此时，两颗心似乎进入了同一个频率，正在同步跳动着。

等大伙儿都散去后，江中月问东方白："东方哥，你喜欢什么样的人？"

东方白如他一贯的风格，话不过心便脱口而出："你这样的！"

在东方白的人生经历中，确实没有遇到过比江中月更好的人。他这样回答，完全是因为两人有多年一起成长的经历，而他也一直将江中月当妹妹看待。但他们毕竟已是成年人了，他可以随口说，但江中月无论如何也不会随便听。她忧心起自己的婚事，不知道自己将来会不会喜欢那个陌生人，但是至少到现在为止，她没有为此事感到过喜悦。反而是和东方白在一起时，她会觉得安心。

她久久地站立在船头，心中掠过一丝伤感。

上官爵无论如何也想不到，这世上竟然有如此痴情的人。他从司马醇手中接过印有自己女儿背影的陈醇秋露白时，还是为之动容得掉下了眼泪。他拉过司马醇的双手，两人进了上官陈的房间，房间还保持着过去的陈设。上官爵又将上官陈过去读过的书、用过的物品挑选出来，送给司马醇，并让司马醇亲手将酒放置在床头柜上。

司马醇仿佛又看见了上官陈，她像过去那样倚靠在床头，正微笑着看他。

从那以后，上官爵一家时常会在上官陈的屋外听到她的欢笑声，他们一点也不害怕，并且愿意以这种方式，和自己的亲人相处下去。

好运气

就像当初政府迁都到山城一样，山城的老百姓也不会想到，日本人被赶走后，政府又迅速迁走了。但是繁华的迹象并没有马上消失，山城已然成了一座国际化大都市，这里还保留着一些政府机构、几所学校、各行各业的企业，以及大批的军队，夜里的闹市中依旧莺歌燕舞，一些富家子弟依旧在这里过着纸醉金迷的生活。然而这一番实际的景象背后，是一个空虚的政权体系。很快，国民党军队节节溃败，解放军竟然变被动为主动，开始发起反攻。与此同时，大量的地下工作者如雨后春笋般，不断从祖国大地上生长起来。

图索骥在酒城建立起一个庞大的支部，党员干部分散在各行各业中，分布在城里城外的各个角落，深入周边的县镇，甚至是乡村。吴森没想到，在自己睁一只眼闭一只眼的状态下，地下工作者已快速发展到如此境地，周围的乡镇竟然已经抓不出壮丁来了。而他更加怀疑的是，自己的部队里也有地下工作者渗透进来。

委员长在离开山城时，曾征求过吴森的意见，问他是否愿意到中央任职，他会给他安排一个很高的职位。吴森没有丝毫考虑，决定留守大后方，他的理由找得很好，他报告委员长，现在的形势还未稳定，建议将山城长期作为大后方，而他将坚守山城的侧翼，守护大后方的安危。委员长为之动容，更加信任吴森，而且觉得他是个识大局的人，将来必有重用，便同意了他的建议。

其实，吴森有自己的考虑，他不愿意失掉现有的权力，其中最主要的是兵权。一个军人怎么能失去兵权？到了这年年底，主力军连连败退，中央多次全国点兵，要求地方军力向中央集中。吴森心中自有打算。他表面上按照中央的要求，但派出的队伍都是些老弱病残。

图索骥是个胆大心细的人，他的地下工作已经搞到了酒庐内部，而且针对的就是吴森本人。他的想法是一点点地感化吴森。目前全国已经发生过多起地方势力起义的事件，其背后少不了地下工作者的努力。图索骥并非一介莽夫，他非常清楚，越是危险的事情就越要讲究方式方法，于是，他先以商人的身份进入酒庐，将革命根据地的土特产送给吴森。吴森看着眼前的大枣、小米等特产，突然发起脾气来，立即通知警卫将来者抓回来，警卫队却睁只眼闭只眼，没有采取行动。

到了年底，就连王羊和王兀，也都偷偷读起了《共产党宣言》。

如果图索骥只是去酒庐探探情况，那他大可不必再去第二次。这一次，吴森也没有亲自接见他。他把一摞书、报刊交给警卫队长，走出酒庐时，正好遇到东方白前来送酒。他们打了个照面，图索骥想起方老板讲的笑话。

"这呆子真是会吹牛！自己作为前来拜访的商人，也未得到酒庐的一口茶喝。他一个送酒的下层劳工，怎么可能会请他吃喝呢？"他想。

他走出大门时，身后传来一个女子的声音："东方白，快来，我有个好东西给你瞧瞧。"

图索骥心中一惊，回头看去，只见一个小头小脸、脸呈倒三角形的女子站在门口，正招呼着那呆子。

"他是东方白？！"图索骥心中激动，没想到"踏破铁鞋无觅处，得来全不费工夫"。他大喜过望，久久地站在门外观望，直到他们进了房间。他同时想道："看来这孩子说的都是真话，只是别人不相信罢了。真是贵人自有天相！"

东方白走出酒庐，一直走上了通往南门的主路，路口有一棵比成人的腰还粗的榆树，平时走远路进城的人，一般在进城前，都会在这里坐下来休息片刻。那天并没有人在树边歇脚，他推着车走到榆树旁时，突然从树后冒出一个人来，东方白被吓了一大跳。

他把那人打量了一番，又淡淡地说道："你不是方酒馆的吃客吗，这是要劫道？"

"哈，你莫非又在酒庐里吃了好东西？"

"今天没吃东西，只是看了一块表，没什么特别的。"

图索骥觉得好笑，这年轻人果然有些呆，但也并不是不可教。他走上前去，在东方白耳边说道："送你些好书，看不看？"

"我不读书。"

"年轻人怎能不读书？书中自有黄金屋。"

"我不要黄金屋，有个住的屋子就行。"

"书中自有颜如玉。"图索骥脸上露着坏笑。

"不读书也能成家立业。"

"书中自有你要找的东西。"

东方白觉得这人无聊，便借道要走，说道："我没有要找的东西。"

图索骥笑盈盈地追问道："真的吗？你不是一直在寻找吗？"

东方白一时想不起，自己有什么要寻找的，便往前走。等他走出十几米远时，图索骥又说："你不是一直在找你的父母吗？"

东方白猛地愣住了，他从未向人提起过这事，就算在江中月面前，他也只是略提了一下自己的身世，没向她说过自己在寻找父母，而眼前这人怎么会知道呢？"难道他就是我爹？"他停下脚步，放下推车，转身看着图索骥。"不对，他看起来没那么大年纪。"他想。

图索骥笑了，走到他身边，从怀里取出几册书来，递给东方白。"读完这些，你可能会知道答案。"

东方白迷茫了，他皱起眉头，看着手上的几册书，再抬头时，图索骥已经往江边走了。他看见第一本书封面上写着《论资本主义的消亡》。看第二本，上面写着《共产主义 ABC》。另外还有几篇从报刊上剪切下来的文章，其中一篇是《打倒一个旧世界，建立一个新世界》。

东方白再次见到图索骥，是在白塔寺外那棵起死回生的老槐树旁。几个人围着他有说有笑。见到东方白朝他走去，他让几人先散了，然后斜着眼看着东方白笑。东方白先是把上次的几本书放在他身旁。"书里什么也没写。"

图索骥哈哈一笑，反问道："真的什么也没写吗？"

"没有写我想要找的。"东方白皱了皱眉头。

"不见得吧！我既然知道你要找什么，就不会随便给你几本闲书看。"然后他又看了看面无表情的东方白说，"要不这样，你每周三和周五晚上来我这里，我慢慢告诉你答案，我就住在下面第一间房。"

东方白虽然毫无所获，但他隐约觉得，这人一定知道什么，他和自己的父母一定存在某种关系。他无法抵御这种诱惑，这正是他的迷茫所在。于是他默认了。

东方白接连去了几次，每次他那间小屋里都挤满了人，图索骥基本上没什么时间理会他。有一次，图索骥先是站在一块小黑板旁，压低了声音讲陕北的故事，随后又在黑板上写下了一串文字，用沉沉的声音教大家唱一首歌："花篮的花儿香，听我们唱一唱，唱一呀唱，来到了南泥湾……"

东方白觉得莫名其妙，二三十个大老爷们挤在这里唱歌。唱完一遍后，一个光头问："南泥湾这么好，那是在哪里呢？"

"这不写着吗？陕北嘛。"

又一人问："你去过没？"

图索骥摸了摸头，说："我没去过，不过听说过。"

大家都笑了。

东方白觉得这没什么好笑的，转身要开门出去，图索骥突然指着他说："我看这位同志最该去看看！"

大家都看着东方白，而他却像个局外人一样说道："去干啥？"

"又战斗来又生产……"图索骥唱道。

东方白虽然有些不耐烦，但还是淡淡地说："我可去不了，我还有事。"

那模样好像真要他马上就去似的，屋子里的人又笑了。有人把食指放在唇边，大家立即降低了音调。

东方白平时很少有心事，那天回到自己的屋子却老想着图索骥的话，特别是说他最该去陕北。为什么自己最该去呢？他想起收音机里的故事，菩提祖师敲了猴子三下头，猴子便知道半夜三更去找他。东方白平时呆里呆气，但他觉得图索骥的话是在提示他。于是到了下一个会面的时间，他又不知不觉去了白塔寺。这次却很奇怪，屋里只有图索骥一个人，屋子里摆上了一张小桌，桌上有一壶茶和两个杯子，他很自然地坐在桌旁。图索骥比东方白大十来岁，看起来却像个四十几岁的人，额头和眼角的皱纹很深。这次他像大哥教育小弟一样，给东方白添上茶，很直接地告诉东方白，要他好好学习，还为他准备了一些资料。然后他要东方白讲一讲他的生活情况。

东方白告诉他，最近三年在南城酒坊酿酒。图索骥让他往前说，他又说了在漕院的情况。图索骥让他继续往前，他又说起和祝奶奶住在盐道口，再往前就只知道自己是从南城酒坊捡来的。图索骥完全确信，他就是首长夫人要找的人。图索骥并没有把他的身世完全告诉他，只说他的父母在陕北，以及他们遗弃他的原因，以及这些年来他们心中的悔恨，并问他想不想去陕北见他们。图索骥本以为东方白会有很多疑问，他甚至准备好了一些问题的答案，没想到东方白什么也没问。

"想，"他依然平静地回答，"什么时候？"他这样说，可见已想得迫切。

图索骥马上答道："现在不行，你还有很多事要做。"

东方白不可能独自去陕北，他必须听从图索骥的安排。他单纯地认为，只要能找到父母，他至少就能够像阿累那样，知道自己的母亲是谁，也就解除了他内心的迷茫，仅此而已。他并没有想过要从父母身上得到什么，也不觉得自己有什么需要弥补的。

接下来，他自然就参加了图索骥的地下活动，以至于接连几天，他都没有在南城酒坊出现过。司马醇完全投入陈醇秋露白的生产之中，对其他事情毫不关心。司马邕发现东方白行踪异常，为了不受牵连，劝他做个选择。东方白来南城酒坊本就不是为了学酿酒，所以他很快就搬到了白塔寺。

东方白做了图索骥的助手。没过多久，图索骥就发现，这个助手的长处不在做事上。比如让他搞印刷，他虽然能学会，但很难做好，不是搞得油墨横飞，就是将文字印得交错纵横。然而图索骥不同于别人，他发现东方白有一个很大的特点——大智若愚。虽然工作过程不尽如人意，但是他总能化险为夷，最终得到一个好的结果。

解放军已经展开了大规模反击。吴森顶不住中央的命令，开始招兵买马，被迫将队伍拉上战场。为了保存实力，他依旧保留着自己的精锐部队，派出的兵力主要从乡镇上新征。

到了秋后，粮食收割完了，"抓丁"的工作也开始了。政府一级一级地把任务分派到乡镇，乡镇又把任务分派到村，最后由村里的保长来负责抓丁。政府派出专员，到村里督办抓丁的事务。几年来，图索骥发展了众多的基层党员。他带着东方白，到村里去抵制抓丁。他们在专员来之前就秘密开展工作，在山里建了临时根据地，让男丁们去暂避风头，每隔一段时间都会有人送去补给。等专员来后，保长们会安排他们好吃好喝，一边装模作样地开展抓丁工作。等时间到了，壮丁却一个没抓到，但因为有吃有喝，还拿了好处费，他们也只好回去报告，说村里确实无丁可抓。

政府为了"杀鸡给猴看"，也常常把负责抓丁的保长抓起来，叫村里送壮丁去赎人。所以图索骥常常组织村民开展营救活动。由于东方白过去在城里送酒，对各家各户的情况都熟悉，为了疏通关系，图索骥常让他去送礼报信。但东方白觉得，这样做实在有些冒险，所以他并没有按图索骥的指示办事，而是把礼品和信件都放在床下，每天出门闲逛，或去看望一些老朋友。图索骥很快就发现了迹象，他十分生气，这打乱了他的营救计划。与此同时，政府很快就发现，关押着这些保长也无济于事，还要管他们吃喝拉撒，反而增加了政府的负担，只好把人放了。

如果仅因为一两次好运，图索骥不会对东方白做评价。但事实证明，东方白总是拥有某种"好运气"，他似乎时刻被上天眷顾着。

图索骥的判断，很快又得到了验证。当报纸上登出"京城和平解放"的消息时，图索骥格外兴奋。不久前，他从西北来的"商队"那里得知，解放军的兵力已达到400万，其中大部分是投降的国军。

"连国军都起义了！"他想，"吴森也可以起义！"

但他知道，吴森的工作还没有做到位。为了以防万一，酒城需要建立必要的地下武装。经过半年的筹备，他已经发展了几千人的民兵队伍。现在最缺的，是武器装备和军用物资，仅靠"商队"带来的装备，是绝不可能兴起什么势头来的。经过长时间的调查，他制定了一个冒险计划，他要组织一帮人马劫取吴森的军火。吴森的部分军用物资是城外的兵工厂生产的，另一部分则是通过采购。图索骥得到情报，有一批军用物资将通过陆路送到酒城。目前全国各地都有国军起义的消息，酒城的部队军心涣散，这种时候劫取军用物资，把握相对更大，而且更能挫伤吴森的锐气。但参加行动的队员只有五六十人，人手只有一把步枪，而情报显示，运送物资的敌人是一个连，有五挺机枪，人人装备精良，想要获胜只能智取。于是图索骥想了个办法，并安排东方白等人进城去买鞭炮。

一切都准备好了，东方白带着几名队员挑着鞭炮往约定好的地方赶。到了夜里，乡间伸手不见五指，丘陵地形看起来比较相似，他们似乎遇到了"鬼打墙"，始终找不到约好的埋伏地点。找不到队伍该怎么办呢？又没人又没枪，被敌人撞见了只有死路一条，几名队员打起了退堂鼓。但东方白不这样认为，他不想把沉甸甸的担子再挑回去。他觉得马路只有一条，不都是放鞭炮吗？一会儿车队来了，把鞭炮点了再走，任务就算完成了。几人交流了想法，既然是东方白负责，那么大家就听他的。他们找了个隐蔽的路口，将鞭炮拆开来挂在树上，几百串鞭炮交织在一起。

他们在林子里等到半夜，东方白困得厉害，趴在干草堆上睡着了，直到有人把他摇醒，他才注意到，远方的丘陵上闪烁着汽车灯光。不久，他们听见了汽车的马达声。东方白用一把火引燃了鞭炮。他们几乎买光了全城的鞭炮，这些鞭炮大多是"牛果子炮"，之所以叫"牛果子"，是因为个儿大、声音响。几百串"牛果子"点燃后，林中响声震天，火光引燃了干草堆，又引燃了干枯的树木，一时间，火光冲天。

东方白任务完成，带着几人一口气跑回了城。他们在白塔寺里等了整整一夜，也不见图索骥回来。几人还兴致勃勃地到豆花店里吃了早饭，到了中午，又一人吃了个馍。午后，还不见人回来，终于有人说："完了，肯定出事了。"

直到傍晚，图索骥才回来。他给了东方白一个大大的拥抱，又一一和另外几人握手，然后请他们去方酒馆吃火锅。到了方酒馆，火锅煮上，酒也倒上，图索骥压低声音，说道："给你们几个记大功！"

原来，鞭炮声一响，押送物资的敌人就吓得四处逃窜，埋伏在不远处的图索骥命令大家开枪射击。车队后面本有两车士兵，见车辆都在掉头，他们都不愿从车上下来，而是等着掉头后逃跑。前面装满物资的车辆根本没办法掉头，不是冲进沟里，就是撞在了一起。等他们从山丘上冲下去时，一个连的精锐部队已经跑得无影无踪了。他们将准备好的鸡公车推出，将物资连夜转运到山里去了，大家一直忙到下午。

图索骥这才认定，东方白是个有福之人。这一点和首长很像，首长曾经历过无数场战斗，从枪林弹雨中走出，却从未负过一次伤。

其实，吴森是有意放过图索骥的。国内战争打响之后，吴森对接下来的战事比较悲观，对当局的迫害行为也逐渐不满。但他毕竟是一军统帅，统帅具有导向作用，所以他不能表现出退步的态度来。但是，自认为没有表现，不代表真的没有表现。王羊等军官十分真切地感受到他对战争的消极心态，所以也都不像从前那样坚定地剿灭地下党。图索骥之所以能正大光明地进出酒庐，在城里城外传播革命思想，并且在劫了吴森的武器装备后依然安然无恙，都和这不无关系。

从年初开始，吴森就陆续收到形势不利的消息，几位熟悉的高级将领竟然私下征询他的意见，甚至有人明目张胆地问他是否参与起义。又过了两个月，中央的眼线传来消息，说委员长有逃跑的倾向。兵败如山倒，听说解放军已经膨胀到几百万军队，正从北往南，排山倒海而来。打，他必是死路一条；降，他也是死路一条。就凭那些死在他手里的革命党人，他也不可能有生的机会。

如他这样周全之人，这次也想不出周全的办法了。

成　全

　　这年年初，老绅士刘德高亲笔写了一封跨洋信，让本打算春节回家的刘志满端午前再回，回来后就去江家订婚。此前两家只是口头约定，并未形成婚约。像刘德高这样的老绅士，传统礼节是一定要遵从的。眼看春天过去了，雨季即将到来，江面渐渐高了起来。江中月心情复杂，整日思忖着。虽然已是20出头的年纪，但她对婚姻和家庭依旧没有自己的主意。虽说现在不反对自由恋爱，但是整个社会依旧以"父母之命"为主。江中月喜欢江到海那样有知识的人，但却不喜欢刘志满这样高傲的知识分子，她认为和刘志满这样的人在一起，是不会幸福的。

　　事实上，刘志满的确是个难以相处的人。江到海是他旅欧游学的师兄，他却看不起江到海身上的土气，按他的话说，就是"泥腿子家庭出身"，意思是，江到海一家是江里撑船的普通劳动者，和他这种贵族出身的人有本质的区别。刘志满自认为是上层人士，自然要和上层人士结识，但毕竟是小城市出去的，和大城市那些真正的富家公子们比起来，又显不出那种阔绰来。时日一长，他甚至养成了一副趋炎附势的嘴脸。江到海曾在信中谈起过他，也担心妹妹将来如何与他相处的问题。

　　眼看端午节就要到了，刘志满却在信上说，学校即将举行博士毕业考试，不能回来参加订婚，请求父母和祖父代为办理。刘德高气不打一处来，但刘志满不回来，家人又能把他怎样？婚姻大事岂能如此儿戏，所以订婚是免不了的，他不回来，就只能自己厚着脸皮上门去。

　　人的烦恼真的会随着年龄的增长而增长吗？最近很长一段时间，吴香的生活百无聊赖。吴森很久才回一次酒庐，并且每次都心事重重。几位姨太太似乎也有些异常，年轻的一代要么进了军营，要么嫁了人，要么还在学堂里读书，唯有她整日待在酒庐里无所事事。刚毕业时，她也学着徐美醪的样子，在女子学堂里做过几天教师。可是一上课，她便听见学生们在心里对她评头论足，以至于她特别严格。这样一来，大家又在心里开骂，她的课便没办法再上下去。她还去了马步达的银行，银行里都是男人，他们整天都想着自己的好处，常常为了一分、两分的利益在心里盘算半天，她见不得这些斤斤计较的男人们，于是又离开了。吴香适合做什么呢？其实她的内心也是单纯的，只是她听过太多本不应该听到的声音。

寂寞之中的人，或许更想有个真心实意的朋友。这难道很难吗？或许吧！千金易得，朋友难觅。这个时候，吴香想起了江中月，她不仅可以作为朋友，更像是姐妹。两人年龄差不多，在一个学堂里念过书，江中月内心善良纯洁，待人真诚，从不会有什么坏心，即便是吴香做了错事，她也不会记恨在心。就这样，一个百无聊赖的人和一个忧心忡忡的人，走到了一起。

副官早已成了大人，成了一名像样的警卫，长期跟在吴森身边。吴香年初去找过江中月，春日的阳光还透着阵阵寒意，她还从未如此真诚地面对过一个人。她在家里的糕点盒里选了几块糕点，将其装在小盒子里，并打上彩色的蝴蝶结。吴香在漕院里见到她时，两人依然保持着默契，四目相对后，她们都向对方跑去，紧紧地拥抱在一起。江中月怀念过去读书时的生活，如果见了其他同学，她也会很热情。但吴香和其他同学不同，同学们都知道吴香的身世，都十分羡慕她。只有江中月对她怀有怜悯之心，她想到了吴香复杂家庭背后的不幸，这种幸运中的不幸，比普通的不幸更不幸。正因如此，吴香觉得只有江中月了解她。两人拉着手在房间里谈了很久。吴香从未有过理想和愿望，然而那天，她真的开始憧憬起美好的未来，她觉得她应该更加释然一些，甚至应该忘掉自己的特殊能力。如果她愿意丢掉所有的好奇心，那是完全办得到的。江中月将自己的心事毫无保留地告诉吴香，她因为即将面临的婚姻而流下了眼泪。两人相拥而泣，久久不愿分离。

江中月的订婚礼过后，她带着自己绣花的扇子去酒庐找吴香，两人促膝长谈。她之所以向吴香诉说自己的心里话，完全是因为她太需要一个倾诉的对象了。吴香告诉江中月一个惊天秘密，她已经从吴森心中听到了逃亡的信息，她隐隐约约感到，一场巨大的动荡即将来临，世界即将发生翻天覆地的变化。这一次，吴香没有放下好奇，她又一次听到了江中月的心声。

"知道吗？你心里装着一个人。"两人四目相对，"那人看起来呆，其实却是有福之人！"

"你说的是他！"江中月也毫不避讳，"爱是什么感觉呢？如果长期思念一个和自己没有血缘关系的异性，属于爱吗？"

吴香肯定地说道："我确信你是爱他的。"

她没有告诉江中月，其实她也常常想起东方白。

然而婚期越来越近，江中月觉得每一天都过得很快，仿佛自己即将走上刑场一般。她不愿意向父母吐露自己的想法。自己的判断和猜测，父母根本就不能完全理解。

江中月约吴香夜游，吴香还不知道有这样神秘的景象存在。她们划着船来到回水湾地带，水底的蓝红色光芒迅速聚集起来，它们以小船为中心，时而顺时针游动，时而逆时针游动，时而形成一个浅浅的旋涡，小船像一片树叶，在旋涡中央慢慢旋转起来。这或许是一种原始的舞蹈，也或许是一种神圣的仪式。江中月和吴香躺在小船上，星空璀璨，如挂满水晶的幕墙。她们正上方的夜空中，偶尔闪过蓝红色的光芒，似乎和水中的光芒呼应。

"人真的有灵魂吗？人死后灵魂会回到天上吗？"江中月心想。

吴香突然从她心中听到一丝悲凉。这时水母们停止绕圈，它们分成几团，开始摆成各种各样的造型。它们时而摆成一个个巨大的脚掌，随着光芒的闪动，仿佛巨人踩在水里一步步向前走。它们又时而摆成一朵朵绽放的花朵……

远处，漆黑的水面下又出现了一团蓝光，光芒正在向她们靠近，等快到跟前时，才发现水面上有一只小船，船上一人划着桨。

"是他！"吴香轻声对江中月说。

"是你们！"东方白傻笑着。

他本是去乡间执行任务，回来时因为闹肚子，找了个茅房上厕所，又因为没对别人说，所以落单了。好在同伴留下一只小船，他划着船逆流而上，看见蓝红色的光芒，便顺着光芒来了。

没有人懂得水母们的世界，它们认识江中月，认识东方白，似乎也认识吴香。不过它们会区别对待，这似乎也是一种礼仪。所以当东方白出现在这片水域时，也常有水母出现在他的船下。

"这么晚了，你们怎么在这里？"东方白停下来。

吴香试图听他心里的想法，但依然什么也没有，只感觉到他有些兴奋。

吴香说："你还问我们，你这么晚在这里，是不是干什么见不得人的事去了？"

东方白道："是的，现在还见不得人，不过就快能见人了，我反而担心你呢！"

东方白的分寸是发自内心的，而不是有意绕着圈子说话。他早已知道，她是吴森的大女儿。

吴香感受到家中的紧张氛围，知道现在的形势对她父亲不利，当然，也对她全家不利。

江中月道："东方哥，我结婚你来吗？"

吴香突然感到东方白内心有一丝失落掠过，但没有语言。

"啊！来的，来的，啥时候？"水下蓝红色的光芒透过水波打在船底，船上的光线很暗，东方白的表情看不出有什么变化，他能够说出一个"啊"字来，就表示心中为之动容了。他似乎突然想起什么来，"我要走了，今晚还有事。"

吴香和江中月看他笨拙地划起桨。划出一段距离后，他突然喊道："吴香，改天我来你家说点事。"他便慢慢地划远了。

"你看这呆子，不知道有什么好的？"吴香对江中月说。

"东方哥从不与人相争，从来心如止水，从无邪恶念头，一直平等待人，不自傲、自卑，坦坦荡荡，心胸宽广，与人为善……"江中月的心情似乎好了些，她像是回答，也像是自言自语，"应该问的是，他有什么不好！"

吴香明白，江中月对东方白的喜欢是从一点一滴相处中慢慢建立起来的。而她自己对东方白的喜欢，更多是出于好奇。但这也没什么，如果对一个人连好奇心都没有，又何谈喜欢呢？吴香太容易了解一个人了，所以也太容易对一个人失去好奇心。

吴香认为，只有她自己知道，她和江中月都喜欢东方白。但她不知道，其实江中月也知道她的心思。她能通过特殊的感知能力获得别人心中的想法，而有些人却可以通过第六感，来感知一些或有或无的信息，虽然这类感知往往转瞬即逝。在这件事情上，江中月就有这种神奇的感知，她通过一些细节，感觉到了吴香对东方白的喜欢。吴香没有发现江中月对自己的观察。正因如此，江中月的内心平复了不少，并不是因为她们都不能和东方白在一起，恰恰相反，她觉得吴香和东方白还有在一起的可能。

吴香不知道东方白为什么要找她，她以为他会说一些关于江中月的事。她想："难道他听到江中月要结婚的消息，心中难过，要来找我倾诉？"

然而当东方白来到酒庐，对吴香说明来意时，吴香心中突然升起了怒火，只差没有把他赶出去。原来东方白是来"劝降"的。他告诉吴香，国民党节节败退，已经无力回天了，如果她能给吴森做工作，让吴森就地起义，甚至在自己起义的同时，拉着锦城的刘川和周边的将领们一同起义，和平解放巴蜀，让巴蜀的百姓免于一场大战，那将是一件功德无量的大好事。

没等东方白说完，吴香就打断了他的话，挖苦道："没想到你也是如此庸俗之人，你不去搞什么革命，革命并不少你一人，但是你不管月牙儿，你就永远伤了她的心。如果你再对我说这样的话，我就叫人把你抓起来。"

东方白愣了好半晌，才说："月牙儿会幸福的！婚姻大事，由不得个人。"

吴香更生气了，她吼道："都什么年代了，你连命都敢革，还不敢革一革这些传统礼制吗？"

东方白呆坐在那里，没有再说话，似乎在等一个答案，告诉他是不是真的可以那样。对他而言，江中月一直存在于他的内心深处，连吴香也不能察觉到。那次去海城时，船员们拉着他和阿累进城去，他们在大街上欣赏那些时髦而漂亮的女子，东方白才意识到，别人对"美"的认识和他不同。

在他眼里，那些身着时髦服饰、脸蛋粉红、头发盘起的小姐们，全都庸俗不堪。当大家对所谓的美女评头论足时，他心里想起了江中月，那才是他心中的美丽形象。吴香虽然听不到东方白内心的想法，但是通过他的反应也能看明白，他们二人一个有情一个有意。她古怪的本性又渐渐恢复了，其中还夹杂着愤怒、嫉妒、遗憾……她突然产生了一个奇怪的念头。

东方白走后，吴香陷入了沉思。

近日来，她在吴森心中得知了一个重要信息，这个信息很快就会确定下来。她的心情十分复杂，内心的压力一点不比自己的父亲小，她还同时怀着怜悯、悲伤、痛苦的情绪。因为她知道，许多人的命运，将在父亲的决定中彻底改变。

是的，吴森几乎已经确定下来，要跟随委员长逃往岛城，其原因凄凉而难堪。一来，他发现自己已经无法再调动自己的部队了。一路走来，他的本性已经彻底改变了，或者说，欲望激发了他的本性，他变得冷酷、多疑、贪婪、自私，以至于军官们不再像从前那样忠诚于他，再加上图索骧如火如荼的地下工作，军心已经动摇了。此时他们没有起义，已经是善待了昔日的上级。二来，吴森无论如何不可能加入起义的行列，他不能，刘川也不能。三来，委员长还是十分信任他，并在亲笔密信中许诺，到了岛城会予以重用。

紧接着，他就开始盘算起如何走的问题。现在看来，钱财、房屋、女人、儿女，都成了身外之物。早在几年之前，马步达就向他建议，可以转移一部分财富到国外，但当时形势尚好，吴森并未采纳。而现在，他只能让马步达将黄金、珠宝、古董等值钱的物品秘密装箱打包，准备在逃离时带走。起初他并未打算带家眷，主要是因为飞机座位有限，名额不够，很多被中央点名的要员尚且走不了，就更不用说自己的家眷了。后来，他想起那三个在委员长等权贵家中上了门的儿女，便准备带上他们的母亲，西美禄是其中一个儿子和一个女儿的母亲，另一个女儿的母亲是张佳酝。在这件事情上，他终于以道士的身份来安慰自己，其他人和物品都带不走了，他唯一为那些调配好的老酒发愁。

近 20 年来，他已经离不开酒了，只要一天不饮酒，他的旧伤就会复发，不仅疼痛难忍，严重时行动都成问题。他知道要去的地方其实是个落后荒芜的小岛屿，和囚牢没有两样。不用说酒，就是基本的衣食住行恐怕都难以保障。委员长带着大家逃走后，第一件事恐怕是要开荒种地。

知道这一切后的吴香，产生了一种前所未有的恐惧感。她无法想象，吴森若是出逃，孤苦伶仃的她该如何生存下去。在她眼中，吴森是他唯一的亲人，即使她有这么多同父异母的兄弟姐妹，但他们从小就把她当怪物看待，她也无法将他们当成亲人。他们当中的一些人，曾经都因为她受到过各种各样的惩罚，特别是苗青梅，吴香后来听说了她的悲惨结局，终于知道是自己害了她。她甚至认为，如果留下来，她也将成为战犯，也不得好死。她无比悲伤，她恨父亲竟然不考虑带上她，她恨父亲的贪婪与自私，恨自己出生在这样的家庭，恨母亲早死，恨自己是个怪胎，她恨在这个世界上，竟然没有一个人关心她……

事实真是如此吗？人总是那样自以为是。即使是拥有"读心术"的吴香，也不能完全了解他人，或许是她忽略了一些人。以前她身边的小副官，现在已是个顶天立地的堂堂男儿，自从吴香认为他是父亲派来监视她的"间谍"后，就把他退了回去。副官回到了警卫队，后来又参加了军官特训营，成了吴森最信任的贴身警卫之一。

世上有很多事情，是无法用认知去解释的，比如人的前世和来生，比如水母的智慧，比如道人修仙，比如人与人的相爱……当然，副官和吴香并没有相爱，是副官一直爱着吴香。吴香内心瞧不起副官，所以也从不去探听他内心的想法。然而，或许是因为吴香的无视，或许是因为他自己的卑微，副官就是一直深爱着吴香。正因为如此，他对东方白怀恨在心，不是因为吴香喜欢他，而是因为东方白竟然不知道吴香喜欢他。副官对吴香的爱，是一种可以为之牺牲的爱。他完全理解吴香此时的痛苦，他愿意为她冒险。

一日午后，吴香正在桌前发呆，一架纸飞机从窗外飞了进来，正好落在她面前。她向窗外看去，副官站在外面向她打了个响指，示意让她拆开纸飞机。他知道吴香的特殊能力，他不能控制自己不想事情，但可以屏住呼吸，不闻到她身上的香味。

吴香打开纸飞机，上面写着："后日（6日）清晨5时，酒庐前主路口，准时前往机场，我有票。"

吴香知道吴森逃离的时间，就是后天清晨。但她不知道副官为什么会有票，她这时才注意到这个内心卑微的副官，曾经从未对自己说过一个"不"字，也从未骗过她。不管真假，只要有机会，她都要试试。

但此时，她还有一件重要的事要做。

吴香分别找到江中月和东方白，告诉他们自己要离开酒城，请他们明日晚上为自己送别，并提出要求，希望江中月撑一只有客舱的船来，她想最后看一次水母们的表演。

第二天傍晚，吴香拿着两瓶包装精美的秋露白，以及一些熟食，穿过酒城，从余甘渡口坐渡船过江，在漕院外的江边等着两人。其间，她看见一个独臂的青年划着船停靠在她附近。他向她望了望，还打了声招呼，他之前在漕院见过吴香。

吴香说："你能帮我告诉月牙儿吗，说阿香在这里等她。"

他在空气中嗅了嗅，又揉了揉鼻子，笑着点了点头，一边走一边回头来瞧她。

惆怅中，江面上来了一只小船，东方白穿着一身白色的衣服。而另一边，江中月喊着吴香的名字，然后跳上了一只有棚的大船。

那场景吴香一辈子也没有忘记过。

她也跑过去，跳上那只大船。东方白将小船停在岸边，也上了大船。江中月撑着长篙，大船掉了个头，便向回水湾方向去了。

夜幕降临，一弯新月挂在天边，水母出现了，梦幻般的表演又开始了。三人都安静地看着水下，直到一轮表演结束。江中月在船头摆上矮桌凳，在船舱门上挂了马灯，吴香把带来的熟食一一摆上矮桌，东方白呆呆地看着她们。

"你也要逃走吗？"他失落了。

"月牙儿，我要走了，以后天各一方，你一定要幸福！"吴香和江中月眼中都含着泪花，她并没有回答东方白，"月牙儿，我最舍不得的人就是你，我们喝一次酒。"她又看着东方白，"呆子，愣着干吗，拿几个酒碗去！"

东方白答应着拿了几个碗来。

吴香在三个碗中斟满酒，端起道："这一碗我敬你们，谢谢你们把我当朋友！"

说完，她一口把酒全喝了。她不仅身上能散发出酒香，而且遗传了母亲金水的酒量。江中月端起酒来，也一口喝完，常在江中行船，喝酒祛湿驱寒是常事。

"一定要走吗？"江中月问。

"你们是我唯一的朋友，而父亲是我唯一的亲人，"她低着头，"离开你们，我会永远孤单，但是离开父亲，我就无法活下去了。"

东方白把碗里的酒一口干掉："走吧，走吧，走了也就了了。"

三人很快就喝完一瓶酒，吴香又打开第二瓶。他们的话题慢慢变得轻松起来，东方白喝酒后，话也开始多了。他说起了自己从未向任何人提起过的心事，就是他想找到自己的亲生父母，他之所以跟着图索骥闹革命，正是因为图索骥知道他父母是谁、他们在哪儿，并承诺要带他去找他们。他当然不知道，图索骥的任务之一，就是帮首长夫人找到他。

吴香和江中月都没有想到，东方白原来一直在寻找父母。

吴香叹道："怪不得你这么卖命！"

三人牵着手，同水母一起旋转，他们轻轻地唱起了歌。在江中月和东方白不注意时，吴香一边倒酒，一边将两颗黄色的小药丸放进他们碗里，药丸遇酒迅速融化了。

吴香又提议喝酒。酒让他们敞开心扉，三人已经完全放松，也不去想什么心事。东方白一口干掉酒，把一大块牛肉塞进嘴里。江中月端起酒碗喝了一口，一只手臂搭在吴香肩上。

"我相信，总有一天你会回来的，"江中月盯着吴香，"来，我们喝单碗。"

说着，她把自己碗里的酒倒进吴香碗里，抓过吴香的酒碗就往她嘴边送，吴香还没有反应过来，一口酒已经吞进了肚里。江中月也喝了酒，把碗又递给东方白，东方白又一口干掉。

吴香放进酒碗里的小药丸，是从一位姨太太的床板下偷拿的。她很早以前，就发现太太们在父亲的酒里下药，之后吴森就不受控制，往她们房间跑。太太们对此事心照不宣。吴香知道这种药有一个好听的名字，叫"媚人丸"。

东方白把酒碗往桌上一丢，从怀里拿出一个锦盒来递给江中月。"月牙儿，你结婚了，我送你一样东西。"

江中月接过盒子打开，是一只金手镯。东方白向图索骥借钱买了一只手镯。他本不懂得结婚该送什么，便问图索骥。图索骥在这方面也不太懂，他有生之年净想着闹革命了。不过他想起自己的母亲，当年她常拿出一个金戒指来看，说那是他父亲送给她的定情礼物。于是东方白便买了这只金手镯。

在酒的作用下，"媚人丸"很快就起了作用。三人全都面红耳赤。东方白喝得最多，他愣愣地坐在那儿傻笑，已经有些迷糊了。江中月面颊绯红，额头上冒出汗珠。吴香只喝了一口，她趁着自己还有几分清醒，扶着江中月和东方白进了船舱，让他们休息一会儿。然后她关上舱门，从外面插上门闩。

吴香躺在甲板上。一弯新月挂在天空，星光灿烂。水母的光芒透出水面，与星空交相辉映。她感到身体已经不受控制，身上仿佛被涂了蜂蜜一般，蚂蚁在皮肤上乱爬。片刻过后，这种躁动不安变成了一团烈火，火苗在她的身体里乱蹿，她感觉自己在烈火中燃烧，身体很快就会化为一团灰烬。

她试图抓住最后一丝理智。她颤抖着爬起来，吃力地套上一个救生圈，然后几乎像一坨石头一般，滚落进水中。吴香泡在冰凉的江水中，火苗被压制住了，她没想到，这药丸竟然有如此大的威力。她渐渐从迷糊中清醒过来，水母在她脚下转圈。然而在船舱的下方，光亮已经集中起来。吴香看见，两只巨大的水母游到一群子孙中间，一只发着蓝光，一只发出红光，它们轻柔地上下蠕动着，很快就靠拢在一起，透明的身体开始交融，最后彼此进入对方的身体之中。吴香已经分辨不出，那是一只，还是两只，只见它们蓝红相间，释放出巨大的能量，水面下一片通明。

吴香突然觉得，红的那只是江中月，蓝色那只是东方白。此时，两人也和它们一样，相濡以沫，水乳交融。

吴香冷得颤抖，她已经完全清醒了。她抓住纤绳，好不容易才爬上船，然后学着江中月的样子，把船撑到了岸边。她哪里会撑船呢？确切地说，是水母们帮助她，把船推到了岸边。她跳下船，本想最后一次窥探他们的内心，但马上又放弃了，她不想知道他们此时的心情，那样只会再让自己心生嫉妒。但要转身走时，突然想起东方白送给江中月的那只手镯。先前，她把心思都放在了"媚人丸"上，没有看那只手镯。她想拿来看看，于是又跳上船。

锦盒放在矮桌上。在马灯下，吴香拿出那只手镯，她本对这种东西不感兴趣，酒庐的太太们都私藏着各种各样的金银首饰，她想要的话随时都会有。这只是一只普通的金手镯，手镯的内侧刻着"金诺"两个字。她估计东方白并没有注意到，手镯上还有两个字，这明明是一只定情手镯。"抑或是他本就在暗示什么？"

吴香觉得她成全了一对有情人，两人就算私订了终身。她有些伤感，自己什么也没有得到，而且马上就要背井离乡，将来会去哪里，会遇见谁，还能不能再回来……这些她都无从知晓，也无法判断。东方白知道自己要走，却什么都没有送给自己。此时，各种情感涌上心头，吴香咬了咬牙，拿着锦盒跳下了船。

来到余甘渡口，渡口的船家早已睡了，她只能厚着脸皮，把睡在窝棚里的船家吵醒。船家虽极不情愿，但见她浑身湿透了，只好叹着气送她过河。

她沿着江往南城方向走。已有赶早市的农家在澄溪边洗葱。她径直回到酒庐，看门人吃了一惊，赶紧为她开门。吴香换了衣服，又接连打了几个喷嚏，看来是着凉了。她把自己的衣物和贵重物品装进箱子，又随手拿了个小布包，装了些随身用的东西，那个锦盒也放进了包里。她看钟表时，已是四点三刻。

她提了箱子，悄悄从后院的小门溜了出去。后院的厨房里，厨师已经在做早饭了。她绕过酒庐，从外围的小路往下，两分钟就到了主路口，一辆小轿车已经停在那里。副官从驾驶室里跳下来，接过她的箱子，放进车厢，然后打开前门，做了个请进的手势，表现得相当绅士。他嘴里叼着烟，发动了汽车，一手把着方向盘，一手从上衣口袋里抽出一个信封来。吴香接过并打开信封，里面是一张盖有航空局印章的机票。

"你是怎么得来的？"吴香问道。

副官回头看了她一眼，露出神秘的微笑。这张票是他从吴森那里偷来的，但他并没有告诉吴香。

机场外已有人排起了队，人群中，吴香看见了马步达。人们神色匆匆，面露迷茫，大箱小箱的东西堆积在一旁。副官开的是吴森的专车，所以并未理会持枪的卫兵，他径直把车开进了机场，并停在一架飞机旁边。他跳下车来，帮吴香开门，又帮她提着箱子，很绅士地领着吴香走上飞机。一个飞行员看了看她的票，又看了她几眼，便放她进去。副官把箱子交给吴香，快速跳下了飞机，在车旁站立，向吴香行了一个长时间的军礼，脸上露出自信的微笑，转身钻进了汽车。汽车飞快地开走了，车后扬起一阵尘土。

吴香笑了，这是她第一次正视副官，也是第一次对他产生感激之情。

随后，她注意到，机场里只有三架飞机，看起来容不下多少人，恐怕连外面那些人都装不完，更不用说那些大箱小箱的货物。不久后，人们涌向飞机。有人大声吼叫，似乎是因为不允许将货物搬上飞机。人们打开大大小小的箱子，把一些值钱的物品拿出来。吴香乘坐的这架飞机很快就挤满了人，明显已经超载了。

吴香被挤到一个窗边，她看见父亲的车又径直开进了机场，并停在另一架飞机旁。副官跳下车搬运行李，吴森、酉美禄、张佳酝三人先后从车上下来。一个飞行员向吴森行了军礼，然后接过他手上的信封，从里面抽出机票。吴香向他们挥手，但没有人看见。他们似乎起了争执，又有几人向他们跑过去。她看见吴森很生气，但自己在飞机里，听不到他的心声。最后，只有他和西美禄上了飞机，张佳酕哭泣着回到副官车上。

她这才明白，副官偷了父亲的票。

天刚蒙蒙亮，吴香看见第一架飞机滑出了跑道，很快在远处起飞。接着，她乘坐的飞机开始加速，不一会儿也起飞了。她的视线看不到后一架飞机，吴森和西美禄就在上面，但想必也跟着起飞了。

窗外，大地一片昏暗，酒城变得越来越小、越来越模糊。最后，吴香只能看见酒江中泛着的点点波光。

吴香不知道，自己的命运将飞向何方。

第十一章

正 果

讲到这里，吴阿婆说故事就算讲完了。但我满脑子都是疑惑，我还有很多问题要问她，却见她倚在椅子上睡着了。那位中年妇女走进屋来，为她搭上了一条毯子。

这时，白先生也进来了。"让她休息一会儿，我们先吃个便餐。"

我才想起来，吴阿婆一口气从早晨讲到了傍晚，中途除了上厕所和喝水，一直没有停歇过，确实也该休息一会儿了。我起身，跟着白先生出了门。

白先生领我进了楼下的饭厅。饭厅中间是一张长桌，长桌周围摆着二十来把欧式的椅子，桌面上挂着精致的吊灯，吊灯上悬挂着许多吊坠，吊坠泛着黄光，显得很有年代感。饭菜摆在长桌的一端，就只有我和白先生两人用餐。好在吴阿婆在讲故事的过程中，每隔一段时间，就有人送来一些糕点，所以我还不至于饿得头晕眼花，但肚子确实也和这餐厅一样，空荡荡的。我从未听过这么长的故事，也从未在饭桌上如此拘束，但此时，在白先生面前，我全身僵硬。而他的举止一直都很得体，话语间流露着温文尔雅的气质，让我觉得自己简直是个大老粗。

他帮我盛了饭，我端起碗扒了几口，斜眼看他时，发现他正微笑着看我，指着桌上的菜让我吃。

我终于说："嗯嗯，您也吃！"

他笑着道："如果你现在还满脑子都是疑问，或许我能够告诉你一些事情。"

我确实有太多问题要问，比如后来江中月和东方白怎么样了，吴森和吴香后来怎么样了，还有司马醇、叶舟、马步达、江到海……甚至吴森留下的那支部队、城里城外的那些工厂和酒坊……然而，吴阿婆的故事中，自始至终都没有出现过白先生这个人，难道他是凭空多出来的吗？

所以我问道："您是吴阿婆什么人？"

白先生似乎知道我要问这个问题，他的表情并没有变化，淡淡地说道："她是我姨。"

"您是吴森的外孙？"我诧异道。

"不！我们没有血缘关系，但是比亲人还亲！"白先生答道。

他点上一支烟，向我讲述了他和吴阿婆之间的故事。

原来，白先生本也不姓白，他已经忘记了以前的名字。他只记得，那是一个昏昏沉沉的清晨，他在睡梦中被人拉起，然后同家人坐车到了机场。他从未坐过飞机，想来一定很好玩，但是看大人们的神情及周围的争吵，便预感到这并不是一次旅行。他跟着家人上了飞机，飞机上挤满了人。很快，飞机起飞了。他趴在玻璃窗上往外看，只见天地混沌，飞机内的人个个面色凝重。

大概在飞行了一个时辰后，突然从侧面传来一声巨响，飞机剧烈抖动。在人们的惊呼中，他看见另一架飞机爆炸起火。突然，一颗炮弹从飞机的机翼旁飞过，人们这才明白过来，那架飞机被炮弹击中了。为了躲避炮弹，飞行员通知，飞机要改变航向。或许是两架飞机的飞行员没有沟通，抑或是他们没有达成一致，大家看见自己乘坐的飞机离另外一架飞机越来越远，直到消失在茫茫的云海中。

飞机降落了，白先生并不知道降落在了哪里，只记得从空中看，那是一个岛屿。飞机落地后，周围却并不见海洋。当地的机场不允许人们离开，大家被关在机场，哪儿也不能去。之后的几天，陆续又有一些飞机抵达，机场积压的人越来越多。

他那时才五六岁，什么也不懂，只能跟着大人走。白先生不记得在机场停留了多久，才等来了接大家的飞机。可以想象，在这种情况下，人们是多么疯狂，大家一个劲儿地往飞机上挤，生怕自己被留下。在人群中，白先生和家人走散了，他被挤出了人群，挤到了吴香身边。吴香牵过大哭的白先生，她认识他，来时，他们在同一班飞机上。而此时，他们根本挤不上眼前这班飞机了，飞机的舱门被强行关上，白先生的亲人都上了飞机。之后有飞机来时，吴香也懒得去挤，直到只剩下一小部分人，她才牵着白先生上了飞机。飞机一直在大海上飞行，中途又降落了两次。最后，他们并没有抵达岛城，而是到了美国。汽车把人们拉到一个流亡人口集中地，这里全是外逃的中国人。

我无法想象当时两人的处境，如果换作是我，我想我会绝望的。

"是的，当时吴姨也无比绝望。"白先生继续讲述。

过了很久，他们才被允许在当地华人区生活。吴香找到无人认领的他，告诉他以后就叫白九。从此，两人相依为命，开始在美国的华人世界里闯荡。

最初，吴香准备找些事情做，可是她什么也不会，而白九又太小。他们在街头流浪，经常被街上的混混欺负。但是吴香毕竟拥有常人不具备的特殊能力，那就是读心。她能够清楚地知道周围人在想什么。街上人来人往，有人心怀鬼胎，也有人心怀慈悲；有人心中忧虑，也有人内心愉悦；有人不知所措，也有人目的明确……总之，别人心中的事情，她全都清楚，所以她开始趋利避害，尝试着利用她的"读心术"，远离坏人，接近好人。

吴香利用别人的怜悯心，成功解决了两人的温饱问题。比如，她会牵着白九，久久地站立在一个面包店的橱柜旁，面包店的老板虽然很不耐烦，但最后多少会送一些食物给他们。又比如，她会和白九一起，跟着某位老太太，而老太太到家后，会把家里不穿的衣服送些给他们。

那时，在美国的华人世界里，经济秩序比较混乱，街头巷尾随处可见大字报、小广告，以及各行各业的告示，有揽活的，有招工的，因为信息不通，零工找不到活儿，东家又找不到零工。于是，他们去了劳务市场，吴香开始发挥她的"读心术"。

她对一伙挑夫说："你们赶快去外大街33号，那里正需要4个挑夫。"

挑夫的头儿看着眼前这个身材瘦小、长相奇特的黄毛丫头，根本不相信她的话，但是没过几分钟，就有人在市场口喊："外大街33号，来4个挑夫。"

门口另一伙挑夫赶紧跟着那人去了，挑夫们都很惊讶。过了一会儿，吴香又对刚才那伙挑夫的头儿说："内大街25号，那里需要5个人抬石头。"

有了刚才的教训，挑夫们没有犹豫，赶快向内大街去了。一会儿，果然有人回来传话，那里确实需要5个人。在场的人开始对她刮目相看。这样的日子持续了一段时间后，劳务市场的老板找到吴香，要求她尽情展示她的才能，并为她和白九提供食宿。往后的一些天，吴香拿着一个喇叭，开始指挥起这些劳工来。

她和白九站在一个台子上。"注意、注意，南巷子45号，需要一个电工。"她像是一个广播员，"西街大院子需要3个搬运工。"一个接着一个，"外滩码头，一艘货船到了，需要30个挑夫，但是那里已经有12个了，还需要18个。"她一会儿又说，"下午三点，大鸿米店的周老板需要8个人抬轿子。"……有人负责分派任务。无一例外，她的信息和实际完全相符。

没过多久，这家劳务市场就以绝对优势抢走了其他市场的生意，其他市场的劳工都来这里找活儿干。而就在此时，另一家劳务市场的老板私下找到吴香，要高薪聘请她为公司的总顾问。吴香爽快地答应了。正因为她的加入，这家劳务公司马上生意兴隆。这样一来，不断有人提出更高的薪酬来聘请吴香。很快，吴香把几家公司老板的心理摸得一清二楚，她开始与他们展开谈判。那年年末，美国华人世界里的第一家大型劳务公司成立了，公司由十几家劳务市场组成，吴香成为公司的股东之一。在吴香的先知优势下，他们陆续与一些大企业订立了劳工合同，逐渐垄断了周边码头的劳务市场。

吴香惊奇地发现，自己虽然听不懂美国人说话，但能听懂美国人的心声。之后不久，劳务公司在竞争中多次战胜美国公司，创造了奇迹，成了美国较大的劳务集团。往后的20年里，集团公司转型成立了建筑公司、投资公司、金融公司，吴香成了集团公司的控股股东。最初，很多大型项目需要吴香亲自参加，但随着公司的发展、更多优秀人才的加入，公司完全融入了市场竞争，企业体量越来越大。她开始退居幕后，创建慈善机构，专门帮助来美华人，收留失散儿童，为孤儿们提供良好的教育。她帮助过的那些人，有的成为著名的华人影星，有的成为著名律师，有的成为知名医生，有的成为金融大鳄……吴香送白九进了美国最好的学校，接受了美国最好的教育，后来他获得了哈佛大学的法律学博士学位，为集团的发展立下了汗马功劳。

"那么吴阿婆有家人吗？"我本想问她结婚了吗，但觉得这样问太不礼貌。

白叔摇了摇头，"你是想问她后来是否结婚？她根本不需要异性的陪伴，那只会给她增添烦恼。"可能是因为我做了个遗憾的表情，白叔又说，"但是那并不代表她没有亲人，我就是她的亲人，而像我这样的亲人，她在美国有好几十个呢！都是她几十年里收留的孤儿。在美国，我们有一个庞大的家族。"

"她真是了不起！"我说。

白叔摇摇头，说道："不，她说过，她做的这一切都是为了赎罪。后来美国人对这位来自中国的神秘富豪十分好奇，经常有媒体上门采访，想报道她成功的秘密，她总是回答三个词，那就是爱、感恩和赎罪。因为她一直觉得，她在酒城时犯下了无数大错，参与迫害了很多革命人士，害死了苗青梅和秦大成，甚至造成了东方白和江中月……"

白叔讲到这里，话音突然停了。

我一边听他讲述，一边吃着可口的饭菜，我那时的年纪正是能吃的时候，加上中午没吃饭，很快就把几个盘子里的菜吃得不剩多少了。白叔起身出去了，只剩下我在饭厅，一个中年女人进屋来，将桌面上的碗盘收走，又有人进来沏茶。富人的生活真注重细节，饭后还有茶点，我不懂茶，但觉得这茶很香。

墙上挂钟上的时间已是晚上七点了，我想起母亲一人在家，这一天不知是怎么过的，不知道她吃过饭没有。好在她知道我到这里来了，不然又要为我担心。

虽然白叔讲述了他和吴香后来的经历，但我还有无数的谜团没有解开。"也不知道这酒庐的主人——吴森后来怎样了，难道吴阿婆后来没去找过他？"我想着，准备起身回家。

"是的，我当然去找过他。"吴阿婆突然在门外轻声说道，吓了我一跳。她进屋后说，"既然你想知道，那我就告诉你。"

我点了点头，坐了下来，她也在我对面坐下。这时我才意识到，屋里的茶香已经变成了酒香。

20 世纪 80 年代，吴香以港城为跳板，成立了一家投资公司，就是后来的红樟资本。当时，美国和中国才刚刚建立外交关系。她通过港城的平台，查找亲人和朋友的下落。

在这个世界上，金钱可以让人得到任何信息，更何况，吴香要找的并不是什么机密。吴香很快就得到几条她想要的消息，一则是关于吴森的，一则是关于东方白的。这两人都太有名了，吴森在岛城无人不知，东方白在大陆无人不晓。

那年从酒城起飞的三架飞机，其中一架在中途被高射炮击中，而另两架不知为何分道扬镳。吴森乘坐的那架飞机按原计划飞往了岛城，而吴香乘坐的那一架，则降落在菲律宾的一个小岛上。逃往这里的人远不止他们，最后在国际救助组织的协调下，逃亡者们被送往美国、新加坡、澳大利亚等国。

吴森来到岛城后，受到了委员长的嘉奖，委员长表扬了他的忠诚与勇敢。然而所有人都非常清楚，吴森已经没有部队了，没有枪杆子就没有实力。所以委员长给了他一个虚位，让他进入自己的智囊团，后来又委任为"总统府战略顾问"。委员长还送给他一栋洋房、一辆汽车、一队警卫。考虑到他曾经在酒城搞过"新生活运动"，后来又让他担任"新生活协会"理事长，他在城市建设中搞起了环境治理和清洁卫生活动，对岛城市容市貌的改进做了不小贡献。然而，在 80 岁时，他依然不改荒唐本色，娶了最后一位姨太太，也是他到岛城后的第四位夫人。

　　吴香真正到岛城去见自己的父亲，是在几年以后，那时的岛城已经不再是过去的样子。吴森的日子过得并不好，说他是孤寡老人也不为过。他依旧住在原先那套房子里。在高楼大厦间，他的房子显得又小又破。他身边只有一位保姆，那些太太们要么已经逝去，要么离他而去，子女们也都到了退休的年龄，而且他们来到岛城后，并没有很好的前途。吴森整日整日地坐在那里一言不发，他依旧无法入眠，他的旧伤反复发作，而岛城没有他需要的老酒。虽然当时的吴香已是近 60 岁的老人，但吴森一眼就认出了她，也可以说一闻就认出了她。他从来没有想过，竟然还能见到她，她身上的酒香似乎让他的旧伤疼痛消退了一些。

　　吴森惊讶地问道：“你怎么可能来到这里？”

　　当时的吴森依旧不知道，当年是自己的贴身警卫偷了他的机票，并送给了吴香。吴香将情况原原本本地告诉了他。吴森笑了，笑得十分恳切，他已经很久没有露出过笑容了。

　　而吴香问他道：“当初为什么没有想过带我走？”

　　他很平静，并未说为什么：“如果重新选择，我会留下来！离乡背井的痛苦你永远不会懂！”他说出口才想起，吴香也是离乡背井，“不过现在看你还挺好，我也就放心了。”他说这话还有其他深意。

　　“离乡背井并不是一件容易的事。吴香离开酒城都能活得很好，那些留在酒城的人，想必也都过得不错。看来，自己长期以来的思念和担心都是毫无意义的。”他想。

　　吴森内心掠过一丝悲凉，他闭上眼睛，吴香听见他内心的挣扎：“一切思念和担心都是毫无意义的！一切奢望和贪念都是毫无意义的！一切爱恨情仇都是毫无意义的！一切拥有和失去都是毫无意义的！……”

　　想着想着，吴森竟然奇迹般地在自己女儿面前入定了。他已经几十年没有找到这种感觉。一切都释然了，他感觉身轻如燕，身体开始上升，又开始像从前那样，回到自己小时候，回到曾经在山上落草、遇到真正吴森时的情景，回到他成为一军统帅时的情形……等他醒来，已是一个时辰以后，他感觉到从未有过的轻松，一切似乎都与他无关了。

吴香问他："你希望我帮你做点什么吗？"

"你有钱吗？"

吴森想要一笔钱，他想在岛城的一座高山上建一所道观，就按照他记忆中的月亮观来建，道观的名字就叫月亮观。吴香满足了他的要求，并让白九帮他办这件事。很快，道观就建了起来，吴森果然重回道观，每天打坐入定，四处云游。后来吴香听说，吴森甚至花钱请了几个人，要他们潜回当年月亮观的所在地，想办法把那块月亮石运到岛城来。那几人找关系回来，找到了笔架山上的月亮观。但是，他们告诉吴森，笔架山已经成了风景名胜，山上的月亮观中又有了很多道人，而那块月亮石和月亮观一起，都成了全国重点文物，所以谁也不可能将它搬走了。吴森只好在当地找了一块巨石，请人模仿着月亮石的样子和大小，凿出一块月亮石来。从此，他便再没有离开过道观。

救　赎

"那么东方白呢？"她查到的第二个信息是关于东方白的，"他难不成当了明星？不然怎么会那么出名呢？"

"我早该看出来，他是个大富大贵之人，"吴阿婆神色平淡下来，"他后来成了负责全国交通运输的国家领导人，为现代化建设做出了巨大贡献。你们这些年轻人，不仅应该多关心时事，也要多关注历史，你可以去翻一翻十几年前的领导人信息。"

我惊得合不拢嘴，吴阿婆又开始用她那细小而清晰的声音娓娓道来。

中美建交后，国内形势发生了巨大改变，美国的企业开始到中国来投资。吴香尚不确定自己是否可以回国，所以委托他人打听东方白和江中月的消息，最后得到了让她震惊的消息，东方白竟然是国家部委的重要领导，酒城没有他任何一点信息，同时也没有找到江中月的任何信息。惊讶的同时，吴香无比兴奋，她决定要亲自回国去见他们，她自认为既然东方白在京城，那么江中月也应该和他在一起。

"他们见到自己会做何感想呢？是的，他们一定会感谢我的！"她无数次这样想。

吴香终于可以回国了，但是她怎么去见东方白呢？他是重要领导，每天日程安排都是按分钟计的。吴香想了个办法，她让白九联系了国家交通运输部门，表达了想要在国内投资交通项目的意愿，交通运输部门表示热烈欢迎。几次联系后，白九直截了当地告诉对方联系人，公司投资的条件之一，是董事长可以拜访东方白。对方联系人一点也不敢马虎，赶紧层层上报。东方白得知美国华侨要回国投资后，很慷慨地答应了要求，并告诉秘书："这样的典型要欢迎，海外华侨也是祖国的儿女，血脉是断不了的嘛！"

国内方面以最高的规格接待了吴香一行，吴香乘坐礼宾车抵达目的地，礼仪人员引领她走过一座小桥，走进了一间红漆绿瓦的阁楼，让她在会客室等候。厚重的红木屏风泛着光，她听见几个礼仪人员在旁边窃窃私语，大概是讨论特殊香气的来源。

吴香满怀期待地等候着，她不断地想象见到东方白的情形。算起来，当年一别已经40年了。然而和她想象的不同，大概十来分钟后，一个穿着朴素、头发花白、身材发福的老年人走进了会客室，他身边跟着一个瘦小的随从。吴香立即去探听他的内心，依然和当年一样，一片空白。

她站起来，东方白示意她坐下，并指了指身边的随从道："别看他瘦小，一拳可以打翻一头牛！"

会客室里的人都笑了。

"刚进院子，我就知道是你了，还是一身酒香，不知道的还以为你是个酒鬼呢！"他并不忌讳谈私事，"这么多年了，我始终有个问题想知道，就是你究竟去了哪里？当年的报道说一架飞机被击中，另外两架去向不明。"

"差点没被遗弃在荒岛上，被做做样子给世界看的美国人接去，流浪半生。"吴香心里满是苦涩，"能让我和月牙儿见一面吗？"

东方白木然地看着她，表示不明白什么意思。

"难道她不在这里？"吴香说着站了起来。

东方白伸出手，示意她坐下，说道："我想你恐怕有些误会，我也几十年没见过她了。"

吴香这才知道，江中月并没有和东方白在一起。在平静了片刻后，吴香向东方白谈起了自己的经历，东方白一阵沉默后，发出了一声长长的叹息，然后也讲述了他自己的经历。

为吴香送行的第二天清晨，两人渐渐恢复了理智，东方白内心羞愧难当，他告诉江中月，一定会娶她为妻。然而回到白塔寺后，图索骥告诉他一个天大的好消息，说全面反攻的时间到了，他们即刻就要收拾行装赶回陕北去，东方白可以去见自己的父母了。

东方白天真地认为，这去来一趟也就一个月时间，到了陕北见到父母，正好告诉他们自己喜欢上了一个女孩，然后就可以回来娶她为妻。东方白在出发前去了漕院，向江中月说明了自己的打算。江中月知道他找到了自己的父母，也为他感到高兴，并满心期待着他早日归来。他们商量好，一个月后，东方白一回来，他们就向家人摊牌，并退掉婚约。两人依依不舍地分别了。

世上的事如果都能如愿该有多好，然而真实的世界往往是事与愿违的。图索骥带着几十人的队伍快要进入中原时，却被国民党军的一队人马盯上了，那是一支被赶上秦岭的部队，他们试图等待机会夺回中原。图索骥的队伍被他们团团包围，如果不是因为有东方白在，图索骥可能会和对方火拼，最后壮烈牺牲。然而，他最主要的任务是将东方白平安带回，所以只能委曲求全，暂时投降。对方早年在做战略布局时，曾在深山中建了一个秘密基地，储备了够一个团吃五年的食物。对方首长觉得，这些人质将来或许能派上用场，所以把他们全都关押在基地的牢房里。没想到这一关就是整整一年，最后知道大势已去，才主动联络了解放军，并将人质作为谈判筹码，他们才保住了性命。

东方白出狱后的第一件事，不是去见自己的父母，而是要立即回酒城。这一年他无时无刻不想着自己的承诺，哪怕是可以写一封信给江中月也好啊，可是秘密基地里和外界毫无联系，并且他还是个俘虏，哪有写信的机会呢？而此时，写信已经毫无意义了。他只想马上回酒城，去见自己的心上人。

然而他的身体状况很不理想，所以被强制留在附近的疗养所里。半个月后，他的父母从京城赶来，他们一家终于在分别了二十几年后重聚了。东方白的父母都是国家的高级领导人，虽然他们看起来十分和蔼，却让东方白觉得陌生。他向父母讲述了自己在酒城的婚约，说自己无论如何要亲自回一趟酒城。父母二人都是开明之人，说既然有约在先，那就不能失信于人。

时隔一年，东方白再次回到酒城，此时酒城已经发生了翻天覆地的变化。本来他向图索骥说好，不要联系当地的组织。但当他出现在酒城的地界上时，原先一起搞革命工作的同志都来欢迎他。他们不仅搞了欢迎仪式，还搞了一台欢迎晚会，把当年在酒城闹革命的事情编成了话剧，其中也包括放鞭炮吓跑敌人的一幕。东方白很感动。晚会后，大家一起庆功，东方白喝了不少酒。

当年和东方白一起挑鞭炮的温老四喝多了酒，凑到东方白耳边，说道："兄弟，四哥不想瞒你，和你相好的那个谁，船把式江里浪的女儿，半年前就已经结婚了，现在孩子都出生两个月了。"

东方白一听，内心一片死寂，突然就心如死灰。他反问："我哪有什么相好！"

温老四却笑了："你这小子，还死不承认，我们谁不知道呢？以前我们一起住在白塔寺时，你晚上做梦都在喊月牙儿、月牙儿……"当时图索骥示意他们不要对东方白说。

东方白不肯相信江中月已经结婚的消息，他一整晚没有合眼。第二天一早，他找了一条小船，自己划着船去了小市。他本想直接去漕院，但船到了漕院外的码头，他又打起了退堂鼓。他觉得自己不应该如此冒昧，如果温老四说的是真的，那岂不是大家都尴尬，况且这事也怪自己，一年前自己如果不走，不就没有被捕的事了吗？于是他将船划向对岸，在岸边的酒馆里找了个靠江的位置，坐下来发呆。

东方白清楚地记得，去年离开时，漕院外的码头上堆满了碎石头，现在碎石被清理干净，旁边立起了一根高大的楠竹竿子，上面飘着一面五星红旗。漕院里陆陆续续有人进出，不时有船只靠岸或离开。过去酒城人普遍担心，国军被打败后，酒城会陷入混乱。但现在看来，人们的生活丝毫不受影响，似乎还比过去更有希望了，而江中的行船也一点不比过去少，城市秩序井然，就连眼前的江水，似乎也比去年离开时更透明了。

东方白看见几人从漕院中走出，其中一人身形高大，是江里浪，他身旁是阿累和阿中，江里浪的手搭在阿累的肩上，他们上了船，不一会儿船就驶离了岸。又过了一会儿，一个妇女从漕院里出来，她端着木盆，里面装满了衣服，走下台阶，在河中洗了起来。东方白看得清晰，那是秋娥姨。片刻后，一个女子背着个孩子从门里出来，站在台阶上，好像在和秋娥姨说着什么——她正是江中月。"啊！"东方白惊得喊出声来。果然正如温老四所说，江中月和别人结了婚，现在孩子都两个月大了。东方白仰天长叹，再没有心情在酒城待下去。临行前，父母将京城的住址告诉了他，并给了他一笔钱作为路费，现在他已经没有心上人了，唯一的选择就是去京城。

到了京城后，东方白和父母在一起生活了一段时间。他的父亲东方伟业非常看重他之前的经历，并向革命朋友们介绍，说东方白是吃百家饭长大的。这完全符合当时的时代特色，这样的时代特色，在不久的将来，为他带来了政治前途。紧接着，他被送到一所附属中学，上起了补习班，班上都是大龄青年，老师主要上政治理论课。一年后，他被保送到交通大学，毕业后就从事了这方面的工作。20 世纪 70 年代后期，他负责国内水陆空交通建设工作，国内的交通运输业陆续恢复，并逐渐壮大了起来。

听到这里，吴香很礼貌地摆了摆手，示意东方白不用再讲下去了，她不是来听他说丰功伟绩的。况且她也不想耽误他太多时间，因为原计划半小时的会谈，现在已经进行了两个小时。

吴香轻声问道："你的说辞似乎有些不合逻辑。第一，你为什么会直接去漕院找月牙儿？她既然嫁了人，难道还住在娘家？第二，温老四说她已经结婚半年，为什么小孩出生了两个月？"

东方白说不出话来，脸涨得通红。吴香知道，眼前的东方白，已经完全不是当年那个呆呆的、内心单纯的青年了。于是她也不客气地说道："你的故事似乎满是遗憾，但是漏洞百出，你能瞒住别人，甚至你自己，却瞒不住我。你扪心自问，当时是真傻？还是不敢面对现实？或是心中有其他不可告人的欲望？"

东方白支支吾吾了半天，面色由红转青，又由青变黑。突然，他双手捂着脸，痛哭起来。会场里的人面面相觑，礼仪人员上前来询问是否需要休息，他摆了摆手。过了好一会儿，他才平静下来，不断摇着头。

"对不起，对不起……其实当年见到我的父母，才知道他们原来是如此有声望的革命领袖。他们听说了我的'婚约'，都显得十分严肃，明确提出不同意我再回去，并说没有父母做主的'婚约'怎么算'婚约'呢？我完全是逃回酒城的，我怎能不知道那是我们的孩子，但是就在那一刻，我犹豫了，我想到了自己的前途……如果当时就拖家带口，我还能走上后来的道路吗？……"东方白双手捂脸，显得十分痛苦，十分悔恨。

"你这个负心汉！"吴香骂道。

东方白没有反驳，反而轻声笑了起来："是，我是负心汉，但这件事难道就没有你的责任吗？是谁让你自作主张，要成全我们的？"他顿了顿又说，"如果说是我辜负了月牙儿，那么这个犯错的机会，难道不是你提供的吗？而你认为我就不痛苦吗？我没有一天不想回去和自己的亲骨肉见面，然而我的身份允许吗？不允许啊！"

他几乎是吼叫着说："要说有罪，你才是罪魁祸首，而我最多是个从犯！"

吴香睁大眼睛，呆愣在那里，半天说不出话来。

两颗眼泪从吴阿婆的面颊上滑落。"我有罪，所以这些年来，我一直在赎罪，我收养那些孤儿，我帮助过无数人，都是在弥补我当年犯下的罪过。10年前，我本要回酒城见你阿婆的，但就在临行前的几天突然病倒了，这一病，就耽搁了10年。"

我心想，什么病可以耽误10年，如果真是有心，早就该回来了。她拉住我的手，把我的手探在她的右胸口上。我感觉到心脏的跳动，但我突然意识到，正常人的心脏应该是在左边。"难道是人工心脏？"我想。

"我想，这一次回国，我此生已经无憾了！"吴香说完，默默起身，准备离开。

我内心激动，可怜阿婆年轻时的遭遇，但是我也想知道阿婆后来都经历了什么。我可以回去问问母亲，但母亲不见得知道阿婆的全部经历。

我突然想到一个人，于是在吴阿婆即将走出饭厅时站起身来。"不，你还有遗憾！难道你不想知道我阿婆后来经历了些什么吗？"

吴阿婆愣住了，她回过头惊讶地看着我。

"如果可以，请您明天来一趟漕院吧！有人会告诉我们一切。"

伤　逝

我想起这人不是别人，正是独臂老渔头，我确信他就是那个小闩，吴阿婆故事里的断臂小渔头，他在漕院里一住就是几十年，在江河里打了一辈子鱼，除了阿婆，漕院就属他年纪最长。

次日，吴阿婆如约而至，我本打算请他们到我家里，但家里也不宽敞，并且当着阿婆和母亲的面，老渔头不一定会说出实情。而吴阿婆并不在意老渔头的小屋子。

果然，知道我们想打听的事后，老渔头思忖了好一阵子。他先是问吴阿婆："妹子，如果我没记错的话，你就是那个逃走的阿香？"

然后他长长地叹了口气，讲起了那段尘封的往事。他并不是完全了解整个细节，但最终的结果他是知道的。

江中月和刘志满婚期将近，但在婚礼前一个月，老渔头看见江里浪领着人，抬着大大小小的行头，看样子像是回礼，但比他想象的回礼规模大很多。后来听随行的人说起，他才知道那是去退婚。因为此事，漕院的名誉受到了很大影响。老渔头当然不知道退婚的具体原因，但从后来发生的一连串事情，以及各种小道消息，他大概知晓了情况。没过多久，有人传江中月怀孕了，据说是怀了东方白的孩子。毫无疑问，江中月是非东方白不嫁的。在这件事上，她本人毫不掩饰，只要有人问起，她便大方地说："东方哥正在做一件伟大的事情，他很快就会回来娶我。"

退婚之后，江中月又恢复了过去的开朗性格，她经常挺着肚子，到江边和船员们聊天。然而，她的开朗和她的肚子成反比，随着肚子一天天长大，她开始焦虑起来，眼看孩子就要出生了，而东方白却音信全无。江里浪和秋娥都像热锅上的蚂蚁，他们不敢让江中月出门。那个时期，很多新的思想和观念在全国普及，但人们依然不能接受未婚先育。各种流言笼罩着漕院，人们对江中月的态度不再像最初那样，大家担心的事情似乎就要发生了。

这个时候，秋娥想了个办法。东方白回不回来她不管，她只想立即解决江中月未婚生子的问题，她用从未有过的严厉口吻告诉家人，现在凭借漕院的声望，或许还可以为女儿找一个愿意接受她的人家，迎娶她过门，等孩子出生后，把孩子留在漕院抚养。江里浪并不愿意，但也只能妥协。江中月坚决不同意，她不在乎外人看她的眼光，她相信东方白一定会回来的。

当时酒城刚刚解放，为了以防万一，秋娥忐忑不安地找到街道新来的妇女主任，询问现代社会允不允许女子未婚先育。这件事引起了妇女主任的高度重视，她赶紧查阅了一切新建立的制度，以及早期陕北地区建立起来的伦理标准，最后没有查到这方面的表述。于是，她组织人员向中央发了一份材料，中央专门针对此事做了研究，最后，妇女主任得到的回复是"不允许"。于是事态开始严重起来。经过一家人秘密商量，江中月不得不做出妥协，不过他们将眼光转到漕院内部，漕院里和江中月年龄差不多的青年有好几个。

肚中的胎儿不等人。最终，江中月自己做出了选择——阿累。阿累和江中月曾经是一个澡盆里洗澡的玩伴，虽然他性格孤僻，但内心善良。虽然秋娥和江里浪一直都将阿累当作自己的孩子看待，但对于这件事情，他们却犹豫了。他们深知，无论从哪方面看，阿累都配不上江中月。不知道秋娥怎么和阿中说的此事，听说他激动得晕死过去。而阿累更是不敢接受，他独自躲在船上不敢回漕院，直到秋娥流着泪找到他。阿中和阿累从来都将江里浪一家当恩人看待，他们甚至愿意为了江家牺牲自己。如果是正常情况，阿中绝不可能答应这门亲事，他和阿累向秋娥跪下，阿中说只答应假结婚，结婚后依旧各自居住，将来若是东方白回来了，他们立即就离婚。就这样，两人领了结婚证，其他事情一切从简，不在话下。

没过多久，江中月生了个女孩，女孩生下来白白净净，两只眼睛圆溜溜的，可爱极了。漕院的街坊邻里都喜欢这个孩子，亲人们对她疼爱有加。江中月依旧相信，东方白一定会回来的。而那一时期，有些流言开始在周围传播，有人说东方白在战斗中牺牲了，有人说他当了将军，不会再回来了，也有人说在酒城见到他了……

然而事实是：在之后的岁月中，他始终没有再出现过。10多年后，还有记得此事的人从京城回来，悄悄告诉江中月，说中央部委里，有位管交通运输的领导同志叫东方白。江中月听到这消息时，只是愣了愣，仿佛东方白这个名字和自己并无关系，并肯定地说："曾经那个东方白早就死了。"

那时，江中月正满怀悲愤，虽然漕院早就在叶舟、江里浪等人的主持下，主动将公司资产上交给了国家，他们也成了厂里的工人，但依旧没有躲过一场磨难。那是一段昏暗的时期，所有人都备受煎熬。

老渔头说他永远也忘不了，那天天气晴朗，气温很高，早上九点半，一群拿着武器的青年突然冲进漕院，将江里浪和叶舟等厂里的老领导拉到大街的高台上，漕院的老船员们在阿中的带领下，全都跟了出去，街旁的广场上挤满了人。

"你们猜，为首的小年轻是谁？"老渔头嘴唇轻轻抖动着，显然有些激动。

我和吴阿婆对望了一眼，都摇了摇头。

"说来也很可悲啊！"老渔头叹着气，摇了摇头说，"刘志满的儿子刘十晚。"

刘志满的命运并不像他的名字那样志得意满，他的人生也没能如他的态度一样，一直高傲下去。当年，因为刘志满学的是文科，所以办理回国事宜并没有大家想象得那样艰难，他很快就回国了。最初他有些犹豫不决，不知是从教好，还是从政好。留学生事务委员会为他分配的首份工作，是担任京城图书馆办公室副主任，他觉得图书馆是个清水衙门，提出换岗。委员会的同志又建议他去通讯社当编辑，他又觉得编辑的活儿太枯燥。后来他干了几份工作，但都不长久。再后来，据说他在外受了些打击，带着妻儿回到酒城，在师范学堂谋了个教授的差事。

那时，刘志满当然也卷入了这场磨难。只是让他百思不得其解的是，主导这场磨难的人中竟然有他的儿子刘十晚。刘志满如此高傲的知识分子，那时也心境凄凉，在一个凄冷的夜里，他用剃刀割断了自己的颈动脉。

在冲突中，阿中多次用身体护着江里浪，两人都倒在了血泊中。

叶舟也成了疯子，他的疯救了自己一命。他一直活到了光明到来的那一天，可惜对他而言，已经毫无意义了。自从日本人宣布投降、国内战争打响后，叶舟便辞去了吴森给他的所有职务，不再为他工作。在那些年里，他一心投入实业，做大漕运公司，开办新式工厂，成立新商会，组建民间救济社……成了一个响当当的商业领袖。

要不是秋娥死死地拉住阿累，他也会加入冲突之中。

见老渔头不再说话，吴阿婆长长地叹了口气，嘴里念叨道："我可怜的月牙儿姐啊，没想到你的命这么苦！那么后来呢？"

老渔头一边说话，一边整理着他的渔网，一个渔网理好了，他起身把它挂在一根竹竿上。然后他点了一支烟，话题一转，到了 10 多年后。

那时漕院几乎就要吃不上饭了，人们十天半月没有事情可做，好在大家守着一条江，好多人随着老渔头出水打鱼。后来，政策慢慢放开了。江中月第一个站出来，她曾经可是个好船长，完全继承了江里浪的航船技术，并且水性极好，甚至可以在江中抓鱼。她号召漕院的老船员们集资，最后又在银行贷款，要重新成立漕运公司。经过修补后，过去漕院的那些旧船又派上了用场。

很快，新的集体漕运公司成立了，生活又重新回到了正轨，经济百废待兴，各方面的需求都大量增加。在后来的 10 多年里，漕运公司仿佛又回到了中华人民共和国成立前的境况。之后的几年，漕院拆掉了瓦房，建起了三层楼房，过去的两排瓦房变成了两排楼房。各种荣誉接踵而至，江中月获得了"全国五一劳动奖章"，在人民大会堂受到了中央领导人接见。

然而就在那几年间，江中突然出现了一些装载量奇大的新式船，很快就抢走了酒江的运输业务。漕运公司逐渐失去了过去的竞争力，开始走下坡路。

再后来的情况，我也亲身经历了，都十分清楚。吴阿婆问老渔头，记不记得我阿婆什么时候改的名字。老渔头说想不起了，反正在新的漕运公司成立起来之前就不叫江中月了。

"怪不得那些年我让人来酒城找她，只说漕院还在，但是没有这个人。其实我早该想到的。"吴阿婆说道。

老渔头突然问："你们知道新的漕运公司成立那会儿，谁最开心？"

我回答："当然是阿婆本人。"

吴阿婆并没有探听老渔头的心声，猜是我的母亲。

老渔头摇摇头，笑道："是阿累兄弟，他像大病初愈一般，整天跑前跑后，总是冲在最前面，没有船开的那些年，他像丢了魂一般，整天坐在江边看水。他到死也没有进你们家的门，以前就住在我旁边的那间屋。如果说他活着时还有什么牵挂，那就是你母亲，他内心深爱着这个不是他女儿的女儿。"

阿公去世时，我已经有一些记忆了，他躺在医院的病床上，母亲带着我去看望他，他往一个盆子里大口大口地吐血，之后就望着母亲笑。母亲曾经对我说过，阿公因为有传染病，所以才单独住。直到听了老渔头的讲述，我才知道真正的原因。

影　子

这次回酒城，吴阿婆已经超出了原计划的时间，她需要定期做心脏检查，所以必须回美国了。她告诉我，她的计划进行得非常圆满，并让我在她离开前，再去酒庐见她一次，说有东西要送给我。而这几日，阿婆躺在椅子上，表情似笑非笑，母亲为她戴上了那只手镯。渡江公司的业务很快也开展了起来，很多人慕名而来，一起回味过去的时光。但也有一部分人，他们往来于大市和小市之间，开始像从前那样生活。

我按照吴阿婆的要求，又去了酒庐。白先生接待了我，他直接带我去了地下室，原来酒庐的地下还有一层。地下室并不像我想象的那样阴暗潮湿。白先生打开一道铁门，室内是一个不太宽敞的空间，他打开防爆灯，眼前的一幕让我大吃一惊。我已经快要忘记了，第一天来酒庐时，吴阿婆说要和我做一笔大买卖，后来我还以为自己上当了。而此时，我眼前真的摆满了一屋子的老酒。我本该想到，地下室可能存放着老酒，而且在下楼时，我也闻到了老酒的香味，但我以为那是吴阿婆身上的味道。

屋子的一侧摆着四口大酒坛，屋里摆满了货架，货架上摆放着各式各样的酒，有玻璃瓶的、瓷瓶的、陶瓶的，酒液有深绿的、墨绿的、透明的……但这些包装的酒，我几乎没有见过。我拿起来看时，却见那十分老旧的商标上，印的全是繁体字。而且，这些包装和商标都极具创意，简直是一件件艺术品。我本以为，大多数酒瓶中应该都没有酒了，特别是那些陶瓶。因为陶瓶的质地不是很坚硬，时间一长就会渗漏。我随手拿起几瓶来看，却发现里面都还剩大半瓶酒，有的甚至是满的。

白先生看出了我的疑惑。"几年前我回来重新买下这里时，也感到疑惑，后来拿了两瓶去做检测，发现这些陶瓶表面都经过特殊处理，涂上了一层防渗漏的材料。现在我们正在对这种材料进行研究，将来可能会应用到一些科技领域，甚至是航空航天方面。"

我只能暗自惊讶，过去的人怎么会掌握这么高的科技？而接下来，白先生的话让我欣喜若狂。

"这些酒全都送给你了，这是吴姨的意思。"

我想跳起来，可是屋子空间不够，跳起来就会撞到头。我指着那些货架："您是说这些？"我又指着四口大坛子，"这些也是？"

白先生点点头。

在兴奋了片刻后，我突然意识到，我该怎么处理这些酒呢？现在的老酒市场里，根本就不存在这些老酒，我没有办法高价卖出，因为缺少参考价格。而我又该把它们放在哪里呢？家里是不可能摆下这么多酒的。

"东西你可以继续放在这里，这里有两把钥匙，一把是酒庐地下室的，一把是这间屋子的。"

我颤抖着手，准备接过两把钥匙，但白先生却说，要先和我签一份协议。我看也没看，只管签了字，拿了钥匙好开溜。我不得不承认，还是白先生考虑得长远。10多年后，酒庐已经成了全国重点文物保护单位，房子产权交给了国家，而这份协议上明确说明了，这些老酒的所有权归我。

领了钥匙，我以为可以离开了，白先生却让我上二楼。我们走上阁楼，进了最里边的一间屋子，那是吴阿婆小时候住过的房间。吴阿婆正躺在床上，她看起来有些虚弱，样子也好像老了些。她示意我在她身旁的凳子上坐下。等我坐下，她伸出手，轻轻地抚摸我的头。我觉得十分难为情，我又不是七八岁的孩子。但我却并没有躲开。

过了一会儿，她从身旁拿起一本硬壳书递给我。我接过来看，封面上写着"影子"二字，下面是影子的英文翻译，英文翻译下写着"司马醇"三个字。

"司马醇研发出陈醇秋露白的那年年末，他的诗集在海城出版了。那时候可不比现在，现在在大街上随便抓一个人出来，都有可能是诗人。而那时别说写诗，就是读诗的人也寥寥无几。可想而知，能发表一些文学作品，是极为不容易的事情。更何况，那不是一本关于时事，而是关于爱情的诗集。这样的诗集，注定了很快就会被水深火热的人民斗争所淹没。然而那些动人的文字，那些从字里行间流露出的思念与美好，就仿佛是一团暗火，永远不会熄灭。多年以后，这团暗火在异国他乡燃烧起来。一个欧洲的诗歌组织派出专员，远赴中国来寻找司马醇。外国专员不知用了什么办法，他们告诉司马醇，可以接他到欧洲去。然而司马醇并没有同意，他不能离开家乡，不能离开酒，不能离开自己心中的爱情。但是，这并不影响他的诗在国外传播，特别是那首《影子》。他还算幸运，他家的小丫鬟小琴，一直留在他的身边，照顾了他一生。20世纪80年代，他被特聘为一所大学的教授。听说，他几年前在海城去世了……"吴阿婆喃喃道来。

"这本书你留着做个纪念吧！"

我觉得有些过意不去。照理说，吴阿婆是客人，她从遥远的美国回来，我作为家乡人，应该是我送她礼物才对。可是，我却拿不出一样对她来说有意义的礼物，反倒是她，不仅帮助我们成立了渡江公司，还送给我这么多老酒。我感动得不知说什么好。

我走出那间屋子，走出酒庐。从此，我再没有见过吴阿婆。然而，酒庐却一直矗立在那里，在层层叠叠的城市高楼中间。每次来到这里，我都觉得，吴阿婆就住在那屋子里，还躺在那张木床上。

我翻开司马醇的诗集，第一篇便是《影子》。

> 你的足迹拉黑了整个夏日
> 明媚的日子枯萎了，落叶漫天
> 眼前只有你的影子，随时光飞逝

潮湿的浓雾笼罩着你的面容

天空是那样昏暗，大地不再风华

那是我心中人儿消失的踪迹

她即便是眷恋这人世间的幻灭

又何曾触及那样的美丽，从此溜走的

这个夏天便成了秋露的季节

将那白露一丝一缕地汇集起来

聚成永久的思念，酝酿成酒

果实、鲜花，沉醉与现实之间

天与地、云与海、生与灭、陈与醇

心灵的苏醒，没有伤痛，没有喜忧

逃离浮华生活的困扰，温柔而静谧

我的守候，依旧长久地等待着

你的影子，光阴和爱情的故事

成为永不改变与磨灭的印痕

让我有生之年不断地怀想

千百万遍地不断地怀想

——1948 年春

第十二章

孤身一人

不知从何时开始，我也学会了感叹，感叹命运，感叹生活，感叹时光。光阴似箭，一转眼，那个倚在码头石栏杆上收老酒时遇见吴阿婆的午后，已经过去了 20 年之久。

回想起来，渡江公司成立的最初两年，我曾对它抱有很大的期望。如果按照当时的经营情况，未来几年，漕院会恢复不少生气，再过 10 年，我们甚至可以买一艘吨位较大的货船，逐步恢复航运。可惜好景不长。可能是因为怀旧的人都已经坐过了渡江船，失去了最初的热情；也可能是因为在沱河和酒江之上，一座座跨越江河的大桥拔地而起，家家户户都买了小汽车，谁还愿意绕着道来坐船呢？于是，渡江公司开始进入惨淡经营状态。

母亲的病就如同公司的生意一样，最初一两年有了些好转，之后就大不如从前。有好多次，我都劝她去医院，可是她性格执拗，怎么也不去，最后只好作罢，我继续在楼道里为她熬药。

阿婆虽然完全痴呆，但她一直熬到了 80 岁，在一个寂静的夜晚，她安静地离开了我们。据老渔头说，那一晚，酒江中光芒四射，水光照亮了整个夜空。按照阿婆痴呆前的遗愿，我和母亲将她的骨灰撒进了酒江。从此，那些水母似乎也认识了我，有几次，我在夜晚乘船经过时，它们就出现在我乘坐的船下，仿佛在和我打招呼。

渡江公司存在的最后一两年，漕院的日子已经快过不下去了。几个船员整天无事可做，最初他们还守在船上，后来干脆留一个人值班，有客人来了再打电话通知船员。那时公司已经发不起工资了。我请求母亲让我重操旧业，继续做老酒生意，我想起酒庐里的那批老酒，如果把那些酒都卖掉，应该能换一笔钱。我单纯地认为，按照当时市面上的价值，如果十年老酒的价格翻倍，那么七八十年的酒不应该更值钱吗？母亲并没有表态，她只是不断地叹气。

我找了个理由，悄悄地去了一趟京城夜光杯酒楼。为了省钱，我转了好几次火车，才到了京城，所以时间拖得很长，但当时我最不缺的就是时间。我将带去的两瓶样酒拿给经理看，经理拿起来看了半天，又带我到酒楼副总经理的办公室，副总经理也看了半天，再带我到总经理的办公室。

总经理是个光头胖子，他坐在一张大桌子后面，身后挂着一幅字：傻人有傻福。他也把酒拿在手中，翻来覆去地看了半天，最后不停地摇头，说酒是好酒，年头也久，但是问题也在于年头太久。一来，客人们都没有见过，喝老酒的人，喝的就是回忆，他都没见过，哪来的回忆？二来，这酒放的时间太长，只怕酒味都散发掉了。我告诉他这酒瓶经过了特殊处理，酒味不会散发掉，喝起来一样香。只怪我自己太死板，怎么就没有当场打开一瓶酒来，让他们都尝一尝呢？但现在想起来，还多亏了自己的死心眼，不然就浪费了一瓶"国宝级"的老酒。最后，总经理报出一个价格来，那价格低得让我想骂娘，但我还是忍住了。从此，我不再去打这批老酒的主意。

离开总经理房间时，我看见墙上挂着一排照片，都是清一色的光头，照片下有文字介绍，而第一个光头竟然身穿军装。那光头胖子总经理看我停下来看照片，就嬉笑着上来介绍。原来这一排相片上的人，全都是他的祖辈。夜光杯酒楼是他们一家的光荣史，所以他见人就要介绍，对我这个卖老酒的也不例外。

我看到第一张照片下的一排小字——"京城夜光杯酒楼创始人——火头先生。"

"火头道长？！"我脱口而出。

光头胖子总经理愣在那里，半天说不出话来。过了好一会儿，他才结结巴巴地问："你……你……怎么……怎么知道……他是道长？"

随后，光头胖子总经理非要请我吃顿饭。我将月亮观和火头道长的故事讲给他听，他兴奋极了，因为这个故事，他送给我一张夜光杯酒楼的金卡，说以后无论什么时候、什么情况，只要我去夜光杯酒楼，他都为我免单。随后，光头胖子总经理讲起了他们家的光荣史。

月亮观后来只剩下火头道长一人，好在他在后院里种了些庄稼，红薯连叶带茎都摘下来吃，才勉强支撑到了来年春天，往后就只能过一天算一天了。这天，月亮观突然来了一支队伍，因为连日阴雨，队伍无法继续行进。西南一带的雨天山地湿滑，走不了几步就会粘上一腿的泥，根本无法行军。又因为队伍伤员较多，他们必须找个地方暂时休养几日。发现山顶有一处道观后，便有人来查看。火头道长正在柴房中生火做饭，锅里一锅热水，旁边的簸箕里装了一筐树叶。当兵的提来一袋米，让他煮一大锅干饭，并问他可不可以借宿。火头道长当时饿得两眼发昏，看到一袋米就在眼前，哪里还管三七二十一，直接倒下锅，让队伍全都住进了观里。

火头道长最擅长的就是做饭，他先把队伍看了个遍，他们大概有七八十人。观里用的是口大铁锅，过去人丁兴旺时，每到相应的时日，都会有人从四面八方赶来，在观里做法事、吃斋饭，一口大锅煮两百人的饭也不成问题。煮饭的秘诀在水，同样多的米，水多和水少煮出来的饭不一样，但水也不能加得太多，太多就会半干不稀。火头道长知道，该加多少水才够这些人吃。他又把原本拿来当饭吃的树叶全都加盐煮了。军士们很久没有吃过这么香的米饭，这也让火头道长找到了久违的满足感。他一边吃着碗里的干饭，一边观察这支队伍，他们和他听说过的部队不太一样，军士们舍不得吃碗里的饭，不时还分一些给伤员。大家在吃饭前，还要先唱一支歌，所有人都很有礼貌，队伍秩序井然。

队伍在观中驻扎了近10天，天气转晴，军士们又要上路了。部队首长将一袋米送给火头道长，感谢他为部队提供了住宿，并为大伙儿做了这么多天的饭。火头道长并没有收下那袋米，而是请求他们带他一起走，他想参军。首长考虑了片刻，同意了，并让他加入了火头军。火头道长别了月亮观，从此走上了军旅生涯。

没过多久，队伍和一支大部队会合，组成了一支更大的队伍。队伍在山区和河流间辗转，以躲避敌人的追击。也不知过了多久，队伍走出了山区，一些少数民族的群众在村镇中夹道欢迎。当然，其间大大小小的战斗一直没有中断，不断有士兵倒下。那些昨天还在一起聊天行军的战友，第二天就可能不在了。最后，队伍走进了草原。那草原真是一眼望不到边，天气转晴时，两侧的雪山让人觉得冷酷而威严。

　　最初，前方战士还不断送来征集的米粮，但越到后面，伙食就越紧张。火头道长背着月亮观的大锅，跟在队伍里面，最初那一小队人马和大部队会合后，他被整编到大队伍的炊事班。15个炊事员来自五湖四海，说话口音各异，但个个都是烧饭做菜的好手。和他们相比，火头道长算不上好手，但那时缺衣少食，只要有食材，再差的手艺做出来的饭菜也都是香喷喷的。然而，随着米面粮油越来越少，能够煮一锅像样的饭变得越来越难。炊事员们比谁都清楚吃饭的困难，所以他们也比谁都吃得少。进入草地后，炊事员们最先吃起草根来。

　　单吃草根根本无法支撑大家走出去。有个小炊事员倒下了，紧接着，另一个背大锅的炊事员也倒下了……不到半个月的时间，炊事班就死掉了6名战士。火头道长不知道为何要到这里来，也不知道要走到什么时候才是尽头。一天早上，人们看见炊事班班长扶着一口铁锅，坐在那里一动不动，去看时，发现他已经死了。他死时，手里还拿着一个小布袋，有人接过来一看，那还是进入草地以前，部队分配给大家的干粮。直到饿死，他都没舍得吃，而是把粮食留给了别人。火头道长被他的壮举打动了，从此再不问任何缘由，坚定地和其他人相扶相携着往前走。最后，他们走出了草原，走出了雪山，而炊事班原先的15个人，只剩下他和另一个战士。他们最后走到了陕北，火头道长当了炊事班班长。后来，他又进了中央伙食团，专为首长们做饭，直到革命胜利。

　　革命胜利后，火头道长被分配到地方军区。突然有一天，军区首长带着一个人到炊事班来找他，让他收拾行装跟他走一趟。这一走，他就被留在了京城。原因是有一位首长想吃他做的手抓饭，那是他在陕北时，跟当地老百姓学着做的，加之他的改良，竟然成了首长们最喜爱的美食之一。他被安排到中央首长餐厅，成了餐厅的一级大厨。后来，京城饭店建成，他又被派到那里去当大厨。改革开放后，喜欢吃手抓饭的首长已经不在了。正遇到部队裁军，他成为第一批贷款下海的商人。京城夜光杯酒楼就是他一手创办的。

我突然发现，自从听了吴阿婆讲述的往事后，我的生活轨迹在无形中发生了改变。一些零星的故事在我脑海中逐渐串联起来，更新了我的认知。我觉得自己不再像过去那样懵懂，我开始留意生活中的点点滴滴，开始关心身边的人，开始欣赏起一砖一瓦来。我甚至开始热衷于写日记，把这些经历一一记录下来，我想将来有一天，也能把它讲给别人听，讲给自己的子孙听。当然，我首先得找到自己生命中的另一半……我相信那一天一定会来到的。因为母亲听算命先生说，我命中有两个孩子。

因为这些故事，我和光头胖子总经理算有了交情，但这并没有改变他对老酒的定价。所以，京城之行没有带我走出窘迫的生活困境。

我很失望地回到酒城，我想起了老汪。果然，在危急时刻，还是老汪给了我帮助。我向他讲述了自己的情况，他毫不犹豫地借给我一笔钱，虽然不多，但让我在之后的半年里，不至于上街乞讨。

我的确想过找一份工作，但渡江公司已经成了我的累赘，它一天不关门，我又怎能出去找一份新工作呢？正当我准备关掉公司、卖掉船只时，白先生来了。他来到漕院，告诉我们吴阿婆去世的消息。按照吴阿婆的遗愿，他回酒城来办几件事情，希望得到我的帮助。我甚至感到他是在故意激励我，他能有什么事需要我帮助呢？但他诚恳的态度让我无法质疑。

白先生告诉我，吴阿婆的遗嘱中，有两件事与我有关：一是她要将酒庐捐给酒城政府，但酒庐需要一位管理人员，她的意思是请我来看管。当然，白先生会给我正式聘书，并按市价给我发工资；二是白先生将在酒城开设一家文化旅游投资公司，文旅公司需要一些实体的经营项目，而余甘渡口的渡江项目要被保留下来，所以有意出钱收购我们的渡江公司。

白先生简直是我生命中的贵人——不，应该是吴阿婆，她虽然已经不在了，但她竟然在临终前还能想到我，这令我十分感动。然而，我的贵人真的是吴阿婆吗？这很难说得清。我没有任何理由拒绝白先生的好意。我正愁怎么找一份工作呢，就算不让我管理酒庐，我也要三天两头地往那里跑，我的老酒还都装在那地下酒库里。而渡江公司本来就无法再经营了，白先生竟然愿意花钱买去，天底下哪里有这么好的生意？我丝毫没有考虑，就答应了下来。

白先生时间宝贵，回酒城后一分一秒都是计划好了的。他并未向我解释太多，就让我在一份合约上签字。别忘了，我是学财会专业的，也做过会计工作，我当然要仔细看那份合约。然而让我想不到的是，合约上写明，白先生的投资公司将用一百万现金来购买渡江公司的现有资产。我的头晕乎乎的，汗水从额头上冒出来。

"白先生简直是个大傻蛋！这样做生意早晚要破产。"

然而，后面还有一个条款，我将拥有文旅投资公司一个点的股份。一个点的股份是多少？我不知道。但是我知道，我竟然成了新公司的股东，我大感意外。

白先生为了表示他并非大傻蛋，一再向我强调："这都是吴姨的安排！"

我按照人头，将一百万现金分成十多份，渡江公司所有员工一人分得一份。当然，我也有私心，就是给母亲也算了一份，但员工们毫无意见，并一致表达了他们的谢意，老叶也对我感恩戴德。哎，我向老叶感叹起命运来，谁能想到，他的爷爷曾是当年酒城最成功的资本家叶舟！

然而等分过钱，我才想起那年开办渡江公司时，我们曾花了不少本钱，虽然母亲抵押房子的债务已经在几年的经营中还清了，但还有吴阿婆后来给我们的一百万现金。算起来，这渡江船运的生意真是亏大了。

母亲不再因为我卖掉了渡江公司而生气，也不再要求我以恢复酒江航运、恢复当年的漕院为人生目标。她终于释然了。

五年前的冬天，母亲终于不想再苦苦支撑下去，离我而去了。临走前，母亲依然放心不下我，她最遗憾的事，是未能给我找个合适的对象，而我并不觉得这有什么可遗憾的。我将母亲安葬在临江山的公墓里，那里可以俯视整个酒城。

我想母亲的在天之灵，一定会看着我、保佑我的。

归　宿

果然，当我孤身一人活在这个世界上以后，我的好运来了。

新成立的文旅投资公司，从港城派来一位名叫李嘉乐的职业经理人，他看起来斯斯文文、言语不多，但十分擅长经营。他先是把渡江船运改成了渡江索道，索道开通了两条线路。一条从余甘渡口到小市，十分钟一趟；另一条从临江山到桂圆林，车程半小时。这样，渡江船运变成了一个纯粹的旅游项目，生意异常火爆。

之后，文旅公司又在沿江地带打造了好几个旅游项目。原来在酒庐旁驻军的军营，被改成了抗战纪念馆，主要讲述巴蜀军抗日的故事。原来南城酒坊的老作坊被申报为全国工业旅游基地，主要讲述酒坊的历史文化，以及秋露白的酿造工艺。而小市的酒作坊，则恢复成了明清时期前店后坊式的酒庄，供游客体验，不仅可以看、品，还可以自己酿，自己在现场包装。藏酒洞又恢复了藏酒，洞里摆满了大坛，一坛装一吨酒。漕院的阁楼被改成了酒楼。桂圆林是白先生最早打造的项目，现在已经是酒城最大的儿童乐园，而乐园的周边，三期桂圆林房地产项目已全部竣工……

最近两年，文旅公司恢复了几处码头，买来几艘游艇。游客可以从酒庐外的码头上船，在南城外的澄溪靠岸，从南城酒坊出来，再到小市和桂圆林等几个景区。

去年，文旅公司成功在港城上市。最初股票市值几十亿，后遇到牛市，市值竟然涨到了 300 多亿。我当然清楚市值的意义，我拥有百分之一的股份，也就意味着我成了亿万富翁。

最初知道文旅公司上市的消息时，我把自己关在屋子里，时而大喊大叫，时而又蹦又跳。邻居们以为我疯了，打电话叫来救护车，医生、护士和邻居们在门外不停地敲门，询问我的情况，不断安慰我，试图让我安静下来。我好不容易稳定情绪，让大家放下心来，救护车也开走了。然而，每当我一想到自己有钱了，那种由内而外、由心而生的激情又会像火苗一样蹿起来。我在屋里待不下去了，便穿了一件单衣，在江边疯狂地奔跑，跑累了又停下来，捡起河滩里的鹅卵石，不停地向江心乱扔，在没人的地方，我大声狂笑……

好长一段时间，我都无法入睡，一闭上眼睛就看见大把大把的钞票从天而降，最后，我立在一堆钞票中，只露出个头来……整夜整夜的无眠，让我极度疲倦。我在手机上点了两份外卖、一包花生米，又从床下的酒箱里选出一瓶品相一般的老酒来，一边听音乐，一边喝酒。在酒精的麻痹下，我终于倒在床上睡着了。

朦胧中，我仿佛看见了阿婆，她和吴香在江边散步。然而风一吹，她们又站在江心的船上。她们不再是老人，而是 20 出头的青年。船上还有个小伙子，穿着一件白褂子，他的装扮看起来有些复古。然后我看见了母亲，她欣慰地看着我，向我点头微笑。不久，整个天空都成了母亲的笑脸。我也笑了，然后跪下来，向母亲磕头。虽然是在梦里，但潜意识告诉我，母亲已经不在了，她应该是去了天堂。她苦了一辈子，该去过一过好日子了。

不知过了多久，我又回到了漕院。漕院和现在不一样，阁楼两侧是两排瓦房，人们穿着灰黑色的服装，显得十分土气。我正要找自家的房子，这时从门外进来一拨人，为首的是个小年轻，我知道他就是刘志满的儿子刘十晚，他又带人到漕院来闹事。一个老太太却站在我前面，她用拐棍指着刘十晚的鼻子，对他一顿臭骂。刘十晚伸出手，想把老太太的拐棍打掉，却不想，老太太把它抓得死死的。这时，又从旁边走出一个人来，我马上认出，那是阿婆。那么前面的老太太就是秋娥！阿婆没有骂人，而是轻声问刘十晚："你到底想干什么？"

刘十晚仰着脖子，眼光落在漕院的牌匾上，说道："哼，当年羞辱我爹，所以才有了我的名字，君子报仇十年不晚，现在我要让你们还回来，我要娶你的女儿。"

我突然从梦中惊醒，意识到是个梦。阳光透过窗户照在我的床上，我看了一眼时间，已是上午十点了。

"我们有钱了，我们有钱了……"我在心中一遍又一遍地默念。然而，哪里还有"我们"？亲人们全都离我而去，在这世上，就只剩下我自己了。我又陷入长久的沉默之中。

不知过了多久，我终于把一切都看得平淡了。随着时间的推移，文旅公司的股价还在攀升，在李嘉乐的经营下，公司业绩也一天好过一天。然而对我而言，这些都像天上的浮云一般，总有一天会化为乌有。

过去没钱时，我觉得自己只是有些孤单，现在有钱了，我才知道什么是寂寞。我实在是寂寞难耐，想找个人说话。所以我减持了一些股份，在老汪住的小区里也买了一栋房子，并从漕院搬了过去。

我把自己的经历告诉老汪，老汪也为我高兴，我们俩都成了历史的幸运儿。我们常在一起喝酒聊天，但这样的日子没有持续多久，因为我们该说的话很快就说完了，最后只剩下喝酒。而老汪比我幸运，他有一大家人，父母、老婆、孩子，他为此感到温暖，也为此烦恼，有时一家人其乐融融，有时又打打闹闹。我只剩下羡慕的份儿。不到半年，我就连喝酒的兴致也没有了，整日闷闷不乐。

我曾听老汪讲过，酒城刚刚解放那会儿，人们带着解放军打开了藏酒洞。那时物资紧缺，首长将藏酒洞中大部分老酒搬出来，三坛五坛地拼凑起来，装成整坛，用船运到京城，送到中央。那位首长还因此获得了一次一等功。而洞中剩下的老酒，全都分给了后来的国营酿酒厂，作为"酒头"使用。

我问老汪具体是怎么使用的，他也说不上来，反正意思就是，如果没有那些老酒，酒城就酿不出现在这么高品质的酒来。我告诉老汪，我还有几坛洞中的老酒，他差点惊掉下巴。

"这些酒可以用来做什么呢？"我时常想。

今年年初，白先生又来了一次酒城，他询问我的生活情况。我向他讲述了我的寂寞。他听后并没有觉得诧异，而是告诉我一些调节情绪的方法，让我到远方去看看，并花一些时间结交朋友，特别是异性朋友。搬到老汪住的小区后，老汪张罗着为我介绍过几次对象，但不是互相看不上眼，就是因为对方太势利。白先生告诉我，如果实在无聊，建议我做些有意义的事。

"对，要做些有意义的事情！"我其实也有这样的想法。

我再次想到了那些老酒，我得把老酒的故事讲给别人听。于是，我向李嘉乐提出，能不能把酒庐也作为一个旅游参观点，我要在酒庐办一个老酒展览。

李嘉乐不愧是职业经理人，很快就找到了商业契合点。他觉得酒庐里适合办酒展览，照他的话说，就是："酒庐，酒庐，装酒的房子就应该叫酒庐！"

于是，文旅公司在旅游动线上加入了酒庐，将其作为选择参观项。我找人把地下室里的老酒全都整理出来，又把我床下的老酒搬到酒庐，另外还把司马醇的诗集、阿婆的那只手镯、孙名扬的《酒城食货演绎》、汪海澡的遗物……都作为展品。李嘉乐让公司的设计师帮忙，对酒庐进行了重新布置，为每瓶酒都制作了专门的展柜，展柜内外都根据实际情况布置了灯光效果，同时，又用盆景搭配作为装饰。在酒庐的大门口，我让人在写着酒庐的门牌下又做了一块牌子，上面刻着"酒城老酒博物馆"七个大字。

别说，博物馆一开馆，就有不少人前来参观。我自然就成了免费的讲解员，为游客介绍起酒庐的历史，述说每一件展品背后的故事。不少人被我的讲述吸引，有人表示，从来没有听过如此特别的讲解。

一次，李嘉乐悄悄混入人群，听完我的讲解后，他向我发出邀请，让我每个周末都去游艇上做志愿者，专门讲述酒城的历史和故事。我简直受宠若惊，让我讲酒还可以，讲酒城，我还真没有那个水平。但李嘉乐非要让我试一试，并让我避重就轻，专门讲我熟悉的历史故事。比如，船到了澄溪时，可以讲南城酒坊，讲司马邕，以及司马醇和上官陈的爱情故事；到了白塔寺，就讲图索骥和东方白搞地下工作的历史；到了小市，就讲藏酒洞的故事，讲漕院的往事……当然，一路上还可以讲吴森、吴香、江里浪、江中月等酒城人物。我曾向李嘉乐提到过这些人和故事，他觉得游客也会像他一样，对这些感兴趣。

我被他说动了，一到周末就上船去讲故事。果然不出李嘉乐所料，船上的人都十分乐意听我讲述过去的酒城。一来，这些内容全是他们没听过的；二来，很多故事和人物都与我本人相关，所以我讲起来常常满怀深情。比起导游们相对生硬的讲解，我的讲述确实更富感染力。

我完全没有想到，自己到了50岁的年纪，终于从讲解中找到了自信，也终于找到了下半生要从事的职业。每个周一到周五，我都急切地期盼着周末的到来，而每到周末，我都希望时间停下来。每当站在游艇上，我的内心都充满了幸福感，觉得雨天也像晴天一样明朗，炎炎夏日也如秋季般凉爽，我感觉风是和畅的，人们其乐融融。

然而令我感慨的是，我所从事的讲解事业，依然离不开酒。因为能够上游艇观光的客人，大多是政府部门邀请的专家、学者，或者是酒城最大的酿酒企业邀请的贵宾，他们大多是因为酒，才来到了酒城。正因为这样，今年八月，酒城酒业协会为我颁发了"酒城文化传播大使"的聘书。李嘉乐借题发挥，为我制作了一条写着"酒城文化传播大使"的绶带，让我在讲解时戴在身上。

入冬后是游艇观光的淡季。这天我依旧登船，船上只有十几位客人。等游艇启动，游客们站立在游艇两边的扶手旁时，我像平常那样开始讲解。我先从两条江河讲起，因为江河孕育了酒城，赋予了酒城独特的城市环境，然后过渡到酒城城市的发展历程。这部分相当于对酒城进行了整体概述，并阐述了我对酒城名字来源的理解。之后我才切入具体的讲述内容。

"别看这地方一点也不起眼，在古代，曾有三位重要人物在此屯兵。一位是三国时期的诸葛亮，他七出祁山，每次都要经过这里，并在此屯兵；一位是唐朝时的程咬金，他曾在此打败了地方的少数民族；还有一位是民国时期的吴森……"通常情况下，导游们在介绍南城时，会提到这一带的酿酒产业和现有的文化景点。我自认为，自己把死的地名讲活了。

最后，我会故弄玄虚地问大家，"知道为什么他们都选择在此屯兵吗？"客人们当然答不上来，我便故作神秘地说出答案，"因为这里自古产美酒啊！"客人们这才恍然大悟。

接下来，我会指着凝光门的老城墙，讲述酒城被日本敌机轰炸的情况，讲白塔寺建造的历史，以及白塔寺支援地下工作者的故事。到了江河交汇口，我开始讲酒城的码头文化，讲余甘渡口的故事，讲码头工人的生活，讲拉船纤夫们与火锅起源的历史……不断有客人对我竖起大拇指。然后我开始讲起小市，讲起漕院，讲起藏酒洞……我会告诉人们，漕院是我的家，我的曾祖父江里浪创建了它，我的阿婆、母亲都住在那里，他们曾经为酒城的发展，为抗战做出了不可磨灭的贡献，而漕院也见证了酒城船运事业发展的历程……

我的亲身经历及动情的讲述，常常令游客感动，讲到动情处时，连我自己都会流下泪来。

船到桂圆林码头停靠时，已是中午，游客们上岸吃午餐，我的讲解暂时告一段落。我脱下绶带，也准备下船去吃工作餐，一位女士叫住了我。我刚才就注意到她，她一直在人群中微笑着听我讲述。她看起来四十来岁，身材微胖，淡黄色的长发蓬松着披在肩上，两只眼睛闪着光，有些迷人。

"我能向您打听一下吗？"她微笑着，声音很甜，"请问江里浪女儿的名字，是不是叫江中月？"

我十分惊讶，回想起刚才的讲述，我并未提过阿婆的名字，她怎么知道呢？

"你是？"我疑惑着问。

"您还没有回答我呢？"她微笑着盯着我。

"啊……是……那是我阿婆……"我有点口吃了，"你怎么知道？"

"那您知道江到海教授吗？"她依然微笑着，头微微偏了一下。

"啊！江到海……教授……"我感到身体在微微颤抖，一句话脱口而出，"你是江到海的孙女？我的表妹？"

她"咯咯"地笑了。

"不是啦！江到海是我的大学导师，是同学们最尊敬的教授，没有之一。"她停顿了一下，"对了，我叫郭婉月，名字里也有个月字，当年江教授看到我的名字时，就说他有个妹妹，名字里也有个月字，所以我就一直记着江中月这个名字。"

"那他在哪里呢？"我忙问。

"他十年前就不在了，当时我刚刚从国外读完博士回来。"

我遗憾地叹了口气："那你能给我讲一讲他吗？我请你吃饭，一边吃一边聊。"

她很爽快地点了点头，我们去了旁边的一家餐厅，找了个靠窗的位置。船要在这里停靠两个小时，足够我们聊天了。

原来，江到海出国游学时，正值第二次世界大战结束不久，欧洲学术界普遍处于暗淡期，一切都在恢复之中。外星生物学作为一个未知的、理想化的探索学科，从众多学科中率先兴起。江到海成为最早接触这个学科的中国人之一。几年后，他完成了学业，本可以立即回国，但当时国内对外星生物学毫无所知，没有哪一所大学有这样的学科和专业，甚至连开设这个学科的意愿都没有。为了追求他的梦想，继续他的事业，他留在了国外，继续开展他的研究工作。

当时，他师从著名的外星生物学专家伯特先生，开展一项前所未有的研究工作。他们的研究，可以统计生活在地球上的外星生物，并判断它们来自什么星系，这一项目得到了英国皇室的支持。项目做到第五年时，伯特先生去世了，在临终前，他央求江到海一定要把这个项目开展下去。江到海当然不会放弃自己的事业，他继续埋头苦干，没想到一干就是 10 年。最后，他的研究成果在欧美国家引起了轰动，他被多个国家的政府机构邀请为座上宾，并获得了欧洲外星生物学会的教授聘书，被多所高校录用为大学教授。

20 世纪 70 年代末,江到海终于回到国内,他漂泊半生,已过了"知天命"的年纪。他无论如何也接受不了眼前的事实,他还清晰地记得当年他离开漕院时的情形,父亲、母亲、妹妹、叶舟伯伯……漕院里站满了人,人们为他送行,送他上船,向他挥手告别……30 多年过去了,父母不在了,好多长辈也不在了,漕运公司衰败了,漕院也衰落了……最令他痛心的是,自己最亲爱的妹妹,竟然和一个不相爱的人结为夫妻。他不愿刨根问底,也不想知道是什么原因造成了这一切,这些对他来说都不重要了。江到海仰天长叹,心中万念俱灰。

几天后,江到海离开了漕院,离开了酒城。他要去各大城市的高校开展大型演讲,去游说高校校长,希望能在国内的大学开设外星生物学的学科。可是,那时全国上下一心发展经济。一来,高校并不多;二来,大多数学校都更愿意开设应用型学科。跑了大半年后,只有江城大学向他发出了邀请,聘请他为教授,并同意建立国内首个外星生物系。就这样,他在江城扎下了根,从此再没有回过酒城。

但不久后,他似乎从阴影中走了出来,给江中月寄去了一笔钱,鼓励她重建漕院。

郭婉月的讲述声情并茂,充满了感情。她又说起江到海如何在艰苦的条件下开创了外星生物系,还说起他在国外的一段婚姻,而他后半生孤苦伶仃,身边无人陪伴……她的话语很温暖,有一种说不清道不明的亲切感,仿佛我们是认识了多年的老友。

从前,母亲并未提起过江到海,可能是因为她和这位舅舅也只见过一面而已。而我那时又太小,对他几乎没有什么印象。阿婆没有得病前,也不愿提起往事。因为往事有多么美好,现实就有多么悲伤。

我原本认为,两个小时的时间足够我们谈话了,却不想我们都有些意犹未尽,她有些话想问我,我也有话要问她。我问她在酒城的安排,她说明天就要回江城。我又问她晚上有没有空,她说晚饭已经有安排了,不过饭后可以和我见面。

于是我们约好,晚上在她下榻的酒江宾馆咖啡厅见面。

情窦初开

酒江宾馆就是原来的"色即是空"宾馆，宾馆由三栋独具特色的大厦组成。

晚上，《新闻联播》刚过，我便走出酒庐，来到酒江宾馆的咖啡厅。咖啡厅里有几桌客人，几乎都是成双成对的少男少女。我要了杯咖啡，在手机上看了会儿新闻。

突然有人从后面拍了拍我的肩，我扭头一看，是郭婉月，她有些调皮地笑着，在我对面坐下。她换掉了白天的正装，身着浅色的卫衣，感觉又年轻了几岁。

我问她怎么这么快，她说是和政府官员吃饭，无聊死了，所以找了个空当溜掉了。

我突然产生了一种前所未有的激动，我想这算是约会吗？我的脸有些发烫，表情也有些不自在，好在咖啡厅里的光线比较暗。

她说喝了咖啡晚上睡不着，所以要了一杯柠檬水，我们又继续着白天的话题。

16岁那年，郭婉月考进了江城大学，她最初选择的专业是天文学。第一次知道外星生物学，是在江到海的公共讲座上。当时好莱坞的电影《外星人战队》刚刚在国内上映，引起了强烈反响。江到海利用这次机会，向同学们一一解析，影片中选用了哪些真实存在的外星生物。学校大讲堂里人山人海，郭婉月被江到海的幽默演讲及孜孜不倦的研究精神打动了，决定转修外星生物学。

那时，江到海已是70多岁的老人，但他依旧坚持教学。在他的带动下，外星生物系已经有十几位老师。他的课和别人的不一样，他会让同学们整天观看科幻电影，每月抽出一周时间，带大家到野外实践。他让同学们收集各种各样的物种标本，然后教大家如何分辨出外星生物，并详细介绍这种生物的来历。

江到海经常在家里请学生们吃饭，他总是亲自下厨。他的屋子不大，却装满了各种各样的书。书架上堆满了他曾经获得的荣誉，墙面上是各类大型外星生物的照片。

大学四年，郭婉月深深地爱上了这个学科。毕业后，她选择了留校任教，后来继续深造，还出国读了博士。她回国后不久，江到海就去世了。经过 20 多年的发展，国家已经非常重视这个学科的教育工作。后来她成了系主任，也参与了一些机密项目的研究工作。忙忙碌碌了 10 多年，她依旧单身一人。

我向郭婉月讲起了发光水母的故事，她说也听江到海提起过，并表示很遗憾，说现在已经见不到它们了。我告诉她，我能看见它们，她立马来了兴致，让我带她去看。

已是晚上十点，游艇已经开不了了。我想起在漕院外的码头上，还停着一艘备用的救生船，船钥匙就在漕院的索道管理办公室里，而我有办公室的钥匙。我让郭婉月先回房间拿一件厚衣服，我回酒庐去取钥匙。然后我们在酒江宾馆的一楼大厅会合，叫了一辆出租车去漕院。

车出了宾馆，驶入主城，上了沱河桥。

我看见远方的江面上一片漆黑，心里有点打鼓。我心想，自己很久没有在夜里去回水湾一带了，不知道那些水母还在不在，也不知道它们是否还记得我。

车转入小市，很快就到了漕院。

司机回过头看了我们几眼，问道："你们也不怕，这么晚了上这里来干吗？"

小市正面临棚户区改造，房屋都已被征收，居民全都搬走了。未来只会留下酿酒作坊、川剧院的老房子、民国的政府办公大楼，以及漕院的阁楼等几个文物点。

因为无人居住，街道关掉了路灯电源，四周黑漆漆的，郭婉月有些害怕，两只手死死地拽着我的胳膊。我感觉脸热得发烫，点亮了手电筒，带着她摸黑进了漕院。

从办公室里找到船钥匙后，我们沿着一块荒地往江边走去。这块荒地上，过去矗立着漕院的房子。到了江边，救生船果然停在码头上。我先上船，然后去牵郭婉月的手，她几乎是跳上船的。我可不是游泳健将，所以我们都穿上了救生衣。

我用钥匙去发动救生船，却发现油箱居然没油了。我只好划着一只桨，沿着江边向回水湾方向驶去。郭婉月坐在我身后，因为害怕，她把手搭在我的肩上。我左一下右一下地划着船，有两次差点撞在江边的礁石上。好在是冬季枯水期，水流不是很急，所以我勉强能控制住船。

突然，郭婉月发出一声尖叫，并使劲拍打我的肩膀，她几乎趴在我的背上，用手指着水下。我探出头，果然是一只发光水母，它漂浮在船下，发出淡淡的蓝光。不一会儿，又一只水母出现了，之后，水母越来越多，水下的光线越来越强。我完全不用自己划桨，水母们推着我们的小船，来到了回水湾的中央。

船停了下来，郭婉月抑制不住内心的兴奋，差点在船上跳起来。我也十分激动，虽说我见过几次水母，但是并未见过如此壮观的景象。

水母们如花朵盛开时那样，一层层地散开，围着我们的船，红蓝交替排列。之后，整个花朵时而旋转，时而起伏，时而交替变换颜色，仿佛是在举行一种仪式，又像是一场声势浩大的舞蹈表演。

借着水母们发出的光芒，我斜眼看向趴在船沿上的郭婉月。她微笑着，如痴如醉地观赏着水母们的演出。

我从未有过如此美好的经历，一时还以为是在梦中。

郭婉月突然问道："真是不知道该怎么感谢您！这么晚陪我出来，您家里人没意见吗？"

"我一人吃饱全家不饿！"我不好意思地挠挠头，"也不用谢我，要谢就谢我的阿婆和江到海阿公吧！"

她似乎没听懂我的话，又问道："您夫人和孩子不在酒城吗？"

"我……我……我没有……结过婚……"我结巴起来，几乎没有异性问过我这个问题。

郭婉月扑哧一声笑了。

我结巴着问道："你……你笑什么？"

她笑道："我笑您是大智若愚，憨态可掬。"

之后我们没有再说话，继续欣赏着眼前的景象。郭婉月主动爬到前排，和我并排坐下。过了一会儿，她竟然双手挽着我的臂弯，头靠在了我的肩上。

我忽地全身僵硬，一动也不敢动，脸上热烘烘的，脊背冒出汗来。

我们就那样坐在船上，直到水母们的表演结束，水下的光芒逐渐消失了。我听见郭婉月沉沉的呼吸声，知道她已经睡着了。我没有叫醒她，而是慢慢脱下救生衣，又脱下外套来为她披上，之后就一动不动，保持着坐姿。

我突然觉得，要是时间就停止在这一刻，那该有多好。

直到天空中露出了鱼肚白，郭婉月才醒过来。"对不起，我睡着了，几点了？"

我说已经过六点了，天快亮了，她再次表达了歉意："真是对不起，您这样坐了一夜吗？"

我点点头，把她递给我的衣服穿上。

我把船停靠在江边，走了一段后，我们进了小市，又走出了拆迁区域。我们在一个路边摊吃了"早豆花"，然后我送她回了宾馆。她是上午的航班，所以我们在宾馆告别。我们之前已经互相加了微信，留了电话，她又将自己在江城的住址发给我，并建议我抽时间去江城，去看看江到海创立的学院，以及他住过的宿舍。

我欣然答应了。

然而离开宾馆后，我开始魂不守舍起来。我开始计算时间，什么时间她应该从宾馆出发，什么时间她应该登机，什么时间她应该落地……

我从未像这样牵挂过一个人。

仿佛过了很久，我终于收到她的微信："到家了，有点……"

"好！有点什么……"

过了一会儿，她发来一张动态图片，上面是一个卡通人物，旁边有两个闪动的小字："留恋！"

我抑制不住内心的喜悦，忘记了自己一个晚上没有睡觉，独自走出酒庐。

我漫无目的地走在大街上，不知不觉到了江边，又沿着江边到了东门外的码头，那是我过去收老酒的地方，也是我遇到吴阿婆的地方。

我停下脚步，望向奔涌的江河。天空晴朗，江畔柳树成荫，两岸高楼林立。古老的城墙，在高楼大厦间孤独地矗立着，两枚炮弹在上面撞出的大坑，像它的两只眼睛，见证着酒城的沧桑巨变。江河依然是当年的江河，天地依然是当年的天地，然而物是人非，城市在历史的车轮中向四周延伸，一代代人不断地消失在时间的长河里。

我呆呆地站立在江风之中，江风吹动了我的头发，我的头发乌黑茂密。

是的，在时间的年轮里，我还年轻，我还年轻……